Ilse Gräfin von Bredow

Adel vom Feinsten
Der Glückspilz

Zwei Bestseller in einem Band

Piper München Zürich

Mehr über unsere Autoren und Bücher:
www.piper.de

Von Ilse Gräfin von Bredow liegen bei Piper vor:
Kartoffeln mit Stippe
Willst du glücklich sein im Leben
Ein Fräulein von und zu
Familienbande
Die Küche meiner Kindheit
Der Glückspilz
Adel vom Feinsten
Das Hörgerät im Azaleentopf

Taschenbuchsonderausgabe
Piper Verlag GmbH, München
August 2011
© 2005 und 2002 S. Fischer Verlag GmbH, Frankfurt am Main
Umschlagkonzept: semper smile, München
Umschlaggestaltung: Cornelia Niere, München
Umschlagillustration: Rudi Hurzlmeier
Satz: Dörlemann Satz, Lemförde und CPI – Clausen & Bosse, Leck
Papier: Munken Print von Arctic Paper Munkedals AB, Schweden
Druck und Bindung: CPI – Clausen & Bosse, Leck
Printed in Germany   ISBN 978-3-492-27204-9

Adel vom Feinsten

Amüsante Geschichten aus vornehmen Kreisen

PIPER

Inhalt

Adel vom Feinsten   7

Die treue Seele   33

Der Gong   64

Die Monstermücke   103

Stolperjulchen   120

Paraden   173

Das edle Blut   219

Adel vom Feinsten

Bei den meisten Heimbewohnern lassen sich Besucher so gut wie nicht mehr blicken. Ich bin da eher eine Ausnahme. Dafür erscheint meine Familie meist im Rudel, was mich jedes Mal in Schwierigkeiten bringt, weil ich zu wenig Vasen und Stühle habe. Am liebsten unterhalten sie sich lebhaft untereinander. Ihre Lieblingsthemen sind Politik und Reisen. Wenn man ihnen so zuhört, hat man das Gefühl, sie sind nur unterwegs, egal, welcher Altersklasse sie angehören. Ja, sogar meine neugeborene Urgroßnichte kennt schon die Strände von Teneriffa und anderen Sonneninseln. Manchmal kommt es mir so vor, als wären sie nur zurückgekehrt, um sofort wieder zu neuen Zielen aufzubrechen. Doch das, was sie zu berichten wissen, gleicht sich wie ein Ei dem anderen: Flug verpasst, Flugzeug überbucht, Koffer nicht mitbekommen, in glühender Hitze oder eisiger Kälte, strömendem Regen, Schneeschauern irgendwo herumgestanden oder durch die Gegend gehetzt. Ihr Lieblingswort ist »unglaublich«: Das Wetter war unglaublich schön und das Hotel unglaublich voll. Gelegentlich unterbrechen sie das Gespräch, lächeln mich an und sagen: »Richtig gut siehst du heute aus, Tantchen.« Aber meine klugen Worte, die ich zu diesem oder jenem Thema zu sagen habe, stoßen auf taube Ohren. Manchmal steht jemand auf und inspiziert mit gerunzelter Stirn mein kleines Apartment, stellt fest, dass der Wasserhahn noch immer tropft, die Jalousie klemmt und das Fenster sich schwer schließen lässt. Man sollte wirklich mal mit der Heimleitung sprechen. Danach, wie auf Kommando, sehen sie alle auf ihre Uhren, teilen sich gegenseitig mit, dass es erstaunlich spät ist, und versichern mir, dass sie bald wiederkommen werden. Es ist ihnen anzumerken, dass sie ebenso stolz darauf sind, diesen langweiligen Besuch bei einer Zweiundneunzigjährigen pflichtgemäß absolviert, wie erleichert, ihn hinter sich gebracht zu haben. Beim Abschied weisen sie mehrmals darauf hin, dass es schließlich ein Telefon gibt und ein Handy.

»Du weißt doch, einfach anrufen, wenn du uns brauchst.« Ich nicke freundlich und überlege bereits, welche Schwester ich mit der mitgebrachten Schokolade beglücken soll, die angeblich zu meiner Lieblingssorte gehört und die ich schon als Kind nicht mochte.

Schließlich weiß ich, dass ich frühestens wieder in einem Monat mit einem Besuch rechnen kann, auch von denen, die in derselben Stadt wohnen. Bin ich gekränkt, fühle ich mich lieblos behandelt, weggestellt, ausrangiert, worüber meine Mitbewohner oft klagen? Keineswegs. Meine Familie nämlich ist mir überraschenderweise, ganz plötzlich sozusagen, in den Schoß gefallen. Die längste Strecke meines Lebens habe ich von ihrer Existenz nichts gewusst, denn ich kenne sie erst seit gut sechs Jahren. Sie haben mich entdeckt und mich mit großer Herzlichkeit willkommen geheißen. Trotzdem, nicht nur Familiensinn und Verantwortung gegenüber den Altgewordenen sind hier lobend zu erwähnen, schließlich haben beide Teile ihren Nutzen davon. Allerdings kommen mir immer noch leichte Zweifel, auch wenn sie mir noch so eifrig ihre Stammbäume gezeigt haben, ob wir wirklich vom selben Blut sind. Ich für meine Person kann mich nur ganz dunkel an einen Onkel erinnern, der, schon bevor ich noch das kleine Einmaleins konnte, abhanden gekommen war und von meinen Eltern kaum erwähnt wurde.

Zunächst war es nur ein Ehepaar, das mich entdeckte. Inzwischen sind immer neue Familienmitglieder dazugestoßen. Es sind fast nur sehr betuchte Leute, Anwälte, Makler und Manager. Ich habe so viel Tüchtigkeit nur wenig entgegenzusetzen. Mein Lebensstandard ist mehr als bescheiden, aber dank einer kleinen Rente und des gesparten Lastenausgleichs komme ich ganz gut über die Runden. Die bohrende Frage einer neuen, karrierebesessenen, etwa dreißigjährigen Großnichte, der einerseits der Beruf alles bedeutet, die aber andererseits unbedingt ihren biologischen Auftrag, wie sie es nennt, nämlich ein Kind zu bekommen, erfüllen möchte: »Tantchen, was hast du denn eigentlich beruflich so gemacht?«, beantworte ich regelmäßig etwas verschwommen: »Ich war in der Filmbranche beschäftigt.« Dann versuche ich schnell, das Thema zu wechseln, was mir wohlwollende Blicke von den Jüngeren einbringt, denen es wirklich ziemlich schnurz ist, was eine Zweiundneunzigjährige für eine Berufsausbildung hatte, mit der es in der Tat auch nicht weit her war. Grundsätzlich bin ich von Herren, die mich in gewissen Zeiträumen begleiteten, über Wasser gehalten worden. Sie heirateten mich zwar nicht, versorgten mich aber doch recht großzügig. Leider bin ich nach meinem Vater geraten und habe seine Devise übernommen: »Geld gehört nicht unters Kopfkissen und nicht auf eine Bank, sondern ist dazu da, um ausgegeben zu werden.« Aber, wie meine Mutter immer sagte: »Es kommt wie's kommt und immer anders, vor allem bei uns.«

Auf mich trifft diese Wahrheit hundertprozentig zu. Welche Fünfundachtzigjährige hätte es je für möglich gehalten, plötzlich noch in eine Familie aufgenommen zu werden, wenn selbst die Sechzigjährigen nichts mehr fürchten als, die Alten könnten einem zu sehr auf die Pelle rücken.

Diese unerwartete Wendung von einer alleinstehenden, verwandtschaftslosen Seniorin zum begehrten Familienmitglied verdanke ich allein der Putzfrau in unserem Stift. Sie ist eine Landsmännin von mir und lässt nicht, wie die anderen Heimbewohner, ihre Zunge über den spitzen Stein stolpern. Und so hat sie neben ihrem Putzen auch stets ein sorgendes Auge auf mich und hilft mir, wo sie kann. Ihre zweite Putzstelle einmal in der Woche hat sie in der Villa eines Schönheitschirurgen, und die Dame des Hauses tauscht mit ihr hin und wieder diese und jene Vertraulichkeit aus. Als meine Landsmännin eines Tages erfuhr, dass die Eltern ihrer Arbeitgeberin ebenfalls aus Schlesien stammen und dort ein Gut besessen haben sollen, erwähnte sie auch meinen Namen. Die Ehefrau reagierte wie elektrisiert. Sie hat denselben Mädchennamen wie ich, allerdings ohne den dekorativen Titel, sodass meine Verwandte leider nur eine Gewisse und keine Geborene ist. Dummerweise hatten ihre Ahnen aus nichtigen Gründen, ohne an ihren Nachwuchs zu denken, auf den Adel verzichtet. »Sonst«, sagte die Putzfrau zu mir, »wäre sie eine Prinzessin wie Sie.«

»Na ja«, sagte ich, »es kommt wie's kommt. Dafür ist sie finanziell besser gestellt. Und mit einem Schönheitschirurgen kann man sich überall blicken lassen.«

Meine Namensverwandte schien diese Meinung nur halb zu teilen. Jedenfalls ging ein paar Tage später das Telefon, und sie fragte mich respektvoll, ob ich nicht Lust hätte, sie zu besuchen. Sie würde mich jedenfalls sehr gern einmal kennenlernen, und man könnte die verwandtschaftlichen Beziehungen, die ja ohne Zweifel bestünden, wieder aufleben lassen, sozusagen ein wenig Ahnenforschung betreiben. Selbstverständlich werde sie mich abholen.

Sie brauchte mich nicht lange zu bitten. Mein Freundeskreis schrumpft schon seit Jahren durch Krankheit, Tod und Wohnungswechsel mehr und mehr. Manchmal telefoniere ich noch mit einer Gleichaltrigen, wobei das Gespräch unweigerlich auf all die kleinen Unpässlichkeiten kommt, die wir nun mal in Kauf nehmen müssen. Zwar gibt sich die Heimleitung Mühe, uns mit kulturellen Nachmittagen, Vorträgen und Ausflügen ein wenig aufzumöbeln, aber ich oberflächlicher Mensch kann dem nur wenig abgewinnen und hocke mich lieber vor den Fernseher. Die belebende Wirkung männlicher Heimbewohner gibt es schon lange nicht mehr. Bis auf zwei sind sie nur noch auf dem Friedhof zu finden. Mit den beiden Übriggebliebenen, zwei mürrischen Junggesellen, ist nicht viel Staat zu machen. Der eine schimpft ständig halblaut vor sich hin, dass ihn das Schicksal zwischen lauter alte Frauen verbannt habe, das Grässlichste, was man sich vorstellen könne, und der andere schleicht wie ein Gespenst umher, löffelt in rasender Eile das Essen in sich hinein und wird dann bis zum Abend nicht mehr gesehen. Bei meinem Einzug ins Heim fand mein Titel zunächst noch einige Beachtung, aber alles nutzt sich ab, auch das Exotische, und nun ist es Schwestern wie Mitbewohnern ziemlich egal, dass ich eine Prinzessin bin.

Kein Wunder also, dass ich diesem interessanten Nachmittag mit der Gattin des Schönheitschirurgen geradezu entgegenfieberte. Ich wurde nicht enttäuscht. Man war außerordentlich um mich bemüht und konnte nicht genug von meinen Kindheitserinnerungen hören, sodass ich leider der Untugend vieler alter Menschen erlag, die, wenn man sie überhaupt erst zu Worte kommen lässt, nicht mehr aufhören können. So redete auch ich ohne Punkt und Komma, wobei ich natürlich, wie es den Erwartungen des Ehepaares entsprach, das Ganze ein wenig schönte und glättete.

Es stimmt schon, ich bin in einem Schloss mit allem Drum und Dran aufgewachsen. Auch bei uns gab es die inzwischen sagenumwobenen Kinderfräuleins, Mademoiselles und den Diener, wenn auch nur zeitweise und nur dann, wenn nicht gerade der Pleitegeier über uns kreiste. Kein Wunder bei der Devise meines Vaters, der nicht nur in Gelddingen das war, was man früher einen Bruder Leichtfuß nannte. Und so ging es finanziell dauernd auf und ab. Glücklicherweise besaß er das große Talent, Menschen einzuwickeln, ihnen das Blaue vom Himmel zu versprechen und so Geld zu entlocken. Und obgleich die Geprellten ihre gesamte Umgebung vor ihm warnten, fand er immer wieder neue Opfer.

Mein Vater war eigentlich Österreicher, ein aus vielen Nationalitäten der Donaumonarchie zusammengebackener Adliger, und wurde deshalb von den preußischen Nachbarn etwas misstrauisch betrachtet. Für sie war er ein halber Zigeuner, wenn auch ein prinzliger, sodass sich der gesellschaftliche Verkehr nicht ganz vermeiden ließ. Er war immer guter Laune, für jedes Späßchen zu haben, aber ständig unterwegs, um neue Geldquellen zu erschließen, wobei auf seinen Reisen auch die Amouren nicht zu kurz kamen. Meine Mutter war das Gegenteil von ihm, ein eher indolenter, ziemlich molliger Mensch, der am liebsten, wie Madame Récamier, seine Zeit auf dem Sofa verbrachte und das Personal selbständig schalten und walten ließ, was sie recht beliebt machte. Die Eskapaden meines Vaters übersah sie souverän. Wenn er es zu arg trieb und andere Ehefrauen ihr schadenfroh beim Diner zuzwitscherten: »Ich hab auf der Grünen Woche Ihre Kusine kennengelernt. Wirklich eine reizende Person«, bekam sie die berühmte Migräne und zog sich in ihr verdunkeltes Zimmer zurück. Aber im Großen und Ganzen war sie ein gleichmütiger Mensch, dem Hysterie fern lag, der allerdings auch vor Mutterglück nicht gerade überschwappte. Freundlich hörte sie sich meine von merkwürdigen Phantasien gespickten Geschichten an, die ich ihr mit verschwörerischer Stimme vortrug, um dann nach einer Weile zu sagen: »Nun gehst du wohl am besten wieder in dein Kinderzimmer«, was ich ohne Murren tat, denn dort war immer etwas los, weil sich die Nanna und die Mademoiselle häufig meinetwegen in die Haare bekamen. Während die Nanna mehr fürs Praktische war und mich wie einen Eskimo einmummelte, immer in der Angst, ich könnte mich erkälten, machte die Mademoiselle gern aus mir einen Zieraffen mit offenem Haar, Spangenschuhen und festlichen Kleidchen. Die beiden gaben mir in ihrer Fürsorge Selbstbestätigung genug.

Manchmal, wenn ich früh noch verschlafen durch die Gänge des Schlosses trottete, fiel mir auf, dass ich niemandem begegnete, und auch die Mademoiselle war wie vom Erdboden verschwunden. »Wo sind sie denn geblieben?«, fragte ich dann die Nanna.

»Weg«, sagte sie mürrisch.

»Alle?«, fragte ich.

Sie nickte, und das bezog sich auch auf Kutscher, Reitpferde und Gärtner. Die Landwirtschaft selbst war schon längst verpachtet.

Das Schloss sah einige Zeit mit ungeputzten Fenstern grämlich auf den verwilderten Rasen und das zwischen den Steinen wuchernde Unkraut, während das Mittagessen von einem tapsigen Küchenmädchen zubereitet wurde, das, den Daumen in der Soßenschüssel, durch den Speisesaal trabte und auch servierte. Mutter trug es mit Fassung. »Es kommt wie's kommt«, sagte sie, »und bei uns immer anders.« Das stimmte.

16

Vater war auch hier seiner Zeit voraus, kündigte seinen Leuten nicht direkt, sondern gab ihnen einen längeren unbezahlten Urlaub. Das Personal nahm es ohne Murren hin. Es war sowieso schon reichlich klapprig und wäre kaum woanders noch in Lohn und Brot gekommen, zumal es ziemlich sicher sein konnte, dass, sobald mein Vater wieder gut bei Kasse war, die Gehälter rückwirkend gezahlt wurden. Nur die Nanna blieb, ob mit oder ohne Bezahlung, und schwang, »Zigeunerwirtschaft« vor sich hinmurmelnd, mit dem Küchenmädchen den Kochlöffel.

Unsere Nachbarn, die sich arm, aber redlich mit der Landwirtschaft abplagten und sich von den Früchten des Feldes ernähren mussten, fanden unsere Lebensweise jeder Beschreibung spottend, konnten aber nicht umhin, meinen Vater zu den Jagden einzuladen, weil er zu den besten Schützen im Lande zählte und die Damen nicht auf seine Unterhaltung verzichten wollten. Dabei war er alles andere als ein Adonis. Er lief mehr unter der Bezeichnung »klein, dick und schick«. Auch überragte ihn meine Mutter um Haupteslänge.

Sehr zum Missvergnügen der Nachbarn gelang es ihm jedes Mal, wieder auf die Beine zu fallen, ja, sogar in den schwierigen Zeiten nach dem Ersten Weltkrieg, obwohl man ja von ihm nun wirklich nicht sagen konnte, er verdiene sein Brot im Schweiße seines Angesichtes. Während viele Standesgenossen sich als Eintänzer, Vertreter oder bestenfalls als Frühstücksdirektoren durchs Leben schlagen mussten, lebten ausgerechnet wir in Saus und Braus, obwohl wir keinesfalls zu den vielgeschmähten Kriegsgewinnlern gehörten. Eine uns bis dahin völlig unbekannte, in Amerika verheiratet gewesene Verwandte vererbte uns eine Menge Geld, und das in der begehrtesten Währung der Nachkriegszeit, dem Dollar.

Eine Hauslehrerin und eine Mademoiselle brauchte ich Ende der zwanziger Jahre nicht mehr. Mein Vater schickte mich nach Berlin, damit ich dort ein bisschen unter die Leute kam. Nebenbei, aber wirklich nur sehr nebenbei, lernte ich, Porzellan hübsch zu bepinseln. »Der Krug geht so lange zum Brunnen ...«, unkten die Nachbarn, aber er ging doch länger als gedacht, und ich verlebte unbeschwerte, wunderbare zehn Jahre mit vielen netten Herren, zuletzt einem Schweizer, der mich zwar auf kein Schloss, aber in sein großes Hotel am Zürichsee entführen wollte. Er verstand die Welt nicht mehr, als ich ihm, nachdem ich vorher seinen Antrag durchaus wohlwollend aufgenommen hatte, plötzlich sagte, es sei mir nicht möglich, ihn zu heiraten. Jetzt, wo ein Krieg bevorstehe, könne ich meine Eltern unmöglich allein lassen. Ich müsse sofort nach Deutschland zurück. Leider war mein Freund in manchen Dingen sehr empfindlich und flehte mich keineswegs an, wie ich im Stillen gehofft hatte, es mir noch einmal zu überlegen. Ja, er begleitete mich nicht einmal zum Zug, sondern bestellte mir ein Taxi, was mir zeigte, dass es weniger tiefe Liebe als die Nützlichkeit meines Namens für das Hotel gewesen war, die ihn zu seinem Heiratsantrag veranlasst hatte.

Als ich so unerwartet wieder im Schloss auftauchte, sahen mich meine Eltern an, als wäre ich der Schlossgeist persönlich. Vater war ganz außer sich und rief: »Das heißt sein Glück mit Füßen treten und unseres auch, jetzt, wo der Krieg ausgebrochen ist! Ein bisschen hättest du ja nun wirklich mal an Mama und mich denken können. In so einem Hotel gibt es schließlich viel Platz.«

»Nun lass doch mal«, beschwichtigte Mama gelassen. »Es kommt wie's kommt, und bei uns kommt sowieso immer alles anders.«

Meine Eltern verlor ich bereits in den ersten Kriegsjahren. Meine Mutter starb an einer zu spät entdeckten Bauchspeicheldrüsenentzündung, und Vater geriet in Berlin in einen Bombenangriff. Die Dollars aus Amerika flossen auch nicht mehr. Das Schloss wurde beschlagnahmt und in ein Lazarett umgewandelt. Ich selbst überstand den Krieg trotzdem wesentlich angenehmer als meine kriegsdienstverpflichteten Altersgenossinnen. Ein mir wohlgesonnener Produzent, den ich vor dem Krieg in Berlin kennen gelernt hatte, beschäftigte mich als Komparsin und gab mir gelegentlich kleine Rollen in Filmen, die das deutsche Volk ein wenig aufheitern sollten. In dieser Art Filme gab es noch Herrschaften mit reichlich Personal, und die Hausherrin wurde mit »gnädige Frau« angeredet. Sie spielte ich selbstverständlich nicht. Sie hatte möglichst eine Blondine mit guter Figur zu sein. Ich dagegen war ein kleinwüchsiger zigeunerhafter Typ mit Wuschelhaaren, und meine Reinrassigkeit wurde deshalb gelegentlich bezweifelt. Doch immerhin war ich eine Prinzessin, was man im Dritten Reich trotz des Spruches »Nur die Arbeit adelt« nicht gerade für unflott hielt, und deshalb als Dienstmädchen recht werbewirksam.

»Die Rolle ist Ihnen wirklich wie auf den Leib geschrieben«, lobte mich der Regisseur, denn dank unseres Dieners beherrschte ich das Servieren aus dem Effeff, tänzelte mit voll beladenen Tabletts durchs Zimmer, öffnete im schwarzen Kleidchen mit weißer Schürze und Häubchen den Gästen die Haustür und half ihnen beim Ablegen der Mäntel. Sogar eine Marketenderin im Feldlager durfte ich spielen, und als in einer Drehpause Otto Gebühr als Friedrich der Große gemessen an mir vorüberschritt, war ich noch so in meiner Rolle, dass ich »Guten Morgen, Majestät« hauchte und in einen Hofknicks versank.

Auch nach dem Krieg, als in allen Filmen die Heimatglocken läuteten, Willy Birgel als Gutsherr durch die Gegend galoppierte und überall in den Wäldern schmucke Förster herumstanden, fiel es mir nicht schwer, in diesem Gewerbe wieder ein Plätzchen zu finden, hatten knicksende Dienstmädchen, die fragten: »Wen darf ich den Herrschaften melden?«, doch jetzt wieder Hochkonjunktur. Nur war es nicht mehr Otto Gebühr, dem ich am Lagerfeuer einen Trunk kredenzen durfte, sondern Peter van Eyck, der großen Eindruck auf mich machte, ein Deutschamerikaner, für den mein nun nicht mehr ganz so junges Herz heftig schlug, obwohl er kein einziges privates Wort je mit mir wechselte.

Bedauerlicherweise fällt ja mit zunehmendem Alter die Zeit mehr und mehr in Galopp, und zu allem Überfluss starb mein Gönner, der Produzent. Auch wurde ich allmählich für die Rolle des kecken Dienstmädchens zu alt und war für das Fach eines Faktotums, das mit donnernder Stimme überall dazwischenredet und seine Meinung kundtut, nicht begabt genug.

Die Konjunktur für Adlige sah in jenen Jahren nicht besonders günstig aus. Als Flüchtlinge überschwemmten sie geradezu den Markt, und die Jüngeren unter ihnen kämpften mit harten Bandagen um die Futterplätze als Frauen von Gutsbesitzern und Firmeninhabern, wobei sie sich der einheimischen Konkurrenz an Tatkraft überlegen zeigten. Ich musste meine Ansprüche, was die Herren betraf, leider mehr und mehr zurückschrauben. Wohl gab es immer noch Betuchte, aber mehr dickbäuchige, gutmütige Geschöpfe, die »Püppchen« zu mir sagten und sich gern im Restaurant, ohne die Hand vor den Mund zu halten, mit dem Zahnstocher bedienten oder sich mit der Gabel die Fingernägel reinigten und über ihre eigenen kräftigen Rülpser herzlich lachten. Zwischendurch arbeitete ich vorübergehend in einer Porzellanfabrik als Malerin, was aber schnell ein Ende fand, weil ich der Abteilungsleiterin zu langsam war. Aber alles in allem kam ich ganz leidlich über die Runden, und mit zunehmendem Alter entwickelte ich mich zu einer Art Seelsorgerin für Herren in Lebenskrisen, was zwar weniger aufregend, aber auch weniger anstrengend war, weil man während des Klageliedes mit endlosen Strophen nur ab und zu ein: »Du Armer, du hast ja viel durchgemacht« oder ähnliche Belanglosigkeiten einwerfen musste. Von meiner kleinen Rente und den Zinsen aus dem von einem meiner krisengebeutelten Herren für mich angelegten Lastenausgleich konnte ich so leidlich leben. Jedoch zwang mich eine misslungene Knieoperation, meine kleine Wohnung im vierten Stock eines fahrstuhllosen Mietshauses aufzugeben, und so beschloss ich, in ein gerade neu entstandenes Seniorenheim nicht weit von meiner alten Wohnung umzuziehen. Die Umstellung war nicht ganz leicht, aber meine Generation ist sehr auf Flexibilität getrimmt und der Mensch sowieso ein Gewohnheitstier, der einen gewissen vorgeschriebenen Rhythmus dann auch wieder ganz bequem findet.

Jetzt hat sich natürlich einiges geändert. Meine Familie trägt dazu bei, dass ich wieder mehr erlebe, denn Adel ist wieder sehr gefragt, und meine neue Nichte, die Arztfrau, bedauert den voreiligen Entschluss ihrer Ahnen immer häufiger.

Wie gesagt, meine Biographie habe ich etwas

geschönt. Manches ahnen sie vielleicht. Aber so genau will man es dann auch wieder nicht wissen. Das, was ich ihnen wert bin, liegt auf einer anderen Ebene, und mein Vorteil ist, dass ich so gelegentlich unter Leute komme. Eine Prinzessin schmückt nun mal jedes Kaffeekränzchen und macht auf manche reife Patientin, die in der Praxis meines Neffen ihren Körper ein wenig renovieren lassen möchte, Eindruck. Wenn dann während des Informationsgespräches die Schwester hereinkommt und sagt: »Herr Professor, Ihre Durchlaucht ist draußen und würde Sie gern sprechen«, mein Neffe ihr antwortet: »Bestellen Sie meiner Tante, ich stehe gleich zu ihrer Verfügung«, und dann, zu der zukünftigen Patientin gewandt, ihr den Rat gibt, sich alles in Ruhe zu überlegen, »man soll in diesem Punkt nichts überstürzen«, weiß er im Voraus, dass er der Arzt ihrer Wahl sein wird.

Natürlich strenge ich mich an, um dem, was man von mir erwartet, gerecht zu werden, und streue, wie Käseflocken über ein Nudelgericht, französische Vokabeln in die Unterhaltung. Ich sage »enchanté« und »peu a peu«, rufe erstaunt: »Mon dieu!«, bedanke mich mit höflichem »merci« und verabschiede mich mit einem freundlichen: »Au revoir, ma chère.« Ebenso versuche ich, das Damenhafte an mir zu unterstreichen, trage ein im Second-Hand-Shop erworbenes Chanel-Kostüm, und die Friseuse müht sich redlich, meinem schütteren Haar aus wirren Löckchen ein gewisses Cachet zu geben. Ich benutze nur noch einen sehr dezenten Lippenstift und trage auf altmodisch getrimmten Traveller-Schmuck. In den Unterhaltungen gebe ich mehr oder weniger jedem Recht, was als besonders angenehm empfunden wird. Von dem, was sie da reden, verstehe ich sowieso nur die Hälfte. Ich war nie auf einem Golfplatz, kenne mich nicht in den modernen Richtungen der Malerei aus und kann die Fähigkeit oder Unfähigkeit von Lehrern, Vorgesetzten und Künstlern nicht beurteilen. Gesellschaftlicher Klatsch dagegen interessiert mich weiterhin, und wenn die Ehefrauen die Augen verdrehen, halb lachend, halb seufzend über ihre Männer reden, während sie ihnen zu Hause weiterhin energisch klarmachen, was sie zu tun und zu lassen haben, amüsiere ich mich und stelle vergnügt fest, dass sich trotz wechselnder Zeiten und Emanzipationsgeplärre wenig geändert hat. Einerseits: »Ich will einen Mann, einen richtigen Mann«, andererseits der alte Spruch: »Der Mann, der ist der Kopf, nach seinem Willen soll es gehen, die Frau, die ist der Hals, die weiß den Kopf zu drehen.«

Meine neue, in einer Agentur tätige Großnichte, die mich zunächst ein wenig herablassend behandelte, weil sie mit erheblichen Vorur-
teilen gegen meine Generation belastet war,
benutzt mich inzwischen gern bei ihren Events,
für die sie sich immer etwas Neues zur Unterhaltung der verwöhnten Auftraggeber ausden-
ken muss. Wenn sich dann in einem mit Kerzen
und Blumen reichlich geschmückten Saal eines
Schlosses die älteren Semester zusammenfin-
den, werde ich ihnen wie ein Auto der Luxus-
klasse vorgeführt. Denn, wie meine Großnichte
sagt, es ist enorm wichtig, dass man zu Hause
erzählen kann: »Übrigens, ich habe dort eine
sehr nette Prinzessin kennen gelernt.« Für die
bestellten Fotografen bin ich ebenfalls ein gutes
Vorzeigeobjekt, so dass ich immer häufiger in
den bunten Blättern auftauche, was mich weiter
aufwertet.

Die Bewohner des Heims verfolgen meine
Karriere mit gemischten Gefühlen und lassen
durchblicken, dass das Ganze irgendwann mit
einer großen Enttäuschung für mich enden
wird. »Wir sind nun mal alte Menschen«, sagen
sie, »und im Grunde will doch niemand mehr etwas mit uns zu tun haben.« Aber ich denke, es
ist wenig sinnvoll, über ungelegten Eiern zu
brüten, obwohl ich gelegentlich mitbekomme,

wie meine Familie Blicke wechselt, wenn ich das richtige Wort nicht finde oder zwischendurch mal einnicke. Manchmal treffe ich auch auf Rivalinnen, die zwar nicht gerade Prinzessinnen sind, aber doch mindestens Gräfinnen oder Freifrauen. Sie versuchen, mich ein wenig auszuhorchen und auf den Busch zu klopfen, ob das, was sie von mir zu hören bekommen, alles stimmt. Vielleicht war mein Vater ja nur ein Pferdehändler. Bei den Ungarn ist doch alles möglich. Wenn meine Nichte plötzlich, angesteckt von dem Verdacht, anfängt, meine Herkunft zu bezweifeln, steht mir sofort meine Putzfrau zur Seite und sagt, was Sache ist. Adel vom Feinsten. Sie muss es schließlich wissen, wo doch ihre Mutter im Schloss gearbeitet hat. Danach sind sie alle besonders nett zu mir und beteuern, dass sie mich nie im Stich lassen werden. »Mach dir keine Sorgen, Tantchen, wir kümmern uns um dich. Du weißt ja, Anruf genügt.«

Und mein sonst eher wortkarger Neffe fügt hinzu: »Für mich ist es geradezu eine Wohltat, einen alten, nicht renovierten Menschen um mich zu haben.« Und die Großnichte nickt zwar bestätigend, macht dazu aber ihr Wer's-glaubt-Gesicht.

In letzter Zeit tun sie sehr geheimnisvoll und

kündigen mir eine Überraschung an, über die ich mehr als staunen würde. Ich versuche, die Putzfrau auszuhorchen, aber sie ist nicht bereit, mir etwas zu verraten. »Meine Lippen sind versiegelt.«

In den letzten Monaten hat sich meine Familie kaum noch blicken lassen, nur hin und wieder mal angerufen. Im Heim hat es inzwischen viele Veränderungen gegeben. Fast alle Bewohner, mit denen ich damals eingezogen bin, liegen inzwischen auf dem Friedhof. Der Nachwuchs ist wesentlich jünger, zwischen achtzig und fünfundachtzig. Ihm ist anzumerken, dass wir Neunzigjährigen ihm einen noch größeren Schrecken einjagen als den Jungen.

Und jetzt überschlagen sich die Ereignisse. Angelika ruft an und zwitschert ins Telefon, am nächsten Wochenende würden sie mich abholen. Ich soll ein paar Sachen zum Übernachten einpacken. Eins kann sie mir schon sagen: Ich werde auf jeden Fall Augen machen.

Am Sonnabend geht die Reise los. »Wohin fahren wir denn?«, frage ich.

Sie lachen. »Wirst schon sehen, eine Fahrt ins Blaue.«

Nach zwei Stunden verlassen wir die Autobahn, holpern über eine Dorfstraße und biegen in einen Park ein. Und da liegt es vor mir, der

Traum meiner Familie: ein Schloss wie aus dem Bilderbuch, innen und außen geputzt und erstklassig eingerichtet, als hätte es etwas so Unerfreuliches wie Kriege und Flüchtlingsscharen, die hier früher bestimmt einmal gehaust haben, nie gegeben.

Ich muss zugeben, ich bin wirklich beeindruckt. Dagegen war das Schloss meiner Kindheit ein Hühnerstall. Hier gibt es weder bröckelnde Wände noch abgetretene Dielen oder von Hundepfoten zerkratzte Türen. Kein Gebäude, in dem sich Mäuse und anderes Getier wohlfühlen.

»Na, Tantchen«, sagt die von der biologischen Uhr Bedrängte. »Da staunst du, was?«

»Das tue ich wirklich.«

»Wir haben ein wahnsinniges Glück gehabt«, sagt ihre Mutter. »Wirklich ein Schnäppchen. Es hat einer alten, plötzlich verstorbenen Patientin meines Mannes gehört, und die in alle Welt verstreuten Erben wünschten sich nichts dringlicher, als es so schnell wie möglich loszuwerden. Und sag selbst: Ist es nicht tadellos in Schuss?«

Ich nicke.

Wir wandern vom Keller bis zum Dachboden, und alles ist perfekt. »Und jetzt«, sagt Angelika, »kommt die große Überraschung.« Sie öffnet im

29

Parterre eine Tür, und wir betreten einen behaglich eingerichteten Raum mit eigenem Badezimmer.

»Das ist dein Reich«, sagt Angelika, »dein neues Zuhause. Und deshalb werden wir deinen Dreiundneunzigsten auch hier feiern.«

Ich liege in meinem neuen, schönen Zimmer. An meinem Bett sitzen Angelika und ihr Mann mit besorgten Gesichtern.

»Was ist passiert?«, frage ich benommen und versuche, mich aufzurichten. Sanft drückt mein Neffe mich in die Kissen zurück.

»Nichts«, sagt er beschwichtigend. »Dir ist schwindlig geworden, und du bist hingefallen. Das kann jedem von uns passieren.«

Ich schließe die Augen und versuche, mich zu erinnern. Mein Geburtstag, richtig. Es war ein wunderbares Familienfest mit reizenden Gästen, die sich um mich bemühten. Ich wurde geehrt, so manches Glas wurde auf mein Wohl getrunken, lange war ich nicht mehr so glücklich. Das muss gestern gewesen sein, und jetzt fällt mir auch wieder mein morgendlicher Spaziergang durch den Park ein. Ich sehe wieder den Tau auf dem Gras, die leuchtenden Blumenrabatten, wie das Morgenlicht durch die hohen Bäume scheint, fühle nach langer Zeit wieder so etwas wie Wehmut über den Verlust der Heimat und habe gleichzeitig den tröstlichen Gedanken an meine wiedergefundene Familie, die mir einen so schönen Geburtstag beschert hat. Ich sehe mich noch über die Terrasse zurückgehen, danach kann ich mich an nichts mehr erinnern.

Angenehm müde döse ich weiter vor mich hin und höre Angelika und ihren Mann miteinander flüstern.

»Was machen wir denn jetzt bloß?«, fragt Angelika etwas hilflos, und der Doktor entscheidet:

»Sie muss natürlich ins Heim zurück. Für eine Pflege sehe ich hier kaum eine Möglichkeit, wenn wir nur an den Wochenenden rausfahren. Und dann noch nächste Woche die Kreuzfahrt. Sie ist dreiundneunzig, vergiss das nicht.«

Meine Nichte widerspricht nicht, seufzt nur: »Das arme Tantchen.« Und ich seufze ebenfalls, ohne jedoch gekränkt zu sein. Meine Mutter hatte Recht, als sie sagte »Es kommt wie's kommt und bei uns sowieso immer anders«.

Angelikas Flüsterton kriegt auch schon den zuversichtlichen, patenten Klang, wie ihn in den amerikanischen Filmen die apfelkuchenbackenden Mütter an sich haben: »Du wirst sehen, sie berappelt sich schon wieder. Und dann machen wir ihr es so richtig gemütlich.«

»Auf jeden Fall«, sagt mein Neffe, ebenso tröstend wie bestimmt, »werden wir ihr hier im zukünftigen Erbbegräbnis unserer Familie im Park ein schönes Plätzchen einräumen.«

Die treue Seele

Ein Schloss war in früheren Zeiten meist das Glanzstück des Dorfs. Majestätisch lagerte es, eingebettet in Rasenflächen, Blumenrabatten, Parks, in der Landschaft und erweckte im Betrachter Staunen und Ehrfurcht. Wer so wohnte, musste unermesslich reich sein, was jedoch eher selten wirklich der Fall war. So ließ der Komfort, wie er heute bei der einfachsten Wohnung selbstverständlich ist, oft besonders zu wünschen übrig. Es gab weder fließendes Wasser noch elektrisches Licht oder Heizung, dafür allerdings eine Menge Platz, viel Familie und Personal. Schließlich wollten die zahlreichen Öfen mit Holz und Kohle bedient, die mit Seerosen bemalten porzellanenen Kannen auf den Waschtischen mit Wasser gefüllt und die Eimer geleert sein. Ganze Zimmerfluchten mussten gefegt, Staub gewischt, gebohnert und die großen Fenster geputzt werden. Auch was das Sanitäre anging, waren die meisten Landsitze äußerst sparsam ausgestattet, sodass für Gäste in Not endlose Korridore zum Labyrinth wurden – besonders für ein Kind, das mit flackernder Kerze, vor Kälte zitternd, den Weg zum Klo suchte, weil der gute alte Nachttopf nicht ausreichte, um den Wünschen des erzürnten Bauches, in dem sich Kirschen und Brause unangenehm mischten, gerecht zu werden. Dann war es voller Dankbarkeit, wie ein orientierungsloser Seemann, der endlich das Licht eines Leuchtturms erblickt, wenn schwacher Kerzenschein durch eine Türspalte drang und ein leises melodiöses Summen zu hören war, der unverwechselbare nächtliche Singsang von Tante Esther, wenn sie, an Schlaflosigkeit leidend, ihre Schubladen durchkramte.

Diese Tante gehörte zum Inventar wie das mottenzerfressene ausgestopfte Wildschwein in der Halle, das chronisch klemmende Portal, die von leichter Patina bedeckte Ritterrüstung, die Ahnenbilder und Jagdtrophäen an den Wänden und die äußerst unpraktischen Esszimmerstühle, deren reiche Verzierung eine Todesfalle für Strümpfe und seidene Kleider war.

Tante Esthers Eltern waren für damalige Zeiten schon ziemlich betagt, und ihre Mutter brachte sie in einem Alter zur Welt, in dem Frauen sich normalerweise, ein Häubchen auf dem Kopf, nur noch in dunkle Farben hüllten und Vergnügungen und rauschenden Festen entsagten, um sich ganz der Wohltätigkeit, dem Strickstrumpf und dem Kirchgang zu widmen. Die achtzehn Jahre ältere Schwester schämte sich so sehr darüber, dass sie ihre Verlobung löste, Diakonisse wurde und sich in Afrika missionarischen Aufgaben hingab.

Glücklicherweise waren die Eltern nicht nur betagt, sondern auch sehr wohlhabend, sodass die kleine Esther unter dem Eindruck aufwuchs, dass jedes kleine Mädchen mehrmals am Tag die Kleidung wechselte, Puppenscharen um sich versammelt, die Schuhe gebunden und die Haare geflochten bekommt, dazu ein Pony besitzt, eine Schildkröte und einen sich unermüdlich im Rad drehenden Hamster. Nicht nur das, Tante Esther hatte sogar eine eigene Jungfer, die ihr beim Anziehen half, für sie sorgte und sie sogar ins Internat begleitete, damit sie sich die Zöpfe nicht etwa selbst flechten musste. Die Jungfer, selbst noch ein halbes Kind, erfüllte ihre Pflichten mit Begeisterung, so glücklich war sie darüber, dem Waisenhaus endlich entronnen zu sein.

Doch leider, leider bereitete Tante Esther, dieses blonde Lockenköpfchen mit seinem Schmollmund, von einem berühmten Maler schon zweimal porträtiert, das in fließendem Französisch Lafontaines Fabel »Le corbeau et le renard« aufsagen konnte und dessen freundliches Wesen und verschmitztes Lächeln das Entzücken der Familie war, kaum dem Internat entwachsen, den Eltern dann doch beträchtlichen Kummer. Ausgerechnet dieses arglose Kind fiel einem Charmeur in die Hände, der zwar aus gutem Hause stammte, in einem feudalen Reiterregiment diente und ein reizender Unterhalter war, aber leider auch ein Taugenichts. Wo immer er bei Festen und anderen Anlässen auftauchte, umkreisten die Mütter ängstlich ihre Töchter wie Hirtenhunde ihre Herden, zumal auch sie zugeben mussten, dass dieser Mensch eine Sünde wert war. Der kleinen Esther begegnete er auf ihrem ersten Ball, zu dem sie eine jüngere Tante begleitete, weil ihre Mutter Migräne hatte. Aber wie es nun mal mit jüngeren unverheirateten Tanten ist, die sich mit Anfang dreißig noch nicht als Greisinnen fühlen, galten die Blicke des Chaperons allem anderen, nur nicht ihrer Nichte. Die tanzte derweil mit dem Taugenichts Polka, Walzer und Galopp, bis die nicht sonderlich auf ihre Kosten gekommene Tante dem Vergnügen ein abruptes Ende bereitete und mit ihr nach Hause fuhr.

Der junge Mann machte seine Aufwartung, und die etwas lebensfremden Eltern konnten sich seinem Charme, seiner eleganten Erscheinung und seinen guten Manieren nicht entziehen, obwohl inzwischen längst bekannt war, dass der junge Offizier mehr vom Kartenspiel und dem Roulette als vom Dienst für Seine Majestät hielt. Immerhin waren Tante Esthers Eltern um den guten Ruf ihres Lockenköpfchens besorgt genug, um ihr ein Treffen mit dem jungen Mann nur in Begleitung der Jungfer zu erlauben. Doch die, im Umgang mit dem männlichen Geschlecht ebenso ungeübt wie die Baronesse, gab seinem Betteln, die beiden für einen Stadtbummel ein halbes Stündchen allein ziehen zu lassen und sich währenddessen in der Konditorei an einem Mohrenkopf zu erfreuen, arglos nach. Vielleicht wäre alles noch zu einem guten Ende gekommen, zeigte der junge Mann doch ernste Absichten, aber dummerweise verstieß er gegen die wichtigste Anstandsregel eines Offiziers: Er zahlte seine Spielschulden nicht. So flog er prompt aus dem Regiment und wurde, wie damals üblich, von seinen Eltern sofort nach Amerika verfrachtet.

Tante Esther rezitierte nun nicht mehr vor staunenden Gästen Fabeln von Lafontaine oder spielte bei schlechtem Wetter mit dem Vater Dame und Mühle. Sie zog sich mehr und mehr in ihr Zimmer zurück und bekam schließlich die Bleichsucht. Die besorgten Eltern schickten sie mit Fräulein Lisbeth, wie die Jungfer inzwischen ihrem Alter entsprechend genannt wurde, in ein Sanatorium, aus dem sie nach mehreren Wochen an Leib und Seele gestärkt zurückkehrte, wenn auch, wie man nach wie vor munkelte, nicht ganz unbeschädigt. Denn bei dem »Stadtbummel« mit dem Taugenichts, während sich die Jungfer arglos den Spezialitäten der kleinen Konditorei hingab, waren Tante Esther und der junge Offizier im besten Hotel am Platz beim gemeinsamen Verlassen eines Zimmers gesehen worden. Glücklicherweise waren ihre Eltern sehr beliebt, und so verzichtete man darauf, sie mit Andeutungen zu trietzen, was man in anderen Fällen gern und mit Gusto tat.

Das Leben zu Hause lief für Tante Esther im selben Gleichmaß wie gewohnt dahin. Nichts schien sich verändert zu haben. Fräulein Lisbeth umsorgte sie weiter, und das Mühle- und Damebrett stand wieder für eine Partie bereit. Allmählich gewann sie ihre Fröhlichkeit zurück, und bei den Nachbarn geriet ihre Affäre bald in Vergessenheit, denn in den anderen Familien hatte sich inzwischen mindestens ebensoviel Interessantes ereignet, was seinen Klatsch wert war.

Doch es schien, als habe sich das Unglück nur für kurze Zeit von diesem Hause abgewandt. Die sonst so sanfte Stute ging beim Ausritt plötzlich durch, und das junge Mädchen fiel so unglücklich herunter, dass es sich eine tiefe Wunde im Gesicht zuzog, von der eine Narbe zurückblieb. Die Hausbank machte Konkurs, und von dem einstigen Vermögen blieb nur ein trauriger Rest zurück. Das Personal musste entlassen werden. Fräulein Lisbeth war nun Mädchen für alles und konnte zeigen, was in ihr steckte.

Bald darauf begannen die Eltern zu kränkeln und starben kurz nacheinander. Tante Esthers Vormund, der jüngste Bruder ihrer Mutter, verfrachtete seine Nichte und ihre Jungfer in eine hübsche Villa am Stadtrand, und der einstige Besitz kam unter den Hammer. Ab und an tauchte der Onkel auf, um nach dem Rechten zu sehen, und fuhr nach einem opulenten Mittagessen höchst zufrieden und Fräulein Lisbeth über den grünen Klee lobend wieder davon.

Zuerst hatte sich die Familie noch Mühe gegeben, die arme Esther von all dem Traurigen ein wenig abzulenken, sie mit guten Ratschlägen eingedeckt und zu Festlichkeiten eingeladen. Aber Tante Esthers Indolenz und ihr ewiges: »Ach, ich weiß nicht recht«, hatten allmählich die Hilfsbereitschaft erlahmen lassen. Und, ehrlich gesagt, im Großen und Ganzen ging es ihr doch recht gut mit dieser Perle von Jungfer. Da gab es schließlich ganz andere Schicksale.

Nur Fräulein Lisbeth begann sich im Lauf der Jahre mehr und mehr Sorgen um ihre Baronesse zu machen, deren Lieblingssatz »Ach, ich weiß nicht recht« war und blieb und die ständig von ihren wechselnden Zipperlein redete. Das nicht gerade vom Schicksal verwöhnte Fräulein Lisbeth konnte nur staunen, was sich da alles an Krankheiten in ihrer Baronesse tummelte und was für unaussprechliche Namen sie hatten. Der erste Griff der sich allmählich in den reiferen Jahren befindenden Herrin nach dem Wecken galt dem Puls, der nicht nur jagte, sondern – o Schreck – auch manchmal stillstand. Gott sei Dank nicht für lange, aber immerhin. Danach stieg sie aus dem Bett, prüfte durch tiefes Ein- und Ausatmen, ob die Lungen noch bereit waren, ihren Dienst zu tun, und setzte die Füße so vorsichtig auf die Erde, als wären sie aus Glas und könnten gleich zerspringen. Beruhigenderweise minderten all diese Ängste ihren Appetit nicht im Geringsten. Auch fand die Jungfer in dem Hausarzt, der sich regelmäßig blicken ließ, einen verständnisvollen Zuhörer, der ihre Tüchtigkeit zu würdigen verstand und ihre Kunstfertigkeit, mit der sie als Dank für sein Mitgefühl Tischtücher und Servietten seiner Frau mit zierlichen Monogrammen versah. Kopfschüttelnd beobachtete er, wie sie leichtfüßig die schweren Kohleneimer die Treppe hinauftrug, und fand, dass man ihr doch ein wenig zu viel aufbürde. Aber Fräulein Lisbeth teilte seine Ansicht nicht, und als er einmal vorsichtig auf den Busch klopfte, ob es nicht für sie recht eintönig sei, in diesem Haus wie eine Nonne zu leben, lachte sie nur. »Hundertmal besser als ein Kerl am Hals, der mehr an der Flasche hängt als an Frau und Kind«, sagte sie. Da solle sich der Herr Doktor mal keine Gedanken machen. Ihr gehe es gut, und im Vergleich zu ihrer Kindheit im Waisenhaus stimmte das wahrscheinlich auch.

Der Arzt besprach den Fall mit seiner Frau. »Was hältst du davon«, fragte er, »wenn wir mal die Baronesse und unsern Ludwig zusammenbringen? Du weißt ja, er hat ein gewisses Faible für hysterische Mädchen.« Freund Ludwig, Superintendent, ein besonders von den Damen der Gemeinde hochgeschätzter Prediger, der seine Frau verloren hatte und nach dem schicklichen Trauerjahr bereits wieder fleißig suchte, nach dem Motto: »Es ist nicht gut, dass der Mensch allein sei«, war zwar nicht mehr der Jüngste und auch nicht gerade das, was man eine blendende Erscheinung nennt, aber von stattlicher Figur, wenn auch mit einem unübersehbaren Bauch

41

und leider beginnendem Haarausfall. Er hatte etwas gleichermaßen Zupackendes wie Behutsames, sodass sich niemand bedrängt fühlte, sondern nur angenehm berührt von dem gezeigten Interesse, und ihm auch der verschlossenste Mensch vertrauensvoll sein Herz ausschüttete.

Die Einladung wurde ein voller Erfolg. Fräulein Lisbeth hatte ihre Baronesse ordentlich herausgeputzt, das Haar so lange bearbeitet, bis es locker und duftig fiel, das Gesicht leicht gepudert, sodass die Narbe kaum sichtbar war, und ihr ein Kleid angezogen, das Taille und Busen betonte. Die Augen des Superintendenten musterten unter schweren Lidern das Opfer wie ein Frosch die Fliege, bevor er zuschnappt, und es war ihm anzumerken, dass Tante Esther ihm auf Anhieb außerordentlich gefiel. Die Baronesse zeigte sich nach langer Zeit wieder fröhlich und unbeschwert, erzählte von ihrem Elternhaus, lächelte auf neckende Fragen des Geistlichen verschmitzt und gab »Maître Corbeau« zum besten, was, wie sie behauptete, die Lieblingsfabel ihres Vaters gewesen sei.

Die Frau des Hausarztes zeigte sich etwas erstaunt. »Ludwig hat ja richtig angebissen, wer hätte das gedacht.«

Der Doktor lächelte. »Wahrscheinlich spürt

er schlummernde Talente in der Baronesse. Unser Ludwig ist ja ein Frauenkenner.«

»Was verstehst du unter schlummernden Talenten?«, fragte seine Frau.

»Was weiß ich«, sagte der Doktor. »Es ist nur so dahingesagt.«

Der Superintendent erwies sich als wahres Wundermittel. Vorbei die Zeiten, in denen Tante Esther den Eindruck erweckte, sich im Winterschlaf zu befinden, vorbei die Tage des Pulsfühlens und der Migräne. Stattdessen sang sie jetzt Moritaten. Während ihr Lisbeth die Haare kämmte, trällerte sie: »Johann Gottfried Seidelbast hängte sich an einen Ast, streckte dann die Zunge raus, weil ihm ging die Luft bald aus«, worüber Lisbeth lachen musste, aber gleichzeitig auch etwas schockiert war. »Aber Baronesse«, warnte sie, »solche Lieder lassen Sie lieber nicht in Gegenwart von Herrn Ludwig hören.«

Tante Esther machte ihren schon von leichten Fältchen umrahmten Schmollmund. »Ach der«, sagte sie mit einer koketten Handbewegung.

Es dauerte nicht lange, und der Superintendent hielt beim Vormund um Tante Esthers Hand an und noch einmal scherzhaft bei Fräulein Lisbeth, Tante Esthers Schatten. Auch der erleichterten Familie gefiel er. Natürlich, er war kein Standesgenosse, aber immerhin ein ziemlich hoher Würdenträger ihrer Kirche. Ohne Zweifel war die liebe Esther bei ihm in guten Händen. Jetzt, wo sie unter der Haube war, musste man sich nicht mehr mit Schuldgefühlen abplagen, weil man dem am Sterbebett ihrer Eltern gegebenen Versprechen, sich, komme, was da wolle, um sie zu kümmern, nur sehr unvollständig nachgekommen war.

Gemeinsam mit Fräulein Lisbeth wechselte Tante Esther ins Haus des Pastors über, wo es an Personal nicht mangelte, sodass die Jungfer guten Zeiten entgegensah und sich nur noch um ihre Baronesse kümmern musste, was sie, wie der Hausherr gelegentlich fand, mit vielleicht doch etwas zu viel Hingabe tat. Jedenfalls rieb er sich nachdenklich die Nase, als sie nach der Hochzeitsreise um sieben Uhr an die Schlafzimmertür des Ehepaares klopfte, um ihnen das Frühstück ans Bett zu bringen, sich wie selbstverständlich bei den Mahlzeiten neben ihre Baronesse setzte, ihr die Serviette auf den Schoß legte, die Brote schmierte und das Fleisch in kleine Stücke schnitt. Fürsorge war etwas sehr Christliches, aber das hier war ein wenig übertrieben. Doch der Superintendent war ein guter Hirte geworden, der durch lange Berufserfahrung wusste, wie man den Schäfchen zeigte, wo es lang ging. Behutsam beschnitt er Fräulein Lisbeths Besitzansprüche an Tante Esther und fand diplomatisch Mittel und Wege, sie sich und seiner Frau von der Pelle zu halten. So überredete er sie, doch im Kirchenchor aktiv zu werden. Ihr herrlicher Alt, der ihm während des Gottesdienstes aufgefallen sei, könne für den Chor eine große Bereicherung werden, und wie dankenswert wäre es, wenn sie ab und an ihr Talent für akkurate Buchführung dem Kirchenbüro zur Verfügung stellen würde. Die Gemeindearbeit sei eben doch sehr umfangreich. Während er so mit ihr herumsäuselte, füßelte die junge Ehefrau mit ihm unter dem Tisch, griff nach seiner Hand und sagte mit ihrem verschmitzten Lächeln: »Was hast du nur immer für gute Ideen.«

Fräulein Lisbeth, teils geschmeichelt, teils ein wenig gekränkt, denn sie merkte die Absicht, versprach, es zu versuchen, und bereute es nicht, denn endlich kam Abwechslung in ihr eintöniges Leben. Sie bestand nicht mehr darauf, das Ehepaar auf seinen Reisen zu begleiten, die sie jetzt häufig unternahmen, wobei Ludwig für die Bildung seiner Baronesse sorgte und sie in Ausstellungen und Museen führte. Auch war das Ehepaar recht gesellig und ließ keine Festlichkeit aus. Während Tante Esther mit ihrem

Ludwig fröhlich auf den Bällen herumhopste – ein Superintendent hat schließlich auch viele gesellschaftliche Verpflichtungen –, übte die Jungfer mit Hingabe im Chor: »Was Gott tut, das ist wohlgetan.«

Die Familie beobachtete interessiert Tante Esthers Wandel vom Trauerkloß zu einem unternehmungslustigen, schlagfertigen Wesen. Stets modisch gekleidet, fand sie überall Beachtung, sodass man sich gelegentlich zuflüsterte, ihr Mann scheine nicht nur ein ausgesprochen begnadeter Geistlicher zu sein, sondern habe es auch faustdick hinter den Ohren. Jedenfalls habe eines seiner früheren Stubenmädchen herumerzählt, im Schlafzimmer vom Herrn Pastor gebe es Bilder in Wechselrahmen, manchmal Landschaften, manchmal ganz was anderes. Auf die neugierige Frage: »Was denn?« habe sie ein wissendes Gesicht gemacht und gesagt: »Na, ganz was Freches eben.«

Leider war Tante Esthers Glück wiederum nicht von langer Dauer. Ludwig starb unerwartet nach kurzer Krankheit an ihrem vierzigsten Geburtstag. Die finanzielle Seite sah, wie beim Tod ihrer Eltern, auch jetzt wieder katastrophal aus, denn der Superintendent hatte mehr nach dem Motto der Lilien auf dem Felde gelebt. Guter Rat war teuer. Der Vormund musste an viele

Türen klopfen, bis einer von Tante Esthers älteren Cousins sich breitschlagen ließ, sie in seinem Schloss aufzunehmen, nicht zuletzt, weil sie von der Kirche eine, wenn auch nur bescheidene Pension bekam, womit man die Haushaltskasse ein wenig aufbessern konnte. Schließlich war auch der Cousin nicht gerade auf Rosen gebettet. Und was diese Jungfer anging, die sollte ja, wie allgemein bekannt, eine Perle sein. Seine Frau, deren Freude über diesen unerwarteten Zuwachs sich zunächst sehr in Grenzen gehalten hatte, wurde schnell eines Besseren belehrt. Die Jungfer konnte wirklich alles. Sie kochte passabel, flickte, stopfte, stickte hervorragend, verstand etwas von der Krankenpflege und führte für die Hausfrau das Haushaltsbuch. Kurz, sie war für viele Zwecke verwendbar.

So verlief das Zusammenleben mit der Cousine, die überdies nur zum Mittagessen erschien, ihr eigenes Leben führte und der Hausfrau nicht dauernd am Rockzipfel hing, ziemlich problemlos. Nur manchmal schüttelte man den Kopf über Lisbeth, die treue Seele, die ihre Fürsorge für ihre Herrin wohl doch etwas übertrieb. Allerdings war Tante Esther, wahrscheinlich durch den schweren Schicksalsschlag, ein wenig sonderlich geworden und hatte wieder eine gewisse kindliche Hilflosigkeit angenommen, wie schon allein ihr ewiges Vor-sich-hin-Gesumme zeigte, das allerdings durch die räumliche Entfernung zum Wohntrakt für ihre Gastgeber nicht allzu störend war. Außerdem verwandelte sie sich mehr und mehr in eine Matrone, die Kleidung grau in grau, das Haar lieblos zurückgekämmt. Sie hasste frische Luft und musste von dem unnachgiebigen Fräulein Lisbeth förmlich dazu gezwungen werden, das Haus zu verlassen. Zur Erheiterung des Personals wanderten sie dann genau zwanzigmal um das Rondell, Arm in Arm, die etwas aus dem Leim gegangene, leicht watschelnde Tante Esther und die schlanke, kerzengerade Lisbeth mit dem Gehabe einer strengen Gouvernante, die mit energischem Schritt ihren Zögling hinter sich her zerrt.

Wenn Gäste im Haus waren, ließ sich Tante Esther noch seltener blicken. Trotzdem war sie ein Anlauf für Kinder aller Altersstufen. Sie gingen mit Tante Esther wie mit ihresgleichen um, wühlten nach Herzenslust in ihrem Kleiderschrank und verkleideten sich, bekritzelten sorglos jedes Papier und fielen ihr dauernd mit einem »Weißt du was?« ins Wort. Tante Esther störte es nicht, dass ihre Patiencekarten sich in etwas Unappetitliches, Klebriges, Bekritzeltes verwandelten, noch dazu mit Eselsohren geschmückt, die durch den vergeblichen Versuch, ein Kartenhaus damit zu bauen, entstanden waren. Es machte ihr nichts aus, dass die Kinder schnell ein heilloses Durcheinander im Zimmer anrichteten und Stopfgarn, Nähnadeln, Stickschere und Stecknadeln aus dem Nähkästchen erst wieder mühsam zusammengesucht werden mussten. Die Kinder liebten die Geschichten aus Tante Esthers Kindheit, hatte sie anscheinend doch alles besessen, was man ihnen schändlicherweise vorenthielt, dabei aber ebenso angenehm Gruseliges erlebt, eine Kreuzotter im Wald, die sich um ihre Beine ringelte, auch wäre sie fast an einem Pflaumenstein erstickt und von einem tollwütigen Hund gebissen worden. Beim Erzählen verlor sie allerdings oft den Faden und murmelte abwesend: »Ludwig hatte immer so fabelhafte Ideen. Mein Gott, wenn ich an diesen Abend denke«, bis eines der Kinder sie am Ärmel zupfte und mahnend rief: »Tante Esther?« Dann sah sie für einen Moment etwas verwirrt in die Kinderrunde und fragte: »Wo bin ich stehen geblieben?«

Aus dem anschwellenden Lärm, der aus ihrem Zimmer drang, konnte jeder, der Bescheid wusste, unschwer schließen, dass Tantchen mal wieder eingenickt war und die Kinder, sich selbst überlassen, außer Rand und Band gerieten, bis Fräulein Lisbeth auftauchte und für Ordnung sorgte.

Vor der Jungfer hatten sie einen höllischen Respekt. Sie hatte es nicht nötig, laut zu werden. Ein Blick genügte. Bei aller Strenge konnte sie viel Mitgefühl dort zeigen, wo man von den meisten Erwachsenen nur ein »Stell dich nicht so an« oder »Was auf den Tisch kommt, wird gegessen« zu hören bekam. Wenn Lisbeth in Abwesenheit der Eltern und der Hauslehrerin bei den Mahlzeiten die Aufsicht hatte, fischte sie, wahrscheinlich in bitterer Erinnerung an das Waisenhaus, die Haut vom Kakao und zwang das Kind nicht, am Tisch sitzen zu bleiben, bis alles aufgegessen war. Sie verstand auch die Ängste vor dunklen Kellergängen und besonders vor Gewittern. Dann erschien sie manchmal nachts in einem voluminösen Nachthemd und beruhigte die vor sich hin Wimmernden. Und was ihre Geschichten aus dem Waisenhaus betraf, so konnten diese sich durchaus mit denen Tante Esthers messen und wurden auch vom Hausherrn gnädig aufgenommen, weil sie, wie er meinte, einen gewissen erzieherischen Wert besaßen und zeigten, wie gut es doch dagegen der eigenen Brut ging, besonders, wenn man an die im Waisenhaus verhängten Strafen dachte: Essensentzug, Dunkelhaft und Erbsenknien.

Aber nicht nur Kinder und Jugendliche, auch die Erwachsenen fühlten sich in ihrer Gegenwart gelegentlich ein wenig ungemütlich, zumal die Jungfer eine scharfe Beobachterin war und oft mehr mitkriegte, als man ahnte. Der Griff des Dieners in die Zigarrenkiste, die schnelle Bewegung, mit der das Stubenmädchen sich des Parfums ihrer Herrin bediente, der leidenschaftliche Kuss des nicht mehr ganz so jungen Onkels im Flur, wo er ein wenig mit der Nichte techtelte. Auch bei den Gesprächen nahm sich das junge Volk vor ihr in Acht, obwohl sie jedem Klatsch abhold war und die Diskretion in Person, vor allem, was ihr eigenes Leben anging. Wenn sie sich mit der Mamsell am Sonntag zu einem gemütlichen Kaffeestündchen zusammengefunden hatte, versuchte die, sie ein wenig auszuquetschen. Von der Baronesse wusste man ja so einiges, aber wie sah es bei Fräulein Lisbeth aus, was die Liebe betraf? Der Blick, mit dem Fräulein Lisbeth sie durchbohrte, ließ sie zusammenfahren, denn es fiel ihr siedendheiß ein, dass die Jungfer gestern erst Zeugin geworden war, als sie für ihre Angehörigen zwei Gläser Gänseleberpastete beiseitegestellt hatte. Emsig versuchte sie, den angerichteten Schaden zu begrenzen. »Liebe«, sagte deshalb die Mamsell in wegwerfendem Ton, »was ist das schon? Liebe hat viele Gesichter.«

»Das hat sie«, sagte Fräulein Lisbeth und stellte die Tassen zusammen.

Backfische und junge Frauen schnitten dieses Thema in Lisbeths Gegenwart so gut wie nie an. Tante Esther gegenüber lösten sich ihre Zungen schon eher, und sie waren verblüfft darüber, dass die, wenn sie auf ihren Ludwig zu sprechen kam, erstaunliche Kenntnisse zeigte, wenn auch diskret verschlüsselt, wie sie nur in dem Buch von van der Velde »Die vollkommene Ehe« zu finden waren. Ebenso wie die Kinder stöberten sie nach Herzenslust im Zimmer herum, betrachteten sich die Fotoalben, lasen in alten Briefen und probierten Tante Esthers Schmuck aus. Nur eins durften sie nicht: einen Blick in das Schildpattkästchen werfen, dessen Schlüssel sie gut versteckt hatte, worüber man ein wenig lächelte. Wahrscheinlich hatte das Tantchen ein paar sentimentale Liebesbeweise, eine gepresste Rose oder ein Kleeblatt, darin versteckt.

Sogar die jungen Männer hielten es nicht für unter ihrer Würde, dieser, wie sie fanden, ulkigen Person gelegentlich einen Besuch abzustatten, wenn auch aus völlig anderen Gründen, für die es aber der Tante gegenüber keinerlei Erklärungen bedurfte. Sobald einer der jungen Herren eingetreten war, sagte sie, ohne von ihrer Stickerei aufzublicken: »Im Schrank links, und bring zwei Gläser.«

»Die Jahre wie die Wolken geh'n«, das galt trotz
aller Eintönigkeit auch für Tante Esthers Leben.
Im Laufe der Zeit hatte sich im Schloss so man-
cherlei geändert. Der Cousin hatte sich aus ge-
sundheitlichen Gründen vorzeitig aufs Altenteil
zurückgezogen und der älteste Sohn das Kommando im Schloss übernommen. Neben seinen
jüngeren Geschwistern sorgten bereits drei eigene Sprösslinge für die Fortsetzung der Familie.
Dazu kam eine Spielgefährtin für die Zwillinge,
eine Waise, das elfjährige Sophiechen, die trübe-
tümplig herumhing, weil sie unbarmherzig ge-
neckt und von der jungen Baronin nicht gerade
mit Herzlichkeit erstickt wurde. Sie war dagegen
gewesen, Sophiechen für unbestimmte Zeit auf
dem Hals zu haben. Doch ihr sonst sehr liebens-
würdiger Mann zeigte sich in diesem Punkt un-
nachgiebig. Das Kind war als Waise nun mal in
einer misslichen Lage, da gab es kein Wenn und
Aber.

Die Baronin seufzte. Das Schlossleben hatte
sie sich etwas anders vorgestellt. Da lebte man ja
wahrlich noch wie hinter dem Mond. Sie war
eine echte Großstadtpflanze mit eigenem Reitpferd im Tattersall und morgendlichen Ausritten
im Grunewald, war mit ihren Eltern viel gereist,
konnte ein Automobil steuern und erheiterte ihren Ehemann mit Werbesprüchen. »Wie auf des

Berges Spitze der Tourist befriedigt und begeistert ist, dieweil ihm hier die weite Welt und Kaffee Hag so gut gefällt.« Sie war ein quirliges Wesen, das ihm keine Chance gegeben hatte, einen Antrag zu machen. Jedesmal, wenn er ansetzte, schoss ihr irgend etwas durch den Kopf, das sofort in die Tat umgesetzt werden musste, und sie verschwand mit einem: »Einen Moment, ich bin gleich wieder zurück.« Schließlich schaffte er es mit Hilfe eines bestochenen Museumswärters, der, von einem guten Trinkgeld erwärmt, sich bereit erklärte, die beiden einzuschließen, sodass sie ihm nicht entkommen und er seinen ersten Kuss vor einem riesigen Schinken, einen überlebensgroßen Goliath und einen Miniatur-David darstellend, loswerden konnte, wobei er sich, wie er hinterher bisweilen erwähnte, in dem Moment mehr wie Letzterer fühlte. Was auf ihn zukommen würde, wurde ihm jedoch erst richtig klar, als der Schwiegervater ihn nicht nur auf Herz und Nieren prüfte, wie es mit seinen Finanzen stünde, sondern auch, nachdem er eingewilligt hatte, in Tränen ausbrach. Glücklicherweise erwies sich dann später Berlin doch als sehr weit weg und seine geliebte Mix mit drei rasch aufeinander folgenden Geburten so beschäftigt, dass keine Zeit mehr blieb, ständig in die Reichshauptstadt zu fahren, ihrem betrübten Papa die

Hand zu halten und ihm immer wieder zu versichern, dass sie sein Herzepimpel bleibe.

Natürlich war sie nach der Hochzeit voller Tatendrang gewesen und hatte versucht, den Räumen ein wenig Cachet zu geben, was nicht nur die sonst ihr durchaus zugetane Schwiegermutter verstimmte, sondern auch den Ehemann. »Ein wenig Patina gehört zu jeder Tradition«, wurde sie belehrt. So blieb das mottenzerfressene Wildschwein ebenso an seinem Platz wie die aus irgendeinem Grund immer häufiger zu Boden stürzende Ritterrüstung und das strümpfebedrohende Esszimmergestühl.

Alles andere als gut gelaunt, fegte die Baronin durchs Schloss, wobei sie auf dem dunklen Flur auf dem obersten Absatz der Treppe fast über Sophiechen gestolpert wäre, die dort melancholisch saß und ihre Nasenpopel betrachtete. »Mein Gott, was hockst du hier herum, mach lieber deine Schularbeiten.« Das Kind trottete gehorsam davon und begab sich zu Fräulein Lisbeth, die ihr tröstend über den Kopf strich und sie gleichzeitig für ihre ewige Heulerei tadelte, wobei die Jungfer wieder jenen rätselhaften Blick bekam, in dem sich Unmut, Ärger und zärtliches Verständnis mischten.

Die Baronin hatte sich inzwischen ihres Ehemannes bemächtigt und war entschlossen, be-

55

stimmte Dinge ein für alle Mal zu regeln. »Bleibt uns dieses uncharmante Kind nun für den Rest des Lebens erhalten?«

»Hab noch etwas Geduld. Es wird sich schon eine Lösung finden«, sagte der Hausherr beruhigend, denn die liebe Mix verfügte über ein beachtliches Temperament.

»Und überhaupt«, sagte die Baronin, »komme ich mir hier vor wie in einem Altersheim. Der Diener kann kaum noch servieren, so zittern ihm die Hände, Mamsell sieht so schlecht, dass sie die Gewürze durcheinanderbringt, und Fräulein Lisbeth ist auch nicht mehr das, was sie einmal war. Von dieser Tante Esther gar nicht zu reden. Wieso haben wir die eigentlich seit Jahren auf dem Halse?«

Doch zur Erleichterung der jungen Hausfrau war die Anwesenheit dieser unerwünschten Tante nur noch von kurzer Dauer. Sie starb bald darauf.

»Die arme Lisbeth«, sagte der Hausherr mitfühlend. »Das ist der Schock ihres Lebens.«

»Und was machen wir jetzt mit ihr?«, fragte seine Frau. »Du musst zugeben, für die reguläre Arbeit wird sie langsam zu alt. Da müssen wir uns wohl was einfallen lassen.«

Der Hausherr runzelte die Stirn. »Das hat ja noch Zeit. Es wird sich alles finden.«

Fräulein Lisbeth war gefasster, als der Hausherr gefürchtet hatte. Nur noch schweigsamer war sie geworden. Einer der wenigen Sätze, die sie nach der Trauerfeier von sich gab, war an Sophiechen gerichtet: »Kind, latsch nicht so über den großen Onkel.«

Eine Woche später machte sich die Baronin gemeinsam mit Fräulein Lisbeth daran, Tante Esthers Zimmer zu entrümpeln. Stirnrunzelnd betrachtete sie den herumliegenden Krimskrams. »Hier hätte schon längst einmal aufgeräumt und weggeschmissen werden müssen.«

Die Jungfer warf ihr einen kühlen Blick zu. »Wer trennt sich schon gern von einem Teil seines Lebens.«

Die Baronin lächelte spöttisch. Jetzt kam ihr dieser alte Drachen auch noch philosophisch. Doch dann fiel ihr ein, dass auch sie ihre Lieblingspuppe in die Ehe mitgenommen und ihr sogar einen Platz im Schlafzimmer eingeräumt hatte.

Bei dem Herumkramen fiel ihr das Schildpattkästchen in die Hand, in dem merkwürdigerweise der sonst von Tante Esther so gehütete Schlüssel steckte. Ehe Fräulein Lisbeth es verhindern konnte, öffnete sie es. »Was haben wir denn hier?«

»Bestimmt nichts Interessantes«, sagte das

57

Fräulein und versuchte vergeblich, der Baronin das Kästchen aus der Hand zu nehmen. Was darin zum Vorschein kam, war jedoch selbst für die junge, aufgeklärte Ehefrau, die van der Velde nicht mehr nötig hatte, starker Tobak. Das Kästchen enthielt Zeichnungen, auf denen Tante Esther hüllenlos, in neckischer Pose, und ebenso Ludwig in Gestalt eines Fauns, mit ihr auf einer Wiese innig verbunden, zu sehen war.

»Man glaubt es nicht«, sagte die Baronin, sichtlich beeindruckt und, wie sie sich eingestand, fast ein wenig neidisch. Dagegen war sie ja geradezu eine Landpomeranze. »Bei Tantchen muss es ja ganz schön flott zugegangen sein. Haben Sie das gewusst?«

Fräulein Lisbeth zeigte sich der Situation erstaunlich gewachsen. »Da müssen Sie sich nichts bei denken, Frau Baronin«, sagte sie gleichmütig. »So was gibt's in jedem Museum zu sehen. Ich finde die Baronesse und den gnädigen Herrn vorzüglich getroffen. Das ist eben Kunst. Wenn Sie mir bitte jetzt das Kästchen geben würden.«

Die Baronin eilte zu ihrem Ehemann und berichtete ihm kichernd, was die gute Tante Esther doch für ein stilles Wasser gewesen war.

Der Baron hörte wie immer nur halb hin. Eine plötzliche Windhose hatte eine große Schneise in seinen Wald geschlagen. »Erotische Zeichnungen sind doch was sehr Hübsches«, sagte er zerstreut. »Am besten, du gibst alles Fräulein Lisbeth. Die ist sicher dankbar für jedes Andenken an Tante Esther.« Aber dann musste auch er lachen, und plötzlich, von Erbarmen für die Jungfer gepackt, beschlossen sie gemeinsam, das unangenehme Gespräch über deren Zukunft noch ein wenig hinauszuschieben.

Fräulein Lisbeth kam ihnen jedoch zuvor. Sie kündigte. Die Familie stand Kopf. Kündigungen hatte es in diesem Haus noch nie gegeben.

»Darf man nach Ihren Plänen fragen?«, sagte der Hausherr sichtlich gekränkt, als hätte sich sein einst geliebter, inzwischen kaum noch beachteter alter Jagdhund plötzlich aus dem Staube gemacht, denn nun erinnerte er sich wieder, dass ihn Tante Esthers Jungfer als Junge oft getröstet und ermuntert hatte, wenn sein Vater von ihm Dinge verlangte, denen er sich noch nicht gewachsen fühlte. Und das war, wie ihm nun schien, noch gar nicht so lange her.

Fräulein Lisbeth warf ihm einen ihrer schwer zu deutenden Blicke zu, ehe sie antwortete: »Ein Freund des ehemaligen Hausarztes der Baronesse hat mir ein Angebot gemacht. Er will mich als Hausdame in einer kleinen Pension in Berlin beschäftigen.«

»Wir werden Sie sehr vermissen«, sagte der Baron. »Besonders Sophiechen.«

»Die nehme ich mit«, sagte die Jungfer in entschlossenem Ton. »Mit dem Vormund habe ich bereits geredet. Er ist einverstanden.«

»Aber«, sagte der Baron, der das Ganze etwas bedenklich fand, jedoch versuchte, taktvoll zu sein, »so ein heranwachsendes Mädchen, das hat doch so seine Schwierigkeiten, auch finanziell gesehen.«

Letzteres erwies sich allerdings als problemlos. Es stellte sich nämlich heraus, dass Tante Esther so ganz nebenbei ein kleines Vermögen angesammelt und ihrer Jungfer vererbt hatte.

An diesem ereignisreichen Tag kam Sophiechen wie immer zu spät zum Mittagessen ins Esszimmer gestürmt und rief triumphierend: »Fräulein Lisbeth nimmt mich mit nach Berlin, und wir fahren mit der Eisenbahn! Ätschbätsch!«

»Contenance, Comtesse«, sagte Fräulein Lisbeth ruhig, die gerade mit der Suppenterrine ins Esszimmer kam. »Contenance.«

Aber der Abschied war dann doch von Tränen begleitet. Die Zwillinge hatten sich sogar zu einem Geschenk durchgerungen, wenn auch zu einem etwas bedenklichen, einem Katapult. Im Gegenzug bekamen sie Sophiechens Laubfrosch,

60

der allerdings für Wetterprognosen nicht mehr allzu tauglich schien, denn er glotzte die meiste Zeit schwermütig vor sich hin. Die Streitereien waren vergessen, und man lag sich schluchzend in den Armen.

In den ersten Monaten gingen noch ein paar Briefe hin und her, dann überdeckten andere aufregende Ereignisse auf beiden Seiten die Erinnerung. Und auch die anfänglichen gelegentlichen Gewissensbisse des Hausherrn, dieses ihm anvertraute Kind einfach so ziehen gelassen zu haben, waren verschwunden. Schließlich war ja letzten Endes der Vormund für sie verantwortlich, ein sehr netter, gewissenhafter Mensch. Er würde schon ein sorgsames Auge auf den Lebensweg der Kleinen haben.

»Die Jahre wie die Wolken geh'n.« Wieder einmal begab sich der Hausherr zu einer Stippvisite in die Reichshauptstadt, natürlich rein aus geschäftlichen Gründen. Nach anstrengenden Gesprächen fragte er wie üblich den Portier seines Hotels nach einem passenden Etablissement, in dem man sich nach der schweren Arbeit ein wenig entspannen könne. Der Portier dachte ein Weilchen nach und empfahl dann ein kleines exquisites Haus, das sich seit neuestem bei seinen Gästen großer Beliebtheit erfreute und das durch sein angenehmes Ambiente allgemein gelobt wurde, zumal dort nur Herren der besten Gesellschaft anzutreffen waren.

Wie der Baron feststellen konnte, hatte der Portier nicht zu viel versprochen. Behaglich lehnte er sich in dem Sessel des geschmackvoll eingerichteten Salons zurück und betrachtete sich wohlwollend eine entzückend aussehende Person, die in ihrer dezenten Aufmachung nicht von einer Standesgenossin zu unterscheiden war und ihm gerade mit zierlicher Hand ein Glas Champagner der Marke »Veuve Cliquot« einschenkte, als ihn plötzlich eine ihm sehr vertraute Stimme geradezu vom Sessel hochriss. Vor ihm stand Fräulein Lisbeth in kerzengerader Haltung und wie immer wie eine Vorsteherin eines Mädchenpensionates gekleidet. Dagegen zeigte die ehemalige Jungfer keinerlei Überraschung, begrüßte ihn nicht anders als früher, wenn er von einer Jagd heimkam, und wirkte weder verlegen noch befangen. Ein kurzer Blick, und das bezaubernde Geschöpf überließ ihr seinen Platz, während Fräulein Lisbeth ihren Gast freundlich anlächelte.

»Hübsch haben Sie's hier«, sagte der peinlich berührte Baron in einer etwas tölpelhaften Weise, um die Situation zu meistern und seine Verlegenheit zu überspielen. »Geht es Ihnen gut?«

»Es könnte nicht besser sein«, sagte Fräulein Lisbeth gelassen, wobei zu einem weiteren Schreck dem Baron Sophiechen wieder einfiel. »Wie geht es dem kleinen Mädchen?«, stammelte er. »Was ist mit ihr?«

Zu seiner großen Beruhigung erfuhr er, dass Fräulein Lisbeths Schützling sich mit Einwilligung des Vormundes in einem Schweizer Internat aufhielt. Weiterhin erfuhr er, dass Fräulein Lisbeth eine eigene kleine Wohnung in einem anderen Stadtteil besaß, in dem Sophiechen ihre Ferien verbrachte. Denn pekuniär ging es der ehemaligen Jungfer ausgesprochen gut.

»Sie sehen«, sagte sie beruhigend zum Baron, »es hat alles seine Ordnung für die Comtesse, wie es sich gehört«, und, im gleichen Tonfall, zu einem leicht beschwipsten, vergnügt ein Sektglas schwingenden, etwas zu laut kichernden Geschöpf gewandt, das an ihnen vorbeihüpfte: »Contenande, mein Kind, Contenance.« Der Baron wurde das unbehagliche Gefühl nicht los, dass auch er damit gemeint war.

Der Gong

Die Zeit rast dahin. Manchmal kommt es einem so vor, als humple man nur noch von Beerdigung zu Beerdigung. Die kommende Generation kann langsam aufatmen: Endlich räumen wir das Feld. Einst waren wir eine große Familie mit mehr als zwanzig Vettern und Kusinen ersten Grades, in Schlössern geboren und auf dem Lande aufgewachsen. Aber nur wenige unserer Jahrgänge sind übrig geblieben. Trotzdem wird der traurige Rest zwischen achtzig und hundert von der tröstlichen Hoffnung genährt, dass noch einige schöne Jährchen vor uns liegen. Beispiel war bis jetzt Vetter Fips, zweiundneunzig, und Anton, der frühere Diener seiner Eltern, achtundneunzig. Doch nun hat es den auch erwischt, diesen wandelnden Knigge, dem niemand etwas vormachen konnte, was gesellschaftliche Formen betraf, und dessen strafender Blick den arrogantesten Leutnant daran hinderte, seine Zigarettenasche weiterhin über Mammchens Blumengestecke zu schnippen.

Antons Tod hat uns aus unserem alltäglichen Trott mit seinen hochinteressanten Überlegungen wie: »Kaufe ich heute Camembert oder Schnittkäse?«, »Lasse ich mir die Haare schneiden?«, »Geh ich raus oder bleib ich lieber drin?« gerissen. Dass er einen sanften Tod gehabt hat, ist ein schwacher Trost. Jetzt ist Vetter Fips die letzte Säule, an die wir uns klammern. Doch schnell kann uns auch dieser Halt genommen werden. Vetter Fips sagt, wir machen ihn halb wahnsinnig, dass wir ihn deshalb dauernd anrufen und uns besorgt nach seiner Gesundheit erkundigen. »Unkraut vergeht nicht«, sagt er und erzählt uns, wie er gerade einen Spickaal zum Abendbrot verzehrt und mit mehreren Klaren nachgespült habe. Und jetzt sei er dabei, sich eine gute Zigarre zu gönnen. Das sei für ihn die beste Medizin. »Macht euch keine Hoffnungen«, raunzt er ins Telefon. »Noch gibt es nichts zu erben« – eine, wie wir finden, recht geschmacklose Bemerkung. Wer von uns ist schon hinter seinen paar Kröten her! Allerdings erwartet der Familienverband, dass seine vom Urgroßvater geerbte goldene Taschenuhr auch in den richtigen Händen landet und nicht etwa, wie es ja leider, leider viel zu oft passiert, in einem Anfall von leichter geistiger Verwirrung bei einer hübschen Krankenschwester.

Fips kann noch am meisten über die Ära Anton im Hause seiner Eltern, Onkel Karl und Mammchen, berichten. Vieles weiß er von seiner Mutter, aber er hat auch eine Menge selbst mitbekommen. So hat er, wenn auch noch fast mit dem Daumen im Mund, erlebt, wie Anton, von seinem Vormund begleitet, ins Schloss kam, ein mageres Kerlchen im Konfirmandenanzug, Gesicht und Hände rot geschrubbt und in ein Duftgemisch aus Mottenpulver, Kernseife und Kuhstall eingehüllt, ein armer Waisenjunge, den bei sich aufzunehmen anscheinend niemand in der Verwandtschaft Lust hatte. Dabei trug er schon damals gewissermaßen den Marschallstab im Tornister, denn, seien wir doch ehrlich: Von uns hat es nach dem letzten Krieg keiner so weit gebracht wie er, der Mitinhaber eines Nobelhotels in Südfrankreich, von der Prominenz, die dort ein- und ausgeht, vertraulich »chez Antoine« genannt. Selbstverständlich haben auch wir, allen Nachkriegswidrigkeiten zum Trotz, unser Leben gemeistert, wenn auch sicher nicht so spektakulär. Einer der Vettern hat es in der Bundeswehr bis zum Oberst gebracht und ist dann auch noch zu seinem rasenden Glück mit einer stattlichen Pension in den Vorruhestand geschickt worden. Vetter Kurt wurde Privatdozent für Tierverwertung, und Fips' Schwester Leonie hielt in einem großen Krankenhaus bis zu ihrer Pensionierung als Oberin die Schwestern in

Schwung. Unsere Kinder haben uns allerdings längst überflügelt. Keins, das nicht eine Universität von innen gesehen hätte, wenn manchmal auch nur sehr vorübergehend. Es ist eine Generation, die ruhelos um den Erdball kreist, sich in Ländern auskennt, die uns nur in unseren Kinderbüchern wie »Die Diamanten des Peruaners« oder »Kreuz und quer durch Indien« begegnet sind. Sie reden, neidisch von uns betrachtet, fließend in fremden Zungen, während wir versuchen, mit unserem holprigen Schulenglisch zurechtzukommen. Gerechterweise muss man sagen, dass es auch für uns Jahre gab, in denen wir wie aus der Koppel ausgebrochene Kühe durch ganz Europa trampelten. Trotzdem, Kritik muss sein. Wir sind nach wie vor der Meinung, dass unser Nachwuchs die Weisheit ein wenig zu sehr mit Löffeln gefressen hat. Sie blicken gönnerhaft von der Höhe ihres Wissens auf uns herab, was sie aber nicht daran hindert, sich ihres von uns ererbten Namens zu rühmen, eines der wenigen Dinge, mit denen wir sie anscheinend nicht enttäuscht haben. Sie wissen das überholte Adelsprädikat sehr zu schätzen und scheuen sich nicht, beim Adressieren ihrer Briefe so angestaubte Bezeichnungen wie »IH« (Ihre Hochwohlgeborene) oder »SH« (Seine Hochwohlgeborene) fröhlich auferstehen zu lassen.

Das müssen doch schöne Zeiten gewesen sein, als die Großeltern noch Viere lang fuhren, auf Geschirr und Scheuklappen der Pferde das jeweilige Wappen in Silber prangte, der Kutscher in Livree mit der Bogenpeitsche grüßte und auf dem Rücksitz des Dogcarts manchmal sogar ein Gnom mit gekreuzten Armen saß. Unerfreuliches wie Internate mit Schlafsälen und preußischem Drill, in denen man nur mit einer Nummer aufgerufen wurde, schlecht geheizte Kinderzimmer, die sich zwei, drei Geschwister auch nachts teilen mussten, und Hauslehrer und Mademoiselles, die gern ihren persönlichen Frust an ihren Zöglingen ausließen, können sie sich nur schwer vorstellen.

Am liebsten hören sie die Geschichten über Anton, denn Diener und Butler stehen in unserer klassenlosen Gesellschaft hoch im Kurs. Deshalb schmücken sie sich gern beim Social Life mit diesen treuen Seelen, um mit der überdrehten High Society mithalten zu können, bei der es inzwischen auf Festen und Hochzeiten nicht unter vierhundert Personen abgeht und eine solche Verschwendung getrieben wird, dass, wie Fips sagt, selbst der olle Nero vor Neid erblasst wäre. »Saure Trauben«, sagen wir dann lachend. Schließlich war auch er nicht gerade ein Kind von Traurigkeit und brachte es fertig, als fünfzehnjähriger Lümmel die Gegend in Aufruhr zu versetzen, weil er auf einer Hochzeit hoch zu Ross im Speisesaal erschien. Zu Hause hätte er sich diesen Streich nie erlaubt. Das hätte nicht nur Onkel Karl, sondern vor allem auch Anton nicht geduldet.

Dabei war Anton nicht gerade mit offenen Armen im Schloss aufgenommen worden. Vor allen Dingen der alte Diener, der ihn unter seine Fittiche nehmen sollte, war strikt gegen ihn. Auch Onkel Karl zeigte sich unschlüssig.

»Der arme Junge«, sagte Mammchen mitleidig, als Vormund und Anton zum Futterfassen, wie es Onkel Karl nannte, in die Küche geschickt worden waren. »Was er für traurige Augen hat.«

»Mir kuckt er eher kiebig«, sagte Onkel Karl mit skeptischem Wohlwollen, dem zwar das Aussehen wenig, aber der trotzige Blick gefallen hatte. Zweifelnd wiegte er den Kopf. »Aber ich weiß nicht recht, diese kieksige Stimme, dieser nervöse Schluckauf. Sehr kräftig wirkt er gerade nicht. Womöglich bricht er uns schon beim Tellerraustragen zusammen. Und außerdem sieht er mir ganz nach Würmern aus« – eine eher sachliche Feststellung, die auch Mammchen nicht aus der Fassung brachte. Würmer, Läuse, Krätze waren auf dem Lande nichts Ungewöhnliches.

»Nun entschließ dich schon«, sagte Mammchen ungeduldig.

Aber so schnell war Onkel Karl nicht umzustimmen. »Wozu brauchen wir überhaupt einen Dienerjungen, jetzt, so kurz nach dem Krieg? Das ist ja das Neueste, was ich höre. So gut ist die wirtschaftliche Lage nun wirklich nicht.«

»Er könnte mir ein bisschen bei meinen Blumen helfen«, sagte Mammchen, »für die ja in diesem Haus wenig Verständnis gezeigt wird.«

»Blumen«, sagte Onkel Karl, »da fehlen mir wirklich die Worte.«

So ging es noch ein Weilchen hin und her, bis Mammchen der Geduldsfaden riss und sie ihren berühmten Nicht-einmal-eine-Hochzeitsreise-war-ich-dir-wert-Blick bekam. Fips' Eltern hatten in einem Oktober geheiratet und anscheinend vergessen, dass die Hochzeit damit direkt in die Hirschbrunft fiel. An eine Hochzeitsreise war also gar nicht zu denken, denn nichts in der Welt hätte Onkel Karl dazu bewegen können, auf den ihm von seinem Freund zum Abschuss freigegebenen stattlichen Hirsch zu verzichten. Selbstverständlich sollte die Reise nachgeholt werden. Doch zu Mammchens Leidwesen kam immer etwas dazwischen, zuerst Fips, der Erbe, dann der Erste Weltkrieg. Dafür war diese ausgefallene Reise für Mammchen inzwischen ein wirksames Druckmittel geworden, wenn Onkel Karl sich ihrem Willen nicht fügen wollte, und

70

so stand denn auch Antons Einstellung nichts mehr im Wege.

Zunächst sah es nicht so aus, als habe der Junge damit das große Los gezogen. Der alte Diener, von Rheuma und Eifersucht geplagt, zwiebelte ihn mächtig. »Blindschleiche« war noch das Freundlichste, was er ihm an den Kopf warf. Onkel Karl, ein Verfechter von »Hammelbeine langziehen«, »kurze Parade geben«, »Mores lehren« – Grundsätze, die er selbst allerdings selten anwandte –, mischte sich nicht ein. Anders Mammchen. Ihr missfiel die Art, wie der Diener Anton herumhetzte, und sie stellte ihn schließlich zur Rede. Für sie waren die Angestellten allesamt wie ihre Kinder, mit denen man liebevoll, aber streng umgehen musste. Widerworte duldete sie nicht, und wenn jemand bockig reagierte, ging sie mit einem »Seien Sie nicht albern« darüber hinweg. Dafür war ein Appell an ihr mütterliches Herz stets von Erfolg gekrönt. Die Hausmädchen konnten sicher sein, für einen als Grippe getarnten Kater nach einem nächtlichen Schwoof keinen Anpfiff zu bekommen, sondern besorgt ins Bett geschickt zu werden. Sie war deshalb sehr beliebt, und der Diener reagierte auf ihre Mahnung, den Jungen in Ruhe zu lassen, mit einem, wenn auch brummigen: »Jawohl, Frau Baronin.«

Zu Mammchens Beruhigung erwies sich Anton jedoch als hart im Nehmen. Nie kam eine Klage über seine Lippen. Er lernte schnell, seine wachen Augen kuckten sich viel von Mammchen und Onkel Karl ab, und er machte sich rechtzeitig unsichtbar, wenn ein Gewitter in der Küche aufzog oder beim Essen im Speisesaal dicke Luft herrschte. Der alte Diener behandelte ihn milder, denn Anton musste ihn mehr und mehr ersetzen, bis er schließlich an seine Stelle trat.

Trotz des guten Essens veränderte sich seine Figur wenig. Er blieb schmächtig und klein, besaß aber kräftige Muskeln, die ihn mühelos das schwerste Gepäck der Gäste ohne Absetzen bis in die oberen Stockwerke tragen ließen. Nur seine früher kieksige Stimme hatte sich erstaunlich gewandelt, und aus seinem schmalen Brustkorb erklang ein volltönender Bass, der besser zu Onkel Karls kräftiger Gestalt gepasst hätte. Fremde, die ihn hinter der Tür sprechen hörten, reagierten fast erschrocken, wenn sie ihn zu Gesicht bekamen. Seine Stimme brachte ihm bald den Spitznamen »der Gong« ein, ein Instrument, dessen Ruf zum Essen wir manchmal, versunken in unsere Spiele, überhörten. Dann trat Anton auf die Terrasse und erhob seine Stimme, und blitzartig kletterten wir von den Bäumen und flitzten über den Hof ins Haus.

Aus einem unbedarften Jungen war unverse-
hens ein unentbehrliches Faktotum geworden,
dessen Herrschsucht und Eigensinn, so verdeckt
sie waren, Mammchen und Onkel Karl gelegentlich zur Verzweiflung brachten.

»Anton, die Fußsäcke sind ja schon wieder
nicht in der Halle untergebracht!«

»Im Korridor sind sie besser aufgehoben, Frau
Baronin. Die Truhe ist abzuschließen. Die Kinder
kommen nicht ran, um damit herumzuspielen.«

»Mein Gott, ein einziges Mal haben sie sich
als Bären verkleidet!«

»Aber hinterher waren die Pelze voller Sirup.«

»Seien Sie doch nicht albern, Anton. Sie tun
ja gerade so, als hätten sie sich förmlich in Sirup
gewälzt!«

Sogar bei Onkel Karl versuchte er trotz allem
Respekt hin und wieder gegen den Stachel zu lö-
cken. Dabei ging es meist um so geringfügige
Kleinigkeiten wie etwa die schweren Vorhänge
im Wohnzimmer, die er, wie Onkel Karl fand, im
Herbst völlig stumpfsinnig immer zur gleichen
Zeit zuzog, egal, wie hell es draußen noch war.

»Was soll denn diese Finsternis hier?«, empörte sich der Onkel. »Draußen ist es doch noch
taghell!«

»Aber auch sehr stürmisch, Herr Baron. Die
Fenster müssten dringend abgedichtet werden.

Frau Baronin klagt über den ständigen Zug und dass sie bei der Vesper kalte Füße bekommt.«

»Reden Sie doch keinen Unsinn. Wir haben einen herrlichen Spätherbsttag. Fast könnte man auf der Terrasse sitzen.«

»Wenn der Herr Baron meinen«, sagte Anton, ohne auch nur die geringsten Anstalten zu machen, die Vorhänge wieder aufzuziehen. Mit einem ärgerlichen »Unmöglich, dieser Kerl!« verließ Onkel Karl das Zimmer.

Aber im Grunde verstand Anton es, mit diesem leicht cholerischen Menschen umzugehen, ohne sich zu Vertraulichkeiten hinreißen zu lassen. Er musste, wie Onkel Karl sich scherzhaft ausdrückte, in seinem vorigen Leben ein Trüffelschwein gewesen sein. Wenn Onkel Karls Schussligkeit seine Umgebung mal wieder zum Verzweifeln brachte, denn er war ständig auf der Suche, sagte Mammchen nur genervt: »Frag Anton.« Und tatsächlich, schon nach kürzester Zeit lag das für immer verloren Geglaubte wieder auf seinem Platz.

Der Onkel war ein Mann mit Prinzipien und erwartete, dass jedermann sie respektierte, besonders wir Kinder, die man, wie er es nicht oft genug kundtun konnte, allerhöchstens sehen sollte, aber nicht hören. Besonders nicht in der geheiligten Mittagszeit. Regel Nummer eins:

Zwischen zwei und vier herrscht Ruhe im Beritt. Fatalerweise war es gerade diese Regel, mit der er sich selbst ein Bein stellte, und das immer dann, wenn ihn seine Kriegsverletzung so plagte, dass es ihn weniger nach einem Mittagsschläfchen als nach ablenkender Unterhaltung verlangte. Es war mal wieder Anton, der dieses Problem mit Bauernschläue löste. Sobald er merkte, dass aus dem Herrenzimmer kein gewaltiges Schnarchen, sondern leichtes Stöhnen und Fluchen drangen, schlich er zu dem Flurfenster gegenüber der Zimmertür und öffnete es leise. Wenige Minuten später schickte er eines von uns Kindern, es wieder zu schließen, was nicht ohne Lärm abging, da die großen Glasscheiben locker saßen. Prompt öffnete sich die Tür des Herrenzimmers, eine Hand ergriff das zu Tode erschrockene Kind und zog es ins Zimmer, wo aber zu seiner Verblüffung der Onkel statt es, wie erwartet, zur Strafe zum Wegeharken oder Unkrautzupfen zu schicken, ihm Süßigkeiten anbot und es zu einer Partie Schikanöse aufforderte.

Für Anton gab es im Haus eine klare Rangordnung, an deren Spitze die Herrschaft stand, nämlich Onkel Karl, Mammchen und Kunigunde, der Jagdhund, Kuni genannt, Onkel Karls großer Liebling und der Schlüssel zu seinem Herzen wie bei Mammchen die Blumen. Der von ihm Hochgepriesene war ein degeneriertes, überängstliches Geschöpf, das einem dauernd zwischen die Beine geriet und eine Katzenphobie hatte, weil so ein Tier es einmal fürchterlich vermöbelt haben musste. Es genügte, das Wort »Katze« nur zu hauchen, und Kuni kroch winselnd unter den nächstbesten Tisch. Natürlich waren hauseigene wie Gastkinder nicht immer und unbedingt von Mitgefühl mit der Kreatur erfüllt, und so neckten wir das arme Tier, wo wir konnten. Einmal, als wir ihn am Schlossteich im Schilf herumschnüffeln sahen, beugte sich ein Vetter zu ihm herab und schrie: »Katze, Katze!«, worauf Kuni kopflos in den Schlossteich sprang, ihn in rasender Eile durchschwamm und sich zu Anton rettete, der gerade eine Blumenrabatte frisch bepflanzte. Mit anklagenden Lauten schüttelte sie ihm jede Menge Entengrütze, die ihr das Aussehen eines in einen Hund verwandelten Nöck gab, ins Gesicht und legte sich dann platt in die Blumen. Anton war empört. Der Grad seines Zorns war an dem Schluckauf abzulesen, der ihn überfiel, als er uns zur Rede stellte. Er verpetzte uns nicht, aber er strafte uns auf seine Weise. Als wir tags darauf am Katzentisch sitzend bei einem Diner dabeisein durften und uns auf den köstlichen Schokoladenkrem spitzten, wurde uns statt seiner ein Milchreis vom Tag zuvor serviert, und niemand von uns wagte es, sich bei Mammchen darüber zu beschweren. Wir wussten auch so ihre Antwort: »Wahrscheinlich habt ihr das verdient.«

Doch es war nicht nur der Hund, mit dem Anton Onkel Karls Herz gewann. Es war sein Verständnis für dessen von der Familie wenig beachtete musische Seite. Der Onkel liebte Balladen. Aber es ging ihm mit diesem Steckenpferd wie Mammchen mit ihren Blumen. Niemand zeigte so rechtes Interesse daran, auch Mammchen nicht, obwohl er immer wieder hoffnungsvoll versuchte, sie für diese poetische wie dramatische Literaturgattung zu gewinnen. Er las ihr bei passender Gelegenheit seine Lieblingsballaden vor, darunter auch Schillers »Bürgschaft«, die nicht gerade zu den kürzesten gehört. Zuerst lauschte sie auch ganz willig, nickte dann aber, von gesunder Müdigkeit überwältigt, ein. Und als er mit vor Rührung leicht belegter Stimme rezitierte: »Und blicket sie lange verwundert an, drauf spricht er: ›Es ist Euch gelungen, Ihr habt das Herz mir bezwungen, und die Treue, die ist doch kein leerer Wahn …‹«, wurde er von einem kräftigen Schnarcher unterbrochen. Onkel Karl seufzte melancholisch. Doch plötzlich kamen

Trost und Verständnis von einer völlig unerwarteten Seite.

»Ich sei, gewährt mir die Bitte, in eurem Bunde der Dritte«, ertönte plötzlich eine tiefe Stimme.

Der Onkel fuhr herum. »Was zum Teufel machen Sie denn hier, Anton?«

Der Diener gestand, dass er oft zugehört hatte, wenn der Onkel vorlas. »Herr Baron lesen wirklich ausgezeichnet.« Gemessenen Schrittes verließ er mit einer Vase verwelkter Blumen das Zimmer.

»Hat man da noch Worte?«, murmelte Onkel Karl.

Mammchen gähnte herzhaft. »Keine. Aber was ich bin, ich geh jetzt ins Bett.«

»Und ich«, sagte der Hausherr missgelaunt, »hol mir noch einen Apfel«, was so viel hieß wie »einen Cognac«, ein Wort, das zunächst nur in Gegenwart der Kinder, dann überhaupt vermieden wurde. Onkel Karl liebte Äpfel sehr.

»Da wirst du kaum Glück haben«, sagte Mammchen, »oder du müsstest dich in den Keller bemühen. Die Flasche ist leer.«

Onkel Karl stand auf. »Wir werden sehen«, sagte er und ging ins Speisezimmer zur Anrichte, wo der fürsorgliche Anton bereits für Nachschub gesorgt hatte. Doch diesmal versagte der Stimmungsaufheller. Weiterhin missgestimmt und mit seiner Frau hadernd, kehrte er ins Wohnzimmer zurück. Obwohl sie deutlich angekündigt hatte, ins Bett gehen zu wollen, ihr Stuhl also leer war, fragte er vorsichtig: »Mammchen?«, als könne sie sich hinter dem Vorhang versteckt haben. Dann ging er zum Grammophon und legte eine Platte auf, worauf der Pariser Einzugsmarsch durchs Schloss dröhnte.

Mammchen kam zurückgefegt. »Du weckst ja das ganze Haus!«

»Mein Haus«, sagte der Onkel trotzig.

»Sei bitte nicht albern«, sagte Mammchen nachsichtig.

Wir Kinder hingen an Anton wie die Kletten und hatten vor ihm mindestens so viel Respekt wie vor Onkel Karl, der bei aller Raubeinigkeit eine mitfühlende Seele war und uns ein aufmunterndes »Na ja, lass den Kopf nicht hängen!« zurief, wenn wir, den Daumen im Mund, trübetümpelig durch die Gegend trabten, sich aber sonst wenig um uns kümmerte. Anders Anton. Er spielte uns gegenüber gern den Haushofmeister und erzog an uns herum: »Latsch nicht so durch die Gegend«, »geh gerade«, »mach einen anständigen Diener«, »wasch dir gefälligst die Hände«, »lüg mich nicht an!« Und wenn wir mit vor Schmutz starrenden Schuhen durch das

79

Schloss trabten, das Geländer als Rutschbahn benutzten oder uns heimlich über Onkel Karls Zigarren hermachten, ließ er uns so lange links liegen, bis wir demütig um Entschuldigung baten. Doch oft genug war er der Retter in der Not, wenn wir etwas ausgefressen hatten, uns nachts ein kleines Missgeschick passierte, weil wir uns gruselten, aufs Klo zu gehen, oder zu lange im kalten Wasser des Springbrunnens geplantscht hatten. Anton beseitigte das Malheur, ehe es vom Hausmädchen bemerkt wurde, ohne ein Wort darüber zu verlieren. Er verarztete aufgeschlagene Knie, entfernte kopfschüttelnd im Arm steckende Angelhaken oder Dornen und spielte bei dem überängstlichen Mammchen, kursierten doch genug Geschichten von im Heu erstickten, vom Dach gestürzten und von Beeren vergifteten Kindern in der Gegend, unseren Fürsprecher. In seinem Beisein durften wir die Ackerpferde nach der Arbeit in die Schwemme reiten und mit den neu angeschafften Ponys herumkutschieren. Besondere Höhepunkte waren die von ihm arrangierten Kindergeburtstage mit Würstchenschnappen, Sackhüpfen, Eierlaufen und Pfandspielen. Daher erkundigten wir Gastkinder uns beim Kutscher, der uns vom Bahnhof abholte, als Erstes nach ihm: »Und wie geht es Anton?«

»Wie soll's ihm schon gehen, dem Schnösel«, sagte der Kutscher griesgrämig, der den Diener nicht mochte, und versetzte den Pferden eins mit der Peitsche.

Einen weiteren Stein im Brett hatte Anton bei den Gästen, war er doch stets der Retter in der Not. »Den Schlüssel vom Koffer verloren? Kein Problem, das haben wir gleich.« Eine nagende Maus im Zimmer? Das Leben dieses armen Tieres währte keine weitere Nacht. Die Schublade klemmte? Ein bisschen Bienenwachs, und sie war wieder in Ordnung. Der bellende Husten des alten Tantchens weckte das Haus? Schon standen Kräutertee und ein Schälchen Honig auf dem Nachttisch. Zufrieden hörte sich Onkel Karl das Lob über diese Perle an und tat, als sei das allein sein Verdienst. »Von nichts kommt nichts, man muss so einen Jungen schon ein bisschen an die Kandare nehmen. Ihr hättet ihn mal sehen sollen, als er zu uns kam«, pflegte er zu sagen.

An diese erbärmliche Verfassung des heute so selbstbewussten und leicht über alles die Nase rümpfenden Anton, für den es mehr Gesocks als ordentliche Leute gab, erinnerte sich fatalerweise die Mamsell noch recht deutlich, und so versuchte sie, wenn auch vergeblich, ihm die Allüren, die er sich zugelegt hatte, auszutreiben.

So verlangte Anton – inzwischen immer tadellos in Schale, die gestreifte Dienerjacke fleckenlos, nun keineswegs mehr nach Kernseife duftend, sondern nach einem guten Rasierwasser, das ihm Onkel Karl spendiert hatte –, dass in der Leutestube, wo das Personal die Mahlzeiten einnahm, der Tisch genauso proper gedeckt war wie für die Herrschaft, mit Tischtuch, gestärkten Servietten und anständigem Porzellan. Auch reizte Mamsell, dass Anton es wagte, am Küchenpersonal herumzuerziehen, und ein angewidertes Gesicht machte, weil die Tischmanieren nicht comme il faut waren und das Küchenmädchen seine fleckige Schürze anbehalten hatte. Schließlich war die Küche Mamsells Revier, und auch wenn die Kleine ihren Zeigefinger tief in ihre Nase bohrte, war nur Mamsell berechtigt, sie dafür zu tadeln. »Nimm den Teller nicht zu voll«, mahnte sie das kichernde Mädchen. »Herr Anton ist mit einem goldenen Löffel im Mund geboren. Volle Teller sind ihm ein Gräuel.«

Anton lächelte dünn, und der Blick, den er ihr zuwarf, hätte sie warnen sollen.

Aber Mamsell legte gern noch einen drauf. »Und bind dir gefälligst die schmuddlige Schürze ab, wenn du dich an den Mittagstisch setzt. Bei Herrn Antons Mutter durften sogar die

Schweine nur mit einer weißen Schürze gefüttert werden.« Die Stubenmädchen grinsten, man genoss diese Sticheleien.

Doch der Gegenstoß ließ nicht lange auf sich warten. Wie alle exzellenten Köche setzte auch Mamsell Lob von jedermann voraus, und trotz ihres Selbstbewusstseins war sie so süchtig danach, dass sie es sich, wenn Gäste zu Tisch gebeten waren, nicht verkneifen konnte, Anton auszufragen, wie denn ihr Menü aufgenommen worden war.

»Mir hat es sehr gut geschmeckt«, sagte Anton.

»Wollen Sie damit sagen, dass die Herrschaften nicht zufrieden waren?«, fragte die Mamsell argwöhnisch. »Wer von ihnen hat denn an meinem Omelette surprise herumgemeckert?«

»Von Meckern habe ich nichts gesagt.« Anton setzte die leeren Schüsseln vorsichtig ab. »Die Frau Baronin hat sich nur bei Frau von Rechberg entschuldigt, dass es nicht so locker wie sonst ist. Liegt wahrscheinlich an den eingelegten Eiern, hat sie gesagt. Und auf frische muss man wohl noch warten.«

»Ein Omelette surprise von eingelegten Eiern! Wie kommt die Frau Baronin nur darauf.«

»Ich würde es nicht so tragisch nehmen«, sagte Anton mit falscher Sanftheit. »Es hat geläutet, ich muss nach oben.« Er stand auf und ließ eine zerschmetterte Mamsell zurück, die, um sich Luft zu machen, das Küchenmädchen ankeifte:

»Schneuz dir gefälligst die Nase, dein Geschniefe ist ja nicht auszuhalten!«

Dieses Scharmützel zog sich zu Mammchens Missvergnügen über Monate hin, aber sie hielt sich diesmal an den Spruch »Wer sich in andere Sachen mischt, hat nur den Ärger, weiter nischt«, bis Antons Überheblichkeit eines Tages einen gehörigen Dämpfer erhielt. Zu seinem Entsetzen tauchten drei Mitglieder seiner längst vergessenen Familie im Schloss auf, ein ungepflegtes, unangenehm lautes Ehepaar mit einem Sohn in demselben Alter wie Anton, als er Dienerjunge war. Und sie hatten denselben Wunsch wie damals sein Vormund, nämlich ihren Sprössling im Schloss unterzubringen. Antons Stimme klang merkwürdig flach, als er sie mit steinernem Gesicht seiner Herrschaft meldete. Glücklicherweise bestand keinerlei Interesse an einem Dienerjungen.

Onkel Karl schien zu ahnen, was in dem Diener vorging. »Na, Anton, wie wär's mit einem Apfel?«, sagte er, als das Ehepaar samt Kind wieder gegangen war. Anton nickte dankbar. Dann ging er etwas gestärkt, aber auf alles gefasst, entschlossen in die Küche. Doch die Mamsell zeigte weit mehr Format, als der hochmütige Anton ihr zugetraut hatte. Sie ging auf den Besuch gar nicht ein, sondern sagte nur wie nebenher, während er ihr half, den Fleischwolf festzuschrauben: »Für seine Familie ist niemand verantwortlich.«

Von da an herrschte Burgfrieden, und beide waren bemüht, sich mit ihren Kompetenzen nicht in die Quere zu kommen.

»Der arme Junge«, sagte Mammchen bei der Vesper zu Onkel Karl und lachte ein wenig. »Der Schock seines Lebens. Aber es waren ja wirklich grauenhafte Menschen.«

Onkel Karl nickte zustimmend. »Vielleicht war dieser kleine Dämpfer mal ganz gut für unseren selbstgerechten Anton. Denk nur an das Chiffontuch, das dir von dem Stubenmädchen gemaust worden ist. Was hat er sich darüber entrüstet! Ich glaube, es wäre ganz in seinem Sinn gewesen, sie zu entlassen. Dabei habe ich bei ihm oft das starke Gefühl, dass nicht jede Weinflasche unbedingt auf unserem Tisch landet.«

Mammchen und Onkel Karl handelten nach dem Sprichwort: »Man soll den Ochsen, der da drischt …« und machten daher feine Unterschiede zwischen »mausen« und »stehlen«. Gemaust wurde vom Kutscher der Hafer für seine

Hühner, die Milch vom Schweizer neben dem Deputat für die Familie, Bohnenkaffee von der Köchin für die Verwandtschaft und von den Stubenmädchen gelegentlich auch einer von Onkel Karls Schlipsen für den Freund, was, wenn es nicht überhand nahm, nur milde gerügt wurde.

Mammchen lachte. »Du hast Recht. Der gute Anton misst gern mit zweierlei Maß. Aber dafür besitzt er Qualitäten, die ich bei euch oft vermisse. Er geht wenigstens sehr achtsam mit den Kostbarkeiten in diesem Hause um. Nie käme er auf den Gedanken, Silberbesteck für die merkwürdigsten Dinge zu missbrauchen, etwa mit einem Suppenlöffel den Lehm vom Stiefel zu kratzen.«

Und in der Tat, im Laufe der Jahre hatte sich Anton ein ganz passables Wissen über die vielen Antiquitäten im Haus und die verschiedenen Stilarten angeeignet, wobei sein persönlicher Geschmack nicht unbedingt dem von Onkel Karl entsprach. Besonders hatten es ihm alte Gläser angetan, und er war ganz entzückt von der künstlerischen Gestaltung eines reich verzierten, farbenprächtigen Pokals, den nicht nur Onkel Karl, sondern auch Mammchen besonders scheußlich fand. Vor allem beeindruckte ihn, dass diese Kostbarkeit einst einem Vorfahren von Maria Theresia persönlich überreicht worden war und deshalb einen beträchtlichen Wert besaß. Vergeblich versuchte der Diener, diesem Glanzstück einen gebührenden Platz im Salon oder wenigstens im Wohnzimmer einzuräumen und es nicht in einer Vitrine zwischen anderen Gläsern zu verstecken. Doch da stieß er bei Mammchen auf hartnäckigen Widerstand, bis der gutmütige Onkel schließlich nachgab und, um Anton eine Freude zu machen, den Pokal mit Erde füllte, eine kurz vor dem Aufblühen befindliche Hyazinthe hineinpflanzte und das Ganze auf seinen Schreibtisch stellte. Anton war erschüttert, gab einen erstickten Laut von sich und bekam seinen berühmten Schluckauf. Onkel Karl war tief gekränkt. »Nie kann man es in diesem Hause irgend jemandem rechtmachen«, brummte er, pfiff nach Kuni und verließ grollend das Haus.

Doch wenn Onkel Karl sich auch gelegentlich über Anton ärgerte, nie hätte er ihn vor uns gerügt. Auch für Onkel Karl gab es eine Rangordnung, und in der standen Kinder an letzter Stelle. Vorlautes Benehmen und Eigenmächtigkeit gegenüber dem Personal duldete er nicht, und Gnade dem, der sich nicht daran hielt. Das bekam ein fünfzehnjähriger Laps von Neffe sehr unangenehm zu spüren. In der irrigen Annahme, Mammchen und Onkel Karl seien von

einer abendlichen Einladung noch nicht zurückgekehrt, befahl er, um vor den anderen anzugeben, dem Diener in forschem Ton: »Bei uns
staubt's im Glase, Anton. Holen Sie uns was zu
trinken, aber drei Kreuze reiten!« – ein Ausspruch Onkel Karls aus seiner Militärzeit, der
für einen Melder das schnellste Tempo bedeutete. Als sein Onkel nun so unerwartet vor ihm
stand, schrumpfte der Angeber sichtlich zusammen, denn das Gesicht des Onkels verhieß
nichts Gutes. »Drei Kreuze reiten wirst du jetzt,
mein Junge, und zwar in dein Bett.«

Der Junge richtete sich empört auf. »Aber ich
bin doch schon fünfzehn!«

Onkel Karl lächelte böse. »Gut, dass du mich
daran erinnerst. Ich habe deshalb auch eine
sehr verantwortungsvolle Aufgabe für dich. Du
kannst morgen helfen, das Jungvieh für die
Auktion von der Koppel zu holen, und anschließend dem Schweizer beim Putzen. Aber du solltest nicht vergessen, dich hinterher ordentlich
zu waschen. Mammchen ist gegen Kuhstallge-
ruch empfindlich.«

Anton lächelte amüsiert, aber ohne Schadenfreude. Bestimmt hätte er sich allein zu wehren
gewusst, auch wenn er sonst gern die Mimose
spielte und, wenn er sich auf die Füße getreten
fühlte, noch lange nach Feierabend schmollend

in der Silberkammer saß und anklagend auf irgendwelchen Tabletts herumrieb.

Mammchen, die stolz darauf war, dass ihre Angestellten bei Bauernsöhnen und Mädchen in den benachbarten Dörfern als begehrenswerte Heiratskandidaten galten, weil sie eine Menge gelernt hatten, begann sich Sorgen um Antons etwas unbeständiges Liebesleben zu machen. Anstatt ans Heiraten zu denken, schien er etwas mit der Förstersfrau angefangen zu haben. »Stimmt das, Karl?«

»Woher soll ich das wissen«, sagte der Onkel, der sich mehr für die Brunft von Hirschen und Rehböcken interessierte als für die seiner Angestellten.

Mammchen ließ nicht locker. »Aber du kommst doch mehr in der Gegend herum als ich. Da wirst du doch irgendeine Bemerkung darüber gehört haben.« Der Onkel gab einen missbilligenden Laut von sich und strebte zur Tür.

»Nicht schon wieder einen Apfel!«, sagte Mammchen energisch.

Er drehte sich um. »Das überlass bitte mir!«, sagte er mit unerwarteter Heftigkeit. »Hör auf, dich in Sachen zu mischen, die dich nichts angehen.«

Mammchen schnappte nach Luft. »Eine Laune hast du wieder! Wer ist denn hier sonst der

Moralapostel im Haus! Das bist doch wohl du. Die arme Leonie durfte mit siebzehn nach einem Fest nicht einmal in einem Hotel übernachten und wurde von dir der grausigen Tante Margot aufs Auge gedrückt, die sich am liebsten mit gezogener Pistole neben ihr Bett gesetzt hätte!«

Aber so sehr Anton an Mammchen hing, ihren Wunsch, ihn als Ehemann einer netten, ordentlichen Frau in einem netten, ordentlichen Haus mit netten, ordentlichen Kindern zu sehen, erfüllte er ihr nicht. Nach seiner Erfahrung mit seiner eigenen Familie zog er anscheinend das Junggesellenleben vor. Dafür kam er viel herum, was auch für das Ehepaar von Vorteil war, das mit seiner naiven Ansicht »Wo wir sind, ist oben, und alles andere kümmert uns nicht« hin und wieder ins Fettnäpfchen trat. Anton aber witterte rechtzeitig, wann seine Herrschaft damit in Schwierigkeiten geraten konnte, besonders, als nach 1933 Parteigenossen Landratsämter, Gemeinden und Kreisverwaltungen durchsuppten. So überredete er den Onkel, zu den Jagden den Kreisjägermeister einzuladen, von dem behauptet wurde, er könne einen Fuchs nicht von einem Hund unterscheiden, ebenso den Kreisbauernführer und den Landrat. Als Onkel Karl aber hörte, dass die Einladung tunlichst auch für das anschließende

Diner gelten sollte, quiekte er wie Kuni und rief: »Dieses Gesocks auch noch an meinem Tisch!«

Bei dem Wort »Gesocks« fuhr Anton zusammen, aber Mammchen pflichtete ihm bei. »Er hat völlig Recht. Ein sehr kluger Rat.«

»Und dann noch mit Frauen!« Onkel Karl wankte zur Anrichte. »Es ist nicht zu fassen! Meine Frau überredet mich, mit den Wölfen zu heulen.«

»Wölfe ist wohl reichlich übertrieben«, sagte Mammchen. »Es sollen ja auch ganz ordentliche Leute darunter sein, sogar einer der Hohenzollernprinzen und mehrere adlige Damen von dem Königin-Luisen-Bund. So konnte es ja auch nicht weitergehen. Überall Mord und Totschlag.«

Dank Anton sahen die Gäste das Schloss und seine Bewohner denn auch in völlig neuem Licht. Irgendwie doch sehr vaterländisch denkend, der alte Herr, vielleicht schon ein wenig starr in seinen Ansichten, aber alles in allem doch gute Deutsche. Und dieser Pokal – Anton hatte es geschafft, das Prunkstück der Vitrine im Wohnzimmer als Blickfang zu installieren –, ein Geschenk der Kaiserin Maria Theresia, und noch dazu aus dem Land des Führers! Wirklich beeindruckend. Die weiblichen Gäste waren sehr angetan, denn Anton umtanzte sie, als wären sie vom Hochadel. Ein wenig später allerdings, nachdem er ihnen mit respektvoller Fürsorge in die Mäntel geholfen hatte und feststellen musste, dass der Teller für die Trinkgelder unberührt geblieben war, fiel sein Eifer sichtlich in sich zusammen, und er überließ den Rest der Arbeit den Hausmädchen.

Es war meiner Generation nicht beschieden, ihre Jugend zu genießen. Der Zweite Weltkrieg brach aus. Als Erstes verschwanden die jungen Männer von der Bildfläche. Doch bald traf es fast jeden für den Krieg geeigneten Jahrgang, bis auf wenige Ausnahmen, zu denen wegen seiner schweren Verwundung aus dem Ersten Weltkrieg auch Onkel Karl gehörte, und erstaunlicherweise Anton. Onkel Karl schaffte es, dass er dem Schloss erhalten blieb. Der Junge konnte ja an manchen Tagen vor Schluckauf kaum atmen. Irgendwas musste an der Speiseröhre nicht in Ordnung sein. Das fand auch der untersuchende Stabsarzt und ließ sich das Geschenk, einen erstklassigen Rehrücken, schmecken.

In den nun folgenden einschränkenden Kriegsjahren stellte die Herrschaft voller Erstaunen fest, dass sich Anton zu einem Universalgenie entwickelte. Er organisierte Einweckgläser, Glühbirnen, Briketts, den notwendigen Zucker zum Einmachen und zeigte beachtliche handwerkliche Talente. Er brachte qualmende Kachelöfen wieder in Schwung, er flickte durchgebrannte Sicherungen, als es keinen Ersatz mehr dafür gab, und taute mit viel Geschick und Fingerspitzengefühl eingefrorene Leitungen mit dem Lötkolben auf. Er kutschierte Mammchen in die Kreisstadt, half in der Tischlerei, ging dem Hufschmied zur Hand und machte sich, so gut er konnte, in der Küche nützlich, wo Mammchen, die ohne Mamsell auskommen musste, mit Hilfe eines tolpatschigen Pflichtjahrmädchens versuchte, ihre in jungen Jahren erworbenen Kochkenntnisse wieder aufzufrischen, was ihr aber nur sehr unvollkommen gelang. Soßen gerieten entweder zu dick oder zu dünn, schmeckten, wie Onkel Karl sich ausdrückte, weder nach ihm noch nach ihr und weckten bei ihm unangenehme Erinnerungen an die Ritterakademie.

Glücklicherweise nahte die Rettung in Gestalt eines französischen Kriegsgefangenen, dessen Talente Anton entdeckt hatte. Das kleine Kriegsgefangenenlager war in einem leerstehenden Gebäude im Hof untergebracht. Von dort aus wurden die Franzosen auf den männerlosen Höfen für die Landwirtschaft eingesetzt. Anton hatte guten Kontakt zu den beiden Wachleuten, die ihren Dienst eher lässig nahmen – schließlich galten Franzosen, ebenso wie Engländer, nicht als Untermenschen, und es war durchaus erlaubt, ein Auge zuzudrücken, zumal sie sich bei den Bäuerinnen großer Beliebtheit erfreuten und so manches Stück Butter, Speck und anderes Wohlschmeckendes vom Schwein für die Wachmänner abfiel. Von ihnen erfuhr Anton, dass unter den Gefangenen auch ein exzellenter Koch sei. Er dachte sofort an Mammchen und fühlte dem jungen Mann ein wenig auf den Zahn.

»Der gute Anton«, sagte Mammchen gerührt, »überglücklich, dass er mir helfen kann.«

»Ja, das ist er«, sagte Onkel Karl, »und so, wie er uns diesen Marc schildert, scheint er genau der Richtige zu sein. Ich werd mal mit den Wachleuten sprechen.«

Die Bewacher zeigten sich sehr entgegenkommend, zumal man ihnen versprach, sie von nun an aus der Schlossküche mit zu versorgen. Nur die Bäuerin, bei der der junge Franzose bis jetzt gearbeitet hatte, klagte bitterlich. Er hatte sie oft zum Lachen gebracht und ihr flotte Melodien auf seiner Mundharmonika vorgespielt.

In der Schlossküche ging es von nun an sehr fröhlich zu, und was immer auch auf den Tisch kam, Onkel Karl konnte die Ritterakademie vergessen. Dafür begann Mammchen sich Sorgen um die Tugend des Pflichtjahrmädchens zu machen. »Feuer und Flamme für unseren Marc«, sagte sie zu Onkel Karl. »Was meinst du, soll ich mal mit ihr reden? Schließlich sind wir für sie verantwortlich.«

»Lass es«, sagte Onkel Karl. »Anton hat ja seine Augen überall. Der wird schon aufpassen.«

»Na hoffentlich«, sagte Mammchen etwas säuerlich. »Im Delegieren ist er jedenfalls groß. Der arme Marc muss jetzt nicht nur die Fenster, sondern auch die gesamten Schuhe im Haus putzen, sogar die von ihm.«

Onkel Karl lachte. »Der geborene Spieß, unser Anton.«

Anton zeigte sich nun mal gern als Lehrmeister. Als er erfuhr, dass Marcs Eltern ein kleines Hotel besaßen, gab er seine im Schloss erworbenen Weisheiten mit Hingabe weiter, egal, ob es sich um Tisch decken, Servieren, Einschenken, die Auswahl des Weins, Gäste begrüßen oder die Pflege des Parketts handelte. Marc war ein gelehriger Schüler und zeigte zu Antons Freude die gleiche Bewunderung wie er für den Pokal. Dafür mühte sich der Franzose, ihm Französisch beizubringen. »So eine reizende Freundschaft«, sagte Mammchen verträumt.

Onkel Karl räusperte sich. »Und wie gut er unserem Anton tut. Er ist wie ausgewechselt.« Plötzlich nämlich schien Anton nachzuholen, was man ihm als Kind verwehrt hatte: herumzualbern. Und das taten die beiden Männer ausgiebig. Sie benutzten sogar, was uns Kindern streng verboten gewesen war, das Geländer als Rutschbahn, sodass der sonst so würdevolle Anton plötzlich vor Onkel Karls Füßen landete. »Nun mal nicht so außer Rand und Band«, sagte Onkel Karl milde.

Aber dann schien etwas vorgefallen zu sein. Marc sang nicht mehr lauthals beim Kochen, und seine Kochkünste ließen merklich nach. Anton wurde schweigsam und reichte zerstreut statt des Salats die Kartoffeln. Eines Tages zwang ein heftiger Schluckauf beim Servieren den Diener sogar, den Speisesaal zu verlassen.

Am Tag darauf war der Franzose verschwunden. Mammchen fürchtete das Schlimmste für die Wachleute. Doch glücklicherweise war der Krieg schon zu weit fortgeschritten, als dass die Behörden noch Gedanken an einen entflohenen Franzosen verschwendeten. Zur allgemeinen Überraschung kam einige Wochen später eine verschlüsselte Karte ins Haus geschneit, der Onkel Karl entnehmen konnte, dass Marc glücklich zu Hause im unbesetzten Frankreich gelandet war.

»Na, da freut sich aber einer«, sagte Onkel Karl, und Anton lächelte verlegen. »Man macht sich halt so seine Gedanken, Herr Baron.«

»Ja, das machen wir uns alle. Wir haben mit den Wölfen nicht nur geheult, sondern auch getanzt.«

Anton sah ihn verständnislos an. »Wenn der Herr Baron meinen.«

Die Stimmung im Schloss wurde von Tag zu Tag gedrückter. Zwei Brüder von Fips waren kurz nacheinander gefallen, Leonie pflegte irgendwo in Polen Verwundete im Lazarett. Sogar das Schloss schien zu trauern. Viele Zimmer wurden nun nicht mehr benutzt, und Spinnen und Mäuse machten es sich dort gemütlich, wie die Marder auf den weiträumigen Böden, über die sie unbehelligt und fröhlich tobten.

Jedes Mal, wenn Fips, unser Geschichtenerzähler, auf die letzten Wochen und Tage in seiner Heimat zu sprechen kommt, wird seine Stimme heiser, und er muss sich häufig räuspern, vor allen Dingen bei der Schilderung der letzten gemeinsamen Abende kurz vor Kriegsende, die er mit seinen Eltern noch verleben konnte, ehe er nach einem Armdurchschuss wieder an die Front musste. Zu dritt standen sie unter einem hohen Sternenhimmel schweigend auf der Terrasse und nahmen in Gedanken von etwas Abschied, in der Ahnung, dass es unwiederbringlich war. Die Anzeichen der näherrückenden Front, das ferne Donnern und Aufblit-

97

zen des Artilleriefeuers waren zu spüren. Doch die melancholische Stimmung sei jäh von Antons kräftiger Stimme unterbrochen worden, der sich selbst trotz zweier gespendeter Hasen beim Wehrkreiskommando melden musste und deshalb ziemlich durcheinander war. Mit einem besorgten »Frau Baronin werden sich in dem dünnen Kleid noch den Tod holen« hatte er Mammchen etwas fürchterlich Stinkendes um die Schultern gelegt, weil er in der dunklen Halle statt ihres Plaids eine von jemandem sorglos auf die Truhe geworfene Hundedecke erwischt hatte.

So realistisch Onkel Karl und Mammchen die Situation auch sahen, sie hatten wie alle Menschen die Hoffnung, an ihnen würde der Kelch vorübergehen und sie würden mit einem blauen Auge davonkommen. In gewisser Weise geschah das ja auch. Als Fips' Eltern nach der Flucht wieder einigermaßen zur Besinnung kamen und das Schlimmste überstanden war, fanden sie sich wohlbehalten in der Wohnung einer Witwe wieder, deren gute Stube vom Wohnungsamt für Flüchtlinge beschlagnahmt war. Für die Witwe waren Mammchen und Onkel Karl dasselbe wie für die Nationalsozialisten Polen und Russen, und so erschien sie voller Sorge alle Augenblicke im Zimmer, um nach ihrer Nippessammlung zu sehen, die zwar wohlverwahrt in einem Glasschrank stand, zu dem aber leider der Schlüssel fehlte, sodass sie vielleicht den diebischen Fingern dieses Flüchtlingspacks ausgesetzt war. Beim Anblick dieser gesammelten Scheußlichkeiten wurde Mammchen jedes Mal an die schönen Gläser in der Vitrine im Schloss erinnert, und Onkel Karl meinte: »Wahrscheinlich alles von den Russen zerdeppert. Am wenigsten tut es mir um unser Prunkstück leid, zu hässlich, das Ding.«

Allmählich fing das Leben wieder an, sich zu normalisieren. Mammchen und Onkel Karl fanden nicht nur eine kleine Wohnung, zu ihrer großen Überraschung tauchte auch plötzlich der Diener wieder auf, von dem sie angenommen hatten, dass er, wenn nicht gefallen, zumindest in Kriegsgefangenschaft war. Aber Anton mit seiner Bauernschläue hatte sich rechtzeitig von der Truppe abgesetzt, die sowieso nur noch aus ein paar Greisen und Kindern bestand, und war sogar noch einmal über die Grenze gegangen und ins Schloss zurückgekehrt. Was er zu berichten wusste, war wenig erfreulich. Immerhin war es ihm gelungen, in dem Durcheinander, das herrschte, noch ein paar kleine Kostbarkeiten zu retten, darunter Mammchens geliebtes aufschraubbares Stopfei aus Elfenbein mit seinen zierlichen Nähutensilien darin. Auf vielen Umwegen hatte er es danach tatsächlich geschafft, nach Frankreich zu kommen, und dort mit Marcs Hilfe eine neue Heimat gefunden. Während Marc für das leibliche Wohl der Gäste zuständig war, hatte er die Direktion des kleinen, aber exquisiten Hotels übernommen. Einige Jahre später, kurz vor ihrem Tod, besuchten Mammchen und Karl die beiden noch einmal, und Mammchen war glücklich, so liebevoll von Anton umsorgt zu werden. Zehn Jahre später übernahm er mit seinem Freund ein Fünfsternehotel.

Damals hatte sich die Nachricht über Antons Auftauchen den Umständen gemäß nicht gerade in Windeseile verbreitet, sondern war allmählich in der Familie durchgesickert. Das ist nun viele Jahrzehnte her und fast schon Geschichte geworden, aber während wir wenigen Familienmitglieder in Fips' gemütlicher Dreizimmerwohnung einem guten Wein zusprechen, ist die Erinnerung daran wieder sehr lebendig.

»Ich muss euch mal was zeigen.« Fips steht auf und kommt mit einer Zeitschrift zurück, in der Antons Hotel warm empfohlen wird. Interessiert betrachten wir uns die Bilder. Darunter ist eins, in dem Anton, neben einer kleinen Glasvitrine stehend, würdig in die Kamera kuckt.

»Habt ihr ihn entdeckt?«, fragt Fips.

»Wen denn?«, fragen wir erstaunt.

Er deutet auf die Vitrine. Und da steht er, auf einem kleinen samtenen Podest, das Glanzstück der Familie: der Pokal von Maria Theresia.

»Sieh an, sieh an«, sage ich. »Wer hätte das von diesem Tugendbold gedacht? Ob Mammchen und Onkel Karl wohl davon wussten?«

»Bestimmt«, meint Fips mit einem halb säuerlichen, halb belustigten Lächeln. »Anton war nun mal ihr Anton. Nach dem Kladderadatsch am Kriegsende kam es auf diesen Pokal ja nun auch wirklich nicht mehr an, so wertvoll er sein mochte. Wenn überhaupt, fällt er höchstens in die Kategorie ›mausen‹. Immerhin hatte Anton viel riskiert, und er hatte die Eltern nie im Stich gelassen. Leonie und ich hätten da vielleicht … egal. Eins jedenfalls steht fest: Anton war schon ein besonderer Mensch – mit einer besonderen Stimme.«

Wir lachen. Und für einen Augenblick tauchen vor mir Schloss und Park wieder auf mit dem dahinterliegenden, vor dem Schnitt stehenden Gerstenfeld, das mit seinem Gelb einen so strahlenden Kontrast zu den dunklen Bäumen bildet. Ich sehe uns im Springbrunnen herumplantschen und höre Antons tönende Stimme, die uns energisch zum Mittagessen ruft: »Jetzt

aber ein bisschen plötzlich, die Herrschaften!«
Kichernd und uns gegenseitig schubsend, wet-
zen wir, wie ein Wurf Welpen zum Futternapf,
vergnügt über den Rasen zum Schloss.

Die Monstermücke

Heute, wenn sogar die Großmütter, ohne mit der Wimper zu zucken, zur Kenntnis nehmen, dass der neue Freund ihrer Enkeltochter, in ihren Augen beide halbe Kinder, schon mit ihr das Schlafzimmer teilt, fällt es der jungen Generation schwer, sich vorzustellen, was es für ein Mädchen damals gesellschaftlich bedeutete, einen »Ruf« zu haben. Den konnte man schneller bekommen als Windpocken. Die wachsamen Augen der Familienmeute waren überall. Charlotte in demselben Abteil wie der Bräutigam? Wie konnte sie das ihren Eltern antun! Sophie ohne Chaperon in der Oper? Was soll nur aus diesem Mädchen werden! Ein heimliches Rendezvous mit dem Vetter im Wald? Der Förster hat's gepetzt. Maria sogar knutschend im Pferdestall! Der Kutscher hat's gesehen. Ja, wenn es nicht das brave Personal gäbe! Manchmal brannte eine der so streng Bewachten durch wie in einem Kitschroman, mit einem Schauspieler womöglich oder einem Tenor. Irgendwann kehrte dann das schwarze Schaf etwas zerrupft und demütig ins Elternhaus zurück, der ewigen Singerei überdrüssig, und durfte dafür Eltern und Tanten bis zum Tode pflegen.

Der mahnende Spruch »Wenn dich die bösen Buben locken ...« hing unsichtbar in jedem Jungmädchenzimmer, und die Eltern hielten sich deshalb auch meist an die Regel »Jung gefreit hat nie gereut«, wobei es hin und wieder durchaus vorkam, dass die Braut mit der Puppe im Arm ins Hochzeitsgemach marschierte und am nächsten Morgen von ihrem väterlichen Ehemann ermahnt wurde, ihren Kakao mit oder ohne Haut auszutrinken. Aufklärung hielt man für überflüssig, höchstens, dass die Mütter was von Schmetterlingen und Blumen murmelten. So gab es hin und wieder in der Hochzeitsnacht Turbulenzen, weil sich das zarte Geschöpf, anstatt in den Armen des Bräutigams dahinzuschmelzen, in eine kampfeslustige Amazone verwandelte und mit ihrer silbernen Haarbürste derartig auf ihn eindrosch, dass sich der Ehemann am nächsten Morgen im Hotel mit seinem von Borsten zerkratzten Gesicht kaum in den Frühstücksraum traute.

Zuerst fand man ja die meist von den Eltern eingefädelte Ehe und den dadurch erworbenen neuen gesellschaftlichen Status ganz nett, trotz des eher unattraktiven Ehemanns mit Bauch, mächtigem Bart und beginnender Glatze. Es machte Spaß, die Schlossherrin zu spielen – vorausgesetzt, die Schwiegermutter wohnte nicht unter demselben Dach –, bei den Diners neben dem Gastgeber zu sitzen und einen Handkuss zu bekommen, während der dreißigjährigen, berufserfahrenen Diakonisse am unteren Ende der Tafel von den Herren nur freundlich die Hand geschüttelt wurde. Aber nach und nach ging so mancher der sittsamen Ehefrauen ein Licht auf, dass, wenn die Liebe eine Himmelsmacht war, es mit dem jährlichen Wochenbett und einem schnarchenden Ehemann wohl kaum alles gewesen sein konnte. Glücklicherweise gab es ja aber dann den besten Freund des Mannes, den Kurschatten in den Kurorten, wo man seine Bleichsucht auskurierte, oder den attraktiven Gutsnachbarn.

Allerdings gingen nicht nur die jungen Frauen selbst dabei ein hohes Risiko ein, auch die Ehemänner sahen sich großen Gefahren ausgesetzt. Gebot ihnen doch der Ehrenkodex dummerweise, sich mit dem Rivalen zu duellieren, was öfter als gewünscht mit dem Tod endete. Diskretion war also lebenswichtig. Doch wie man sich gern an langen Winterabenden, wenn draußen dichtes Schneetreiben herrschte und scharfer Ostwind den trockenen Efeu an den Mauern rascheln ließ, an den Kaminen erzählte, gab es durchaus andere wirksame Mittel, den Nebenbuhler zu beseitigen. Ein Jagdunfall etwa erfüllte denselben Zweck. Manchmal allerdings, ein wenig zu häufig angewandt, musste der Förster vorsichtig warnen: »Ein angriffslustiges Wildschwein sollte es nun nicht noch einmal gewesen sein, Herr Baron.« Später waren dann all die Ehefrauen, mit und ohne Ruf, in Öl festgehalten in der Ahnengalerie zu bewundern, zuerst jung, mit Korkenzieherlöckchen und Schmollmund, eine Hand züchtig auf das Dekolleté gelegt, die andere anmutig auf ein Tischchen gestützt, und dann noch einmal, in fortgeschrittenem Alter, statiös, mit Feldwebelblick, umringt von einer Schar Kinder.

Doch schon damals gab es nicht nur Bähschäfchen, die folgsam den von ihren Eltern vorgeschriebenen Weg trotteten, sondern starke, selbstbewusste Mädchen, die sich bereits als Kinder durchzusetzen verstanden und das zeigten, was man heute Führungsqualitäten nennt. Zu ihnen gehörte Maja, bei deren Anblick das ihr nicht sehr gewogene Kinderfräulein gern zitierte: »Weiß an Brust und an der Kehle, aber rabenschwarz von Seele.« Majas Eltern waren nicht gerade auf Rosen gebettet. Das Schlösschen, von dichtem Efeu eingeschnürt, in dem tschilpende Spatzen als Wecker für Langschläfer dienten, glich eher einer gemütlichen Rumpelbude, in der mehr geflickt als erneuert wurde und die Wände dringend nach frischer Farbe verlangten. Die wohlhabenden Nachbarn nannten das Gut herablassend eine Kuhpleke, und Kutscher und Diener waren ein und dieselbe Person. Béchamel- und Bratkartoffeln, verlorene Eier, Blutwurst und Arme Ritter waren auf dem Speisezettel häufiger zu finden als irgendwelche Lampreten, und selbstverständlich besuchten die Kinder die Dorfschule. Aber dafür galt das Haus als besonders gastfrei, und große wie kleine Gäste gaben sich ständig die Klinke in die Hand. An Vettern und Kusinen herrschte kein Mangel, außerdem gab es für Maja reichlich Geschwister sowie die Spielgefährten vom Hof, die sie herumkommandieren konnte. Maja gehörte nun mal nicht zu der Sorte Kind, die, den Daumen im Mund, schüchtern auf ihren Lackschuhen durch die Räume stolpert. Die Hebamme wusste zu berichten, dass das kleine Mädchen nur so aus der Mutter herausgeflutscht sei und sie dabei mit offenen Augen so kiebig angesehen habe, als wolle sie fragen: »Und was machen wir jetzt?«

Kein Wunder also, dass Maja im Kinderzimmer den Ton angab, ein pausbäckiges, lockenbestücktes, energisches Geschöpf, das mit seiner übersprudelnden Phantasie die anderen Kinder in den Bann schlug und ihnen bei jedem Spiel ihre jeweilige Rolle zuwies. Besonders beliebt waren ihre außerordentlich gruseligen Geschichten. Eine davon handelte von einer Monstermücke, die, ständig auf der Jagd nach Beute, durch das Schloss summte, wobei sie es besonders auf am Daumen lutschende Kinder abgesehen hatte. An manchen Abenden, wenn Maja rief: »Achtung, sie kommt!«, krochen die Geschwister Schutz suchend von einem Bett ins andere und zogen sich zitternd die Decke über den Kopf, was leider nicht immer half. Einmal hatte Maja noch vorsorglich versucht, das aus dem Bett heraushängende Füßchen ihres Bruders Philipp zu schützen. Vergeblich. Als er sich wimmernd seine zerstochene Fußsohle betrachtete, musste er feststellen, dass die Mücke anscheinend einen Stachel so dick wie eine Stopfnadel besaß. Und auch der schwesterliche Trost »Bei deinen Flossen macht sie das bestimmt nicht ein zweites Mal« wirkte wenig beruhigend.

Neuerdings zeigte sich die Monstermücke bereits am Tage. Sie war Maja an den verschiedensten Orten begegnet, in der Plättstube, im Dienerzimmer, in der Halle, wo sie auf einer Ritterrüstung saß und sie böse anfunkelte. Maja unterstrich den Grad des Bösen durch gekonntes Augenverdrehen. Zu allem Überfluss besaß dieses schreckliche Tier auch noch andere unangenehme Eigenschaften. Sie konnte sich ruckzuck in eine Maus oder in einen Goldfisch verwandeln und liebte es, in Nachttöpfen zu schlafen, sodass es angebracht war, dieses Gefäß, bevor man es benutzte, genau zu inspizieren.

Die Monstermücke machte auch bei dem zum Aberglauben neigenden Personal die Runde, und sie begannen ebenfalls, schlimme Dinge zu behaupten. Auch sie waren diesem Tier an den merkwürdigsten Plätzen begegnet. So war dem Stubenmädchen eine kostbare Suppenterrine, als sie sie aus dem Schrank holte, vor Schreck zu Bruch gegangen, weil sie sich eingebildet hatte, die Monstermücke darin schnarchen zu hören.

Aber auch böse Monster sind bestechlich, man muss nur herausfinden, woran sie Freude haben, was, wie man sich denken kann, Maja ohne Schwierigkeiten gelang. Schaudernd hatte sie gesehen, wie die Mücke auf dem Billardtisch einen Mohrenkopf verzehrte. Das Geheimnis, wie das Gebäck dorthin gelangt war, konnte allerdings auch sie nicht lüften, aber dieses zufriedene, laute Summen, das so klang, als wenn jemand in die Tülle einer Gießkanne bläst, hatte sie noch jetzt im Ohr. Die Kinder bekamen eine

Gänsehaut und waren zu jedem Opfer bereit. Auf Majas Sammelteller häuften sich Sahnebonbons, Liebesperlen, Lakritze, Pfefferminzplätzchen und winzige Schokoladentäfelchen. Philipp schluchzte leise, als sie ihn dazu zwang, auch sein Schokoladenpüppchen zu opfern. Dieses Püppchen in Gestalt eines Negers war mit köstlichem Vanillekrem gefüllt. Maja hatte das Pendant dazu besessen, aber schon längst mit einem gierigen Schmatz verzehrt, während Philipp, der sich aus Schokolade und Kremfüllung nichts machte, seines zum General befördert hatte, der seine Zinnsoldaten herumkommandieren durfte. Zum Trost schilderte Maja ihm, wie irrsinnig die Monstermücke sich gerade darüber gefreut habe. Ja, sie sei richtig außer Rand und Band geraten, und Maja gab auch gleich eine Kostprobe von dem Tanz, den dieses Untier danach vor ihren staunenden Augen aufgeführt hatte. Ihr rasendes Gestampfe und Herumgefuchtle ließ die Puppen verschreckt nach ihren Müttern rufen und die Standuhr schlagen und mähte Philipps zur Schlacht aufgestellte Zinnsoldaten vorzeitig nieder. Panik brach aus. Das laute Geschrei ließ das Kinderfräulein herbeieilen, das als Erstes Maja anfuhr: »Wisch dir gefälligst die Schokolade aus dem Mundwinkel!« und dann für Ruhe und Ordnung sorgte.

Majas Sammeleifer, mit dem sie die Opfergaben eintrieb, war beachtlich und genierte die Eltern ein wenig, wenn Gäste da waren. Aber Onkel und Tanten zeigten sich amüsiert: »Was für eine Phantasie, diese Kleine!«

Einen Monat später betrachtete sich das Kinderfräulein missbilligend Majas Körper in der Zinkbadewanne. »Mein Gott, bist du fett geworden«, sagte sie gehässig. »Wahrscheinlich kommst du nach deiner Tante Ingeborg«, fügte sie mit einer gewissen Schadenfreude hinzu – einer Tante, die ihren stattlichen Bauch nur noch auf einen Stock gestützt vor sich her tragen konnte und sich den breitesten Stuhl zum Sitzen aussuchte. Die Bemerkung des Fräuleins saß. Die Monstermücke verschwand sang- und klanglos aus dem Repertoire der Gruselgeschichten. Sie wurde ersetzt durch einen großen Hund mit tellergroßen Augen, der nachts fürchterlich jaulend durch die Gänge schlich oder vor dem Kinderzimmer herumwinselte. Aber ihm fehlte der grausige Charme seiner Vorgängerin. Außerdem erinnerten sich ihre Geschwister, dass ihnen so ein Geschöpf schon einmal in einem Märchen begegnet war.

Maja war es nur recht. Das kindische Gehabe und die albernen Spiele der anderen Kinder begannen sowieso, sie zu langweilen. Sie fand es an der Zeit, sich wichtigeren Dingen zuzuwenden, wozu nun die Flirts und das Liebesgeraune der jungen Erwachsenen unter den Gästen und natürlich auch der Angestellten gehörten. Maja, selbst davon noch unberührt, sagte sich in ihrer nüchternen Art, irgendeinen Nutzen müsse dieses alberne Getue doch haben, auf jeden Fall sei es sicher sinnvoll, es zu beherrschen. Sehr zum Ärger des Kinderfräuleins bestand sie jetzt darauf, bei jeder passenden Gelegenheit das Haar offen zu tragen, um es kokett zurückzuwerfen, gedankenverloren darin herumzuwühlen oder es zu flechten. Sie übte, mit gesenktem Kopf, die Augen nach oben gerichtet, und mit halboffenem Mund dümmlich in die Gegend zu kucken, bis die besorgte Mutter drauf und dran war, sie zum Ohrenarzt zu fahren, weil sie Nasenpolypen vermutete. Sie lernte von ihren älteren Kusinen, wie man ein Tüchlein fallen lässt, damit der junge Herr sich danach bückt und es einem mit einem Lächeln überreichen kann, was ihr allerdings nur den mütterlichen Tadel einbrachte: »Schmeiß nicht dauernd mit deinen benutzten Taschentüchern rum.« Auch bemühte sie sich, anstatt wie ein Pferd herumzuwiehern, nur noch ein zartes Lachen von sich zu geben. Sie machte sich beliebt bei den sich ständig im Spiegel musternden jungen Tanten, indem sie ihnen hingebungsvoll und unermüdlich die Haare bürstete oder als Postillon d'amour Briefchen hin und her trug, und bekam dafür Schleifchen, einen Rest Rouge und ein Fläschchen Riechsalz geschenkt, an dem sie kopfschüttelnd schnupperte. Oft vergaß man Majas Gegenwart und dass sie noch ein Kind war und gab sich anderen Altersgenossinnen gegenüber hemmungslos seinem Liebeskummer und seinen Liebesqualen hin, was Maja mehr erstaunte als beeindruckte. Sie kam schließlich zu dem Schluss, dass alles, was man Liebe nannte, schlimmer als Keuchhusten sein musste, zumal sie die jungen Männer, die dieses Leiden verursacht hatten, und ihre Art, sich gegenseitig schulterklopfend mit »altes Haus« oder »alter Schwede« zu begrüßen, mit ihr selbst herumzunärren, sie an den Zöpfen zu ziehen und wie eine Zweijährige zu behandeln, reichlich blöd fand. Auch deren Balgereien mit den Hunden oder ihrer Unterhaltung, die sich um die Jagd, das Militär oder nette »Käfer«, die sie gerade kennen gelernt hatten, drehte, konnte sie wenig abgewinnen. Kurzum, Maja kam zu dem Schluss, dass sich für diese Herren der Aufwand nicht lohnte, zumal sie noch eitler waren als jedes Mädchen, Korsetts trugen, um gertenschlank zu wirken, und jede noch so durchsichtige Bewunderung für bare Münze nahmen.

Außerdem waren sie mit milden Gaben wenig freizügig und spendierten einem höchst selten eine Lutschstange oder eine Tüte Pfefferminzkrümel. Die ältere Generation war da viel spendabler, und so mancher Groschen landete in der Sparbüchse dieser reizenden Kleinen, die allgemein als ein für ihr Alter erstaunlich vernünftiges Mädchen gelobt wurde, in der eine gute Hausfrau schlummerte.

Und in der Tat, Maja fertigte neuerdings nicht nur für Geburtstage und zu Weihnachten die von der Verwandtschaft erwarteten Aufmerksamkeiten in Form von Loch- und Kreuzstichdeckchen an, sondern sorgte für Disziplin und Ordnung in der Dorfschule, wenn sich der Lehrer mal eben im Garten um seine Erdbeeren kümmerte, und sah der Mamsell über die Schulter, wenn sie Soßen und Suppen abschmeckte. Sie rührte das Herz des Onkels, wenn sie höflich mit zwitschernder Stimme fragte: »Geht es Rumpelstilzchen wieder besser, Onkel Karl?«, womit sie sein bereits etwas dämpfiges Lieblingspferd meinte. Und zur großen Freude ihres Vaters begann sie sich auch für alles zu interessieren, was auf dem Gut so vor sich ging. Sie kannte sich im Kuhstall aus, wusste, wie viele Liter Milch man von einer anständigen Kuh erwarten kann, wie viele Eier im Jahr ein fleißiges

Huhn legen sollte und wie viele Zentner Getreide und Kartoffeln auf einem Morgen Land zu ernten sind. Wenn der Vater, wie bei Landwirten üblich, angeblich ein Jammertal nach dem anderen durchschritt – die Ernte eine Katastrophe, die neu angeschaffte Maschine das Geld nicht wert, die Schweinepreise im Keller, der Wildschaden ungeheuerlich –, hatte sich die Mutter angewöhnt, mit freundlichem, aber abwesendem Gesicht zu sagen: »Du machst das schon.« Maja dagegen hörte sich die Klagen des Vaters und seine ständigen Seufzer »Es muss sich rechnen, Kind« teilnehmend an. Und jedes Mal fügte er hinzu:

»Was erzähle ich dir das eigentlich alles. Es sind nicht die Aufgaben, die dich einmal erwarten werden.«

»Und was sind meine Aufgaben?«, fragte Maja interessiert.

Der Vater lächelte gütig. »Haushalt und Kinder natürlich.«

»Wir werden sehen«, sagte Maja und hüpfte davon.

Gelegentlich bekam sie mit, dass sich die Eltern ihretwegen Gedanken machten, weil die zu erwartende Mitgift klein sein würde, weil sie nicht gerade zu den Schönsten im Lande gehörte und weil es auf dem Heiratsmarkt ebenso wenig rosig aussah wie auf dem Rindermarkt. Die Berufe, die ihre Eltern als die einzig angemessenen für sie in Erwägung zogen, waren ihr ein Gräuel.

Wochenpflegerin, Krankenschwester bei den Johannitern, Gesellschafterin bei einer königlichen Hoheit oder, noch besser, Diakonisse und vorher möglichst ein Internat. Jedes Mal, wenn sie diese Gespräche mitbekommen hatte, suchte sie in ihrer Phantasie Zuflucht und unterhielt die Geschwister mit dem, was sie Majas Märchenstunde nannten. Monster und andere gruselige Geschöpfe gab es allerdings nun darin nicht mehr. Jetzt ging es ausschließlich um gute oder böse Königinnen, die ihr Volk entweder mit Sanftmut und Lieblichkeit bezirzten oder mit Angst und Schrecken in Schach hielten. Böse Königinnen fackelten nicht lange, sie ließen ungehorsame Untertanen ruckzuck köpfen und ungezogene, lärmende Kinder eine Nacht in einen Gänsestall mit wütigen Gänserichen einsperren.

»Und welche Sorte Königin steuerst du an?«, fragte das Kinderfräulein sarkastisch.

Maja zuckte die Achseln und sagte den von ihrer Mutter gern benutzten Satz: »Wir werden sehen.«

Zu seinem Geburtstag wünschte sich Bruder Philipp von ihr noch einmal den Monstermückentanz zur Unterhaltung seiner Gäste, unter denen sich auch ein Junge befand, der schon mit dem Tesching auf Karnickel schießen durfte und dem man natürlich etwas ganz Besonderes bieten musste. Nach einigem Zögern willigte Maja ein, verlangte aber zur Stärkung ihrer Phantasie das obligate Negerpüppchen vom Gabentisch. Philipp war einverstanden.

Die Geburtstagsfeier begann, und als alle Gäste im Kinderzimmer versammelt waren, klatschte Philipp in die Hände und bat um Aufmerksamkeit. Maja begann den Tanz mit würdevollen Schritten. Sie hatte sich dazu ein vom Boden geholtes ausrangiertes Seidenkleid ihrer Mutter angezogen mit weiten, über die Hände reichenden Ärmeln. Sehr schnell wurde aus den ruhigen Schritten eine Art Furientanz, und seltsame Töne, halb miauend, halb schrill, kamen aus ihrem Mund, sodass die Kinder wieder ganz in ihren Bann gerieten, die Kleinen zu weinen anfingen und bald die ganze Kinderschar sich drehend und gestikulierend durchs Zimmer und dann durch die Flure tobte. Ein Puppenwagen kippte um, eine gerade erst neu gebaute Ritterburg wurde zerstampft, die Goldfische schossen verängstigt durchs Aquarium, und der Kanarienvogel bekam einen Herzanfall. Holzpferdchen zersplitterten unter den stampfenden

Füßen, und im Flur fiel ein Degen von der Wand. Dazwischen wimmerte mit piepsendem Geräusch eine aufziehbare Maus, die eine Fußspitze in Bewegung gesetzt hatte. Als die Ekstase auf dem Höhepunkt war, machte sich Maja unauffällig aus dem Staube, zog sich blitzschnell um und schüttelte gemeinsam mit den erschreckt herbeieilenden Erwachsenen den Kopf über das kindische Getobe. Das Kinderfräulein schickte, Geburtstag hin, Geburtstag her, alles Kleinvieh, wie sie es nannte, zu Bett und die Hofekinder nach Haus. Nicht einmal Philipp, der Mittelpunkt des Tages, wurde davon ausgenommen. Nur Maja, die Vernünftige, durfte ihren Vater zum Abschluss des Tages bei dem abendlichen Ritt über die Felder begleiten.

Den Eltern blieb es erspart, sich weiter Gedanken über die Zukunft dieses eigenwilligen Kindes zu machen. Bereits mit sechzehn war sie unter der Haube, sehr zum Erstaunen so mancher neiderfüllter Mütter in der Verwandtschaft, die ebenfalls über die Zukunft ihrer Töchter grübelten. Ausgerechnet Maja, und dann so eine Partie! »Hübsch ist sie ja nun wirklich nicht, mit diesem kräftigen Kinn und der nicht gerade gertenschlanken Figur. Aber wir freuen uns natürlich sehr. Obwohl, fünfundzwanzig Jahre Altersunterschied ist doch ganz schön happig. Und der ganze Zuschnitt ihres zukünftigen Hauses. Das Schloss ein historisches Denkmal, gefüllt mit Kunstschätzen und Kostbarkeiten, allein für hundert Personen Meissner Porzellan, die Galerie mit den wertvollen Bildern und dem Waffensaal! Ob dieses halbe Kind dem Ganzen gewachsen ist?« Die so redende Mutter sah ihren Mann erwartungsvoll an. »Was meinst denn du?« Der Ehemann vermied es wohlweislich, nicht ihrer Ansicht zu sein.

Aber auch Majas Eltern waren nicht sehr glücklich über diese Verbindung und hatten gemischte Gefühle. Sie hätten es gern eine Nummer kleiner gehabt, so in ihrer eigenen Größenordnung. Ein zweiter Punkt war neben dem Altersunterschied, dass der Bräutigam von sehr schlichtem Gemüt war und daher, als er in Afrika einen Kaffernbüffel schoss, in der Gegend nur der Brudermörder genannt wurde, was aber keine Mutter daran hinderte, sich ihn sehnlichst als Schwiegersohn zu wünschen. Vierzigtausend Morgen unter dem Pflug, ein großes Waldgebiet, Karpfenteiche, eine eigene Pferdezucht und Brennereien, da konnte man schon über gewisse Schwächen hinwegsehen.

Kennen gelernt hatte die gerade fünfzehnjährige Maja den großen Preis der Gegend als

Lückenbüßerin, weil man sie noch nachträglich zur Hochzeit einer Kusine eingeladen hatte, bei der mehrere jüngere Damen unerwartet ausfielen, sodass die Tischordnung darunter litt. Die Hausfrau hielt ein junges Mädchen für unverfänglicher als eine der vom »Drachenfels« vorgeschlagenen jungen Damen. Und da der Gastgeberin nur zu gut bekannt war, dass Mütter heiratsfähiger Töchter diese grundsätzlich bei der Sitzordnung benachteiligt fanden, dachte sie, dass dieses halbe Kind als Tischdame eines Herrn in den besten Jahren am wenigsten Missgunst erregen würde.

Der Brudermörder machte dann auch seinem Ruf als notorischer Langweiler alle Ehre und gab sich, ohne Maja eines Blickes zu würdigen, ganz dem Genuss des Fasans hin, sodass sich der Herr zur Rechten ihrer erbarmte und eine Unterhaltung mit ihr anfing, bis sie plötzlich ihr Tischherr am Ärmel zupfte und fragte: »Hast du was gegen mich?«

Maja fehlte es nicht an Schlagfertigkeit, und ihre Antwort »Ich dachte, der Fasan steht Ihnen näher als ich« erheiterte ihn sichtlich. Der wenig Wortgewandte erwies sich als hervorragender Tänzer, und er tanzte nun mit der Kleinen so ausgiebig, dass die Damen vom Drachenfels die Köpfe zusammensteckten.

Der Brudermörder war danach häufig Gast bei Majas Eltern, sodass ihm der Vater ein wenig auf den Zahn fühlen konnte und zu seiner Erleichterung feststellte, dass der zukünftige Schwiegersohn, unter dem Motto aufgewachsen: »Früher wurde man reich geboren, lebte reich und starb reich«, es anscheinend ganz gut verstand, den Besitz, von erfahrenen Leuten unterstützt, zusammenzuhalten. Und außerdem wollte sein Liebling diesen Menschen nun mal unbedingt, und es gab keinen triftigen Grund, ihn ihr zu verwehren.

Glücklicherweise war Maja trotz ihrer großen Phantasie kein allzu romantisch veranlagtes Mädchen, und so nahm sie den fröhlichen Ausspruch ihres frischgebackenen Ehemanns »Na, dann wollen wir mal« und die folgenden Ereignisse der Hochzeitsnacht eher verblüfft zur Kenntnis und dann mit Gleichmut hin, ebenso wie die recht öden Winterabende, die das junge Paar mit Halma, Mühle oder Zankpatiencen verbrachte.

Die hochgestochene Dienerschaft rümpfte erst einmal die Nase über ihre neue Herrin, sprach von ihrem Zuhause ebenfalls als von der Kuhpleke, und der Diener machte sich nach dem Servieren in der Küche darüber lustig, dass Maja den Wein in großen Zügen trank und nicht nur zierlich am Glas nippte. Doch sie setzte sich wie immer durch und ergänzte das Personal nach und nach geschickt durch ehemalige Spielgefährten wie die inzwischen erwachsen gewordenen Söhne des Försters, des Kutschers und des Sattlermeisters, die ihr den Rücken stärkten.

In wenigen Jahren konnte ihr niemand mehr ein X für ein U vormachen. Der zunächst unter ihrer Hartnäckigkeit seufzende Güterdirektor sprach nun mit großem Respekt von ihrer schnellen Auffassungsgabe und ihren guten Einfällen. Die bislang von einer Hausdame eher lieblos ausgerichtete Weihnachtsbescherung für Dienerschaft und Hofeleute – Schürzen für die Frauen, Socken für die Männer – nahm sie nun selbst in die Hand. Sie ging im Dorf von Haus zu Haus, erkundigte sich nach den verschiedenen Wünschen, ebenso nach Namen und Alter der Kinder und fuhr dann mit der Hausdame zum Weihnachtseinkauf in die Stadt.

Der Ehemann war voller Bewunderung für seine tüchtige junge Frau, und da er im Grunde ein bequemer Mensch war, ließ er ihr beruhigt in allem freie Hand. Maja dankte es ihm auf ihre Weise. Sie gab sich mehr als graue Eminenz und stellte sein Licht nicht unter den Scheffel. Sie lobte seinen guten Riecher für das Wesentliche und seine fabelhaften Ideen. Stolz zeigte sie jedem Gast in dem für damalige Zeiten schon sehr fortschrittlich eingerichteten Badezimmer seinen Einfall, eine im Waschbecken integrierte Art Spucknapf, der nur zum Zähneputzen bestimmt war, was großen Beifall fand. Ebenso musste jeder den neuen Herd in der Küche, nach den Ideen des Hausherrn angefertigt, bestaunen, die eleganten Messingstangen, die reichhaltige Ausstattung fürs Kochen, Braten, Backen, Warmhalten, wobei Maja die Backröhre besonders pries, sodass sich eine der neidischen Besucherinnen nicht die Frage verkneifen konnte: »Warum entschuldigst du dich dann jedes Mal, dass die Torte leider recht klitschig geraten ist?«

»Geld macht sinnlich« – dieser Spruch galt auch für die Herren in der Nachbarschaft, und wenn sie Maja im Damensattel elegant über die Felder geloppieren sahen, erwachte in ihnen das Jagdfieber. Vorsichtig versuchten sie, sich an diese außerordentliche Person heranzutasten, machten ihr Komplimente, kamen ihr beim Tanz so nah wie möglich und flirteten mit ihr, wobei sie meist den Kürzeren zogen, weil ihre anzüglichen Plänkeleien Maja keineswegs in Verlegenheit brachten, sondern eher ihren Spott hervorriefen. Besonders emsig dabei war ein Neffe ihres Ehemannes, bei dessen Anblick allein, wie sie ihrer Jungfer anvertraute, sich ihr die Nackenhaare sträubten. Und sie ahmte seine Sprechweise nach: »Gestatten gnädigste Kusine, dass ich Platz nehme?« oder: »Gehorsamen Dank.« Von ihm stammte auch die Bemerkung, Maja wirke auf ihn wie ein abgeschaltetes Elektrizitätswerk, man müsse nur den richtigen Schalter finden, um es in Gang zu setzen.

Das von ihm in Umlauf gebrachte Gerücht, sie werde dem verehrten Onkel früher oder später Hörner aufsetzen, verstummte nach und nach. Majas Benehmen blieb untadelig, und bald nahm sie der Kreis der Ehefrauen freundschaftlich auf. Ja, man war der Meinung, sie habe diesen langweiligen Ehemann vorteilhaft in Schwung gebracht, der nun Schweigen nicht mehr unbedingt für Gold hielt und die Abende im Winter am liebsten mit einer Flasche Rotspon zu Hause verbrachte, sondern viel häufiger als früher bei gesellschaftlichen Anlässen mit seiner Frau zu sehen war. Auch Majas Talent, mit dem Personal umzugehen, fand allgemeines Lob. Man merkte doch gleich die »gute Kiste«, aus der sie stammte und dass sie ein Landkind war. Sie schien wirklich alles im Griff zu haben. Auch die schwierigen Jahre in und nach dem Ersten Weltkrieg meisterte sie mit großem Geschick, trotz pekuniärer, durch allzu freigiebig gezeichnete Kriegsanleihen und den von ihrem Ehemann befolgten Aufruf: »Gold gab ich für Eisen« hervorgerufener Engpässe. Auch gehörte ihr Mann zu den wenigen Heimkehrern, die ohne Blessuren aus dem Krieg zurückkamen.

Doch es gab einen Wermutstropfen in Majas sonst so heiler Welt. Nachwuchs wollte sich nicht einstellen, was ausgerechnet diesen Laps von Neffen wegen der komplizierten Erbfolge zum zukünftigen Schlossherrn machte. Doch Maja schien, obwohl sehr kinderlieb, unter ihrer Kinderlosigkeit nicht zu leiden und ertrug auch den Neffen mit stoischem Gleichmut, der nun unter dem Vorwand, in der Gegend gerade zu tun zu haben, unangemeldet erschien, um dann mit seinem angeblich großen Kunstverstand anzugeben, der doch, wie er nebenbei bemerkte, für all die Schätze, die seine Vorfahren hier zusammengetragen hätten, unerlässlich sei. Majas Lieblingsnichte, die vierjährige Tochter ihres ältesten Bruders und oft zu Besuch bei Onkel und Tante, pflanzte sich vor ihm auf und fragte mit in die Hüften gestemmten Händen: »Was bist du denn für einer?« Der Neffe schob sie wortlos beiseite, und Majas Mann lachte. Auch er hatte »Maja zwei«, das Abbild seiner Frau und mit dem gleichen Temperament ausgestattet, in sein Herz geschlossen.

Maja hatte ihren Mann inzwischen so aufgemöbelt, dass er wie sie Vergnügen daran fand, während der Wintermonate häufig nach Berlin zu fahren, und alles genoss, was die Großstadt bot, wozu auch Oper, Theater und Konzerte gehörten – zum Erstaunen der Nachbarn, die eher Etablissements wie Scala und Wintergarten vorzogen. »Heinzelmännchens Wachparade« und ähnlich unterhaltende Musik, die er zu Haus sonst gern auf dem Grammophon abspielte, gerieten ins Hintertreffen.

Mittlerweile war Maja wieder sehr im Gespräch, denn bei aller Würdigung ihrer Verdienste als charmante Gastgeberin und umsichtige Hausfrau, die es wie keine andere verstand, die Dienerschaft unauffällig zu dirigieren, stellte sich doch die Frage, ob diese nun nicht mehr ganz so junge Frau nicht dem Hang zum Extravaganten, vor allem in der Mode, etwas zu stark nachgab. Das hatte doch manchmal, vorsichtig ausgedrückt, direkt etwas Halbseidenes und passte eher in die Großstadt als aufs Land: diese knappen, kurzen, ausgeschnittenen Kleidchen, dieser jungenhafte Haarschnitt, diese merkwürdigen Glitzergehänge, die ihre Ohren und das Dekolleté schmückten, dazu die vielen Armreifen. Man war ja schließlich nicht im Busch! Ja, sogar die Augenbrauen waren ausgezupft, und, wie

126

man hörte, tanzte sie auf den Bällen geradezu bacchantisch. Natürlich sprach niemand die Vermutung, irgend jemand müsse wohl das Elektrizitätswerk in Gang gesetzt haben, so direkt aus. Dafür wurde mehr geunkt: »Oh, oh, wo wird das enden. Heute noch auf stolzen Rossen ...«

Diese die Abende belebenden Gespräche über das Ehepaar fanden plötzlich eine von allen bedauerte tragische Wende. Majas Mann erkrankte schwer, und aus dem »Brudermörder« wurde nun »der Arme«. Der Kranke versuchte in den verschiedensten Kurorten, wieder auf die Beine zu kommen, aber nur bei Maja schienen die gute Luft, die Massagen und die Heilwässer anzuschlagen. Jedenfalls kehrte sie jedes Mal energiegeladen und blühend nach Haus zurück und pflegte ihren Mann mit großer Hingabe, was die Dienerschaft gerührt zur Kenntnis nahm. Für ein wenig Abwechslung und Trost sorgte ihre Lieblingsnichte »Maja zwei«, von ihr liebevoll Moppelchen genannt, die wie auch sie nicht gerade eine zarte Elfe war. Ebenso wie ihre Tante, besaß Moppelchen eine blühende Phantasie und fand großen Gefallen an den Geschichten von der Monstermücke. Sie konnte gar nicht genug davon hören und versetzte, wieder zu Hause, genussvoll ihre Geschwister damit in Panik. Weniger erheiternd für Maja dagegen waren die immer häufigeren Besuche des zukünftigen Erben, der überall im Schloss herumschnüffelte, bis es dem Diener zu viel wurde und er die Teppichstange an der obersten Treppenstufe lockerte. Der Neffe brach sich beim Herunterfallen den rechten Fuß und war dadurch erstmal außer Gefecht gesetzt.

»Wie ist denn das passiert?«, fragte der Kranke beunruhigt.

Der Diener machte die Gebärde des Trinkens und befestigte die Stange wieder sorgsam.

»Der Arme« starb, von Maja umhegt, einen sanften Tod. Voller Mitleid beobachtete das Personal, wie sie schluchzend durch das Schloss lief und noch einmal über alle seine Lieblingsgegenstände strich, den Billardtisch, den durchgesessenen Lehnstuhl, das Sofa, auf dem er gern ein ausgiebiges Mittagsschläfchen hielt, das Grammophon mit der Platte »Heinzelmännchens Wachparade«. Doch dann zeigte Maja jene Contenance, die man von ihr erwartete, und bewies wieder einmal ihr Organisationstalent. Die Vorbereitungen für die Beerdigung wurden penibel durchgeführt, die Gästezimmer für die zu erwartenden Familienmitglieder auf Hochglanz gebracht, Berge von Freud-und-Leid-Kuchen gebacken, Silber- und Messingbeschläge geputzt, das Parkett gewienert, Park und Blumenrabatte hergerichtet, der Rasen geschnitten, die Wege geharkt.

Einen Tag vor der Beerdigung verschwand Maja. Sie kehrte von ihrem abendlichen Spaziergang nicht zurück. Die ganze Gegend wurde abgesucht, der Teich abgelassen, vergeblich. Die Zeiten waren schlecht, Gesindel trieb sich überall herum. Man fürchtete das Schlimmste. Die Trauerfeier musste ohne die Witwe stattfinden und wurde zu einem gesellschaftlichen Ereignis mit einem kilometerlangen Leichenzug, der in dem bei Beerdigungen üblichen eisigen Ostwind fröstelnd hinter dem Sarg und dem am Zügel geführten, mit einer Schabracke in den Wappenfarben des Hauses bedeckten und schon etwas steifbeinigen Reitpferd hertrottete. Die Rede des Pastors war außerordentlich eindrucksvoll. Er gedachte nicht nur des Toten, sondern auch der Vermissten und schilderte ihre Tugenden ebenso wie die des Verstorbenen in leuchtenden Farben. Auch versäumte er nicht, nachdrücklich auf die Verwahrlosung und wachsende Kriminalität im Lande hinzuweisen, die den Verfall aller guten Sitten und des Miteinanders nach sich zögen.

Vergeblich bemühte sich Majas Lieblingsbruder Philipp, Mittel und Wege zu finden, die Majas Schicksal hätten aufklären können. Doch die von ihm beauftragte Detektei fand nirgendwo einen Anhaltspunkt, der sie weitergebracht hätte.

»Lass es doch«, sagte seine Frau begütigend, als er ihr niedergeschlagen den Bericht der Detektei vorlas. »Du hast ja nun wirklich alles getan.«

Philipp seufzte. »Du hast Recht. Nur gut, dass unsere armen Eltern das nicht mehr miterleben mussten. Maja war doch Papas Liebling.«

Inzwischen war der Erbe des großen Besitzes mit seiner Familie ins Schloss gezogen, sehr erleichtert darüber, nun keine Apanage zahlen und kein Witwenhaus zur Verfügung stellen zu müssen. Doch die Erleichterung wich bald tiefer Enttäuschung. Es stellte sich heraus, dass der früher so sparsame Onkel ganz schön Geld unter die Leute gebracht hatte, ja, so weit gegangen war, eine nicht unerhebliche Hypothek aufzunehmen, sodass entgegen aller Erwartungen von »aus dem Vollen schöpfen« keine Rede mehr sein konnte. Für einen tüchtigen Landwirt wäre das ein durchaus zu verkraftendes Problem gewesen, denn die Einnahmen waren beträchtlich, doch der Neffe war alles andere, nur nicht tüchtig. Dazu kamen Geldentwertung und politische Situation. Der stolze Schlossherr geriet ins Schleudern. Die Nachbarn schüttelten den Kopf. So waren sie nun mal, die jungen Leute von heute.

Nur ihre Vergnügungen im Kopf, kein Gedanke mehr, sich am Riemen zu reißen, das Steuer herumzuwerfen, den Gürtel enger zu schnallen. Dafür ließ man Maja im Nachhinein geradezu Engelsflügel wachsen und rieb ihre Tüchtigkeit gern aufmüpfigen Schwiegertöchtern unter die Nase mit der wie nebenbei hingeworfenen Bemerkung, dass Maja sich in schlechten Zeiten für keine Arbeit zu schade gewesen sei. Und dann dieses schreckliche Ende!

Doch ständige Lobpreisungen werden schnell langweilig, da waren Gerüchte doch viel interessanter. So behauptete ein Onkel steif und fest, Maja beim Skifahren in Kitzbühel gesehen zu haben, in männlicher Begleitung natürlich. »Und, stellt euch vor«, die Stimme des Berichterstatters senkte sich, weil eines dieser unnützen Kinder wieder im Zimmer herumwuselte, anstatt sich ins Kinderzimmer zu scheren, »es war ein Neger!« Also wirklich! Man lachte ein wenig. Onkel Herbert war bekannt für seine Übertreibungen.

Doch die Gerüchte verstummten nicht, und es gab geradezu haarsträubende Geschichten, wo überall man sie von weitem gesehen haben wollte, mal als Pilotin eines Sportflugzeugs, das sich gerade in die Lüfte hob, dann wieder als Komparsin in einem Luis-Trenker-Film oder vor einem Nobelhotel, als sie gerade, in kostbare Pelze gehüllt, mit einem Herrn im Zylinder in eine Droschke stieg, oder, zum Erschrecken von Kusine Adelheid, als Garderobiere im Theater. Aber als man sie gerade ansprechen wollte, sei sie plötzlich hinter den Mänteln verschwunden. Diese Geschichte fand allgemeines Gelächter. »Adelheid, du bist wirklich unmöglich! Garderobenfrau! Warum nicht gleich die Herrin über die Bahnhofstoiletten!«

In Majas Familie begann man sich allmählich mit ihrem Verschwinden abzufinden. Doch dann erhielt Philipp einen Brief, der weiter nichts als ein Foto enthielt, auf dem ein großes industrielles Gebäude zu sehen war. Er betrachtete es sich kopfschüttelnd und wollte die Karte gerade seiner Frau zeigen, als es ihn wie ein Blitz durchfuhr. Er besah es sich noch einmal sehr genau. Kein Zweifel, es war ein Elektrizitätswerk. Etwas hielt ihn zurück, diese Erkenntnis seiner Frau mitzuteilen, denn diese sonst so angenehme Person war eine Klatschbase par excellence. Weshalb sonst eine verschlüsselte Botschaft von seiner Schwester? Ach, seine Maja. Dieser sich so sittsam gebende, phantasievolle, unberechenbare kleine Teufel, dem sein Moppelchen am ähnlichsten war. Maja hatte immer Mittel und Wege gefunden, das zu bekommen, was sie wollte. Darin war sie eine Meisterin gewesen. Die Sache mit den Negerpüppchen war nach so vielen Jahren immer noch lebhaft in seiner Erinnerung. Ihm fiel auch der Spruch des Kinderfräuleins wieder ein: »Weiß an Brust und an der Kehle, aber rabenschwarz von Seele.« Rührung mischte sich mit Hoffnung.

Bei den Nachbarn dagegen war jetzt der Neffe in den Mittelpunkt des teils schadenfrohen, teils bedrückten Interesses gerückt. Schließlich handelte es sich um einen in Nachschlagewerken verzeichneten historischen Besitz, in dem Kaiser und Könige, Generäle und Minister ein- und ausgegangen waren, der unter den Hammer kam und damit zu dem traurigen Kapitel »Adel im Untergang« gehörte, ein leider nur zu wahres Wort, das immer mehr an Bedeutung gewann, je mehr dieser Stand verlor, was seinen Charakter prägte, das Land.

Maja brachte sich angemessen dramatisch wieder in Erinnerung, als ein dreizehnjähriger Junker Vorlaut auf der Suche nach einem erlegten Kaninchen auf eine stark verweste Leiche stieß. Unter Zurücklassung seines Teschings rannte er wie von Furien gehetzt nach Hause, platzte mit dem Ausruf: »Ich habe Tante Maja gefunden!« ins Esszimmer, wo Eltern und Geschwister am Mittagstisch saßen, und übergab sich vor der fassungslosen Familie auf den Teppich. Auch als sich herausstellte, dass es sich natürlich nicht um Maja, sondern um den bedauernswerten Bewohner eines Armenhauses handelte, der, auf geheimnisvolle Weise an mehrere Flaschen Schnaps geraten, die nun um ihn herumlagen, an Alkoholvergiftung gestorben war, machte diese Geschichte, bei der man sich immerhin über diesen Junker Vorlaut amüsieren konnte, unverdrossen die Runde.

Die Wochen vergingen, der angeberische Neffe hatte das Schloss geräumt und musste nun samt seiner Familie den Rest des Lebens in einer kleinen Stadtwohnung fristen. Da erhielt Philipp einen zweiten Brief, der ihm seine Nachtruhe raubte, weil er nicht mit sich ins Reine kam, ob er sich darüber freuen oder entsetzen sollte. Der Brief enthielt wiederum keinerlei Nachricht, sondern nur eine ziemlich ungeschickt angefertigte colorierte Zeichnung, auf der eine riesige Mücke anstelle eines Storches mit einem in ein Tuch gehüllten Baby am Stachel hängend durch die Lande flog, und dieses Baby war eindeutig schwarz. Diesmal versteckte Philipp den Brief nicht im Schreibtisch. Mit einem Seitenblick zu seiner Frau, die gerade damit beschäftigt war, eine Stopfnadel einzufädeln, zerriss er ihn sorgfältig in kleinste Stücke.

»Philipp«, sagte seine Frau, »ich muss dir was erzählen. Aber reg dich bitte nicht auf. Ich bin gerade angerufen worden. Moppelchen ist aus dem Internat ausgerissen. Aber mach dir keine Sorgen, man hat sie schon wieder aufgefunden. Dem Schaffner im Zug hat sie die wildesten Sachen erzählt. Aber er ist nicht darauf reingefallen und hat sie bei der nächsten Haltestelle beim Bahnhofsvorsteher abgegeben.«

Philipp lachte. »Wie sich die Bilder gleichen.«

»Was für Bilder?«, fragte seine Frau, leicht aus dem Konzept gebracht, und sah ihn irritiert an. »Na, ich bin ja froh, dass du es so gelassen nimmst.«

»Ich meine«, sagte Philipp, »Moppelchen hat uns doch schon einiges geboten, und es wird nicht das Letzte gewesen sein.«

Philipp nahm das Geheimnis seiner Schwester mit ins Grab. Gelüftet wurde es erst nach dem Zweiten Weltkrieg, viele Jahre später, durch einen farbigen Studenten, der sich als Majas Enkelsohn entpuppte. Er hatte sich mit einem adligen Mädchen befreundet, die fest entschlossen war, mit ihm den Bund fürs Leben einzugehen. Bei dieser Mitteilung brach ihrer Mutter fast das Herz, aber sie zeigte es nicht. Glücklicherweise war dieser gutaussehende, strebsame, fünf Sprachen sprechende – oder waren es nur drei? –

135

Junge mit formvollendeten Manieren, die man leider, leider bei der Jugend in der eigenen Verwandtschaft oft sehr vermisste, nicht der einzige Exot. Da mischten sich in die Stammbäume inzwischen wacker Damen und Herren aus allen Ländern, die noch dazu längst nicht aus so gutem Haus wie dieser junge Mann stammten. Sein Großvater väterlicherseits – einem Ondit zufolge, wie sich die Mutter der Familie gegenüber vorsichtig ausdrückte, denn den Aussagen einer schwer Verliebten war nicht unbedingt zu trauen – sollte ein in Amerika sehr bekannter Pianist gewesen sein, sein Vater Professor an einer Universität, seine eine Großmutter die Tochter eines berühmten Arztes und seine zweite, aus Deutschland stammende – »Hab ich euch das schon erzählt?« – die berühmte Maja. Man nickte freundlich. »Du hast.«

Zur großen Freude der Brautmutter stellte sich heraus, dass es tatsächlich noch die fast in Vergessenheit geratene Tante Moppel gab, an die sich dieser oder jener noch vage erinnerte. War da nicht nach dem Krieg irgend etwas mit einem Ölscheich gewesen, wobei es sich leider herausstellte, dass mehr Sand als Öl vorhanden war und es einen Palast nicht gab, dafür aber eine überaus unangenehme Mutter dieses Kameltreibers, der Moppel sich nur mit gesenktem

136

Haupt nähern durfte. Jedenfalls war sie dann irgendwann wieder nach Deutschland zurückgekehrt und dämmerte wahrscheinlich nun in einem Altersheim vor sich hin. Und, typisch für unsere Zeit, niemand in der Verwandtschaft fühlte sich dafür verantwortlich, sich um sie zu kümmern. So dauerte es seine Zeit, bis die Brautmutter das Heim ausfindig machen konnte und nun etwas beklommen dorthin fuhr. Aber zu ihrer großen Erleichterung war Tante Moppel noch recht lebendig. In ihrem kleinen Apartment begrüßte sie ihre Besucherin mit großer Herzlichkeit, wenn auch in einem etwas seltsamen Aufzug. Zum burnusartigen Gewand trug sie einen aus einem Seidentuch gebundenen Turban, wahrscheinlich, um ihr schütteres Haar zu verstecken, was, ergänzt durch einen im Hintergrund ständig vor sich hin brabbelnden Papagei und den betäubenden Duft eines Kräutertees, der Brautmutter das Gefühl gab, bei einer Wahrsagerin gelandet zu sein. Doch Tante Moppel war mehr mit der Vergangenheit beschäftigt als mit zukünftigen Schicksalen und nur zu gern bereit, ihrem Gast Einblick in ihr spannendes Leben zu gewähren. Wobei der Bericht allerdings immer wieder auf ermüdende Nebenwege geriet, begleitet von dem Seufzer »Tante Maja hat das einzig Richtige getan und sich rechtzeitig aus dem Staub gemacht« und sich im Übrigen um ein der Brautmutter sattsam bekanntes Thema dieser Generation drehte: Flucht und Vertreibung und wie während eines Tieffliegerangriffs, vor dem sie notdürftig Schutz hinter ein paar spillerigen Weiden gefunden hatten, die schon etwas verwirrte Tante Martha auf einem warmen Mittagessen bestand. Bald fühlte sich die höflich Zuhörende wie bei Freunden und ihren endlosen Urlaubsdias, wenn man nach der zwanzigsten Einstellung von Ruinen, Tempeln und Bergen verstohlen auf die Uhr kuckt und sich gleichzeitig seines Desinteresses schämt. Zu ihrer Erleichterung konnte sich aber Tante Moppel dann doch noch lebhaft an ihre vom Glück mehr begünstigte Tante Maja und den Brudermörder erinnern und auch, dass es wirklich sehr feudal bei ihnen im Schloss zugegangen war. Sogar die Geschichte vom Junker Vorlaut wusste sie noch, mit dem sie später, wie sie diskret andeutete, eine heiße Affäre gehabt hatte – alles, wie die Brautmutter erfreut feststellte, reichlich Stoff zum Weitererzählen. Als die Tante dann allerdings auf jemanden zu sprechen kam, der das biblische Alter von zehn Jahren erreicht habe, und die konsternierte Besucherin eine Weile brauchte, bis sie begriff, dass es sich dabei um ein weißes Kaninchen handelte, fand sie es dann doch an der Zeit, sich zu verabschieden.

Tief zufrieden kehrte die Brautmutter nach Haus zurück. Selbstverständlich wurde Tante Moppel zur Hochzeit eingeladen, und ihr Präsent, ein Anhänger in Form einer goldenen, mit Brillanten besetzten Mücke, ein Geburtstagsgeschenk von Tante Maja, schmückte das Dekolleté der Braut. Die Tante selbst wurde der Mittelpunkt des Hochzeitstages. Die Alten ergingen sich mit ihr in Erinnerungen, wobei sich wie immer Dichtung und Wahrheit mischten, und polierten die eigenen Erlebnisse weidlich auf. Die Jungen fanden wiederum Tante Moppels in grellem Grün gehaltene seidene Pluderhosen und das schon etwas ramponiert wirkende Brokatjäckchen super cool. Zum Abschluss der Festlichkeit zelebrierte sie mit dem Bräutigam den Monstermückentanz mit solcher Vehemenz, dass der Kronleuchter im Saal des Schlosshotels klirrte.

Stolperjulchen

Oliver Hausmann war wieder einmal durchs Hotel gefegt und hatte mit barscher Stimme versucht, das Personal auf Trab zu bringen, wie stets mit mäßigem Erfolg. Nur das neue Zimmermädchen, dem er mit finsterem Schweigen durch seine Sonnenbrille beim Bettenmachen zusah, wurde sichtlich nervös, und er verließ befriedigt das Zimmer. Er liebte es nun mal, den hintergründigen Chef zu spielen, bei dem man immer auf das Schlimmste gefasst sein musste, das allerdings nie eintrat. Den Trick mit der Sonnenbrille hatte er dem Schauspieler O. W. Fischer abgekuckt, der damit fast in all seinen Filmen teils rätselhaft, teils bedeutungsvoll in die Gegend starrte.

Der Oberkellner sah ihm mit väterlicher Nachsicht schmunzelnd zu, wie er stirnrunzelnd einen vollen Aschenbecher wegtrug. Er kannte den Chef schon, als der noch ein richtiger Rotzer war und vor dem Schlafengehen unter seinem Bett nachsah, ob sich dort auch kein Bösewicht versteckt hielt.

Oliver Hausmann war auf sein von einer Patentante geerbtes Hotel sehr stolz. Es lag in einem Villenviertel der Stadt, das von Bombenangriffen verschont geblieben war, inmitten eines parkähnlichen Grundstücks. Aber seine Einrichtung war noch recht altmodisch, und es fehlte ihm an Fluidum, wie er es mit einem seiner Lieblingswörter nannte. Gleich nach dem Krieg, als jeder froh war, eine Unterkunft zu finden und man angeschlagenes Porzellan ebenso in Kauf nahm wie angekettete Bestecke, hatte das niemanden gestört. Aber diese Zeiten waren ja nun Gott sei Dank vorbei, und er musste sich dringend einfallen lassen, wie er den Gästen mehr Komfort bieten konnte. Bisher hatte er sich um alles selbst gekümmert, aber ein bisschen Spaß nach all den fürchterlichen Jahren wollte er schon auch haben. Es gab schließlich eine Menge hübscher Mädchen, die sehnsüchtig darauf warteten, verführt zu werden. So hatte er beschlossen, eine Hausdame einzustellen. »Hausdame«, das klang nach was – »Unsere Hausdame wird Ihnen behilflich sein, gnädige Frau.« Und nun war unter den Bewerberinnen auch noch eine echte Gräfin, die wahrscheinlich schon in diesem Augenblick im Sekretariat wartete, um sich vorzustellen. Er sah auf die Uhr. Warten tat Menschen immer gut. Es machte sie erst unruhig, dann unsicher – kurz, es klopfte sie ein wenig weich.

Er griff wieder nach seiner Sonnenbrille, bevor er das Büro betrat, denn auch bei seiner Sekretärin zeigte der O.-W.-Fischer-Blick Wirkung. Sie war eine verhuschte Kriegerwitwe, die mit einer winzigen Rente drei lebhafte Jungen durch Schule und Leben zu boxen versuchte. Bei dem Gedanken daran nahm er die Brille wieder ab und beschloss, zur Abwechslung mal richtig charmant zu sein.

»Na, Frau Hansen«, sagte er mit gewinnendem Lächeln, »wie geht's, wie steht's? Ist denn Ihr Ältester wieder auf dem Damm?«

Frau Hansen nickte, ganz benommen von so viel Anteilnahme, und sagte mit gesenkter Stimme: »Die Gräfin wartet schon seit einer halben Stunde.«

Er machte ein reuevolles Gesicht und fragte flüsternd: »Einigermaßen passabel?«

»Durchaus«, sagte Frau Hansen, glücklich über seine Freundlichkeit. Die Launen ihres Chefs waren für sie immer wieder ein Rätsel, das sie zu Hause am Abendbrottisch vergeblich zu lösen versuchte, bis ihre Jungen genervt riefen: »Erzähl doch mal was anderes, Mama!« Aber die ständigen Wechselbäder, in die sie ihr Chef tunkte und die sie mal in Hochstimmung, mal in Trübsinn verfallen ließen, gaben ihr ein Gefühl erotischer Spannung – die einzige, die ihr das Schicksal neben der vielen Arbeit im Büro und zu Hause noch gnädig zugestand. Und schon jetzt begann sie, eine gewisse Eifersucht auf das junge Ding nebenan zu spüren, das womöglich eine Konkurrentin werden könnte. Denn Launen hin, Launen her, der Chef war ein durchaus stattlicher Mann.

Oliver Hausmann hatte seine Sonnenbrille wieder aufgesetzt und begrüßte die Bewerberin. »Nehmen Sie Platz«, sagte er förmlich und verzog sich hinter seinen Schreibtisch. Während er noch einmal in ihrer Bewerbungsakte blätterte und das sie in höchsten Tönen lobende Zeugnis des französischen Hotels, in dem sie wohl eine Art Lehre gemacht hatte, mit scheinbar großer Konzentration durchlas, musterte er die Gräfin unauffällig. Was da in Schottenrock und Twinset, mit Perlenkette und Siegelring, das kräftige, dunkle, ein Schneewittchengesicht umrahmende Haar in einen tiefsitzenden Knoten geschlungen, vor ihm saß, erinnerte ihn plötzlich an ein Porträt, das er beim heimlichen Herumstöbern in Tante Marthas Bücherschrank in einem Kunstbuch gefunden hatte.

Glücklicherweise hatte die arglose Tante Martha, die alles, was in Richtung körperliche Liebe ging, mit dem Wort »würdelos« abtat, nicht geahnt, auf was er aus war, denn gerade auf diesem Gebiet zeigte der fünfzehnjährige Oliver außerordentliches Interesse und war ganz versessen auf würdelose Bilder. »Die Frau als Hausärztin« genügte ihm schon lange nicht mehr. Allerdings erwies sich das Kunstbuch mit Frauenporträts berühmter Maler als herbe Enttäuschung, denn keine der Frauen zeigte, bis auf nackte Schultern, genügend Blöße. Auch das Porträt nicht, an das ihn die Gräfin erinnerte. Die Person nannte sich »Iphigenie«, und der Maler hieß Feuerbach. Das hatte er behalten.

Oliver Hausmanns Vorstellungen vom Adel waren nur sehr verschwommen. Soviel er wusste, diente er Kaisern und Königen und wohnte in Schlössern, wurde von den Bedienten nur in der dritten Person angeredet, bezeichnete seine Freundinnen als Mätressen und trank Wein aus großen Pokalen. Doch dass dieses Geschöpf adlig war, daran gab es keinen Zweifel. Schon der Name Julia, damals noch ganz unüblich, bürgte dafür. Allerdings, ihre Hände waren reichlich kräftig, und auch die Füße gehörten nicht zu den schmalsten. Trotzdem.

Er räusperte sich. »Nun ja, sieht ja alles recht ordentlich aus.« Er machte eine Pause, um die Spannung zu erhöhen. Uradel, aber Flüchtling und Vollwaise. Wahrscheinlich war das arme Kind jetzt schon fix und fertig mit den Nerven und leicht zu lenken. Im Übrigen würde sie später mal sehr aus dem Leim gehen, dachte er und fühlte sich überlegen. Dieses Gefühl verließ ihn allerdings sehr schnell, als die Adlige plötzlich den besorgten Blick einer Krankenschwester zeigte. »Scheußlich, so eine Bindehautentzündung«, sagte sie. »Man sieht mit den roten Augen aus wie ein Angorakaninchen.«

Aber mütterliches Verständnis war nun wirklich das Letzte, was Oliver Hausmann von so einer jungen Person, und sei sie noch so adlig, wollte. Unwillig warf er die Brille auf den Schreibtisch. »Kommen wir also zum Geschäftlichen«, sagte er abweisend. »Ich meine, wir sollten es mal miteinander versuchen. Das Gehalt« – und er nannte eine, wie er fand, großzügige Summe – »wird bestimmt Ihre Zustimmung finden.«

Zu seiner Verblüffung fiel ihm die Vollwaise keineswegs vor Begeisterung um den Hals. Mit einer Bewegung, die ihn an seine Tante erinnerte, wenn sie ihr Korsett zurechtschob, reckte sich die Gräfin und schüttelte energisch den Kopf. »Ich muss ja schließlich auch noch meine Miete bezahlen.« Sie stand auf.

Aber nun wollte er sie unbedingt haben, und

so legte er, wenn auch innerlich stöhnend, noch einiges drauf. »Also dann, auf gute Zusammenarbeit«, sagte er und hoffte vergeblich auf ein dankbares Lächeln.

Sie nickte nur und sagte gleichmütig: »Es wird schon klappen.«

Was für eine arrogante Person, dachte er, wahrscheinlich total frigide. Auch lehnte sie es zu seinem Missfallen strikt ab, ihr Quartier im Hotel zu beziehen. Natürlich sei sie bereit, eine Ausnahme zu machen, wenn es die Umstände erforderten, ansonsten gebe es ja den Nachtportier. Doch dann, als sie sich von ihm verabschiedete und seine Hand herzhaft drückte, blitzte etwas in ihren Augen auf, was er an Frauen sehr zu schätzen wusste, ein verschmitztes »Nu man sachte, Junge«. Erleichtert stellte er fest, dass sie das Fluidum hatte, und irgendwann, das schwor er sich, würde sie in seinem Bett landen.

Doch sie ließ ihn länger zappeln, als Oliver Hausmann es gewohnt war. Dabei war er in seinen Augen ein geduldiger Jäger, der jedem Wild die schicklichen Fluchten zubilligte. Aber Julia gab ihm nicht das geringste verheißungsvolle Zeichen, nicht einmal seine Hand durfte er freundschaftlich auf ihre Schulter legen. Sie schüttelte sie wie ein lästiges Insekt ab. Und wenn sie sich an schönen Frühlingstagen in dem kleinen Park sonnte und er sich dazugesellte, stand sie ein paar Minuten später auf und ging ins Haus. Doch dann, völlig unerwartet, spürte er plötzlich, dass sie sich auf der gleichen Gefühls- ebene bewegten. Aus unerklärlichem Grund neigte seine Iphigenie zum Stolpern, vielleicht, weil sie es immer zu eilig hatte und große Schritte nahm. Und so passierte es, dass sie auf der Treppe die vorletzte Stufe verfehlte und ihm, der gerade die Treppe hinaufgehen wollte, in die Arme fiel. Das, was da so gegen ihn prallte, hatte schon sein Gewicht, und er musste beherzt zu- greifen, um die Balance zu halten.

»Oh«, sagte sie, und plötzlich schien es ihm, als wäre sie mit einem sanften Techtelmechtel einverstanden und durchaus bereit, ein Küss- chen hinzunehmen. Das »Fluidum« jedenfalls stimmte. Doch als er gerade ihre Lippen suchte, tauchte dummerweise Oberkellner Alfred auf. Mit seinem wohlvertrauten Räuspern, das so viel hieß wie: »Gleich gibt's ein paar hinter die Löffel, mein Junge«, verdarb er ihm das Vergnügen.

Alfred war die rechte Hand von Tante Martha und das Faktotum des Hotels gewesen. Und wenn Oliver seine Ferien dort verbrachte, sorgte er für saubere Fingernägel, geschnittenes Haar, einen gewaschenen Hals und was Ordentliches zu es- sen, während Tante Martha mehr dahinter her war, dass nichts »Würdeloses« passierte. Oliver kam sich zwar in seiner Gegenwart immer noch wie ein kleiner Junge vor, der zu parieren hatte, mochte sich aber nicht von ihm trennen, denn mal abgesehen davon, dass er auf die großen Erfahrungen des Kellners, was das Hotel betraf, nicht verzichten konnte, hing er sehr an ihm.

Der alte Oberkellner bekam schnell mit, dass es mit den Fachkenntnissen der jungen Hausdame trotz des guten Zeugnisses nicht allzu weit her war und dass er sie noch ein wenig unter seine Fittiche nehmen musste. So, als sich Julia mit Feuereifer daran machte, das altmodisch eingerichtete Hotel umzukrempeln, und er gerade noch verhindern konnte, dass die Vertreter, beglückt von Julias Ahnungslosigkeit, ihr teure Ladenhüter aufzuschwatzen versuchten: völlig aus der Mode gekommenen Gardinenstoff, den es eine Zeitlang in jedem Krankenhaus und Kinderheim gegeben hatte, oder als erlesen angepriesenes Porzellan, dem man ansah, dass es nicht mal eine Saison überstehen würde.

Mit Alfreds Unterstützung lernte Julia schnell und entwickelte eigene Ideen, die Oliver Hausmann sehr gefielen. Allerdings griff sie auch manchmal voll daneben, wie bei der Anschaffung eines Neufundländers, der dekorativ in dem, was der Prospekt leicht übertrieben die Halle nannte, das mottenzerfressene Tigerfell ersetzte und das Raus und Rein der Gäste beobachtete. Dummerweise waren nicht alle Hundefreunde, und nachdem er einer Dame bei seiner stürmischen Begrüßung den neuen Persianer vollgesabbert und im Spiel eines dieser Zitterhündchen mit seinen großen Pfoten fast erdrückt hatte, musste er wieder abgeschafft werden, worüber Julia zum Erstaunen ihres Chefs in Tränen ausbrach. Ebenso war das Aquarium ein Reinfall, das sie, um dem Speiseraum eine elegantere Note zu geben, mit munteren Zierfischen gefüllt zwischen Blattpflanzen platziert hatte. Die Tag und Nacht von grellem Neonlicht beunruhigten Tierchen gingen schnell ein und mussten ständig ersetzt werden, was durch die zahlreichen Zigarettenkippen, die die Gäste in das Becken warfen, noch beschleunigt wurde.

Aber alles in allem hatte Julia eine glückliche Hand, vor allem mit dem Personal, das bis dahin nicht gerade ein Vorbild an Freundlichkeit und Gefälligkeit gewesen war. Doch Julia brachte ihnen in diplomatischer Weise bei, wie nützlich es für sie sein könne, den Gast ein wenig zu umschmeicheln und seine Fragen nicht mit stummem Achselzucken oder einem muffigen »Weiß ich doch nicht« oder »Keine Ahnung« zu beantworten. Noch mehr als Julias freundliche Ermahnung wirkten die nun großzügig fließenden Trinkgelder.

Bei allen Neuerungen, die Julia einführte, ließ sie ein Zimmer unberührt, den kleinen Raum, in dem sich Tante Martha am liebsten aufgehalten hatte, was Oliver Hausmann sehr pietätvoll fand. Dort blieben der »Elfenreigen« und die »Betenden Hände« an der Wand, die Häkeldeckchen auf dem Sofa. Dort wurde auch die von Tante Martha so geliebte Kakteensammlung deponiert und von Julia eigenhändig liebevoll gepflegt. Es war ein Raum, in den sich die Hausdame gern während der Mittagspause zu einem kleinen Nickerchen zurückzog.

Oliver Hausmann war rundum zufrieden mit ihr, nahm die Komplimente der Gäste geschmeichelt entgegen und sang seinerseits, wo es sich ergab, ein Loblied auf seine Hausdame. »Ist sie nicht fabelhaft?« sagte er zu einem Stammgast, der gerade schmunzelnd zusah, wie Julia einen reichlich beschwipsten Herrn aus dem Speiseraum komplimentierte.

Der Gast nickte lachend. »Merkwürdig«, sagte er, »irgendwie kommt mir Ihre Gräfin bekannt vor.« Dann schüttelte er den Kopf. »Aber das ist ja unmöglich, wenn sie, wie Sie sagen, ein Flüchtlingskind aus dem Osten ist.« Trotzdem durchkramte er sein Gedächtnis, und dabei fiel ihm wieder das kleine Mädchen aus dem Luftschutzkeller hier in der Stadt ein.

Es war der erste Bombenangriff seines Lebens gewesen, und er hatte da erst so richtig begriffen, dass Front und Heimat keineswegs mehr verschiedene Welten waren. Zweimal war er mit einem Panzer in die Luft geflogen, war schweren Artilleriefeuern ausgesetzt gewesen und hatte bei dreißig Grad unter Null in einem Erdloch hockend Schneestürme über sich ergehen lassen. Aber das, was sich hier fast täglich abspielte, zeigte ihm, dass es für alles immer noch eine Steigerung gab und die Angst, lebendig begraben zu werden, anderen Ängsten in nichts nachstand. Die Flak hatte bereits zu schießen begonnen, und dazwischen war das tiefe Brummen der feindlichen Flugzeuge zu hören. Da öffnete sich noch einmal die Kellertür, und im letzten Augenblick kam eine junge, recht korpulente Frau, ein kleines Mädchen an der Hand, die Treppe hinuntergestürmt, wobei die Kleine die vorletzte Stufe verfehlte und fast hingefallen wäre. »Pass doch auf, du Stolperjulchen«, schimpfte die Mutter. »Heb die Beine!« Die Kleine begann zu weinen und schluchzte etwas, das wie »Mäxchen, Mäxchen« klang.

»Nu mach mal halblang«, sagte die Mutter nervös und schubste sie auf den Platz neben ihn.

»Hunde im Keller sind verboten, und dann noch so ein Riesenköter wie Mäxchen. Der ist im Laden gut aufgehoben. Da zieht jeder Plünderer Leine.«

Das kleine Mädchen hielt mit einer Hand eine Tüte matschiger Erdbeeren umklammert, aus der es sachte tropfte, und schmiegte sich an ihn, während draußen ein Höllenlärm begann und der Keller schwankte. Bald darauf gab es ein ohrenbetäubendes Geräusch, das wie das Schließen eines gigantischen Reißverschlusses klang, und er verlor das Bewusstsein. Als er wieder zu sich kam, gelang es ihm, sich aus Schutt und Geröll zu befreien und sich nach draußen zu retten. Während er noch halb betäubt, orientierungslos und verwirrt auf der Straße saß, kam ein Mann mit dem kleinen Mädchen auf dem Arm an ihm vorbeigerannt.

»Sie hat eben das richtige Fluidum«, hörte er den Hotelbesitzer sagen, »und treu ist sie auch. Man hat schon häufiger versucht, sie mir abzuwerben.«

Doch, wie Tante Martha wahrscheinlich gesagt hätte, unverhofft kommt oft. Oliver Hausmann versuchte gerade, sich einen Stoß zu geben und das Gehalt seiner Hausdame aufzubessern, da kündigte die Perle. Sie wollte sich unbedingt verändern und hatte beim Adelsarchiv eine Stellung als rechte Hand des Leiters angenommen. Seiner Enttäuschung machte Oliver in einer richtigen Szene Luft, zum großen Entzücken der Kriegerwitwe, die Julia zwar inzwischen sehr zu schätzen wusste, aber die gelegentlichen stürmischen Auftritte ihres Chefs genoss, solange sie nicht selbst betroffen war. Rücksichtslos würgte sie jedes Telefongespräch für ihn ab, um ja kein Wort zu verpassen. Als Oliver Hausmann sich wieder beruhigt hatte, suchte er Julia, um sie doch noch umzustimmen, in Tante Marthas Refugium auf, in das sie sich zurückgezogen hatte. Doch seine Bemühungen blieben vergebens. Sehr zu seinem Erstaunen fiel ihr der Abschied von Tante Marthas Rumpelbude sichtlich schwer, ebenso von den scheußlichen, inzwischen zu grotesken Formen gewucherten Kakteen, die sie der Obhut Alfreds anvertraute.

Oliver Hausmann blieb nun nichts anderes übrig, als die Zügel wieder selbst in die Hand zu nehmen und sich um die langweiligsten Dinge zu kümmern, was er nur sehr unwillig tat. Ein Vierteljahr später war er verheiratet, und als er seine zukünftige Frau der Kriegerwitwe vorstellte, wurde dieser klar, wer hier in Zukunft das Sagen haben würde. Die Braut war keineswegs mehr ein junges Ding und hatte das Hotelfach von der Pike auf gelernt.

Die Jahre vergingen, das Hotel war verkauft, das Ehepaar Hausmann längst im Ruhestand, als Oliver unerwartet wieder auf die Spur der Gräfin stieß. Ein ehemaliger Schulkamerad war gerade zu Besuch, und sie redeten wie üblich von alten Zeiten, da entdeckte Frau Hausmann etwas in einer Illustrierten. »Lies mal«, sagte sie zu ihrem Mann und deutete auf einen Artikel. »Das wird dich interessieren.«

Es war ein Interview mit seiner ehemaligen Hausdame, und er staunte, was von dieser undankbaren Person inzwischen alles auf die Beine gestellt worden war. Sie hatte sich in der Adelsgenossenschaft um soziale Projekte verdient gemacht, war in Bonn Assistentin der Protokollchefin Frau Erika Papritz gewesen, hatte sich später selbständig gemacht, Adelsbälle und Feste, Ausflüge und Radtouren organisiert, auf denen sich die adlige Jugend näherkommen sollte, und in den bunten Blättern Artikel über gutes Benehmen geschrieben. Jetzt war sie, wie die Hausmanns auch, im Rentenalter. Doch so ganz hatte sie ihre Arbeit noch nicht aufgegeben. Sie klärte junge Journalisten, die von ihrer Redaktion zu königlichen Hochzeiten geschickt wurden, über Sitten und Gebräuche bei Hofe auf und darüber, wie die hohen Herrschaften untereinander verwandt waren, damit die Daten nicht zu sehr durcheinandergerieten. Sie war also alles in allem noch sehr gefragt.

In diesem Interview erwähnte sie auch Oliver Hausmanns Hotel, und es kam dabei heraus, dass sie in Frankreich keineswegs das Hotelfach gelernt, sondern lediglich als Au-pair-Mädchen auf die Kinder eines Hotelbesitzers aufgepasst hatte, eines recht knauserigen Menschen, der gern bereit war, ihr statt einer vernünftigen Bezahlung jede Referenz auszustellen, die sie haben wollte. Das versetzte Oliver Hausmann ebenso einen Stich wie die Tatsache, dass seine Iphigenie in ihrer Freizeit, von ihm unbemerkt, anscheinend einen ziemlich »würdelosen« Lebenswandel geführt hatte. Von Tantchen wäre Julia sicher sofort durchschaut worden. »Frauen mit großen Füßen«, pflegte sie zu sagen, »haben es immer faustdick hinter den Ohren.« Aber Julia hätte vielleicht für Tantchen etwas übrig gehabt. Jedenfalls hörte sie immer gern Geschichten über Tante Martha und liebte deren Zimmer mit all seinem Kitsch. Sie behauptete, Tantchens Boudoir, wie sie es nannte, hätte noch so etwas gemütlich Altmodisches, ein für eine junge Frau etwas sonderbarer Ausdruck, wie er damals fand. Sie waren ein gutes Gespann gewesen, der alte Oberkellner und sie. Und dann diese plötzliche Kündigung! Er erinnerte sich noch genau an Julias eigenartiges Benehmen, als er sie deshalb in Tantchens Zimmer aufgesucht hatte. Sie saß auf dem Kanapee mit jenem leeren Blick, den er schon manchmal an ihr bemerkt hatte, und schien ihn gar nicht wahrzunehmen, bis er sich räusperte.

Wehmut überkam ihn. Zweifellos war seine Frau eine großartige Person, und er wüsste gar nicht mehr, wie er ohne sie zurechtkäme. Aber mit dem Fluidum hatte sie es nicht so. Dafür seine Tochter um so mehr, vielleicht sogar ein bisschen zu viel. Aber nun hatte auch dieser Topf seinen Deckel gefunden. Ausländer zwar, der Junge, aber immerhin Europäer und enorm tüchtig. Und eine entzückende Enkeltochter war nun auch da. Außerdem, nichts war für einen Mann auf die Dauer anstrengender als eine komplizierte Frau. Der gute Alfred, der nun schon lange auf dem Friedhof lag, hatte ihn da bestimmt vor Schlimmerem bewahrt.

Er tat einen Seufzer und las weiter. Eine Zeitlang war seine Hausdame sogar, wie sie diskret andeutete, mit einer königlichen Hoheit so gut wie verlobt gewesen, der sich dann doch anders entschied. Illustriert war das Interview mit einem offensichtlich stark geschönten Porträt der Gräfin, einem verwaschenen Foto von Schloss und Park, dem ehemaligen Besitz der Familie im Osten, und einem Bild von den Eltern und Julia nach ihrer Flucht, auf einer Bank sitzend, auf der merkwürdigerweise nicht Julia, sondern die Mutter eine Puppe im Arm hielt.

Auch der Schulkamerad betrachtete die Fotos überrascht und sagte: »Das Ehepaar kenne ich. Wir sind uns nach Kriegsende begegnet. Ich war ja im Gegensatz zu dir zum Kriegsdienst verpflichtet und musste für das Unternehmen Bartholt mit anderen Maulwürfen den Ostwall schippen, der die feindlichen Panzer bremsen sollte.«

»Ich weiß«, sagte Oliver Hausmann milde, der diese Geschichten schon in- und auswendig kannte. Sein Schulkamerad runzelte die Stirn, und Oliver Hausmann beeilte sich, zu sagen: »Erzähl weiter.«

»Glücklicherweise hat man uns ja dann doch noch rechtzeitig nach Hause geschickt, und ich konnte zu meiner Familie zurück. Aber das weißt du ja alles, auch dass wir in diesem Kaff von Kleinstadt gelandet sind.«

Oliver nickte. »Aber nicht, dass du mit einer Grafenfamilie Tür an Tür gewohnt hast.«

Der Schulfreund grinste. »Wie konnte ich das vergessen. Wo sie doch die Eltern von deiner hochadligen Hausdame waren.«

Zu Olivers Enttäuschung erinnerte sich sein Schulkamerad nur noch sehr verschwommen an

157

die kleine Julia. »Es wimmelte schließlich von Kindern damals, die durch die Gegend tobten und über die man förmlich stolperte. Und wie eine Comtesse sah das kleine Mädchen sowieso nicht aus. Ich habe es eher für ein Flüchtlingskind gehalten, das der Frau des Grafen Gesellschaft leistete, während er beim Bauern arbeitete.«

»Wie waren die Eltern denn so?« fragte Oliver. »Ich meine, so Adlige, die müssen doch irgendwie anders sein.«

»Er war eigentlich ganz normal«, sagte der Schulfreund. »Nur mit der Frau stimmte was nicht. Er deutete mal so was an, dass sie nach einem Unfall irgendwie geistig stehen geblieben war. Als er sie heiratete, war sie knapp sechzehn, und er hatte wohl gedacht, das verwächst sich noch. Sie muss bildhübsch gewesen sein. Auf jeden Fall besaß sie eine Menge Kies, und er versuchte, damit seinen Besitz zu sanieren. Was ihm aber wohl nicht so recht gelungen ist, haben sich jedenfalls meine Eltern erzählt«, fügte er hinzu, als er Olivers erstaunten Blick sah. »Übrigens war mein Vater sehr beeindruckt von dem Grafen. Der tat immer so verträumt, war aber dabei auch ganz schön schlitzohrig und kannte sich erstaunlich gut auf dem Schwarzmarkt aus. Er hat meinen Eltern erzählt, jetzt hätten sie alles wieder beisammen, er und seine

Frau, was auf der Flucht an Dokumenten verlo-
rengegangen war, auch die Geburtsurkunde ihrer Tochter.«

»Adel hin, Adel her«, sagte Frau Hausmann,
das Thema energisch beendend. »Jetzt essen wir
erst mal einen Happen.«

Unterdessen plagte sich Oliver Hausmanns ehemalige Perle mit dem Nachwuchs der Schönen
und Reichen in einem Kursus unter dem altmodischen Motto »Mit dem Hut in der Hand« ab.
Ihre Jeunesse dorée war zwischen dreizehn und
sechzehn und hatte anscheinend von so etwas
wie gutem Benehmen noch nie gehört. Wahrscheinlich wurden sie von ihren Müttern unermüdlich am Kreiseln gehalten und von einer Be-
schäftigung zur anderen gejagt, voller Angst,
andere Mütter könnten ihren Kindern womöglich mehr bieten, so dass die üblichen Anstands-
regeln ins Hintertreffen geraten waren.

Der Unterricht fand im Speisesaal eines Nobelhotels statt, und die Gräfin wurde dabei von
einem netten Kellner unterstützt, der mit ihr
hin und wieder verständnisvolle Blicke wechselte. Immerhin zeigten ihre Belehrungen auf
diesem Gebiet eine gewisse Wirkung. Jedenfalls
wurden vor dem Essen die Handys brav abgestellt, die Stimmen auf Zimmerlautstärke ge-

senkt, die Ellbogen vom Tisch und die Kaugummis aus dem Mund genommen. Nur ein bulliges Kerlchen, dessen Eltern wahrscheinlich in ihm bereits den zukünftigen Bundesbankpräsidenten sahen, gab einem andern einen Schubs und rief: »Schleich dich vom Acker. Hier sitz ich!«

Auch sonst gab es einiges Erfreuliches zu registrieren. Die kleine Rothaarige mit den schwarz umrahmten Augen trug jetzt eine sittsame Bluse über ihrem gepiercten Bauchnabel, man war allgemein bemüht, nicht mit vollem Mund zu sprechen, keine Kartoffeln mit Hilfe der Gabel auf sein Gegenüber abzuschießen, weder mit den Bestecken nervös herumzuspielen noch mit dem Stuhl zu kippeln oder sich den Teller vollzuhäufen und dann die Hälfte stehenzulassen. Die Unterhaltung allerdings bewegte sich weit entfernt von gesittetem Smalltalk in engen Grenzen – »Warste auch da?« – »Mm.« – »Und?« – »Geil.«

Julia hob die Tafel auf und ermahnte die zukünftigen Staatsanwälte, Wirtschaftsbosse und Politiker, nicht als Erste durch die Tür zu drängeln, die Hände aus den Hosentaschen zu nehmen, wenn sie eine Dame begrüßten, und beim Gespräch mit einem Mitglied der älteren Generation die bequeme Haltung im Sessel aufzugeben und aufzustehen. Dann entließ sie die Kinder, deren Mütter schon bereit standen, um ihre Lieblinge nach Hause zu fahren, denn öffentliche Verkehrsmittel kamen natürlich gar nicht in Frage.

Auf dem Weg in die Garderobe wartete Julia gespannt, wer von den jungen Leuten ihr wohl in den Mantel helfen würde. Es war, wie vorauszusehen, der Junge, der ein irisches Internat besuchte. Englische und irische Internate waren zur Zeit en vogue, sie waren sozusagen Bratkartoffeln ohne Kaviar, denn dort ging es noch zu wie zu Preußens Zeiten: zusammengekochtes Essen, mehrere Schüler in einem Zimmer untergebracht, sparsam geheizte Räume, ein strammes Arbeitsprogramm und Lehrer, die mit »Sir« angeredet werden mussten. Trotz der spartanischen Lebensweise fühlten sich die verwöhnten »Kids« dort ausgesprochen wohl, die Zeugnisse verbesserten sich zusehends, und die Eltern waren begeistert.

Während Julia sich den Mantel zuknöpfte, spürte sie, wie sie eine der Mütter ins Visier nahm, die, als ihre Blicke sich kreuzten, auch gleich mit dem Geplänkel begann. Sie war eine von den sportlich mageren Typen, bei deren Anblick man meinte, einer Indianerin mit aufgestülpter blonder Perücke gegenüberzustehen. Und sie war Julia herzlich unsympathisch, was auf Gegenseitigkeit beruhte.

»Ach, meine Liebe«, flötete die Mutter. »Sie
sehen wirklich etwas erschöpft aus. Kinder sind
eben doch sehr anstrengend. Aber sagen Sie
selbst: Kann man deshalb auf sie verzichten?«

»Ich schon«, sagte Julia trocken.

Die Mutter lachte. »Sie sind immer so herzer-
frischend ehrlich. Ich hoffe, mein Alexander hat
sich einigermaßen benommen.«

»Hat er«, sagte Julia. »Er hat den anderen nur
noch dreimal erzählt, dass seine Eltern eine Insel
in der Karibik besitzen, sogar mit eigener Kirche, nur für sie allein.«

In der Garderobe verstummten die Gespräche.

»Der Gute«, sagte seine Mutter mit einem
nervösen Lachen und fügte dann mit lauter
Stimme hinzu: »Ich habe gehört, man hat Ihnen
den Führerschein abgenommen, Gräfin – was
für ein Pech! Ich habe deshalb gleich zu meinem
Mann gesagt: Wir nehmen den Jaguar. Dann
können wir die Gräfin nach Haus fahren. Das
Cabrio ist zu unbequem für sie.«

Verdammte Hexe, dachte Julia und schenkte
ihrer Feindin ein höfliches Lächeln. »Wie rei-
zend von Ihnen. Aber machen Sie sich keine
Gedanken. Dirk wird mich nach Haus bringen
lassen.«

Der Kontrahentin entschlüpfte ein erstauntes
»Oh!«

Dirk Hartmann war der Direktor des Nobelhotels. Er spielte in der Gesellschaft eine nicht
unerhebliche Rolle. Julia nannte ihn weder beim
Vornamen noch hatte sie bislang ein einziges
Wort mit ihm gewechselt. Doch das würde wohl
kaum jemand nachprüfen. Man trennte sich mit
distanziertem Lächeln.

Als alle gegangen waren, nahm Julia ein Taxi
und fuhr nach Haus. Unzufrieden mit sich,
schloss sie die Wohnungstür auf. Warum hatte
sie sich von dieser dummen Pute nur so provo-
zieren lassen! Der Verlust ihres Führerscheins
war wirklich kein Geheimnis, und sie war nun
mal als rasante Fahrerin bekannt. Sie stolperte
im Flur über einen Schuh und gab ihm einen ärgerlichen Tritt. Was war bloß mit ihr los? In
letzter Zeit geriet sie leicht aus dem Gleichgewicht. Immer hatte sie diese innere Unrast, und
die Freunde sagten kopfschüttelnd: »Wo willst
du denn nun schon wieder hin?« Sie musste einfach mal mehr zur Ruhe kommen. Seit drei Jahren machte sie schon diese Kurse, und es war allmählich wirklich an der Zeit, damit aufzuhören.
Schließlich kam sie mit dem, was sie sich gespart
hatte, und der Rente gut zurecht. Außerdem
stand es mit der Zahlungsmoral nicht immer
zum Besten, und sie hatte keine Lust mehr, hinter ihren Auslagen herzurennen.

Sie ging an den Schreibtisch, um zu sehen, ob es auf ihrem Konto noch Außenstände gab. Dabei fiel ihr das alte Interview in die Hände. Sie las es kopfschüttelnd. Das war nun auch schon wieder eine Ewigkeit her, und sie bereute das Ganze heute noch. Mein Gott, was hatte sie damals trotz ihrer Presseerfahrung herumgestottert und alles Mögliche aus sich herausholen lassen. Erinnerungen tauchten auf und verschwanden. Der Tod der Mutter, da war sie gerade zehn, die Freundin des Vaters, die an ihre Stelle rückte und sich fürsorglich um sie kümmerte, wenn sie in den Ferien aus dem Internat nach Hause kam, wobei das Wort »nach Hause« kaum zutraf, denn ihr Vater, der als Vertreter arbeitete, musste mehrfach Stadt und Wohnung wechseln.

Im Gegensatz zu den meisten Adelsfamilien war mit ihrer Verwandtschaft kein Staat zu machen. Sie hatte sowieso nur aus zwei Tanten bestanden, die inzwischen längst tot waren. Sie hatte sich dem Vater eigentlich immer näher gefühlt als der ewig kränkelnden Mutter, für die er von ihr viel Rücksichtnahme verlangte. Sie erinnerte sich, dass sie, anstatt mit den anderen Kindern draußen herumzutoben, ganze Nachmittage mit ihr Dame und Mühle spielen musste. Aber der Vater hatte auch darauf gesehen, dass es ihr an nichts fehlte, ihr beispielsweise die obligatorische Zahnspange verpasst wurde und für vernünftiges Schuhwerk gesorgt war, sogar noch vor der Währungsreform. Später dann erst recht hatte sie immer als Erste etwas, worum sie die anderen Kinder beneideten, ein Fahrrad, einen von allen heiß begehrten Modeschmuck, ein Radio oder einen kleinen Kosmetikkoffer. Ihr Anwalt, damals auch ihr Vormund, sprach mit großem Respekt von ihrem Vater. Noch nie hatte er mit einem Nachlass so wenig Arbeit gehabt. Die nötigen Papiere waren wohlgeordnet beieinander, auch die Unterlagen für den Lastenausgleich. Alles in allem, dachte Julia, hatte es das Schicksal gut mit ihr gemeint. Schon allein das Adelsprädikat war eine Bevorzugung. Gerade in schlechten Zeiten hielt der Adel besonders zusammen, und wenn man den »richtigen Stallgeruch« besaß, stand einem in fast jeder Stadt ein Quartier offen. Sie überflog noch einmal den Artikel und lachte nachträglich über den Unsinn, den sie da verzapft hatte, vor allem über das, was dann von der Reporterin mit der Königlichen Hoheit zusammengereimt worden war. Sie hörte den Redakteur förmlich zu dem armen jungen Ding sagen, das so krampfhaft bemüht war, etwas Flockiges aus ihr herauszuholen: »Habe ich dich zu einer Nonne geschickt oder was?« Und so waren Dichtung und Wahrheit ein wenig aus dem Gleichgewicht geraten, denn in Wirklichkeit hielten sich ihre geheimnisvollen »Affären« durchaus in Grenzen. Sicher hatte es auch bei ihr an dem nötigen Fluidum gefehlt, das dieser Hotelfritze immer von den Frauen erwartete. An sich ein ganz netter Typ – und geradezu rührend dieser Oberkellner.

Sie zog Schuhe und Strümpfe aus, machte es sich auf dem Sofa gemütlich und betrachtete voller Abscheu ihre Füße. Waren die nicht ihrem Alter mindestens zwanzig Jahre voraus? Ach ja, das Alter. Es nagte nicht nur an Knien und Füßen, sondern auch am Gemüt und besonders am Gedächtnis.

Sie sah die Post durch. Das einzig Interessante war ein Brief aus Polen in einer ihr fremden Handschrift. Als sie den Umschlag öffnete, fielen mit dem Schreiben Fotos heraus, die das Schloss ihrer Vorfahren zeigten. Jetzt erinnerte sich Julia wieder, dass man sie im vergangenen Jahr darauf angesprochen hatte, dass das elterliche Schloss von einem polnischen Geschäftsmann aus Warschau gekauft worden war. Aber es hatte sie merkwürdigerweise kaum interessiert. Was wollte dieser Pole bloß mit einem halb zerstörten Gebäude, in dem Brennnesseln, Mäuse und ähnliches es sich gemütlich machten. Und nun stellte er sich ihr als neuer Besitzer vor, berichtete von den Renovierungsarbeiten und dass sich seine Frau und er über einen Besuch der Gräfin außerordentlich freuen würden. Und ganz besonders jetzt, wo sich kürzlich herausgestellt habe, dass Julia die berühmte Hausdame im Hotel seines Schwiegervaters gewesen sei. So was Verrücktes, dachte Julia, kann auch nur mir passieren. Die Tochter meines früheren Chefs als Schlossbesitzerin! Bis jetzt hatte sie wenig Interesse an ihrer alten Heimat gezeigt, aber nun fand sie, es sei höchste Zeit, das Versäumte nachzuholen, zumal der Pole schrieb, sie wollten alles so stilgerecht wie möglich wiederherstellen, und vielleicht fiele ihr ja noch dieses oder jenes dazu ein.

Als sie ihren Führerschein wiederhatte, machte sie sich im Sommer darauf auf den Weg. Es wurde eine anstrengende, aber überaus eindrucksvolle Fahrt. Zwar war der Verkehr auf den Hauptstraßen fast so dicht wie in Deutschland, an den Seen drängten sich Menschenmassen, und vor lauter Segelbooten konnte man kaum das Wasser sehen, aber als sie die Hauptstraßen verließ, fand sie sich in einer Landschaft wieder, in der die Natur so wie früher den Ton angab. Die vielen Storchennester auf den Giebeln der Bauernhäuser, die Hecken und Seen, die hohen alten Bäume der Alleen, alles war wie eine Mahnung, ihre unwiederbringliche Schönheit nicht durch Autobahnen, Windparks oder Einkaufszentren zu zerstören.

Sie rastete an einem einsamen kleinen See, in dem sich Trauerweiden und Wolken spiegelten, und hörte nachts in einer Dorfpension, wie sie Julia nur noch aus dem Fernsehen kannte, den einer missgelaunten Kuh gleichenden Ruf der Rohrdommel, das »Krrr« des Teichhuhns und das unermüdliche Konzert der Frösche.

Auf dem letzten Stück des Weges verfuhr sie sich. Es war bereits dunkel, als sie in die lange Kastanienallee einbog, die zum Schloss führte. Sie hielt an und stieg aus, um den Wegweiser zu lesen. Das helle Mondlicht ließ die Bäume scharfe Schatten werfen, Glühwürmchen tanzten vor ihr her, und ab und zu fuhr ein kurzer Windstoß über das angrenzende Getreidefeld, sodass es wie ein fernes Seufzen klang und die Grillen verstummten.

Ihre Gastgeber erwarteten sie bereits auf der Freitreppe, und im weißen Mondlicht sah das Schloss aus, als hätte es Krieg und Zerstörung nie gegeben. Die Begrüßung war überaus herzlich, und auch mit dem Hausherrn gab es keine Verständigungsschwierigkeiten, denn er sprach fließend Deutsch. Für eine längere Unterhaltung war Julia jedoch zu müde, und die Gastgeber brachten sie in das für sie hergerichtete Zimmer. Sie schlief traumlos und fest und wurde erst von dem Gurren der Tauben und einem krähenden Hahn geweckt.

Beim Frühstück lernte sie auch die kleine Tochter kennen, die etwa in demselben Alter sein musste wie sie damals, als sie auf die Flucht gingen, und die, wie sie voller Rührung hörte, auch Julia hieß. Dann begannen sie ihren Rundgang, und das Ehepaar fragte Julia aus, wie es hier und dort wohl früher ausgesehen hatte. Julias Gedächtnis ließ sie bei den meisten Details mal wieder im Stich, aber zum Glück konnte man aus den mitgebrachten Fotos einiges rekonstruieren. Voller Bewunderung sah Julia, was das junge Paar in Schwerstarbeit und mit offensichtlicher Begeisterung wiederhergestellt hatte. Nach und nach kramte sie diese und jene Erinnerung hervor, von denen vieles allerdings, das war ihr klar, auf das zurückging, was ihr der Vater erzählt hatte. Ich war einfach noch zu klein, dachte sie und sagte dann: »Es muss hier irgendwo eine Kammer voller Spielzeug gegeben haben, das teilweise noch von den Eltern und Urgroßeltern stammt.«

Der Pole nickte. »Stimmt. Ein paar geschnitzte Pferde samt Pferdestall haben wir unter dem Schutt gefunden.«

»Und jetzt spielt Julia damit«, sagte Hausmanns Tochter verträumt.

Julia lächelte. Die junge Frau war ihrem Vater wie aus dem Gesicht geschnitten und erinnerte sie an Zeiten, in denen sie eigentlich recht glücklich gewesen war.

Nach der Besichtigung fühlte sie sich erschöpft und hätte sich gern ein wenig hingelegt. Doch die Gastgeber meinten, auf der Terrasse sei es kühler, dort gehe immer ein leichter Wind, und Schatten gebe es auch. Sie servierten ihr eine Schorle, und nach dem ersten Glas fühlte sie sich tatsächlich munterer. Auch ließ sich die Schleuse ihrer Erinnerungen nicht so schnell wieder schließen, und bald wechselte das Ehepaar unter Julias nicht endenwollendem Redefluss hilflose Blicke. Die Augen auf den schon wieder angelegten Park und den kleinen Teich bei der Silberpappel mit seinen praktischen Plastikgoldfischen gerichtet, sprach sie immer schneller, sodass die Gastgeber Mühe hatten, dem etwas wirr sprudelnden Bericht von Kindergeburtstagen, durchgehenden Pferden, einem tollwütigen Hund und Ostereiersuchen zu folgen. Sie war gerade bei einer Pilzvergiftung angelangt, die ihre Mamsell sich zugezogen hatte, als ihre Namensvetterin die Terrasse hinaufkletterte, eine Stufe verfehlte und hinfiel. Die Mutter zog die Weinende auf den Schoß, wischte ihr den von Erdbeersaft verschmierten Mund ab und schalt sie liebevoll: »Was bist du nur für ein Stolperjulchen.«

Die Gräfin schwieg abrupt. In ihre konfusen Erinnerungen an Selbsterlebtes und Erzähltes mischte sich ein Stimmchen, das zirpte: »Fällt 'ne Bombe ins Klosett, wer zieht an der Wasserkett'? Der Luftschutz.« Dann wechselten die Bilder blitzschnell. Eben hatte sie in Gedanken noch auf der kleinen Bank unter der Silberpappel mit einer Puppe auf dem Schoß gesessen, plötzlich sah sie sich an der Hand einer Frau mit einer Tüte Erdbeeren eine Kellertreppe herunterstolpern. Und eine barsche Stimme sagte: »Pass doch auf, du Stolperjulchen.«

Ihre Gastgeber sahen sie besorgt an. »Wollen Sie sich ein wenig hinlegen?«

Julia versuchte vergeblich, ihre Gedanken zu ordnen. Was war denn bloß mit ihr los? Wahrscheinlich war alles doch ein bisschen viel gewesen. Sie verabschiedete sich verlegen und zog sich zurück. Doch nach einem zweistündigen Schlaf war sie wieder ganz obenauf. Die Fürsorge des Ehepaares hatte sie gerührt, und sie verabschiedete sich am nächsten Tag mit dem festen Versprechen, wiederzukommen.

Während sie die Kastanienallee entlangfuhr, kam ihr die Idee, die kleine Julia zu adoptieren.

Dann wären Schloss und Name wieder eins. Das wäre sicher ganz im Sinne ihrer Eltern. Vergnügt summte sie die Melodie des Spottverses über den Luftschutz vor sich hin. Sie schüttelte über sich selbst den Kopf. Woher hatte sie nur diesen albernen Vers? Wahrscheinlich, wie allen Schwachsinn, aus dem Fernsehen. Und plötzlich, zu ihrer eigenen Überraschung, brach sie in Tränen aus.

Paraden

Ich, Bernhard Friedrich Alfred, genannt Butz, war Mamas Liebling, denn endlich konnte wieder »in großer Freude« die Geburt eines Sohnes bekanntgegeben werden. Bei Mamachens Onkel Friedrich nämlich hatte schon ein gewisses Stirnrunzeln erzeugt, dass bislang auf meinen Bruder nur meine beiden Schwestern gefolgt waren. Mit mir aber war Mama wieder ein braves Mädchen geworden. Deshalb entdeckte sie auch gleich lauter Ähnlichkeiten mit ihrem geliebten Vater, Großonkel Friedrichs Bruder, einem ebenso geachteten wie gefürchteten General, einem blendenden Reiter und treffsicheren Schützen, der jedoch dummerweise nicht den Heldentod auf dem Schlachtfeld gefunden hatte, sondern an einem vereiterten Backenzahn gestorben war. Seine einzige Tochter sang unermüdlich sein Loblied, und das nicht nur vor meinem gutmütigen Vater, der sie in seinen Briefen stets mit »meine über alles geliebte Marion« anredete, sondern auch in der weiteren Verwandtschaft, die sich, wenn es ihr zu viel wurde, gelegentlich mokant zuflüsterte: »Aber eben doch Etagenadel.«

Widersprüchlich wie die meisten Mütter, sah Mama in mir gern den strammen Jungen, der keine Memme ist und sich mutig jeder Herausforderung stellt, steckte mich andererseits aber nicht gleich in die obligaten Matrosenanzüge, sondern in Samt mit weißem Kragen, und zögerte das Abschneiden meiner Locken Monat für Monat hinaus. Verzweifelt griff ich schließlich selbst zur Schere, weil ich die ständige Hänselei meiner Schwestern satt hatte. Mein älterer Bruder dagegen ermahnte mich nur milde: »Lass die Puppe im Puppenwagen und nimm den Daumen aus dem Mund, Kleiner, sonst schmieren sie ihn dir mit Senf ein.« Weniger milde allerdings bereitete er mich nach Bruderart mit kräftigen Knüffen auf die Härten des Lebens vor und benutzte mich mit Vorliebe als Versuchskaninchen – »Los, Butz, steck da mal den Finger rein.« – »Seht ihr? Ich hab's euch gleich gesagt, da sind Wespen drin.« Während ich mich noch vergeblich gegen meine Schwestern durchzusetzen versuchte, was meist mit viel Geschrei im Kinderzimmer endete, war er längst in uns noch verschlossene Regionen entrückt. Er begleitete meinen Vater auf seinem morgendlichen Inspektionsritt über die Felder, ging mit ihm auf die Jagd und gab sein fachmännisches Urteil beim Pferdekauf ab.

Ich beneidete ihn sehr und trottete maulend hinter Mama her, die mich in bester, aber völlig fehlgeleiteter Absicht zum Trost beim Wollewickeln die Wolle halten, Nadeln für sie einfädeln oder Blümchen in Vasen stecken ließ, wobei sie meistens nicht versäumte, über ihren Vater zu sprechen, sodass auch mir der Großvater allmählich ebenso zum Hals heraushing wie anscheinend meinem Vater, denn wenn das Thema darauf kam, verließ er nach kurzer Zeit unter einem Vorwand das Zimmer.

Als ich in die Schule kam, ließ sie mich jedoch verständnisvoll meine eigenen Wege gehen, wozu natürlich auch zu sagen wäre, dass es im Schloss eine Menge gab, worum sie sich kümmern musste. Mama konnte fabelhaft organisieren und leistete »Generalstabsarbeit«, wie Vater jedes Mal lobend erwähnte, wenn Festlichkeiten und Jagden tadellos geklappt hatten. Natürlich gab es viel Personal, aber damit alle ihre Talente entfalten konnten, brauchte es schon jemanden, der das Ganze im Auge hatte, sonst bestand leicht die Gefahr, dass sie wie führungslose Schlittenhunde übereinander herfielen. Gelegentlich bekam Mama einen Rappel und stellte in den Zimmern alles auf den Kopf. Aber da es viele Räumlichkeiten gab, erlahmte ihre Energie sehr schnell, und die vom vielen Schieben, Rücken und Tragen erschöpften Angestellten konnten sich wieder ihren normalen Tätigkeiten widmen, froh darüber, dass sie die Gräfin wie gewohnt mit einem »Den Rest machen wir später« entlassen hatte.

Ich hatte eine glückliche Kindheit, bis mich das Schicksal am Kragen packte und auf eine andere Lebensschiene setzte. Ich hatte keine launische Mademoiselle, keinen mich piesackenden Hauslehrer, und die Erziehung meiner Nanna bestand darin, mir jeden Willen zu lassen. Wie meine Geschwister besuchte ich die Dorfschule, und meine Freunde waren die Kinder vom Hof, von denen ich eine Menge lernte. »Sag mal, Rudi«, fragte ich meinen Freund und betrachtete mir staunend die nackten Hintern seiner beiden schnullerbewehrten Schwestern, die er im Handwagen hinter sich herzog, »warum haben die denn keine Hosen an?«

»Weil es Pissnelken sind«, erklärte Rudi lakonisch. Und tatsächlich tröpfelte es sachte zwischen den Brettern auf die Erde.

Ich fand das ungeheuer praktisch, meine Nanna weniger. »Komm mir bloß nicht auf solche Ideen«, warnte sie mich.

Mein Freund Rudi hatte oft zum Spielen keine Zeit. Er musste schon ordentlich ran. Zu Haus war immer etwas zu tun, Entengrütze holen, Holz hacken oder auf die kranke Oma aufpassen, damit sie nicht aus dem Bett fiel. Aber ich wusste genug mit mir allein anzufangen. Das Schloss bot als Spielplatz alles, was das Herz eines Kindes begehrt, vom Dachboden bis zum Keller, und beflügelte meine Phantasie, die allerdings gelegentlich seltsame Blüten trieb, sodass meine Geschwister sich an die Stirn tippten. »Nun hört euch das an: In der Plättstube hat die Schneekönigin die Eisblumen vom Fenster geleckt, die Kröte im Keller hat sich in den Dienerjungen verwandelt, der Kobold unter der Treppe ihn ins Bein gezwickt. Du bist doch plemplem.«

Die Erwachsenen dagegen nahmen solche Spinnereien mit Gleichmut hin: »So etwas gehört zur Entwicklung. Das sollte man nicht so ernst nehmen.«

Aber nicht nur, dass es im Schloss nur so von Zwergen, Kobolden und anderen Merkwürdigkeiten für mich wimmelte. Es gab da noch die Baumkinder im Park, lilliputanerhafte Wesen, die sich auf Buchen und Eichen versteckten und mir gute Ratschläge gaben und mich trösteten, wenn ich mich unverstanden fühlte oder ein Besuch bei Großonkel Friedrich bevorstand, worauf meine sonst so nachsichtige Mutter unerbittlich bestand.

Der Bruder meines Großvaters hatte es zwar nur bis zum Oberst gebracht, war aber der Besitzer eines recht ansehnlichen Gutes. Er war ein eingefleischter, knurriger Junggeselle, der mit einem klapprigen Diener und einer verhuschten Haushälterin ganz allein in seinem Schloss hauste und deshalb von Müttern der Familie, deren Söhne kaum etwas an Erbe erwarten konnten, sehr hofiert wurde, wenn auch in dezenter Weise, denn der Onkel war das Misstrauen in Person und reagierte gerade auf liebevolle Fürsorge besonders ruppig. »Schon wieder Quittenmarmelade? Ich habe ja die vom letzten Jahr noch nicht mal aufgegessen.« – »Lietzeneier? Der Förster hat mir gerade erst gestern zwanzig gebracht.« – »Bitte nicht wieder Gravensteiner! Die sind schon nach ein paar Tagen mulsch und nicht mal für die Schweine tauglich.«

Ja, es war nicht leicht, ihm eine Freude zu machen, und schon gar nicht damit, ihm zur Unterhaltung einen ihrer Söhne vorbeizuschicken. Mädchen kamen für ihn sowieso nicht in Frage. Sie rangierten noch hinter dem, was er als Gelumpe bezeichnete, Zigeuner und Landstreicher nämlich, die sich trotz dieser verächtlichen Bewertung im Herbst in Scharen auf dem Hof einfanden, stand doch stets ein großer Kessel Suppe für sie auf dem Herd bereit und ein leerer Stall, in dem sie schlafen durften.

Aber auch wir Jungen fanden nur selten vor seinen kritischen Augen Gnade. Mit Genuss mäkelte er an uns herum, nannte uns Schlappschwänze, Dämelacks und Hosenscheißer. Nur ich war eine Ausnahme, zumindest war Mama fest davon überzeugt. Mich mochte der Onkel angeblich richtig. Hatte er mir nicht neulich sogar eine ganze, wenn auch reichlich muffig schmeckende Tafel Schokolade geschenkt, hatte er nicht wohlwollend vor sich hingeknurrt: »Redet wenigstens nicht so viel, der Junge«, und das, obwohl ich nun wirklich nicht gerade ein großer Schweiger war? Aber in der Gegenwart dieses Onkels ging es mir wie seinem Kanarienvogel, dessen Käfig im Esszimmer stand und der sofort mit Singen aufhörte, wenn mein Onkel den Raum betrat.

Natürlich kam diesmal Mamas Ansinnen, mich wieder einmal für einen Tag bei ihm abzuliefern, im ungünstigsten Moment. Mein Freund Rudi und ich hatten festgestellt, dass mit unseren Flitzbogen nicht mehr viel los war, und wir hatten beschlossen, uns neue zu schnitzen. Ich maulte, und Mama versuchte es zunächst mit dem üblichen mütterlichen Gesäusel: »Sei lieb, Herzchen, und tu mir doch den Gefallen.« Als ich nicht darauf reagierte, wurde die Tonlage etwas härter. »Stell dich nicht an«, sagte sie. »Er gehört nun mal zur Familie, und wir müssen uns um ihn kümmern.«

»Warum immer ich?«, protestierte ich mürrisch.

»Weil du sein Liebling bist«, sagte sie bestimmt. »Und, sei doch ehrlich: du magst ihn doch auch ganz gern.«

Geschmeichelt durch diese mir in der Familie zuteil gewordene Vorrangstellung, rang ich mir ein »Es geht« ab. Mein Verhältnis zu diesem Großonkel war nämlich sehr gespalten. Einerseits fühlte ich mich in der Gegenwart dieses rübezahlähnlichen Menschen mit der großen, vom Schnupftabak geröteten Nase und der langen Narbe auf der Stirn recht beklommen, andererseits war seine Zinnsoldatensammlung wirklich phänomenal, und es machte großen Spaß, gemeinsam mit ihm die Schlacht bei Leuthen nachzuspielen, wobei der pensionierte Oberst richtig in Fahrt kam und mit seinen farbigen Schilderungen meine Phantasie in Schwung brachte. Zu meiner Verwunderung stellte ich fest, dass meine sonst so selbstbewusste Mama sich in seiner Gegenwart auch so zu fühlen

180

schien wie ich. Jedenfalls hatte sie es immer äußerst eilig, wieder wegzukommen und mich für die nächsten Stunden meinem Schicksal zu überlassen, während ich mir nichts sehnlicher wünschte, als endlich, endlich wieder das Geräusch des heranrollenden Wagens zu hören, der mich abholen sollte, und das laute »Brrr«, mit dem Kutscher Fritz die Pferde zum Stehen brachte. Indessen ließ ich wie jedes Mal stoisch des Onkels Mahnungen über mich ergehen, mit dem Toilettenpapier sparsam zu sein und keine Zuckerberge im Milchkaffee zu errichten, wobei er nie versäumte, auf die Kostbarkeit dieses Nahrungsmittels hinzuweisen, weshalb alte Zuckerdosen noch verschließbar gewesen seien.

Diesmal stand ein Waldspaziergang auf dem Programm. Es fiel mir schwer, neben dem mit Riesenschritten, den Spazierstock schwingend, quer durch den Wald marschierenden Onkel herzuhüpfen und mich, ständig in irgendwelche Gebüsche verheddert, auch noch, wie erwartet, auf die Vogelwelt zu konzentrieren. Das Resultat dieser Prüfung war deshalb auch recht mäßig. Ich verwechselte einen Pirol mit einem Eichelhäher und den Zaunkönig mit einem Neuntöter, was der Onkel missbilligend zur Kenntnis nahm. Er blieb stehen und meinte kopfschüttelnd:

»Junge, du als Landkind wirst doch wohl noch den Schrei eines Habichts von dem eines Bussards unterscheiden können.«

»Jawohl, Onkel Friedrich«, sagte ich bedripst.

Der Onkel lächelte milde. »Immerhin verstehst du dafür schon einiges von der Landwirtschaft und verwechselst nicht Sommergerste mit Roggen. Na, dann lass uns mal wieder nach Hause gehen.«

An diesem Tag fand ich den Onkel richtig nett. Im Gegensatz zu meiner Familie hatte er sofort den Affront begriffen, der mir von meiner Kusine, der doofen Ines, angetan worden war. Sie hatte vor einer Woche behauptet, ich hätte mich geweigert, mit ihr zum Schwimmen zu gehen, das Wasser sei mir zu kalt, was natürlich allgemeines Gelächter hervorrief. »Wir haben achtundzwanzig Grad im Schatten«, hatte Vater milde gesagt, war dann aber nicht weiter auf diesen Fall eingegangen.

Der Onkel schmunzelte. »Was war denn nun der wirkliche Grund?«

»Ich konnte meine neue Badehose nicht finden, und die alte hatte Mami bereits ausrangiert.«

»Vielleicht wär's ja auch mal ganz ohne gegangen«, meinte der Onkel.

Aber da schüttelte ich empört den Kopf.

»Wenn wir Jungen allein sind, ja, aber nicht, wenn die Kusinen dabei sind.«

»Weiber«, sagte der Onkel mitfühlend, »nichts wie Stroh im Kopf. Musst dich nicht ärgern.«

Ich war gerührt über so viel Verständnis und fand, ich müsse mich revanchieren. »Erzähl mir wieder ein bisschen vom Kadettencorps«, bat ich, so als sei das mein größter Wunsch. Das tat der Onkel nur zu gern. Es musste anscheinend die schönste Zeit seines Lebens gewesen sein und in seinen Erinnerungen strahlender als jeder Weihnachtsstern, wobei es merkwürdigerweise gerade die unangenehmen Dinge waren, an die er sich voller Rührung und Stolz erinnerte, wie den Verschiss, in den man kam, wenn man jemanden verpetzt hatte, oder die Nippesprobe, eine äußerst beliebte Strafe, die einem der Stubenälteste gern wegen ungebührlichen Benehmens aufbrummte. Der Onkel bekam ein erinnerungsseliges Gesicht. »Du musst dir das so vorstellen: ›Knie beugt!‹, kommandierte der Stubenälteste, und dann bekam man einen großen geöffneten Zirkel zwischen Ferse und Po gespannt. Dann hieß es: ›Arme streckt!‹, und ein mit Ziegelsteinen beschwertes Brett wurde einem auf die Hände gelegt und darauf die Nippessammlung, alles ziemlich zerbrechliches Zeug, gestellt. Na, du kannst dir denken, wie einem die

Hände nach kurzer Zeit gezittert haben. Und immer die Angst, gleich geht alles zu Bruch, tiefer in die Knie konnte man ja nicht gehen, dann piekte der Zirkel.«

Ich war beeindruckt. »Macht man so was auch bei Mädchen im Internat?«

Der Onkel lachte. »Du bist mir ja einer. Aber ich hoffe nicht. So was ist nur für Männer.«

Gemeinsam betrachteten wir uns dann in einem Buch die verschiedenen Uniformen der Kadetten, den Waffenrock mit rotem Kragen, gelber Lietze und den blinkenden Knöpfen. Aber am besten gefiel mir, dass selbst der Jüngste unter den Kadetten nicht mehr wie ein dummer Junge behandelt, sondern von seinen Vorgesetzten gesiezt wurde. »Außerdem«, sagte Onkel Friedrich, »wirst du als Kadett schneller zum Offizier befördert als jeder andere.«

Meine Phantasie arbeitete auf Hochtouren. Ich sah mich bereits als General, den jüngsten Seiner Majestät.

»Doch das Kostbarste, was du im Kadettencorps findest, sind die Freunde.« Er schneuzte sich gerührt die Nase. »Das allein ist schon so manche Schinderei wert. Und natürlich auch der Dienst fürs Vaterland. Du solltest dir das ernsthaft überlegen. Du hast entschieden das Zeug dazu, ein guter Kadett zu werden. Für mich wäre es die größte Freude, meinen Großneffen in Uniform zu sehen. Und bestimmt wäre es das auch für deinen Großvater, wenn er das noch erleben könnte.«

Diesmal kehrte ich sehr viel vergnügter als sonst zurück und kramte voller Stolz etwas aus meinem Beutel, was allgemeines Staunen hervorrief. Es war ein goldenes Zigarettenetui mit eingraviertem Wappen. Mama, die bereit war, die kleinste Geste dieses Rübezahls wie ein Huhn das Ei zu begackern, nahm es ehrfurchtsvoll in die Hand, verzog aber ein wenig den Mund, als es sich lediglich als vergoldet erwies. »Und das gehört dir, wenn du siebzehn bist?«

Ich nickte stolz. »Er sagt, ich soll Kadett werden. Da wird man ruckzuck General, wie Großpapa.«

»Du doch höchstens beim Tross«, sagte die doofe Ines und hüpfte singend davon.

Mein Bruder lachte. »Recht hat sie. Du Zwerg hast mal wieder die Weisheit mit Löffeln gefressen.«

»Hab ich auch«, sagte ich trotzig. »Ihr werdet schon sehen. Im Kadettencorps wird man sogar gesiezt.«

Danach berichtete ich, um ihm eins auszuwischen, dass mich der Onkel wegen meiner landwirtschaftlichen Kenntnisse über den grü-

nen Klee gelobt habe. Meine Eltern sahen sich
an. »Onkel Friedrich war also nett zu dir«, sagte
der Vater.

»Und ob«, sagte ich.

»Siehst du«, sagte Mama triumphierend, »ich
hab es gewusst.«

»Aber der Preis ist recht hoch«, sagte der Vater. »Mir hat schon die Ritterakademie gereicht.
Und sieben Jahre Kadettencorps für unseren armen Butz? Darüber sollten wir noch mal in
Ruhe nachdenken.«

Schon am nächsten Tag jedoch war meine Begeisterung für diesen Karriereplan verflogen.
Mir, dem zukünftigen General, wurde bei dem
Gedanken, mich von all dem hier zu trennen,
angst und bange. Doch das Rad war ins Rollen
gekommen und anscheinend nicht mehr aufzuhalten. Noch mehr als sonst war jetzt von meinem Großvater die Rede, mehrfach von Seiner
Majestät ausgezeichnet und ein Held schlechthin. Dazu schenkte mir meine Mutter plötzlich
Bücher, in denen es von Schlachten, Fahnen-
paraden, Pferden und Feldherrnhügeln nur so
wimmelte. An erster Stelle stand natürlich der
Krieg von 1866, in dem die Preußen mal wieder
zeigten, was in ihnen steckte.

Die Eltern besuchten nun häufiger als sonst
den Großonkel, und hinterher gab es lange Ge-

spräche, bei denen ich aus dem Zimmer geschickt
wurde. Mir selbst war die ganze Angelegenheit
mit der Kadettenanstalt längst wieder aus dem
Gedächtnis verschwunden, als mich Onkel Fried-
rich mit der Nachricht überrumpelte, er habe die
Freude, mir mitzuteilen, dass ich im nächsten
Jahr ins Kadettencorps komme. Und als mir vor
Schreck der Mund offenstand, sagte er tröstend:
»Glaube mir, es ist genau das Richtige für dich.
Schließlich sollst du mal mein Erbe werden.«

Auf dem Rückweg fing ich an, bitterlich zu
weinen. »Ich will da nicht hin«, jammerte ich,
»und was heißt Erbe überhaupt?«

Mama zog mich tröstend an sich. »Dir wird
einmal das Gut hier gehören, wenn der Onkel
gestorben ist.«

»Was soll ich denn damit?«, schluchzte ich.
»Ich hätte viel lieber ein Tesching.«

Das bekam ich zwar nicht, aber dafür vom
Onkel ein Luftgewehr, und ich verbrachte einen
sehr angenehmen Nachmittag bei ihm mit Wett-
schießen auf eine am Scheunentor befestigte
Schießscheibe, bei dem ich als Sieger hervorging.
Ich wusste wirklich nicht, was ich von all dem
halten sollte. Einerseits fühlte ich mich wie der
kleine Lord, andererseits wie mein Pony, das
man bei aufziehendem Gewitter mit Gewalt aus
dem Stall zerren musste.

Doch mein Leben ging zunächst weiter wie bisher, und ich blieb eingebettet wie ein Indianer in seine Stammesbräuche, wozu gehörte, den Siegelring nur links zu tragen, beim Vorstellen innerhalb des Stammes den Adelstitel wegzulassen, keine Zuckerzange zu benutzen, erst mit dem Essen zu beginnen, wenn die Hausfrau das Zeichen gab, Kartoffeln nicht mit dem Messer zu schneiden, beim Tee- oder Kaffeetrinken nicht den kleinen Finger abzuspreizen, aufzustehen, wenn ein Erwachsener das Zimmer betrat, sich nicht mit Schwächeren zu prügeln und immer an den Spruch zu denken: Erst das Pferd und dann der Reiter. Auch den Sommer darauf konnte ich noch genießen, vor allem meinen zehnten Geburtstag mit Würstchenschnappen, Wettrennen und Pfänderspielen.

Dann schlug für mich endgültig die Stunde, Mama brachte mich ins Kadettencorps. Zum ersten Mal in meinem Leben fuhr ich mit der Eisenbahn, aber die freudige Erregung darüber wich, je länger wir unterwegs waren, einer immer stärkeren Beklommenheit. Nicht einmal das Abenteuer einer Übernachtung im Hotel konnte mich fröhlicher stimmen. Ergeben trottete ich neben Mama durch die Straßen der Kleinstadt zur Kadettenanstalt, und es tröstete mich wenig, dass andere Mütter mit ihren Söhnen das gleiche Ziel zu haben schienen. Das große Gebäude, auf das wir zumarschierten, wirkte nicht gerade einladend. Ein Offizier empfing uns und begrüßte Mama mit einem Handkuss.

»Nicht wahr, Sie passen doch gut auf ihn auf«, sagte sie in jenem halb kindlichen, halb fordernden Ton, wie es ihre Art war. »Und bitte achten Sie darauf, dass er nicht in nassen Strümpfen herumläuft. Er erkältet sich schnell.«

»Ihr Wunsch ist mir Befehl«, sagte mein zukünftiger Vorgesetzter mit amüsiertem Lächeln. »Frau Gräfin müssen sich keine Sorgen machen.« Er rief einen Kadetten in meinem Alter herbei, der sich ebenfalls tadellos verbeugte und geschwollen sagte: »Gestatten, Frau Gräfin, dass ich mich vorstelle, ich bin der Bärenführer von Ihrem Sohn.« Dann musterte er mich von oben bis unten und sagte halblaut in geringschätzigem Ton: »Ach du liebe Güte«, und, zu meiner Mutter gewandt: »Dürfen wir uns verabschieden, der Dienst ruft.«

Meine militärfromme Mutter presste mich an sich. »Ach, Junge«, sagte sie mit erstickter Stimme. Ich glaube, zum ersten Mal ging ihr auf, dass es doch ein gewaltiger Unterschied war, ob man als einzige Tochter im Dunstkreis eines hohen Generals aufwuchs oder einem die Begeisterung für das Soldatenleben in einer Kadettenanstalt eingeimpft wurde, und ihr einziger Trost war wohl die Aussicht auf Onkel Friedrichs Latifundie, die ihren geliebten Butz später den Nachbarn gleichstellte.

Meine Generalskarriere begann mit einer Untersuchung beim Stabsarzt, vor dem sich alle Neulinge nackt in strammer Haltung aufbauen mussten, was ich sehr genierlich fand, während die Bärenführer untereinander nicht mit spöttischen Bemerkungen sparten. »Kuck mal, mein Baby hat noch Unterhemdchen an, und meins reitet sicher noch auf einem Steckenpferd und pinkelt ins Bett.«

»Ruhe!«, schrie der dreizehnjährige Unteroffizier vom Dienst. »Wir sind hier nicht im Kindergarten!«

Kaum hatte ich mich angezogen, wurde ich von meinem Bärenführer schon mit einem leichten Schubs aufgefordert: »Los, los, zum Einkleiden!« Dass die Uniform alles andere als nagelneu war, störte mich nicht. Ich war gewohnt, die Kleider meines Bruders und meiner Vettern zu erben.

Das Zimmer, in das mich mein Bärenführer anschließend brachte, war der Aufenthaltsraum für acht Kadetten und so spartanisch eingerichtet, dass die Kate meines Freundes Rudi dagegen ein Hort der Gemütlichkeit war: die Fenster ohne Vorhänge, an den weißgetünchten Wänden braungestrichene, schmale Schränke, ein kleiner Ofen, drei Tische, zwei Lampen, das war's. Und als einziger Luxus ein Kaiserbild und ein Spucknapf. Mein Bärenführer zeigte mir mein Spind: »Oberstes Fach Nippes, zweites Fach Wäsche, drittes Fach Drillichzeug, viertes Fach Putz- und Nähzeug«, schnarrte er.

Die Tür öffnete sich, der Stubenälteste sprang auf, machte Meldung. Der eingetretene Offizier sah mich an. »Sind Sie der neue Sack?« Das erste »Sie« meines Lebens. Aber ich hatte kaum Zeit, mich daran zu freuen. Nach meinem fröhlichen: »Bin ich«, bekam ich schon den ersten Anpfiff. »Das heißt: ›Jawohl, Herr Leutnant!‹, merken Sie sich das gefälligst!« Der Offizier verließ das Zimmer. Die über ihre Schularbeiten gebeugten Kadetten feixten, und einer piepste: »Das bin ich, das bin ich!«

»Ruhe!«, rief der Stubenälteste. »Während der Arbeitsstunde haltet gefälligst die Klappe!«

Ich ließ meine Augen durch das Zimmer wandern. Mir war kalt, und ich hatte dasselbe Gefühl wie vor einigen Jahren, als mich mein Bruder im Dunkeln auf dem Hochsitz vergessen hatte. Doch mein Bärenführer hielt mich in Trab und gab mir keine Zeit, in Schwermut zu versinken.

Er zeigte mir, wie man die Knöpfe der Uniform mit Hilfe einer Knopfgabel in drei Minuten zum Glänzen bringt, wobei er, wie ich fand, sich selbst nicht sehr geschickt anstellte, und die Kommissstiefel teert und wienert. »Und das viermal täglich, verstanden?«

»Jawohl«, sagte ich, eingeschüchtert von seinem schneidigen Ton, nicht ahnend, dass mir diese Knöpfe den ersten Ärger bei dem üblichen Rapport einbringen würden. Als nämlich der Stubenälteste ihre Festigkeit prüfte und an ihnen zog, fielen sie wie überreife Himbeeren zu Boden. »Wer hat dem Sack die Knöpfe angeschnitten?«, brüllte er.

Ein Kadett meldete sich. »Ich.« Und schon wurde uns beiden erneut ein Rapport aufgebrummt.

Doch noch war der erste Tag nicht zu Ende, und es kam mir wie eine Ewigkeit vor, bis wir endlich in den Schlafsaal marschieren konnten, einen riesigen, kahlen Raum, in dem sogar die in zwei Reihen aufgestellten Betten strammzustehen schienen. In der Ecke des Saals gab es einen kleinen Verschlag für den Offizier vom Dienst. Mein Bärenführer zeigte mir, wie ich meine Kleidung auf meinem Schemel zu ordnen hatte, und dann schlüpfte ich in ein schmales, hartes, kaltes Bett, in dem es nicht mal ein Kopfkissen, sondern nur einen Matratzenkeil gab. Tapfer versuchte ich, mein Schluchzen zu unterdrücken, und kramte dann vorsichtig meinen Trostbringer, einen eingeschmuggelten handgroßen Teddybären, unter meinen Sachen hervor. Trotzdem konnte ich nicht einschlafen, denn ich musste dringend aufs Klo, was, wie ich gehört hatte, fast als Sakrileg galt und wozu man die Erlaubnis des diensttuenden Offiziers brauchte. Unvorstellbar, im Halbdunkel durch die Bettenreihen zu stolpern und dabei nicht nur ihn, sondern womöglich auch andere Kadetten zu wecken. Schließlich hielt ich es nicht mehr aus. Glücklicherweise zeigte der Offizier, vor dem ich nun schluchzend stand, Verständnis, sodass ich, erleichtert und getröstet, unbemerkt wieder ins Bett zurückkriechen konnte.

Ich hatte das Gefühl, gerade erst eingeschlafen zu sein, als ich von schrillem Klingeln und dem Gebrüll: »Aufstehen! Aufstehen!« geweckt wurde. Benommen taumelte ich aus dem Bett. Gefreite und Unteroffiziere drängten auf Tempo: »Los, los!« Und schon wetzte alles zu den Waschtischen im Nebenraum, deren Schüsseln mit eiskaltem Wasser gefüllt waren. Fröstelnd tunkte ich eine Fingerspitze hinein, und das wurde mir zum Verhängnis. Kräftige Hände packten mich und steckten meinen Kopf tief ins Wasser. Als ich mich vor Kälte zitternd abtrocknete, hielt mir jemand meinen Teddy unter die Nase: »Ist das etwa deiner?« Ich schüttelte den Kopf. Mein Herz klopfte wie wild bei diesem Verrat. Die Kadetten wirbelten meinen armen Seelentröster lachend durch die Luft, tauchten ihn ins Wasser und benutzten ihn als Wurfgeschoss, bis der Leutnant erschien. Sofort trat Ruhe ein. Der Offizier nahm den arg zerrupften Teddy in Empfang und warf mir einen kurzen Blick zu. »Hat sich wohl verlaufen«, sagte er schmunzelnd und dann, in scharfem Ton: »Unteroffizier, diesen Krach hier verbitte ich mir! Sorgen Sie dafür, dass das nicht wieder vorkommt!«

»Jawohl, Herr Leutnant!«, rief der Unteroffizier in strammer Haltung.

Bislang hatte ich in meinem arglosen Kinderglauben angenommen, dass die Welt überall so aussah wie zu Hause. Menschen wohnten in Schlössern oder auch wie Rudi in Katen, besaßen Pferde und Kühe, Karnickel und Ziegen, und wofür Pferd und Wagen mehr als zwei Stunden brauchten, war weit weg. Die einzige Stadt, die ich kannte, war die Kreisstadt, und sie bedeutete für mich Konditorei und neue Schuhe. Die Welt, in die man mich nun katapultiert hatte, war fremdartig und gruselig zugleich. Sie erinnerte mich an das Märchen von einem, der auszog, das

Fürchten zu lernen. Nur bei mir hatte schon die erste Lektion genügt, und wenn nicht die Angst vor der Blamage stärker gewesen wäre als die Verzweiflung, hätte ich wahrscheinlich das Handtuch geworfen.

Das Pensum, das man mir abverlangte, war umfangreich. Ich lernte, dass auch für die Jungen untereinander die Rangordnung heilig war und dass ich als Sack an letzter Stelle stand. Unter mir gab es nur noch einen einzigen Kadetten. Er hatte gestohlen und wurde gesondert zum Essen und zum Dienst geführt. Ich lernte, dass die Obertertianer im Range eines Unteroffiziers und Gefreiten bereits Strafgewalt besaßen und uns so viel herumhetzen konnten, wie sie wollten, von der Meldung bis zum Rapport. Auch waren sie die Einzigen, die nicht die Unterschrift der empfangenen Briefe vorweisen mussten. Ich lernte das ganze Repertoire des Exerzierens, vom »Gleichschritt!«, »Stillgestanden!«, »Rührt euch!«, »Augen geradeaus!« bis zur Ehrenbezeugung. Von den schweren Kommissstiefeln bekam ich Muskelkater in den Waden und Blasen an den Füßen. Ich lernte, beim Eintritt eines Offiziers vom Stuhl hochzuspritzen und Meldung zu machen. Ich lernte, im Stechschritt am Kompaniechef vorbeizumarschieren, denn Seine Majestät hatte an seinem Geburtstag die Parade der Kadetten besonders gelobt, und man konnte nicht früh genug mit dem Üben anfangen, auch wenn es mindestens noch vier bis fünf Jahre dauerte, bis einem schließlich im Hauptcorps diese Ehre zuteil wurde. Für Tagträume gab es kaum Gelegenheit, höchstens im Unterricht, der längst nicht die Rolle spielte wie der militärische Drill. Ständig hatte ich das Gefühl, von einer Meute bellender Hunde umkreist zu sein, denn die Stimmen meiner nur wenig älteren und zum Teil noch im Stimmbruch befindlichen Vorgesetzten überschlugen sich bei den gebrüllten Kommandos, deren Lautstärke zu Hause nicht geduldet worden wäre. Dort wurde man ständig ermahnt: »Kind, schrei gefälligst nicht so!« Herumtrampeln im Schloss war ebenso verpönt wie allzu lautes Getobe. Das galt selbstverständlich auch für die Ställe, um Pferde und Kühe nicht nervös zu machen. Die Natur bot schließlich genug Platz, um den Bedürfnissen eines Kindes gerecht zu werden, zu spielen, zu träumen und zu singen. Doch hier fühlte ich mich wie in einer von der Koppel getriebenen Jungviehherde, um mich herum ein ewiges Gedrängel, Gestoße und Getobe, begleitet von den anfeuernden Rufen: »Los, los, los!« Und wenn ich abends schließlich erschöpft im Bett lag, kam es mir vor, als hätte ich den ganzen Tag neben einer Kreissäge gestanden, und es fiel mir nicht leicht, meine imaginären Spielgefährten wieder hervorzurufen. Glücklicherweise hatten mir einerseits meine älteren Geschwister manche Zimperlichkeit abgewöhnt und hatte ich andererseits eine gewisse Fähigkeit entwickelt, ihren Beschützerinstinkt zu wecken, was mir bei den älteren Kadetten zugute kam. Und so ließ man mir auch hier manches durchgehen, was man vielleicht bei anderen nicht geduldet hätte. Auch besaß ich ein Talent, Vorgesetzte zu imitieren, was sie zum Lachen brachte. Und so bekam ich nur einen leichten Rüffel, wenn ich über die Stränge schlug. »Reiß dich zusammen, Sack, sonst ist bald eine Nippesprobe fällig!«

Es gelang mir, viele Klippen zu umschiffen, und ich ließ mich in nichts mir Unangenehmes hineinziehen. Standhaft weigerte ich mich, bei Klassenkeilen mitzumachen. Zu deutlich hatte ich noch die Mahnung meines Vaters im Ohr: »Mit Schwächeren prügelt man sich nicht.« Und in solchen Fällen war nun mal immer der Kadett der Unterlegene, den man angeblich wegen irgend etwas Ehrenrührigem dazu verdonnert hatte. Natürlich konnte der Unteroffizier das nicht dulden. »Befehlsverweigerung, unerhört!« Doch die Strafe fiel milde aus. Ausgangsverbot am Wochenende war das Übliche. Andererseits bekam ich von dem Erzieher ein indirektes Lob, indem er halblaut im Vorübergehen sagte: »Bravo, ein Kadett mit Zivilcourage. Aber nochmal Glück gehabt. Sie hätten Ihnen ganz schön was aufbrummen können.«

Obwohl ich anfing, an dem streng geregelten Tagesablauf, in dem jede Minute genau geplant war, hin und wieder Gefallen zu finden, fragte ich mich gleichzeitig nach dem Sinn und Nutzen des Ganzen. Warum konnte man nie mal ein Plätzchen für sich allein haben, genüsslich ein Drops lutschen, warum nie die Möglichkeit, mal alle Viere von sich zu strecken und sich an den Sonntagen länger als sonst im Bett zu aalen. Ich dachte an meinen armen Teddy, und mein Daumen wanderte in den Mund.

Der erste Ausgang in des Königs Rock wurde eine Enttäuschung. Kaum jemand würdigte mich eines Blickes, nur ein schlacksiger Bengel grinste mich an, hielt mir etwas unter die Nase und fragte: »Na, Kleiner, wilst'n Drops?« Tief gedemütigt betrat ich das Ziel aller Kadetten: die Konditorei.

Kurz vor den Herbstferien verkündete der Bärenführer dem Unteroffizier, dass ich ihn nun nicht mehr nötig hätte. Danach musste ich noch die übliche schmerzhafte und wasserreiche Taufe überstehen, die mich angeblich erst zu einem richtigen Kadetten machte, und wurde zum Zahnarzt bestellt, der uns Neulingen kurzerhand sämtliche noch vorhandenen Milchzähne zog.

Ein paar Tage vor der Abreise bekam ich den Befehl, mich bei meinem Erzieher zu melden. »Au weia«, sagte der Stubenälteste und grinste. »Na, ich drück dir die Daumen.«

»Nehmen Sie Platz«, sagte der Offizier.

»Jawohl, Herr Leutnant«, sagte ich beklommen.

Der Leutnant holte etwas aus seinem Schreibtisch. Es war mein Teddy, den er mir lächelnd überreichte, und ich muss sagen, das Plüschtier hatte die Strapazen gut überstanden. Ich wurde rot. Der Leutnant brachte mich zur Tür und legte seine Hand leicht auf meine Schulter. »Kadett, Sie packen das schon«, sagte er, und damit war ich entlassen.

Vorfreude ist die beste Freude. Schon Wochen vor den Ferien hatte ich mir meinen Empfang zu Hause ausgemalt, großer Bahnhof war das Mindeste. Aber wie immer waren die Erwartungen zu hoch gespannt. Schon der Schaffner in der Kleinbahn zeigte sich keineswegs von meiner Uniform beeindruckt, sondern murmelte beim Kontrollieren der Fahrkarte nur: »Bist dem Kaiser weniger wert als ein Hund.« An der Klein-

199

bahnstation war weit und breit niemand, nicht einmal Kutscher Fritz zu sehen. Vielleicht hatte er sich nur verspätet. Aber da kam der Bahnhofsvorsteher anmarschiert und sagte, auf ein Ochsengespann deutend: »Du sollst mit dem Milchwagen fahren. Auf dem Hof ist zu viel zu tun.« Ganz zerschmettert suchte ich mir einen Platz zwischen den Milchkannen, während die Ochsen langsam dahintrotteten.

Auch auf dem Hof kam niemand jubelnd herbeigestürzt, um mich zu begrüßen. Von der Terrasse her hörte ich lautes Gelächter. Das schöne Herbstwetter hatte wohl mal wieder viele Gäste angelockt. Ich kämmte mich, zog mir den Scheitel, wusch mir die Hände, prüfte den korrekten Sitz der Uniform und marschierte zur Terrasse. Die Gespräche verstummten bei meinem Erscheinen. Und nun wurde mein Auftritt in Uniform doch gebührend gewürdigt. Meine Mutter machte gerührt den Versuch, mich in die Arme zu schließen. »Ach, Junge, wie freue ich mich!« Ich trat geniert einen Schritt zurück. »Guten Tag, alte Dame«, sagte ich steif und küsste ihr die Hand, was allgemeines Gelächter hervorrief.

Meine Mutter seufzte kokett: »Hört euch das an, jetzt bin ich schon eine alte Dame für ihn.«

Eine Zeitlang war ich der Mittelpunkt, doch bald drehte sich die Unterhaltung wieder um die

Ernte – so lala –, die Reitpferde des neuen Nachbarn – ziemliche Zossen – und den angekündigten Besuch des Kaisers zur Jagd – Majestät kommen allein. Zu meinem Verdruss gehörten auch Kusine Ines und ihre Mutter zu den Gästen. Wahrscheinlich blieb sie länger und würde mir die Ferien versauen. Aber das Gegenteil war der Fall. Ines und ich wurden geradezu dicke Tunke. Man hatte sie in ein Mädchenstift gesteckt, in dem es ähnlich zuging wie im Kadettencorps. Nach ihrer Schilderung musste die Oberin eine wahre Hexe sein, das Essen ging auf keine Kuhhaut, es gab meist Zusammengekochtes und zum Frühstück ein trockenes Brötchen mit Marmelade. Man wurde mit seiner Nummer angeredet, und die vorgeschriebenen grauen Kleider mit kratzigen Kragen waren einfach scheußlich. Was hatte sie gebettelt, damit die Mutter sie wieder mitnahm. Aber die hatte nur gesagt: »Jammre gefälligst nicht rum und mach deinem Namen keine Schande.« Zum ersten Mal tat sie mir wirklich Leid, und ich verzieh ihr großmütig, dass sie bei ihrem letzten Besuch heimlich mein geheiligtes Pony geritten hatte.

Trotz meiner Wiedersehensfreude brauchte es seine Zeit, ehe ich mich wieder in der Familie zurechtgeruckelt hatte und das Kadettencorps allmählich verblasste. Als Erstes wurde ich zu meinem Großonkel zum Rapport bestellt. Ich beantwortete seine Fragen, wie es sich gehörte, in militärischer Kürze oder mit einem zustimmenden »Jawohl!«, vermied es aber, in irgendwelche Details zu gehen, woran der Onkel auch nicht sonderlich interessiert zu sein schien. Er hing lieber seinen eigenen mir wohlbekannten Erinnerungen nach. »So jung wie du möchte ich auch nochmal sein! Und wenn du erst im Hauptcorps die Ehre hast, an der jährlichen Parade teilzunehmen und an Seiner Majestät vorbeizudefilieren, diesen Tag wirst du nie vergessen.« Er klopfte mir gütig auf die Schulter. »Es freut mich, dass du dich so schnell eingelebt hast. Bist ja auch das beste Stück aus deiner Familie.« Dann schenkte er mir ein durchaus passables Jagdmesser, was diesen langweiligen Nachmittag etwas versüßte.

Ich gab das Kompliment sofort an meine Mutter weiter. Ihre Reaktion war eher enttäuschend. »Vielleicht kann unser bestes Stück sich jetzt ein bisschen nützlich machen und in der Küche beim Pflaumenaussteinen helfen«, sagte sie munter.

»Eine sehr gute Idee!«, riefen die Schwestern kichernd.

Ich runzelte die Stirn. Wie kindisch sie doch noch waren, während man mich mit meinen zehn Jahren schon für würdig befand, gesiezt zu werden. Ich sprach gespreizt von Kameradschaft, Ehre und Vaterland, was zu meinem Ärger neues Gelächter hervorrief. Plötzlich erschien mir das Kadettencorps in milderem Licht, da waren wir Männer doch wenigstens unter uns.

Der Tag der Abreise rückte bedenklich näher, und ich überlegte mir gemeinsam mit meinem Freund Rudi, der wiederum seine ewig keifende Mutter und die ständig plärrenden Geschwister herzlich satt hatte, ob wir nicht abhauen sollten, wobei sich Rudi wieder einmal als der Vernünftigere erwies. »Wo wollen wir denn hin? Auf 'n Schiff kriegen mich jedenfalls keine zehn Pferde. Mir wird ja schon bei Wind im Kahn schlecht.«

Als kleiner Trost wurde mir diesmal wenigstens die mir zustehende Ehre zuteil, von der gesamten Familie zum Bahnhof gebracht zu werden. Ich winkte ihnen lange nach, bis sie meinen Blicken entschwanden. In der Kadettenanstalt angekommen, musste ich zu meinem Schrecken feststellen, dass ich mich im Datum geirrt hatte. Die offizielle Anreise war erst am nächsten Tag vorgesehen. Einen Ferientag verschenkt! Der Offizier vom Dienst betrachtete mich mitleidig. »Na, da hat ja wohl jemand gepennt«, sagte er lächelnd. »Aber Sie sind nicht allein, dem Reichsgrafen ist dasselbe passiert.«

Der Reichsgraf war zur selben Zeit ins Kadettencorps gekommen wie ich und hatte sich bei seinem Bärenführer mit dem Hinweis »Wir sind Reichsgrafen« gleich in die Nesseln gesetzt und allgemeines Gelächter hervorgerufen, denn adlig war fast jeder dritte Kadett, und niemand kam auf die Idee, seinen Titel zu nennen. Der Bärenführer stöhnte: »Ich krieg wirklich immer die größten Idioten.« Und so hatte der Reichsgraf gleich am ersten Tag seinen Spitznamen weg, und niemand kam auf die Idee, von Wolfi, wie er eigentlich hieß, zu sprechen. Trotz dieses Fauxpas erwies sich der Sack im Dienst als gar nicht so übel. Jedenfalls gehörte er keineswegs zu den Schlappschwänzen. In manchem war er sogar fixer als ich, vor allem beim Frühstück, wo er es verstand, in Windeseile aus dem ihm zustehenden Brötchen den traditionellen Pamps herzustellen. Gleich beim ersten Mal sprang er, ohne mit der Wimper zu zucken, in der Schwimmhalle vom Zehnmeterbrett, während ich schaudernd zögerte, zumal das Wasser nur siebzehn Grad hatte, und mir erst das erstaunte Gebrüll des Offiziers »Sie haben doch wohl nicht Schiss?« und der dicht hinter mir aufrückende Nächste Beine machten. Auch beim Turnen zeigte Wolfi, was er konnte, besonders am Reck. Nie hing er wie ich schlaff an der Stange, und der

Stubenälteste musste ihn nicht erst mit aufmunternden Muskelstärkern auf den Oberarm in Schwung bringen. Aber außer seinem Talent, ins Fettnäpfchen zu treten – er nannte die Nippessammlung des Stubenältesten ein Gruselkabinett –, langweilte er seine Stubengenossen auch bald mit seiner nöligen Art, Geschichten ohne Anfang und Ende aus seinem Elternhaus zu erzählen. Er erwähnte gern seinen Stammbaum, der angeblich bis zu Kaiser Barbarossa reichte, und versuchte, herauszufinden, mit wem von uns er verwandt war. Daher konnte es gelegentlich passieren, dass während der Freistunde, in der jeder in der Stube seinen Neigungen nachging, Karl May las, mit Laubsäge, Messer und Zeichenstift hantierte, plötzlich jemand seine endlosen Tiraden unterbrach, indem er ihm eins mit dem Lineal versetzte, was wiederum der Stubenälteste natürlich nicht dulden konnte und deshalb für beide Rapport bedeutete. Ein weiteres Lieblingsthema des Reichsgrafen war seine Kakteensammlung, die anscheinend zu Hause viel Platz im Kinderzimmer einnahm. Eine dieser hässlichen Pflanzen hatte er sogar mitgebracht. Sie führte ein trauriges, verstaubtes Leben zwischen Muschelkästen, getrockneten Seepferdchen und neckischen Tänzerinnen seiner Nippessammlung und wurde von den Kadetten gern dazu missbraucht, Wolfi damit im Genick zu kitzeln. Ich seufzte denn auch bei der Mitteilung des Erziehers: »Ausgerechnet der!«

Der Leutnant lachte. »Sie werden's überleben.«

Zu meinem Erstaunen wurde es dann doch ein recht gemütlicher Abend, den wir zwei Unglücksraben zusammen verbrachten. Wolfi hatte reichlich Schokolade mitgebracht, die wir in uns hineinstopften. Der Leutnant schickte uns früh in den Schlafsaal, und wir unterhielten uns mit ziemlicher Lautstärke, weil unsere Betten weit auseinander standen, bis wir angeherrscht wurden, gefälligst ruhig zu sein. So war dann schließlich dieser verschenkte Tag leidlich überstanden, und am nächsten Tag, bis die anderen Kadetten eintrudelten, schlenderten wir einträchtig über den Exerzierplatz und erzählten uns alberne Leutnantswitze – »Wenn wir die Schlacht gewonnen haben, was können wir dann worum winden?« »Dann können wir neue Lorbeeren um die alten Feldzeichen winden.« – »Wann lebte Gottfried von Bouillon?« »Wenn er nichts anderes hatte.« – »Mit was ohne was darf der Soldat nicht über den Kasernenhof gehen?« »Mit Pfeife ohne Pfeifendeckel.« – Wir lachten viel, und ich sagte wohlwollend: »Wenn du halb so viel quasselst, bist du eigentlich ganz in Ordnung«, eine Bemerkung, die ich schnell bereuen sollte. Nach einigem Herumgedruckse nämlich bat er mich, bei meiner Clique ein gutes Wort für ihn einzulegen, um Mitglied zu werden. Mir wurde heiß vor Schreck. Einerseits tat mir diese Nöltante Leid, andererseits spielte ich selbst nicht gerade eine führende Rolle bei den anderen. So sagte ich ausweichend: »Ich will's versuchen«, was sich aber als unnötig erwies, weil ihn der Anführer selbst vorschlug. Er verkehrte mit der Familie des Reichsgrafen und hatte sich in dessen Schwester vergafft. Wolfi, der ärgerlicherweise von dem in Liebe zu seiner Schwester entbrannten eigentlichen Gönner nichts wusste, bedankte sich überströmend bei mir. Zwar winkte ich verlegen ab, genierte mich aber, das Ganze richtigzustellen. Doch ich wurde nicht mehr lange täglich an meine Feigheit erinnert. Wolfi musste wegen eines Lungenleidens zwei Monate später die Anstalt verlassen.

Mit fünfzehn siedelte ich in die Hauptkadettenanstalt nach Berlin über. Wie ein Pferd an die Kandare hatte ich mich an das strenge Reglement zwar gewöhnt, aber ich sprühte auch immer noch nicht vor Begeisterung, ein Kadett zu sein. Die folgenden zwei Jahre hatten es in sich. Mein Großonkel starb. Meine Mutter hatte auf Sand gebaut: Das Testament war nicht zu meinen Gunsten verändert worden. Dazu verliebte ich mich unsterblich in eine von Ines' Internatsfreundinnen, die mir jedoch nur die kalte Schulter zeigte. Ich marschierte im Stechschritt an Seiner Majestät vorbei und befand mich bereits als frischgebackener Fähnrich dort, wo ein anständiger Soldat hingehört: auf dem Schlachtfeld.

Vier Jahre lang verteidigte ich mein Vaterland, wobei sich der traditionsreiche Säbel als überholt erwies und mehr und mehr Panzer, Bomben und Granaten zum Handwerk gehörten. Im Stellungskrieg im Westen lernte ich, dass der letzte Funken Vernunft im Krieg zum Teufel geht. Zwar nur leicht beschädigt, aber doch recht klapprig, kehrte ich in die Heimat zurück, wo meine Gedanken bald um ein fröhliches Landmädchen kreisten, die zukünftige Erbin einer kleinen Klitsche, mit dem ich mich bald darauf verlobte. Die Generalskarriere wurde ad acta gelegt, ich begann noch einmal von vorn und lernte als Eleve zwischen lauter Sechzehnjährigen die Landwirtschaft von der Pike auf, was bedeutete: um fünf Uhr aus den Federn, zwölf Stunden im Stall und auf den Feldern und einen chronisch schlechtgelaunten Lehrherrn, der einem preußischen Feldwebel alle Ehre gemacht hätte.

Uniformen waren nun nicht mehr erwünscht, Paraden fanden nur noch auf der Bühne statt, wo die Tillergirls die Beine warfen, und ängstliche Mütter entfernten die noch vorhandenen kaiserlichen Initialen von den Matrosenmützen ihrer Sprösslinge. Es gab Massenversammlungen, Demonstrationen und zahllose Männer, die wie herrenlose Hunde in den Straßen herumlungerten und ein Schild vor sich hertrugen, auf dem stand: »Suche Arbeit«.

Ich hatte inzwischen geheiratet und durfte mich an zwei heranwachsenden Söhnen erfreuen. Aber das Glück war von kurzer Dauer. Was viele erträumt und ersehnt hatten, nämlich die alte Ordnung, kehrte in verzerrter Form wieder zurück, und der Soldat stand in der Gesellschaft mit an erster Stelle. Aufmärsche, Paraden, Ansprachen gehörten nun zur Tagesordnung, und bald nahm das Vaterland seine Söhne auch wieder in die Pflicht. Der Zweite Weltkrieg begann. Er stellte alle Grausamkeiten, die uns doch schon in den Märchen und Sagen in unserer Kindheit begegnet waren und uns wegen ihrer angeblichen Realitätsfremdheit so angenehm gruselten, in den Schatten. War ich nicht tief befriedigt, als die böse Hexe in »Hänsel und Gretel« bei lebendigem Leibe im Backofen verbrannte, der böse Wolf mit seinen Wackersteinen im Bauch ertrank, der Indianer skalpiert wurde? Diesmal dauerte der Krieg sechs Jahre und traf gleichermaßen Soldaten wie Zivilisten. Das galt auch für meine Familie. Meine Eltern lebten nicht mehr, mein ältester Bruder war gefallen und meine Heimat von den Russen besetzt, und wo die geflüchtete Familie sich aufhielt, wusste ich nicht. Von meinem einstigen Regiment war kaum jemand übriggeblieben, und ich war ständig unterwegs, um mich bei einer neuen Dienststelle zu melden, die aber, wenn ich dann endlich dort eintraf, bereits aufgelöst worden war. Die Kapitulation stand vor der Tür, deshalb beschloss ich, nach sieben Jahren Kadettencorps und zehn Jahren Krieg endlich selbst über mein Schicksal zu bestimmen. Der Versuch scheiterte. Man schnappte mich, als ich gerade in einen Zug steigen wollte, der in die entgegengesetzte Richtung zu der meines Marschbefehls fuhr. Die beiden Männer von der Militärpolizei machten keineswegs ein triumphierendes Haben-wir-dich-erwischt-Gesicht, sondern führten mich eher missmutig ab. Wortlos brachten sie mich zur Ortskommandantur in eine von der Stadt abgelegene Villa. Zwei Kriege hatte ich überlebt, aber hier würde es kein Pardon mehr geben. Ich hatte genug Männer aller Altersstufen an den Alleebäumen hängen sehen mit dem Schild um den Hals: »Wer den Tod in Ehren fürchtet, stirbt ihn in Schande.«

Der Standortkommandant hinter dem Schreibtisch war ein Mann meines Alters. Er blätterte in meinen Papieren, schüttelte den Kopf, stand auf Krücken gestützt auf, humpelte auf mich zu, nannte mich laut einen erbärmlichen Vaterlandsverräter und flüsterte mir zwischen seinen Schimpftiraden zu: »Mensch, Butz, altes Haus, ab durchs Fenster!« Es war der Reichsgraf. Während ich mich durch die Büsche schlug, hörte ich die Krücken zu Boden fallen und ihn laut um Hilfe rufen.

Das Schicksal war mir wie immer gnädiger als manchem anderen. Meine durch Flucht und Gefangenschaft versprengte Familie fand sich wieder zusammen, und wir kamen leidlich in einer Kleinstadt bei einer Kriegerwitwe unter, die eine Wäscherei betrieb und jede Hilfe gut gebrauchen konnte. Eingehüllt in Seifendämpfe, half ich ihr, so gut ich konnte, und sie weihte mich in die Geheimnisse des Wäschekochens, Spülens, Plättens und Mangelns ein und brachte mir die Buchführung bei. Später übernahm ich das Geschäft, und es gelang mir sogar, mit Hilfe meines älteren Sohnes zwei Filialen zu gründen.

Über mangelnden Besuch in der ersten Zeit unseres Flüchtlingsdaseins konnten wir uns weiß

Gott nicht beklagen. Freunde, Verwandte, ehemalige Nachbarn klopften an unsere Tür und wollten beherbergt und gespeist werden. Das Zusammenrücken war man längst gewöhnt. Außerdem hatte der Gott, der Eisen wachsen ließ, schon dafür gesorgt, dass wir keine Prinzen und Prinzessinnen auf der Erbse werden würden. Für die Kinder standen Waschkörbe als Betten bereit, und die Erwachsenen rollten sich auf dem zu kurzen Sofa, durchgesessenen Sesseln oder in der Badewanne zusammen und lagerten auf dem Fußboden, der manchem Heimkehrer vertrauter geworden war als das Bett. Zum ständigen Hausbesuch gehörte nun auch der Reichsgraf, der in der Nähe wohnte und als glücklicher Einheimischer ganz comme il faut nicht nur mit Pferd und Wagen, sondern sogar mit einem Kutscher erschien. Gerührt sanken wir uns in die Arme, aber von Dankbarkeit wollte Wolfi nichts hören. »Du warst ja nicht der Einzige, dem wir helfen konnten. Waren brave Burschen, die Kettenhunde. Und wir haben uns schnell auf diesen Trick verständigt. Nur einmal wäre es beinahe schiefgegangen. Da ist so ein grüner Junge hereingestürzt gekommen, hat mit der Pistole herumgefuchtelt und versucht, den unglücklichen Deserteur zu erschießen.«

Wolfis Schloss war leicht mit dem Rad zu er-

212

reichen. Es lag landschaftlich sehr hübsch auf einer kleinen Anhöhe, von der man auf den Fluss sah, war aber innen ein ziemlich ungemütlicher Kasten. Wolfis Eltern lebten nicht mehr. Sie waren wie meine noch im Krieg gestorben, und seine einzige verheiratete Schwester war in Berlin bei einem Bombenangriff umgekommen. Der Reichsgraf war Junggeselle geblieben. Seine große Liebe hatte nach jahrelanger Werbung dann doch einen anderen geheiratet und er selbst die Lust an einer Ehe verloren. Sein Schloss war von Flüchtlingen bis zum Dachboden gefüllt, sodass auch seine eigenen Räumlichkeiten recht bescheiden waren. Natürlich sprachen wir von den alten Zeiten, wozu gehörte, dass Wolfi unweigerlich auf das Kadettencorps kam.

»Sei froh, dass dir der Rest erspart geblieben ist«, sagte ich. »Und dadurch konntest du den Ersten Weltkrieg wenigstens mehr oder weniger in der Etappe verbringen.«

Wolfi gab zu, dass er wirklich großes Glück gehabt hatte, begann aber dann doch mit dem üblichen »Kannst du dich noch erinnern« und grübelte darüber nach, wie der Kadettengefreite doch gleich geheißen hatte, der es verstand, seine Knöpfe an der Uniform so zu putzen, dass auf den Knopflöchern nie ein weißer Rand zurückblieb, und dessen Kommissbotten immer wie Lack glänzten. »Schade, dass wir uns so viele Jahre aus den Augen verloren haben. Ich habe nicht vergessen, dass ich es damals deiner Fürsprache verdankte, in der Clique aufgenommen zu werden.«

Ich stand etwas abrupt auf. »Tut mir Leid, es wird dunkel, wir müssen los.«

»Ein netter Mensch«, sagte meine Frau, als wir nach Hause radelten.

Ich seufzte. »Ja schon. Aber immer noch diese alten Kamellen. Ich wette, er würde heute noch gern im Stechschritt an Seiner Majestät vorbeimarschieren.«

»Ein sehr, sehr netter Mensch«, sagte meine Frau. »Er hat mir versprochen, uns einen Zentner Kartoffeln zu schicken.«

Abgesehen vom Kadettencorps hatte es der Reichsgraf auch nach wie vor sehr mit seinen Ahnen, und sogar das Kakteenhobby pflegte er noch. Wir wurden trotzdem gute Freunde, was sich nach der Geburt meines Enkelsohnes, dessen Patenonkel er wurde, sehr festigte, denn für Magnus war das Schloss ein zweites Zuhause. Wolfi war ihm sehr zugetan, auch, als später der nun bezopfte Magnus keineswegs seine politischen Ansichten teilte und die Bundeswehr ablehnte, sodass sie sich häufig in den Haaren lagen. Trotzdem blieben meine Frau und meine Schwiegertochter fest davon überzeugt, dass Magnus sein zukünftiger Erbe war. Da hatte ich jedoch so meine Zweifel. »Magnus hat's ja nicht so mit dem Adel, und bis jetzt hat Wolfi immer ziemlich säuerlich auf seine Freundinnen reagiert. Ich fürchte, da muss sich unser Enkelsohn noch gewaltig ändern.«

Der gute Wolfi spendierte unserem Enkel sogar ein zusätzliches Studium in England. Leider berichtete der Junge in seinen Briefen nur sehr wenig über sein College und seine Kommilitonen, dafür um so mehr von einer gewissen Edna mit feuerrotem Haar, der Tochter eines schottischen Earls, was meine Frau sehr beruhigend fand. Es musste etwas Ernsthaftes sein, denn er kündigte uns an, dass er sie in den Semesterferien mitbringen und sie uns vorstellen wollte. Frau und Schwiegertochter stellten das Haus auf den Kopf, das beide Familien inzwischen gemeinsam bewohnten. Mit Wolfi warteten wir gespannt auf den Gast, und als er vor uns stand, blieb uns der Mund offen stehen: Es war in schmucker Uniform ein bildhübscher Leutnant der Royal Navy, wenn auch im technischen Dienst.

Ednas beruflicher Werdegang hatte, wenn auch in etwas abgemilderter Form, viel Ähnlichkeit mit preußischem Schliff. Sie gab zu, dass die Ausbildung nicht immer die reine Freude gewesen sei. Trotzdem war dieses hübsche Geschöpf militärfromm vom Scheitel bis zur Sohle, und das Königshaus stand für sie an erster Stelle. Merkwürdigerweise schien für meine Frau und meine Schwiegertochter ein weiblicher Soldat etwas völlig Normales zu sein, ja sogar ihre Zustimmung zu finden, während sie doch, im Gegensatz zu Wolfi, Magnus' Ersatzdienst sehr begrüßt hatten. Aber auch der Reichsgraf zeigte sich voller Sympathie für dieses zukünftige neue Familienmitglied, obwohl er sonst mehr dem Frauenbild in Schillers Glocke huldigte: »Und drinnen waltet die züchtige Hausfrau«. Deshalb verkniff ich mir die Frage, was denn die junge Lady heutzutage von dem ganzen Brimborium wie Paraden und schmetternden Fanfaren hielt und davon, dass immer noch bei Staatsbesuchen junge Burschen in strammer Haltung vor gütig blickenden Zivilisten das Gewehr präsentierten. Eine Waffe, die, wie ich fand, doch längst zum alten Eisen gehörte. Auch konnte ich mir vorstellen, dass nach den ewigen Kriegen ein Empfang der hohen Herren mit beispielsweise im Stechschritt die Beine werfenden Funkenmariechen sehr viel erfreulicher und völkerverbindender wäre. Aber ich sagte nichts, sondern berührte nur, als das junge Paar sich von uns verabschiedete, sanft den Zopf meines Enkels und flüsterte: »Den wird sie dir nicht lassen, mein Junge.«

Das ist nun ein paar Jährchen her. Ich gehe auf die Achtzig zu, und mein Enkelsohn hat mit seiner Familie längst einen Flügel des Schlosses bei seinem Patenonkel bezogen. Natürlich sind wir häufig bei ihnen zu Besuch, und ich habe dem kleinen Friedrich meinen Werdegang aufgeschrieben, damit er nicht nur von Wolfis Vorfahren hört, die zu Dutzenden in den Fluren des Schlosses hängen und wohlwollend auf ihn herunterblicken, wenn er durch die Räume tobt. Ich denke oft an Mama und wie sie sich freuen würde, wenn sie wüsste, dass sie, wenn auch auf Umwegen, nun doch erreicht hat, was damals ihr größter Wunsch für mich war: ein Gut zu erben.

Heute ist der 1. Mai, der Tag der Kapitulation vor zweiunddreißig Jahren. Ich bin froh, dass meine Eltern den ganzen Schlamassel nicht miterleben mussten. Ich sitze im Gastzimmer meines Enkels am Fenster, und während ich meine Erinnerungen noch einmal durchlese, höre ich unter mir auf der Terrasse Wolfis kräftiges Lachen und das krähende Stimmchen meines Urenkels. Ich beuge mich vor und sehe Klein-

Friedrich, mit einem Papierhelm auf dem Kopf und Wolfis Spazierstock geschultert, mit strammem Schritt vor dem Reichsgrafen hin- und hermarschieren.

Das edle Blut

Theo ist weiß Gott nicht gerade das, was man eine Schönheit nennt, und die Frage nach seiner Abstammung schwierig zu beantworten. Denn sein Stammbaum, so muss ich jedem sagen, der mich danach fragt, ist ebenso ein Opfer der Flammen geworden wie Onkel Hassos Ahnengalerie. Mag sein, dass an dieser seltenen Rasse zu viel herumgezüchtet worden ist. Aber eins ist sicher: Nur edelstes Blut fließt durch seine Adern, wuchsen doch seine Vorfahren noch in Russland am kaiserlichen Hof auf und wurden von des Zaren Hand gestreichelt. So hat er einfach im Instinkt, wie ein vornehmer Hund sich zu benehmen hat. »Noblesse oblige« scheint auch seine Devise zu sein, und er begrüßt jeden, ohne Ansehen der Person, indem er ihm würdevoll die Pfote reicht. Er besitzt einen Wuschelkopf, einen kompakten, muskulösen Körper mit starken, kurzen Läufen, ein weiches Fell und eine kleine Rute, die er aufrecht trägt, ist gutmütig, anpassungsfähig, sehr intelligent und zeigt jedem seine Sympathie mit so offenkundiger Freude, dass er schnell die Herzen gewinnt. Seine Ohren sind allerdings etwas entgleist und seine Augenbrauen reichlich buschig. Man kann von ihm vielleicht dasselbe sagen wie unser ehemaliger Bundespräsident von seinem Hund: »Als Hund ist er ja vielleicht eine Katastrophe, aber als Mensch unersetzlich.«

Theo ist nicht nur Adel vom Feinsten, einer seiner Vorfahren war auch ein berühmter, mehrfach mit Orden ausgezeichneter Kriegshund, der seinen Herrn furchtlos und treu durch Schlachten des Ersten Weltkrieges begleitete und seine Pfote schützend über ihn hielt. Unerschrocken pirschte er sich in rasendem Tempo, kriechend und schleichend, durch die feindlichen Linien, um Botschaften an andere Regimenter zu überbringen, scheute das feindliche Feuer nicht, um Verwundeten beizustehen und ihnen tröstend das Gesicht zu lecken.

Glücklicherweise sind ja im Augenblick diese Talente eines Hundes in unserem Land nicht so gefragt, jedenfalls müssen sie nicht, eine Handgranate im Maul oder eine Depesche am Halsband, unter feindlichem Beschuss ihr Leben riskieren, sondern dienen allenfalls dem Zoll als Drogenschnüffler, den Rettungsmannschaften als Suchhunde oder werden Blindenhunde.

Im Großen und Ganzen also führt der deutsche Hund ein ruhiges, beschauliches Leben.

Trotzdem gilt auch für Theo die Devise seiner Ahnen: Ein braver Hund denkt an sich selbst zuletzt, etwas, was bei uns Menschen beklagenswerterweise mehr und mehr aus der Mode kommt. Anders Theo. Er stellt sich in unserem kleinen Seniorenheim voll und ganz in den Dienst der guten Sache und trägt damit zu einer angenehmen Atmosphäre bei. Sogar Frau Moser begrüßt er voller Zärtlichkeit, die nun wirklich aussieht, als hätte sie schon der Storch zu unsanft durch den Schornstein geschubst. Wie wir aussehen, ist ihm egal. Er ist deshalb im Heim ein gefragtes Geschöpf, hat einen arbeitsreichen Tag, heitert die Depressiven mit seiner Anwesenheit auf, hört sich zum hundertsten Mal Frau Rabes Lamento über den missratenen Sohn an, tut unter viel Gelächter so, als verginge er bei Schwester Hannelores Anblick vor Angst, um sie dann, sich anschleichend, ins Bein zu zwicken, trabt mit der Post von Zimmer zu Zimmer, schubst Frau Weber so lange aufmunternd an, bis sie schließlich nachgibt und sich stöhnend erhebt, um ihr Laufpensum auf dem Flur hinter sich zu bringen.

Aber irgendwann ist auch für ihn Feierabend. Er rollt sich zufrieden in seinem Körbchen zusammen, wobei er allerdings tief seufzt, was aber auch an den vielen Häppchen liegen kann, die man ihm verstohlen reicht, obwohl ich es streng verboten habe. Sobald der Fernseher schweigt und das Licht gelöscht ist, kommt er mit seinem Teddy, auf dem er nachts schläft, angeschlichen und springt auf mein Bett. Und ich denke: soll er. Er hat es schließlich verdient, da muss man mit so kleinen Untugenden nachsichtig sein.

Es hat eine ganze Weile gedauert, bis unsere Heimleiterin einsah, wie wichtig Theo für die Gemeinschaft ist. Sie hatte bis dahin Hunde nur aus der Sicht des Spaziergängers wahrgenommen, der zu Haus verdrießlich seine geputzten Schuhe betrachtet, mit denen er mal wieder in einen Hundehaufen getreten ist. Auch sind nach der Hausordnung Hunde natürlich nicht erlaubt. Katzen und Vögel ja, Hunde nein. Theo jedoch ist die berühmte Ausnahme von der Regel, für dessen Gegenwart eine Begründung gefunden wurde, die gleichzeitig verhinderte, dass es nun plötzlich von Hunden bei uns wimmelte. Ja, die Heimleiterin wurde sogar eine seiner größten Bewunderinnen. Theo dankte es ihr auf seine Weise. Er trieb unermüdlich seine Späßchen mit den Bettlägerigen, sodass sie vor lauter Lachen das Klingeln und das Jammern vergaßen und die Schwestern mal in Ruhe ein Kaffeepäuschen einlegen konnten, und vollbrachte eine Glanznummer, indem er tatsächlich Frau Schwabes tagelang verzweifelt gesuchtes Hörgerät hinter der Vogeltränke im Garten entdeckte. Regelmäßiger Apportiergegenstand ist dagegen die immer wieder hinter einem anderen Kissen abgelegte Prothese von Frau Dengler-Rautenstrauch, die als Einzige in unserer Runde einen für unsere Generation noch unüblichen Doppelnamen trägt und sehr stolz darauf ist, schließlich beweist er, dass sie noch in sehr reifen Jahren einen neuen, wenn nun auch traurigerweise verstorbenen Partner gefunden hat. Frau Dengler-Rautenstrauchs Dankbarkeit gegenüber Theo färbt auch auf mich ab: Sie verzichtet immer mal wieder für einige Zeit auf ihren unermüdlich zitierten Spruch aus DDR-Zeiten: »Als Adam grub und Eva spann, wo war denn da der Edelmann?«, wobei sie mich jedes Mal trotzig ansieht. Ich habe für ihre Einstellung meinem Adelsnamen gegenüber Verständnis. Frau Dengler-Rautenstrauch hat in der DDR ewig und drei Tage zu hören bekommen, dass die zu Recht enteigneten Junker nicht nur am Krieg und überhaupt am ganzen Unglück in der Welt schuld sind, sondern ihre Angestellten auch noch wie Sklaven behandelt haben, inklusive Auspeitschen. Ja, in manchen Schlössern habe es sogar Folterkammern gegeben. Wenn sie beim Mittagessen so loslegt, werfen wir anderen uns gegenseitig verständnisvolle Blicke zu, und Frau Schwabe, die sich mit ihr duzt, sagt mit milder Nachsicht: »Nu iss man weiter, Ruthchen.« Frau Dengler-Rautenstrauch ist die Jüngste von uns, gerade mal fünfundsiebzig, aber nach einem schweren Autounfall mit dem Laufen sehr schlecht dran.

In unserem kleinen Heim gibt es nur Frauen, wir sind also ganz »entre nous« und eigentlich alle zufrieden. Nur die Wochenenden, die könnten meinetwegen abgeschafft werden, vor allem der Sonntag, der ist der furchtbarste Tag der Woche. Meist weckt er Erwartungen, die zum Schluss enttäuscht werden, sodass Theo den Seelentröster spielen muss, wofür er mit »Mon Cheri« gefüttert wird, das er verständlicherweise nicht mag, es abzulehnen jedoch zu höflich ist und es dafür umgehend wieder in sein Körbchen kotzt. Den Besuchern merkt man die vorausgegangene Diskussion an, wer aus der Familie diesmal dran ist, sodass sich, noch ehe man ein Wort gewechselt hat, eine gewisse Gereiztheit breit macht, die man besser nicht durch unbedachte Äußerungen steigert, und die Erleichterung, mit der die Nichte, die Tochter, die

Enkelin (es sind meist die Frauen der Familie) die leeren Kaffeetassen zusammenstellt und
wieder verschwindet, stimmt auch nicht gerade
heiter. Wir, die Zurückgebliebenen, können sehen, wie wir uns die Welt noch einmal zurecht-
träumen.

Geld ist bei uns allen knapp und deshalb unser
etwas älteres Heim nach heutigen Maßstäben
sehr bescheiden, aber dafür haben wir eine Heimleiterin, die ihren Beruf ernst nimmt und sich
gern über die Vorurteile der nach uns kommen-
den Generation gegen uns Alte empört und sie
geradezu rassistisch nennt. Nur was die Liebe
betrifft, hat sie, wie wir finden, keine glückliche
Hand, und wir denken insgeheim, dass sie von
den Männern zu viele innere Werte erwartet,
etwas, was die Herren bekanntermaßen nicht so
üppig im Gepäck haben. Wenn wieder einmal
der Zeitpunkt der Trennung gekommen ist, geht
man ihr besser aus dem Weg. Nur Theo darf ihr
Gesellschaft leisten.

Alles in allem kommen wir Alten gut miteinander aus, obwohl jeder von uns die wieder
und wieder erzählten Lebensgeschichten der anderen allmählich zum Hals heraus hängen, was
wir nicht immer ganz verbergen können, sodass
die Erzählende gekränkt verstummt. Nur Theo
hört ihr mit geneigtem Kopf geduldig zu und legt

der von ihren Erinnerungen Geplagten, wenn sie anfängt, weinerlich zu klingen, beruhigend und tröstend seine Pfote aufs Knie. Meine Lebensgeschichte ist da eine gewisse Ausnahme, und an öden Regentagen, wenn das Fernsehen uns Heimatfilme und Volksmusik vorenthält und weiter nichts bietet als Horrorfilme, Kakerlaken verspeisende Menschen und in die Luft fliegende Autos, möchte man gern diese und jene Anekdote von früher hören, vor allem die, in denen unser Liebling Theo oder zumindest einer seiner Vorfahren eine Rolle spielt. Auch möchte man hören, wie es denn so war im Schloss meines Onkels mit dem heldischen Theo dem Ersten, den er als Kriegshund von der Front mitbrachte.

Aber nicht immer bin ich dazu aufgelegt. Schließlich bin ich trotz meiner neunzig Jahre noch ein eigenständiger Mensch, die Einzige, die das Heim auf eigenen Füßen, wenn auch mit Hilfe eines Gehwagens, verlassen kann. Glücklicherweise liegt das Heim sehr zentral, sodass ich einerseits den großen Park ganz in der Nähe habe, andererseits das Einkaufszentrum. Meine Mitbewohnerinnen begleiten meinen Aufbruch jedes Mal mit ängstlichen Blicken und dem warnenden Ruf: »Passen Sie auf die Radfahrer auf, und denken Sie daran, dass die Ampel auf der Kreuzung sehr kurz geschaltet ist!«

»Keine Sorge«, sage ich und nehme Theo an die Leine.

Auch Frau Kruse sieht mich nur ungern das Haus verlassen. Sie sagt: »Ich will ja hier niemanden gängeln, aber Ihre gelegentlichen Asthmaanfälle machen mir doch Sorgen. Vergessen Sie bitte Ihren Püster nicht.«

Ich verspreche, vernünftig zu sein, denn schon der Gehwagen zwingt mir ein ruhiges Tempo auf. Im Park warten bereits meine Hundebekanntschaften auf mich, die mich herzlich begrüßen, überwiegend natürlich Frauen, junge und alte, die ihren Lieblingen zusehen, wie sie über den für sie freigegebenen Rasen toben.

»Sind Sie ein Fan von Vicky Leandros?«, bin ich anfangs von ihnen lachend gefragt worden, als sie Theos Namen erfuhren. Vicky Leandros ist ohne Zweifel eine großartige Person, und ihr Schlager »Theo, wir fahren nach Lodz« hat sich auch in meinem Gedächtnis eingenistet. Ich habe ihnen erklärt, dass Theo ein vererbter alter Name ist und aus jener Zeit stammt, als die Ahnen meines Hundes noch am Zarenhof lebten und ihnen das Fressen von einem Dienerjungen serviert wurde. Der Herr aller Reußen hat diesen Namen bevorzugt. Das Noble liege meinem Theo mehr im Blut, nicht so sehr im Aussehen.

Aber Aussehen und Herkunft stimmten ja auch bei den Menschen nicht immer überein.

Wie immer begrüßt Theo seine Spielgefährten mit würdevoller Zurückhaltung. Er liebt es nun mal nicht, sich gemein zu machen, auch wenn ihn gelegentliche Missgeschicke von seinem hohen Ross herunterholen, ein plötzlicher Ausrutscher auf den schlüpfrigen Bohlen eines Bootsstegs zum Beispiel, der ihn ins Wasser katapultierte. Während er total perplex wieder zum Ufer strampelte, mehr einer nassen Ratte als einem Hund gleichend, erntete ich viele vorwurfsvolle Blicke, und eine ältere Dame tadelte: »Dieses arme Tier ist doch nun wirklich zu alt, um es im Dezember ins Wasser zu hetzen.«

Ich selbst verlor vor dem Einkaufszentrum ebenfalls eines Tages das Gleichgewicht. Der Wagen rutschte mir aus den Händen, und ich schlug der Länge nach so hin, dass sich alle meine dritten Zähne lockerten und ich mich bei den hilfreichen Jungen, die mir mit einem »Nich so stürmisch, Oma« wieder auf die Beine halfen, nur verlegen nuschelnd, die Hand vor dem Mund, bedanken konnte. Dafür reichte ihnen Theo artig die Pfote, was sie mit einem freundlichen »Na, Junge, du machst es wohl auch nich mehr lange« quittierten. Als ich ihnen, die Dritten unauffällig gerichtet, dann allerdings erzählte, was für einem heldischen Geschlecht Theo entstammt und dass einige seiner Vorfahren ihrem Vaterland im Krieg gedient hätten, streichelte man ihn achtungsvoll und schenkte ihm sogar ein Wiener Würstchen.

Natürlich hat bei Theos Geburt der Kriegsgott zum Glück nicht mehr Pate gestanden, sodass er das Heldische außer Acht lassen kann und nur seine fürsorgliche Seite zur Geltung kommt. Er braucht nur ein herumtaperndes Kleinkind, von dem er annimmt, es habe sich verlaufen, zu sehen, schon stellt er sich daneben und versucht mit einem laut gebellten »Hier ist es!« die Eltern zu alarmieren. Nur selten bekommt er dafür ein Lob zu hören, meist wird er von der verständnislosen Mutter angekeift: »Hau ab, du Köter!« Ebensowenig wurde ihm gedankt, als er versuchte, eine Katze zu retten, die vor seinen Augen durch einen Graben paddelte. Er sprang hinterher und versuchte, die sich heftig Wehrende an Land zu schleppen, während die Besitzerin am Grabenrand verzweifelt die Hände rang und schrie, er solle ihr Flöhchen in Ruhe lassen. Mehr Sympathie findet er da bei einem dreibeinigen Hund im Park, der sein ständiger Spielgefährte geworden ist, weil Theo sich einbildet, dass er ihn dringend als Beschützer braucht. Dabei kann dieser Freund recht gut für sich selbst sorgen, denn er hat es faustdick hinter den Ohren und ist ein exzellenter Schauspieler. Häufig humpelt er Mitleid erregend über den Rasen, ein Bild des Jammers. Aber wenn es darauf ankommt, läuft er schneller als jeder andere. Sein Lieblingsspiel ist »Heimatlos«. Während seine schon etwas zerfledderte Herrin, auch nicht mehr die Jüngste, in wasserziehenden Strümpfen, ungeputzten, schiefgetretenen Schuhen, einem knöpfereichen Mantel, an dem die Hälfte dieser Zierde fehlt, sich die Kehle wundschreit, sitzt er am Ende des Parks, still vor sich hin zitternd, in der Nähe eines Busches, was unweigerlich das Mitleid der Spaziergänger erregt. »Armes Tier«, sagen sie. »Wie herzlos doch die Menschen geworden sind. Was ihnen nicht mehr passt, weg damit.« Sofort zittert der Dreibeinige noch stärker und schnappt gierig nach allem, was man ihm zuwirft. Dann schüttelt er sich, und plötzlich ist er verschwunden. Man sieht sich verblüfft an. Wo steckt er denn nun? Eben saß er doch noch hier. Wenn Theo seinen Freund bei diesem albernen Spiel ertappt, treibt er ihn missbilligend vor sich her zu der Herrin zurück, die ihn dafür einen lieben Theo nennt und streichelt.

Für Hundebesitzer gibt es keine Langeweile und viel Gesprächsstoff untereinander. Fast immer findet sich jemand, der sich für Theos Herkunft interessiert und dadurch auch zwangsläufig für Onkel Hasso, der einmal in meinem Leben eine so große Rolle gespielt hat, dass ich ihn trotz meiner neunzig Jahre bis heute nicht vergessen habe. Ich muss etwa drei bis vier Jahre alt gewesen sein, als ich seine Bekanntschaft machte. Ich hatte mich gerade mal wieder auf meinen Lieblingsplatz unter dem Bechstein-Flügel verzogen, um dort in Ruhe mit meiner Puppe zu spielen, als plötzlich etwas auftauchte und mir stürmisch das Gesicht ableckte. Es war Theo der Erste. Ich war mit Hunden vertraut und streichelte ihn, während er sich neben mich legte. Dann hörte ich meine Mutter lachen und vernahm eine mir unbekannte Männerstimme. Ich hörte, wie der Flügel aufgeklappt wurde, die Tasten zu klingen begannen, und sah, wie sich zwei verschieden beschuhte Füße aufeinander zubewegten und sich wechselweise berührten. Theo spitzte die Ohren und gab ein leises Knurren von sich. Prompt standen die Füße still. Von Theo gefolgt, kroch ich unter dem Flügel hervor und kletterte meiner Mutter auf den Schoß. Meine Mutter zog mir mein Kleidchen zurecht: »Das ist ihr Lieblingsversteck«, erklärte sie dem Gast, der auf Theo deutete. »Und das hier ist mein Chaperon, meine männliche Anstandsdame.«

Ich ließ mich vom Schoß meiner Mutter rutschen, ging zu dem neuen Onkel und begrüßte ihn mit einem artigen Knicks. Er gab mir einen flüchtigen Kuss, und ich fand, dass er sehr angenehm roch. Theo wiederum hatte sich zu meiner Mutter gesellt und reichte ihr seine Pfote. Sie streichelte ihn. »Wir haben doch nur ein bisschen Klavier gespielt«, sagte sie, sich amüsiert entschuldigend. »Honni soit qui mal y pense.« Wie in dieser Zeit üblich, wurde jede Unterhaltung mit reichlich französischen Vokabeln gespickt. Man machte Commissionen statt Einkäufe, nannte den Regenschirm einen Parapluie, sagte »au revoir« und »mon dieu« und wurde nicht zu einem Dinner, sondern zu einem Diner gebeten.

Diesen interessanten Onkel sollte ich jetzt häufiger sehen, und bald war er für mich nicht mehr ein fremder Erwachsener, den man schnell wieder vergaß und dem man nur artig guten Tag und auf Wiedersehen sagte, sondern jemand, der sich im Gedächtnis einnistete. Meine Mutter war noch sehr jung und früh verwitwet. Onkel Hasso war ihr Cousin, und sie waren sich sehr zugetan. Er besaß ein schönes Gut, auf dem meine Mutter und ich mit vielen anderen Gästen die Sommer verbrachten. Onkel Hasso war bei Männern wie Frauen gleichermaßen beliebt.

Er war im Ersten Weltkrieg das Hätschelkind seines Kommandeurs gewesen, der, wo es ging, seine schützende Hand über ihn hielt, obwohl das nicht immer nützte. Onkel Hasso beherrschte die Kunst des Zuhörens virtuos und gab jedem das Gefühl, großes Interesse und unendlich viel Zeit für seine Probleme zu haben, was besonders bei den Frauen großen Eindruck machte. Er war ein exzellenter Landwirt, der, ganz unüblich für die Nachbarn, auf einen Inspektor verzichtete und alles selbst lenkte, wobei er sich, wenn auch mit großer Liebenswürdigkeit getarnt, als eisenharter Geschäftsmann erwies. Für uns Kinder war er der gute Onkel schlechthin, denn bei ihm gab es kaum Verbote. Wir hatten jederzeit Zutritt zu seinem Arbeitszimmer, und wir schienen ihm nie lästig zu werden. Ich glaube, wir waren für ihn eine angenehme Geräuschkulisse und hielten ihm das ewig Weibliche, an dem er grundsätzlich großes Interesse zeigte, dann doch hin und wieder erfreulich vom Leibe. Und so blieb er, von seinem Tugendwächter Theo unterstützt, ein ewiger Junggeselle. Dabei nahm es dieser Tugendwächter, den er aus dem Krieg mitgebracht hatte, was Anstand und Sitte betraf, bei sich selbst nicht gerade genau. Oft rannten fluchende, die Mistgabel schwingende Bauern hinter ihm her, weil er den weiblichen Hofhund bedrängte, und er stromerte ganze Nächte durch die Gegend, um seine Bräute aufzusuchen. Doch was er sich selbst erlaubte, duldete er bei Onkel Hasso nicht. Besser gesagt, er riet ihm auf seine Weise energisch ab. Wenn eine Verlobung in der Luft lag, schüttelte er zum Beispiel beim Anblick des Mädchens mit einem abwehrenden »Hrrr« den Kopf, und wenn es nötig war, griff er auch zu stärkeren Mitteln. So, als sich Onkel Hasso überraschenderweise so für einen Flirt erwärmte, dass er, wie Theo wohl fand, Sinn und Verstand verlor. Dabei hatte die junge Dame nur zu einem uralten Trick gegriffen, nämlich totales Desinteresse an dem Onkel zu zeigen. Den plötzlich solidarisch vereinten Rivalinnen blieb es ein Rätsel, wie diese in ihren Augen farblose dumme Nuss es geschafft hatte, dass Onkel Hasso sie förmlich umtanzte. Aber glücklicherweise gab es ja da noch Theo. Er wusste sofort, was zu tun war, zumal es ihn kränkte, dass sich sein Herr ganz gegen jede Gewohnheit so uneinsichtig zeigte und nicht, wie sonst üblich, Theo das Urteil sprechen ließ. Er hatte ihn ihr nicht einmal wie gewohnt mit der Bemerkung vorgestellt »Das ist Theo, der Herr im Haus« und, Höhepunkt der Demütigung, schickte ihn sogar aus dem Zimmer, weil er zu knurren anfing und sich weigerte, den Gast in der üblichen höflichen Form zu begrüßen. Was nun folgte, erfüllte alle weiblichen Gäste mit tiefer Befriedigung. Mit dem Stubenmädchen, das den Sherry brachte, betrat Theo wieder das Zimmer und lief schnurstracks auf die Angebetete zu, sah sie an und ließ etwas in ihren Schoß fallen, eine tote Maus. Ihr schriller Schrei war bis in die Küche zu hören, und was sich dann an Flüchen aus zartem Mädchenmund ergoss, ließ Onkel Hassos glühende Leidenschaft auf der Stelle erkalten.

Nur einmal machte Theo eine Ausnahme. Das war, als Onkel Hasso eine junge Russin mit einer Stimme wie ein Donkosak zu Gast hatte. Theo umwarb sie förmlich, folgte ihr wie ein Schatten und verweigerte Onkel Hasso den Gehorsam, was den Onkel sichtlich kränkte. Natürlich tat ihm Onkel Hasso nicht den Gefallen, sich von ihm eine neue Herrin aussuchen zu lassen. Die junge Russin reiste fröhlich wieder ab, und als der Wagen mit ihr davonrollte, rannte Theo noch ein Weilchen hinter ihm her.

Aber nicht nur seine zahlreichen Freundinnen, sondern auch jenseits von Gut und Böse stehende alte Tanten machten sich um Onkel Hassos Zukunft Gedanken: »Willst du denn für immer ein Junggeselle bleiben?«, und priesen ihm Geschöpfe als Ehefrauen an, deren Charme sich hinter aufopfernder, mit Farblosigkeit gepaarter Tüchtigkeit leider völlig verbarg. Dummerweise erweckte Onkel Hasso gerade in den Unverwöhnten die meisten Hoffnungen, war er doch zu allem, was ihm Leid tat, besonders nett. Und so gab es auch hier kleinere und größere Tragödien.

Ich, damals etwa zehn, liebte Herr und Hund gleichermaßen und versuchte, beide ständig mit Beschlag zu belegen, was Theo weniger gefiel als dem Onkel, der mit Kindern recht gut umzugehen wusste. Nie stand er einfach auf und ging weg, ohne mich auch nur noch eines einzigen Blickes zu würdigen, wie Theo es tat, wenn er schlechter Laune war. In dieser Hinsicht hatte der Hund eine gewisse Ähnlichkeit mit meiner Mutter, die auch kaum noch Zeit für mich hatte, sobald ein neuer Verehrer auftauchte. Junge Witwen, noch dazu so hübsche wie sie, waren bei den Herren sehr begehrt. Einerseits kannten sie sich in allem recht gut aus und waren deshalb weniger anstrengend, andererseits billigte man ihnen mehr Freiheiten zu, sodass man nicht dauernd ihre Mütter auf dem Hals hatte. Der Onkel, von Eifersucht geplagt, wenn er sie auch nicht zeigte, horchte mich dann ganz gern ein wenig aus. Kommt der neue Onkel oft zu Besuch, geht meine Mutter viel aus, steht vielleicht ein neuer Vater ins Haus? Ich schüttelte heftig den Kopf. Und weil ich schon damals ahnte, dass Männer noch eitler sind als Frauen und in dieser Richtung jedes Kompliment fressen, rief ich: »Niemanden liebt sie so wie dich!«

»Nun ja«, sagte der Onkel höchst zufrieden, »weißt du, wir haben schon in der Sandkiste zusammen gespielt.« Und dann ging er an den Flügel und spielte mit rauschenden Akkorden »Das sind die Tage der Rosen«.

Onkel Hasso war ein exzentrischer Mensch und empfand es als seine Pflicht, in diesen unerfreulichen Nachkriegszeiten – Kaiser weg, Landesfürsten ohne Land, Geld ohne Wert – seine oft die Köpfe hängen lassenden Gäste aufzumuntern. Nicht jeder konnte schließlich nach Berlin fahren, um sich in Nachtlokalen, Kabaretts und Revuetheatern zu zerstreuen. Onkel Hasso sprudelte nur so vor Einfällen. Er zeigte seinen Gästen Stummfilme von Dick und Doof und mit Gloria Swanson, einer berühmten amerikanischen Diva. Er ermunterte die Gäste zu lebenden Bildern, wobei er sich nicht scheute, alles ein wenig gegen den Strich zu bürsten, sodass er die nicht gerade elfengleiche Mamsell sich als Dornröschen mit Spindel präsentieren ließ. Er arrangierte Picknicks, Schnitzeljagden durchs Schloss, Scharaden und Laienspiele. Er rezitierte berühmte Dichter, ermunterte gesanglich Begabte, ihr Können zu zeigen, wozu er sie auf dem Flügel begleitete, und übte kleine Theaterstücke ein. Das Personal hatte dadurch zwar mehr zu tun, denn es musste geräumt, dekoriert und genäht werden. Aber es war mit Begeisterung dabei und liebte die Abwechslung, ebenso wie die Gäste. Neben seinen vielen Begabungen – er war ein guter Reiter, Jäger, Klavierspieler, Organisator – beherrschte Onkel Hasso exzellent die Kunst des Schattenspiels, mit dem er besonders uns Kinder entzückte.

Theo, der Kriegshund, hatte ebenfalls eine Menge zu bieten, wenn natürlich auch nur auf seine spezielle Weise. Allein seine Biographie war schon interessant genug, und wenn Onkel Hasso uns davon erzählte und auf welche Art und Weise er ihn kennen gelernt hatte, hörte jedermann gebannt zu. Der Hund war das Geschenk eines russischen Offiziers, dem Onkel Hasso das Leben verdankte und der dann dadurch selbst in die Bredouille geriet. Der Onkel war in Feindesland auf Patrouille, als ihn etwas traf, was ihn ohnmächtig vom Pferd fallen ließ. Glücklicherweise war die ihm bestimmte Kugel am Helm abgeprallt, aber der Schlag war kräftig genug, um ihn außer Gefecht zu setzen. Als er wieder zu sich kam, war er umringt von russischen Soldaten, die ihre Bajonette drohend auf ihn richteten und ihm erst auf den Befehl ihres Offiziers hin wieder auf die Beine halfen. Der Offizier lachte. »Das war knapp, Kamerad«, sagte er in fließendem Deutsch. »Meine Jungen haben noch nie ein Monokel gesehen. Das hat Ihnen das Leben gerettet.«

Der Offizier brachte ihn zum Gefechtsstand, wo er von anderen russischen Offizieren überaus herzlich begrüßt wurde und ein fröhliches Saufgelage begann. Dabei erfuhr er auch einiges über den Hund, der neben dem Offizier saß und Onkel Hasso kritisch musterte. Er war anscheinend ein Geschenk des Zaren an diesen jungen Mann, angeblich sein Patenkind, und es waren Wunderdinge von ihm zu berichten. Onkel Hasso hörte staunend zu. Mit der Zeit wurde ihm allerdings zunehmend mulmig zumute, denn der »Feind«, der anscheinend vom Krieg ebenso die Nase voll hatte wie die meisten Deutschen, schien sich der Gefahr, in der er sich befand, gar nicht bewusst zu sein. Dabei hatte Onkel Hassos Kommandeur bestimmt längst eine zweite Patrouille losgeschickt, um nach dem Vermissten zu suchen. Und so hörte er nur mit halbem Ohr zu, wie der Russe mit zärtlicher Begeisterung seinen Hund anpries, der es verstand, sich an Scharfschützen lautlos heranzuschleichen und sie mit einem kräftigen Biss außer Gefecht zu setzen, sich wie der Blitz lautlos und unauffällig durch die feindlichen Linien bewegte und eine mit Minen gespickte Brücke instinktiv erkannte und vor ihr warnte, indem er sich strikt weigerte, sie zu betreten. Seine edle Abstammung – die Rasse wurde extra für den Zaren gezüchtet – machte sich auch in einem verfeinerten Geschmack bemerkbar. Pferdefleisch ließ er voll Verachtung liegen, gar nicht zu reden von irgendwelchen angegammelten Resten. Ein wirklich hoch sensibler Hund, der, kaum hatte der Offizier diese Worte gesprochen, seinen sechsten Sinn unter Beweis stellte, indem er plötzlich durchdringend zu jaulen anfing. Ehe die etwas benebelten Gastgeber begriffen, was los war, waren sie bereits umzingelt und hatte sich die Lage für Onkel Hasso grundlegend geändert. Aber recht froh machte es ihn nicht, denn der nette Russe verlor sein Leben, und es erwies sich für den Onkel als außerordentlich schwierig, den trauernden Hund von ihm wegzulotsen und ihn mitzunehmen.

Das letzte Kriegsjahr verbrachte der Onkel im Stellungskrieg an der Westfront, und auch hier sorgte Theo dafür, dass sein Herr aus diesem

Schlamassel wieder heil zurückkam, indem er ihn mehrmals daran hinderte, den Kopf über den Grabenrand zu strecken und so ein Opfer von Scharfschützen zu werden. Er hatte ihn in Schlamm und Dreck gewärmt und ihm, wie seinem Herrn früher, als Kurier gedient. Ja, Theo war mehr als ein Held und hatte sogar mehrere Auszeichnungen bekommen, an deren augenblicklichen Verbleib sich der von uns bestürmte Onkel – denn wir wollten die Orden sehen – leider nicht genau erinnern konnte. Aber, wie er nicht oft genug versichern konnte, Theo war ihm das Liebste auf der Welt, und wir glaubten es ihm gern. Am Ende dieser Geschichte durfte Theo uns zeigen, was in ihm steckte, eine Leiter heraufklettern, flattrige, aufgeregte Hühner in den Stall jagen oder einen kleinen Handwagen ziehen. Wir bewunderten ihn sehr, obwohl er vielleicht manchmal in seinem Ehrgeiz ein bisschen zu weit ging, indem er Dinge apportierte, die wohl nicht so sehr für die Allgemeinheit gedacht waren, wie das beiseitegelegte Toupet eines älteren Gastes, der sich für ein kurzes Schläfchen in sein Zimmer zurückgezogen hatte und noch allgemein für sein dichtes Haar bewundert wurde, oder die Schachtel mit den Dragees, die Liebeskraft und Leidenschaft versprachen, und einen mit Hennessy gefüllten

Flachmann, an dessen Monogramm der Besitzer unschwer zu erkennen war.

Natürlich hatte der vielgeliebte, vielbewunderte Onkel Hasso auch seine Schattenseiten, wozu unter anderem gehörte, dass er sich gern vor Unangenehmem drückte und sich nur schwer entschließen konnte, reinen Tisch zu machen, wenn das Liebesfeuer bei ihm erloschen war. Und hatte er sich endlich dazu durchgerungen, suchte er sich die unmöglichsten Gelegenheiten dazu aus, zum Beispiel eine Beerdigung, wo er bei dem Spruch des Pastors: »Erde zu Erde, Asche zu Asche«, der Freundin zumurmelte, dass es nun nicht nur den armen Verstorbenen erwischt habe, sondern auch seine Liebe. Oder eine Hochzeit, bei der die sich schon heimlich als Verlobte Fühlende seine Tischdame war und seine abrupte Beichte ihr so auf den Magen schlug, dass sie auf das vielgepriesene Dessert der Mamsell verzichten musste, was diese ihr sehr übelnahm. Doch die Krönung war eine Bootsfahrt zu zweit auf dem Bodensee, zu der er die Unglückliche eingeladen und damit ihren romantischen Gefühlen erneut Nahrung gegeben hatte und die er doch nur als glänzende Gelegenheit ansah, ihr reinen Wein einzuschenken. Unprogrammgemäß gerieten sie dabei in einen Sturm, und während sich die Ahnungslose vol-

ler Angst an ihn klammerte, sagte er, sie mühsam festhaltend: »Das ist das letzte Mal, dass wir
etwas gemeinsam unternehmen«, was es ja auch
fast geworden wäre. Was ihn dazu brachte, so
grausam zu sein, konnte niemand enträtseln.
Onkel Hasso war eben manchmal ein tiefes
Wasser, ebenso wie Theo, den der Förster zu seinem sprachlosen Entsetzen dabei ertappte, dass
dieser Hund, der normalerweise an keinerlei
Wild Interesse zeigte, plötzlich und aus heite-
rem Himmel einen jungen Hasen riss und ihn
vor seinen Augen verschlang.

Meine kindliche Zuneigung zu diesem Onkel
verwandelte sich, als ich fünfzehn war, von
einem Tag auf den anderen in eine rasende Ver-
knalltheit. Glücklicherweise merkte meine Mutter nichts davon, weil sie selbst mit dem Thema
Liebe sehr beschäftigt war, und als ich unbedacht
begeistert sagte: »Weißt du, Mami, Onkel Hasso ist einfach himmlisch« und dabei knallrot
wurde, machte sie das nicht stutzig, sondern sie
sagte nur, ganz damit beschäftigt, ihre Sommer-
garderobe zu mustern: »Mir schäkert er ein
bisschen zu sehr mit euch Küken herum.«

Onkel Hasso dagegen bemerkte sofort, was
die Glocke geschlagen hatte, meine Befangen-
heit, mein Sichaufspielen in seiner Gegenwart,
mein albernes Gekicher, und fand es anschei-

nend höchst interessant, meine Gefühle noch zu
schüren. Er behandelte mich zuvorkommender
als sonst und mit all jenen Artigkeiten, die er
normalerweise an Kinder nicht verschwendete.
So legte er mir eine Rose auf den Frühstücks-
teller, bot mir eine Zigarette an, nahm sachte
meine Hand, um einen Kuss daraufzudrücken,
und legte häufiger als sonst den Arm um meine
Schulter, was Theo mit einem missbilligenden
Knurren beobachtete. Wenn ich mir jetzt die
wenigen geretteten Fotos von damals betrachte,
kann ich nur staunen, denn ich war ein etwas
pummeliger Backfisch mit teigigem Gesicht,
zwei dünnen Zöpfen, einem schlecht sitzenden
Büstenhalter, und meine dürren Beine endeten
in zwei außerordentlich großen Füßen.

In diesem bemerkenswerten Sommer war
meine Mutter häufig abwesend. Aber abgesehen
vom Personal, das seine Augen überall hatte,
sorgte schon Theo, die männliche Anstandsdame, dafür, dass sich des Onkels Verhalten in
gewissen Grenzen hielt, was dem inzwischen
schon etwas kurzatmig und taperig gewordenen
Hund bei den vielen Treppen nicht ganz leicht
fiel. Doch er kannte seine Pflichten. Wenn wir
uns in seiner Gegenwart auf Bänken und Sofas,
beabsichtigt oder unbeabsichtigt, zu nahe kamen, drängte er sich energisch dazwischen, und

auch trauliche Spaziergänge zu zweit duldete er nicht. Vergeblich versuchte der Onkel ihm ein Schnippchen zu schlagen, aber durch welche der vielen Türen wir das Schloss auch verließen, Theo war zur Stelle. Er fand uns überall, im Park, im Stall, in der Bibliothek oder im Weinkeller. In diesen Momenten hasste ich Theo, aber der Onkel zeigte weiterhin ein gewisses Verständnis, streichelte ihn und sagte: »Na, Theo, für dich gilt wohl auch die Devise: Dabeisein ist alles.« Trotzdem versuchte er, ihn loszuwerden, und benutzte die gute Gelegenheit, ihn, als er uns durch die oberen Stockwerke folgte, in einem abgelegeneren Raum einzusperren. Doch unser Glück war nur von kurzer Dauer. Theos rasendes Bellen rief den Diener herbei, der ihn wieder herausließ. Im nachhinein glaube ich, dass der Onkel Theo eher dankbar dafür war. Schließlich war ich noch ein halbes Kind und dazu die Tochter seiner besten Freundin. Auch hatten die anderen Gäste natürlich längst bemerkt, dass ich ihn anhimmelte.

Mir genügte, was er mir bot, und für mich wurde es der schönste Sommer meines Lebens, bis die Rückkehr meiner Mutter der Idylle ein Ende bereitete und Onkel Hasso sich beeilte, das Rad zurückzudrehen, und sich wieder in den netten lupenreinen Onkel verwandelte. Ich nahm es betrübt zur Kenntnis, und als Trost verriet er mir sein größtes Geheimnis und ließ mich alle Eide dieser Welt schwören, es nie irgendjemandem zu verraten, was mich mit großem Stolz erfüllte. Aber es war weniger der Schwur, der meine Lippen versiegelte, sondern eher meine inzwischen nicht mehr ganz so arglose Mutter. Sie tat alles, um das Feuer zu löschen, und das auf eine für mich wenig angenehme Weise, sodass mir kaum Zeit blieb, mich meinem Liebesschmerz hinzugeben, und Theo ins Hintertreffen geriet. Nach Berlin zurückgekehrt, sorgte sie nämlich dafür, das Blühende in mir durch fleißiges Lernen, Helfen im Haushalt und gute Taten, zum Beispiel als Vorleserin einer alten Tante, zu ersticken. Die Tante liebte Romane von Thea von Harbou, und ich las:

>»Kate hatte den Arm aufs Knie gestemmt und ihr Kinn in die Hand gelegt.
›Soll ich nun sprechen?‹, fragte der Mann behutsam.
›Ja, ja.‹
›Ich glaube, Sie lieben Ihr Vaterland sehr, Miss Kate, nicht wahr?‹
›Weiß Gott.‹
›Sie lieben es, weil Sie an seine Zukunft glauben. Ist es das?‹«

Die Tante griff nach dem Taschentuch, und mir ging es beim Gedanken an Onkel Hasso wie Wilhelm Buschs frommer Helene: »… wenn's irgend möglich ist, so komm und trockne meiner Sehnsucht Tränen. Zehntausend Küsse von Helenen.« Die Zukunft des Vaterlandes war mir, ehrlich gesagt, ziemlich schnurz. Dazu kamen noch die öden Nachmittage, wenn Mama ihre Bridgedamen versammelte und ich dazu ausersehen wurde, mit liebenswürdigem Lächeln Gebäck und Getränke anzubieten. Natürlich konnte ich es nicht lassen, dem Onkel einen zwar harmlosen, aber doch mit vielen Anspielungen gespickten Brief zu schicken, auf den ich nie eine Antwort bekam. Zwar hatten auch wir ein Telefon, aber das ohne Erlaubnis zu benutzen hätte ich nie gewagt.

Den nächsten Sommer verbrachten meine Mutter und ich bei einem unserer zahlreichen Verwandten auf dem Lande, wo sich auch andere Kusinen und Vettern fröhlich die Zeit vertrieben. Ich war nun nicht mehr ganz so pummelig, konnte stolz endlich den gewünschten Bubikopf vorzeigen und schien im Ganzen ansprechender zu wirken, was vielleicht daran lag, dass ich Tanzstunde gehabt hatte und auf diesem Gebiet, wie die Vettern fanden, durchaus talentiert war. Es wurden sehr vergnügte Wochen, die mich zwar den Onkel nicht ganz vergessen ließen, aber meine Sympathie doch in das normale Maß zurücklenkten. Bis ich das erste Telegramm in meinem Leben bekam, in dem es hieß: »Mein über alles geliebter Theo ist tot. Beerdigung morgen. Schicke dir den Wagen.«

Meine Mutter schüttelte den Kopf. »Nur exzentrisch kann man das ja wohl kaum noch nennen.« Aber sie erlaubte mir, an der Beerdigung teilzunehmen.

Onkel Hassos Gut lag zwar nicht gerade um die Ecke, aber für ein Auto war es kein Problem. Pünktlich näherte sich der schwarze Horch mit einem Chauffeur in Livree dem Schloss meiner Verwandten. Schon allein diesen Anblick fand ich pyramidal, und einer meiner Vettern sagte zu meiner großen Freude neiderfüllt: »Mann, hast du ein Schwein, in so einem Schlitten möchte ich auch mal fahren.« Dummerweise erlaubte meine Mutter mir nicht, ein von einer älteren Kusine geerbtes, großzügig ausgeschnittenes schwarzes Glitzerkleidchen zu tragen, das mir mit meinem leicht lockigen Bubikopf, wie ich fand, große Ähnlichkeit mit der Filmschauspielerin Lilian Harvey verlieh. Und auch die dazugehörigen Pumps wurden mir nicht bewilligt. So war es denn ein dunkelblaues, sittsam langärmliges Bleyle-Kleid mit weißem Krägelchen, in dem ich mich mit weißen Söckchen und festem Schuhwerk Größe zweiundvierzig bedripst ins Auto schlich, und zu allem Überfluss sagte meine Mutter noch zu dem Chauffeur: »Sagen Sie dem Herrn Baron, ich möchte meine Tochter spätestens um neun Uhr wieder zu Hause sehen.« Der Chauffeur tippte mit einem Nicken an seine Mütze und fuhr los.

Onkel Hasso brachte es tatsächlich fertig, die Beerdigung eines Hundes zu einem gesellschaftlichen Ereignis zu machen, von dem man in der Gegend teils amüsiert, teils auch befremdet noch lange sprach. Immerhin, gab man zu, Theo war ein außergewöhnlicher Hund, ein Kriegsveteran sozusagen, mit einem Orden ausgezeichnet, der dummerweise nach wie vor nicht aufzufinden war. Als ich das Schloss betrat, waren bereits eine Menge Leute versammelt, unter denen ich mir ziemlich verloren vorkam. Auch Onkel Hasso war mit dem reibungslosen Ablauf der Beerdigung zu sehr beschäftigt, um sich um mich zu kümmern, und fand nur ein paar freundliche Worte für mich.

Theos letzte Ruhestätte lag unter einer schattigen Eiche, nicht weit von jener Bank, auf der wir für Theos Geschmack zu dicht beieinander saßen. Daran musste ich denken und wie romantisch alles gewesen war, natürlich auch an den sich ständig flöhenden Theo, und ich merkte zum ersten Mal in meinem Leben, was das Wort »vorbei« bedeutet. Der Onkel sprach ein paar bewegende Worte, und der Förster blies zum Abschied das Signal: »Jagd vorbei.« Onkel Hasso bekam nasse Augen, und auch unter den Gästen wurden die Taschentücher gezückt.

Wie immer bei Beerdigungen, ging es anschließend beim Leichenschmaus sehr angeregt zu, wozu wahrscheinlich auch der reichlich ausgeschenkte Sekt der Witwe Clicquot beitrug. Zum Abschluss klopfte Onkel Hasso an sein Glas und verkündete uns eine Überraschung, verließ den Speisesaal und kam wenige Minuten später mit einem wuscheligen Etwas auf dem Arm zurück, das er uns als Theo den Zweiten vorstellte, einen trotz seiner Jugend schon recht kiebigen Welpen, dem deutlich die edle Abstammung anzumerken war. Es gab anerkennenden Beifall. Bevor die Gäste aufbrachen, wurden sie vom Hausherrn noch einmal in die Ahnengalerie gebeten, wo zwischen in Öl festgehaltenen Vorfahren nun auch Theo hing. Von einem bekannten Maler porträtiert, blickte er uns würdig an. Während Onkel Hasso und ich gemeinsam einige nachdenkliche Minuten vor dem Bild des Toten verbrachten und der Onkel seinen Arm mehr zerstreut als zärtlich um mich legte, kehrte der alte Zauber zurück. Plötzlich fiel mir wieder das Geheimnis ein, das er mir anvertraut hatte. Ich drückte sanft seinen Arm, und mit einem eher verlegenen als verschwörerischen Lächeln, denn irgendwie kam mir das Ganze jetzt reichlich albern vor, sah ich ihn an und legte meinen Finger auf die Lippen, was er verdutzt zur Kenntnis nahm. Aber schnell wandte er sich wieder seinen Gästen zu, und ich wurde ins Auto verfrachtet und zu meiner Mutter zurückgebracht.

Mein weiteres Leben hätte man in meiner Generation als »ohne besondere Vorkommnisse« bezeichnet. Meine Hochzeit fand kurz vor dem Einmarsch in Polen statt, ich bekam eine Tochter, mein erster Mann fiel, und auch meinem zweiten gab das Leben keine Chance. Ich machte noch die Bekanntschaft von Theo dem Dritten, dann wurde meine Verbindung zu dem Onkel von der näherrückenden Front unterbrochen. Als ich ihn zum letzten Mal sah, den Patenonkel meiner Tochter, meinen Mädchenschwarm, war er ein kranker Mann geworden und deshalb von der Wehrmacht entlassen. Aber zuhören konnte er immer noch, wunderbar Klavier spielen und die verrücktesten Geschichten erzählen. Er verschwand bei Kriegsende wie das Schloss, das in

Flammen aufging, und mit ihm eine Welt, in der er, wie die Nachbarn fanden, ein seltsamer Paradiesvogel gewesen war, charmant, witzig, großzügig, aber doch irgendwie reichlich merkwürdig. Theo der Dritte trat übrigens noch in die Pfotenstapfen seines Großvaters: er wurde Soldaten, die das Augenlicht verloren hatten, als Blindenhund zugeteilt. Theo der Vierte landete bei Freunden von mir, die nach Irland auswanderten und dort eine Hundezucht begannen. Sie brachten mir vor Jahren meinen Theo mit. Mit ihm schließt sich für mich der Kreis.

Um seine Zukunft muss ich mir keine Gedanken machen, was ja in meinem Alter durchaus angebracht wäre. Frau Kruse hat mir fest versprochen, für ihn zu sorgen. Auf Frau Kruse kann man sich verlassen, sie hält noch viel von Zuverlässigkeit, Pünktlichkeit und Ehrlichkeit, und gerade wir Älteren, hat sie gesagt, sollten ein Zeichen setzen, wobei sie wohl mein Alter kaum gemeint haben kann, denn ich bin ihr ein halbes Jahrhundert voraus.

Während ich so mit Theo durch den Park stolpere, um mir auf den Bänken meine Zuhörer zu suchen, wobei mein Redefluss immer häufiger von einem klingelnden Handy des Opfers unterbrochen wird, fällt mir plötzlich siedendheiß ein, dass am Spätnachmittag meine Tochter Dorothee kommen will, die schnell gekränkt ist, wenn sie mich nicht in froher Erwartung vorfindet. Ein Blick auf meine Uhr sagt mir, dass ich mich beeilen muss, um pünktlich zu sein. Mit dem unwilligen Theo an der Leine mache ich mich hastig auf den Rückweg und erreiche gerade noch den rettenden Hafen. Zehn Minuten später erscheint Dorothee, und ich sehe ihr an, dass das ein ungemütlicher Besuch werden wird. Und da legt sie auch schon los. »Mama«, sagt sie mit Betonung auf der ersten Silbe und hat wieder dieses entrüstete Tremolo in ihrer Stimme, sodass Theo sich in sein Körbchen verzieht. »Mama, warum tust du so was? Ich hab mich ja halb zu Tode geschämt, als ich davon gehört habe.«

»Was denn?«, frage ich unbehaglich, denn die Fehler der Mütter sind für die Töchter ein Alptraum und verdienen nicht dieselbe Nachsicht wie die der eigenen Kinder.

»Warum erzählst du überall rum, dass Theo vom edelsten Blut ist, wie du es nennst, und seine Vorfahren am Zarenhof sozusagen von goldenen Tellern gespeist haben? Du hast Theo aus dem Tierheim geholt, tu nicht so, als wenn du das nicht mehr weißt! Warum kannst du nicht einmal bei der Wahrheit bleiben und alles so erzählen, wie es passiert ist?«

Meine Tochter hat es sehr mit der Wahrheit, und ausgerechnet dieses arme Kind ist mit einer Mutter belastet, die der Phantasie den Vorzug gibt. Meine arme Dorothee, die stramm auf die sechsundsechzig zugeht, pflichtbewusst, zuverlässig und immer zur Stelle, aber im Beruf zu gutgläubig und in der Liebe zu nüchtern, ein Kriegskind eben, dem statt eines über die Wiesen hoppelnden Osterhasen ein Tiefflieger entgegenbrauste und das den Christbaum als Leuchtzeichen feindlicher Bomber am Himmel kennen gelernt hat. Sie ist nie so ganz von mir losgekommen, ungerecht behandelt fühlte sie sich von Kindesbeinen an. Aber die Zeiten waren nun mal hart. Ich konnte sie doch unmöglich in der Flüchtlingsbaracke auf der Matratze, wenn Alt und Jung versuchten, Schlaf zu finden, die halbe Nacht »Dornröschen war ein schönes Kind« singen lassen und auch nicht dulden, wenn sie eines der wenigen Klos zur Puppenstube umfunktionierte.

»Du und deine Wahrheit«, sage ich. »Erzähl zehn Leuten dein Leben, und jeder wird sich die Dinge anders herauspicken.«

»Na ja«, sagt meine Tochter. »Ich werd hier jetzt erst mal ein bisschen Ordnung machen. Die alten Zeitungen können doch wohl weg.«

Ich nicke und denke, vielleicht ist ja Onkel

Hasso damals nicht umgekommen, sondern ein rescher weiblicher Offizier der roten Armee hat ihn, von seinem Charme entzückt, mit nach Russland geschleppt, damit er dort seine Geschichten erzählt, vor allem von Theo, dem Kriegshund, von dem nur ich weiß, auch wenn ich es gern vergessen würde, dass er keineswegs in einem kaiserlichen Palast geboren worden ist, sondern vierundzwanzig Stunden am Tag, angekettet, verdreckt und verkommen, einem russischen Bauern als Hofhund diente, bevor ihn der Onkel mitnahm und dressierte. Er war zwar mit dem Onkel im Feld, aber einen Orden hat er wohl ebensowenig bekommen wie Theo der Zweite bis zu Theo dem Vierten seine Nachkommen waren. Aber einer Sache bin ich mir ganz sicher: Die Geschichte mit dem russischen Offizier und dem Monokel ist auf jeden Fall die reine Wahrheit.

Dorothee bleibt nicht lange. Als sie gegangen ist, plagen mich Schuldgefühle. Das arme Kind, nun selbst auf dem Weg zur Greisin und immer noch die Mutter am Hals. Theo schmiegt sich tröstend an mich, meine Tränen tropfen auf seinen Wuschelkopf. Er sieht mich liebevoll an, und sein Blick scheint zu sagen: »Keine Bange, Rasse hin, Rasse her, Hunde sind in Zukunft die seelischen Zivis bei euch Alten.« Und dann bringt er mir die Haarbürste. Ich weiß sofort, was er damit sagen will: »Zeit für dich, mal wieder dein Haar zu richten.«

Der Glückspilz
und andere Überlebensgeschichten

PIPER

Inhalt

Das Zauberwort 7

Der Glückspilz 25

Der Zahn der Zeit 41

Der Notnagel 54

Das gute Kind 67

Eins rauf mit Mappe 83

Wo keine Grenze wehrt 98

Es wird alles gut 113

Die Klagemauer 134

Das grüne T-Shirt 152

Das Ende vom Lied 173

Löwe im Haus 193

Das Zauberwort

Der Herbst ist auch nicht mehr das, was er einmal war. Kein weiter Himmel mit von der Sonne angestrahlten, majestätisch dahinsegelnden Wolkengebilden und leuchtendem Laub, stattdessen Regen, Regen, Regen, der den Keller wie seit hundert Jahren unter Wasser setzt, die Praxis des Dorfarztes füllt und die Kühe auf den Koppeln traurig vor sich hinlotzen lässt, darunter auch neuerdings ein zwei Tage altes Kälbchen eines Öko-Bauern, bei dem die Kühe auf der Koppel kalben. Dem Großvater, auf seinem Spaziergang durch die Marsch, tut das Kälbchen Leid, das da platt wie ein nasser, schwarzweiß gemusterter Kopfkissenbezug im Gras liegt. Doch das Wundern über solch neumodischen Kram hat er sich längst abgewöhnt. Man soll ja jetzt sogar schon Babys ins Wasser werfen, wo sie angeblich gleich munter davonschwimmen.

So gehen die Tage dahin mit Gelassenheit, aber ein wenig langweilig. Die Jahresreise haben die Großeltern hinter sich, und mit jedem Jahr liegt das anvisierte Ziel näher. Lange Flüge traut man sich nicht mehr zu. Die neuen Bundesländer tun es auch, da gibt es viel zu entdecken und sich zu erinnern. Nur regnen tut es dort ebenso häufig.

Im Haupthaus verläuft ein Tag so ziemlich wie der andere. Auch das Gespräch am Frühstückstisch: «Haben wir Post?» – «Was planst du für den Vormittag?» – «Was gibt es zu essen?» Zum Ärger der Großmutter, die noch mit Passion Briefe schreibt, lässt man sich mit den Antworten viel Zeit und reagiert, wenn überhaupt, erst Monate später auf Geburtstags- und Weihnachtsgeschenke. Das Zauberwort, mit dem sie aufgewachsen ist, scheint verloren gegangen zu sein.

Sie muss unbedingt zum Friseur, der Großvater zur Bank. Ja, er wird auch den Fisch besorgen, den es heute Mittag geben soll. Außerdem muss er mit dem Hund zum Tierarzt, dem kleinen Liebling gehen die Haare aus. Der Hund sorgt für den lebensnotwendigen Ärger. Er kneift gern aus, gehorcht so gut wie überhaupt nicht oder nur, wenn ihm danach ist, und bekurt die wieder einmal läufige Dackeldame der Enkelkinder, die mit ihren Eltern in der umgebauten Scheune wohnen. Niemals wird der Großvater zugeben, dass dieses Tier keinen Appell hat. Aber seine Jagdprüfung hat er mit Bravour bestanden. Kein Wasser ist ihm zu tief und kein Keiler zu grimmig, wenn es ihn denn gäbe. Dass der Hund vor dem Staubsauger, dem Rasierapparat und einem aufgespannten Regenschirm in Panik gerät, steht auf einem ganz anderen Blatt.

Wenn man dann von seinen vielen Aktivitäten recht erschöpft – Staus, Schlangen an der Kasse, Warten beim Friseur, beim Tierarzt, und auch der Bankberater ließ sich Zeit – zurückgekehrt ist, begutachtet man den gekauften Fisch mit der «Seele des Hauses». Sie gehört seit vierzig Jahren dazu und hat ihre Rechte. Eins davon ist, sich nicht reinreden zu lassen, wenn sie kocht. Ihre besondere Spezialität ist Rehrücken, der, wie die Gäste betonen, in seiner Köstlichkeit in keinem Fünf-Sterne-Hotel zu haben ist. Auch nicht der Fisch, gekocht oder gebraten. Diesen hier befindet sie nach eingehender Musterung für gut, und der Großvater ist erleichtert. Sie hat die Großeltern und den von ihr gefütterten Hund fest im Griff. Im Haus kennt sie sich aus, als wäre sie dort geboren. Was immer verloren scheint, sie findet es, und, wie es sich für Verlorenes gehört, an den unmöglichsten Stellen: den Autoschlüssel in der Bettritze, das Armband in der Küchenschürze, die Brieftasche im Papierkorb. Verstimmungen gibt es über die verschiedenen Auffassungen von Pünktlichkeit. Jedes Mal, wenn das Essen auf dem Tisch steht, ist der Hausherr verschwunden. Kaum ist er am Platze, zieht es die Hausfrau zum Telefon. Doch heute folgt man dem Ruf der Seele des Hauses auf der Stelle. Der Fisch schmeckt vorzüglich, nur die Kartoffeln sind wie immer knapp. Niemand weiß den Grund, sie bleiben knapp und damit basta. Trotz der Pünktlichkeit herrscht dicke Luft in der Küche. Der Hausherr hat wieder Falläpfel herangeschleppt, aus eigener Ernte, ungespritzt, wenn auch recht klein. Er rühmt sich sehr, dass er sie aufgehoben hat. Aber die Verwertung ist nicht Männersache.

Zusammen ergeben alle drei weit über zweihundert Jahre, und so ist es mit dem Gehör nicht mehr zum Besten bestellt und die Unterhaltung laut. Die Seele des Hauses findet, es gibt hier viel zu tadeln. Nie ist der Kühlschrank richtig zu, und es tropft, die Ordnung in der Gefriertruhe ist für die Katz, weil der Großvater ungeduldig darin herumwühlt, und die Großmutter, mit der sie noch zusammen zur Schule gegangen ist, hat im Alter den Wäschetick. Schon wieder läuft die Waschmaschine, und wo bitteschön soll sie bei dem Wetter mit der Wäsche bleiben? Mehr als arbeiten kann sie nicht, und sie hat auch nur zwei Hände.

Am nächsten Tag gibt es deshalb Resteverwertung. Der Großvater sinnt, über den Teller mit Nudeln gebeugt.

«Nun, er wird schon wieder steigen», sagt die Großmutter beruhigend, «der Euro.»

«Wie kommst du auf den Euro?» Der Großvater ist verdutzt. «Ich überlege gerade, was wir zum Abendbrot essen könnten.»

Zum Tee erscheint die geliebte Enkeltochter, um von ihrer Party zu berichten. Sie wird am Sonnabend stattfinden, und nun dieses Wetter! Es ist zum Mäusemelken. Sie kuckt ganz unglücklich und wird von den Großeltern getröstet. Aber man hat einen Gesprächsstoff, selbstverständlich interessiert die

Party auch die Großeltern sehr. Allein die Planung Wochen davor! Es gab so viel zu bedenken, das Essen, die Getränke, ein Diskjockey sollte es möglichst sein, das bringt Schwung in die Sache. Zu Zeiten der Großeltern gab es so was nicht. Schon Grammophonnadeln waren im Krieg äußerst knapp und die Schallplatten oft reichlich zerkratzt. Man tanzte nach Schmachtendem, nach Tango, Polka, Walzer und, wenn irgend möglich, dem verbotenen Lambethwalk.

Einladungskarten sind entworfen worden, die Meinungen über guten Geschmack waren nur schwer unter einen Hut zu kriegen. Nach langem Hin und Her entschied man sich für leicht bekleidete Loriot-Figuren, denen man die Köpfe der Gastgeber, der beiden Enkelkinder, verpasste. Die Liste der Einzuladenden wurde lang und länger. Bei achtzig legte die Mutter ein Veto ein. Man einigte sich schließlich auf fünfundachtzig. Nachdem die Einladungen losgeschickt waren, hatte man das Ganze erst mal ad acta gelegt. Es war ja noch so viel Zeit, fast acht Wochen. Die Gäste sagten zu, sagten ab, die Absager sagten wieder zu, Wochen ging es hin und her. Doch die Gastgeber, die Enkelkinder, hatten die Ruhe weg. So was gehört eben dazu. Man muss flexibel sein. Die Erste, die nervös wurde, war die Mutter – «Es ist eure Party, ich sage ja nichts. Aber ich würde an eurer Stelle nun mal langsam mit den Vorbereitungen anfangen.»

Der Enkelsohn hatte in großer Ruhe seinen Koffer für das Internat gepackt. Immer diese Hektik! Er wusste die Vorbereitungen in den Händen seiner Schwester gut aufgehoben.

Aber nun bricht die Hektik wirklich aus. Keine Zeit mehr für Big Brother und ähnlichen Unfug. Und auch Großvaters Spruch «Immer mit der Ruhe und dann mit'm Ruck» ist jetzt nicht mehr angebracht. Dafür bewundern die Großeltern reichlich den neuen Rock der Enkeltochter, denn darin sind sie sich völlig einig: Mit ihren Enkeltöchtern können andere Mädchen nicht konkurrieren. Trotzdem sind sie ein wenig besorgt über die Zeitknappheit und die noch anstehende Arbeit. Aber das Kind zeigt keinerlei Nervosität. «Keine Bange, das schaffen wir schon. Nur Mami ist mal wieder echt nervig und macht Stress.»

«Das soll sie wohl», sagt die Großmutter, rührt in der Kaffeetasse und sieht versonnen nach draußen, wo es geradezu schüttet.

Die Haustür klappt, die Schwiegertochter kommt hereingehetzt. «Habt ihr noch 'ne Tasse Tee?» Und zu ihrer Tochter gewandt: «Dass du hier noch so ruhig sitzen kannst, ist mir ein Rätsel. Aber ich sag ja nichts, es ist eure Party. Ihr müsst selber sehen.»

«Tun wir auch», sagt das Kind und verschwindet.

Die Schwiegertochter rollt mit den Augen. «Ich sage euch, es wird ein Fiasko geben.» Und dann zählt sie auf, was noch alles zu tun ist: Die Scheune muss ausgeräumt, die Pferde müssen ausquartiert und der Pferdestall muss einigermaßen hergerichtet werden, damit man dort essen kann. «Und das», sagt sie, «ist nur ein Bruchteil von dem, was uns noch erwartet.» Sie verabschiedet sich wie ein ins Feld ziehender Krieger.

Der Großvater ist voller Mitleid, so dass die Großmutter einen günstigen Moment sieht, ihm etwas beizubringen, von dem er, wie sie weiß, nicht begeistert sein wird: «Die Mädchen werden im Haupthaus schlafen.»

Prompt verschluckt sich der Großvater an dem Stück Apfelkuchen, dessen Boden mal wieder viel zu dick ist. Der junge Bäcker kriegt das einfach nicht hin. «Vierzig Mädchen? Wo willst du die denn alle unterbringen?»

«Ganz einfach», sagt die Großmutter, von zarter Statur, aber mit eisernem Willen. «Wir räumen die Zimmer aus.»

Die vor zwei Tagen angereiste Freundin der Großeltern, kinderlos, aber bis zum Hals mit Weisheiten über Kindererziehung gespickt, mischt sich ein. «Mit dem Hausschlüssel, da müsst ihr euch aber etwas einfallen lassen.»

Während die Großeltern ins Grübeln kommen, wie man das regeln könnte, wenn vierzig Mädchen ständig hin- und herwandern, erinnert sich die Freundin, wie das hier mal vor fünfzig Jahren ausgesehen hat, als es von Flüchtlingen wimmelte. Jedes der Zimmer beherbergte eine Familie, und in den Fluren stapelten sich Kisten und Koffer, denn es hatte sich schnell unter den Vertriebenen herumgesprochen, dass hier noch die Devise galt: Des Hauses Ehr ist Gastlichkeit. Zunächst kam das Haus bei diesem Ansturm fast aus dem Tritt, und auf das Zauberwort konnten die Gastgeber lange warten: Sicherungen brannten ständig durch und wurden, da es keine neuen gab, fachmännisch mit Draht geflickt, was die Gefahr eines Brandes in bedenkliche Nähe rückte. Tischchen aus der Rokokozeit zierten jetzt nicht mehr Nippes, sondern kaum zu entfernende Ringe – «Irgendwo muss man ja schließlich seinen Kochtopf absetzen!» –, Kachelöfen, voll gestopft mit grünem Holz, produzierten nur noch Rauch und wenig Wärme, und das einzige Klo fror im Winter prompt ein, Nachttöpfe jedoch waren Mangelware und die noch vorhandenen zweckentfremdet. Man benutzte sie für eingelegte Gurken, die ja auch sehr wichtig waren. Glücklicherweise gab es ja noch den Garten und den Park, mit denen zumindest die Herren vorlieb nehmen mussten. Mancher Historiker sollte vielleicht einmal darüber nachdenken, wie viele schwerwiegende Fehlentscheidungen wegen dieses Mangels getroffen wurden, und mit der alten Generation mehr Nachsicht zeigen. Heute ist es im ganzen Haus mollig warm, und Badezimmer gibt es auch ausreichend. Dafür hat der Großvater als Erstes gesorgt, als man endlich Schritt für Schritt so langsam wieder Boden unter die Füße bekam. Er kann ein Lied davon singen, wie es einem Flüchtling so geht und was man strampeln muss, um bei den Nachbarn etwas zu gelten. Denn nichts ist schöner, als auf andere runterzukucken.

Dass ihre Gäste im Haupthaus schlafen dürfen, findet die Enkeltochter tierisch nett. Sie kennt das Zauberwort und kommt mit einem Blumenstrauß. Opi und Omi sind fast so süß wie der alte Hund, der im vorigen Jahr gestorben ist, nur Gott sei Dank nicht ganz so hinfällig. Jeden Tag ist sie rübergekommen, um ihn zu knuddeln, so dass es nur so aus seinem stark gelichteten Fell staubte und seine mageren Rippen bei seinem erfreuten Hecheln in Bewegung kamen. Sehen konnte er fast nichts mehr, jedenfalls stieß er dauernd überall an. Sein Geruchssinn war stumpf geworden und schon die winzige Treppe zum Haus eine Last. Auch mit dem Gehör war es schlecht bestellt, es sei denn, man sprach das Wort «Keksi» vor sich hin. Augenblicklich kehrte das Leben zurück. Die Großeltern denken oft mit Rührung daran, dass das Kind es sich nicht nehmen ließ, dabei zu sein, als man ihn im Garten an einem milden, schönen Herbsttag unter einer alten Eiche mit einer Spritze einschläferte. Manchmal kommt ihnen der Gedanke, dass er einen friedlicheren, schöneren Tod gehabt hat, als er ihnen vielleicht bevorsteht. Und das Wort «Abstellkammer» geistert durch ihren Kopf, das man so oft in der Zeitung liest: «Alte Frau tot in Abstellkammer gefunden.»

Die Freundin der Großeltern inspiziert nun ihrerseits den Ort des zukünftigen Geschehens und gibt der Schwiegertochter Recht. Es herrscht tatsächlich keineswegs reges Treiben. Nur die jüngere Schwester, die später einmal Designerin oder so was Ähnliches werden will und schon jetzt, wie der Großvater findet, eine Beauté ist, malt, die Haare in etwas Buntem versteckt, die Füße in klobigen, hochhackigen Stiefeln zum knöchellangen engen Rock, mit einem Pinsel, dessen Größe in krassem Widerspruch zu der Fläche und dem Eimer Farbe steht, mit rhythmischen Bewegungen bei lauter Musik in einer Ecke des Pferdestalls fleißig vor sich hin. Glücklicherweise gibt es auf dem Hof den Mann mit den goldenen Händen, der rechtzeitig einspringt, das Kommando übernimmt und System in das Ganze bringt. «Ach, wenn wir Sie nicht hätten!» Und schon geht es zu wie bei den Heinzelmännchen, nämlich fix. Der bereits gelieferte Tanzboden wird in den nach dem Umbau übrig gebliebenen Rest der Scheune gelegt, die Wände des Pferdestalls blitzschnell noch einmal geweißt und mit den zahllosen Turnierschleifen der beiden Mädchen geschmückt, Tische aufgestellt und Schnüre aus bunten Glühbirnen gezogen. Ein Gasofen sorgt für die nötige Wärme und die roten und gelben Plastikdecken auf den Tischen für Farbe. Selbst gebastelte Kerzenhalter werden aufgestellt. Nun betritt auch der zweite Gastgeber die Bühne. Er ist gerade aus dem Internat eingetroffen und mustert alles wohlwollend. «Nicht schlecht.»

Danach murmelt er etwas von «den Großeltern guten Tag sagen» und verschwindet für eine Ewigkeit im Haupthaus, bis ihn die Mutter zur Arbeit scheucht. «Du sitzt hier und trinkst Tee, anstatt die

Zimmer auszuräumen! – Ich sag ja nichts, es ist eure Party.»

Aber irgendwann ist alles vorbereitet, Essen und Trinken bestellt, nun können die Gäste kommen. Das tun sie auch, nur zwei Stunden später als vorgesehen und dass es jetzt statt achtzig über hundert sind, was den aus dem Ort bestellten Koch und die Hausfrau nicht gerade fröhlich stimmt. Den Vater packt geradezu Entsetzen. Er hatte sowieso vor, sich zu drücken. Das Schlafzimmer musste er auch noch räumen und die Nacht wieder im Elternhaus in seinem früheren Kinderzimmer zubringen. «Ist man denn nicht mal mehr Herr im eigenen Haus? Eine Zumutung so was. Und außerdem gibt es gerade jetzt beruflich viel Stress.» Hat doch der Vater, wie für Mittelständler heute warm empfohlen, zwei Berufe. Aber diesmal kommt er mit seinem Jammern nicht durch, da ist die Hausfrau gnadenlos. Bei so viel jungem Volk gehört eine Autorität ins Haus. Es ist einem ja schon so viel Unerfreuliches zu Ohren gekommen, von der Kuh im Swimmingpool will man erst gar nicht reden. Es geht dann eben leicht über Tische und Bänke. Ausgenommen die eigenen Kinder. Die wissen noch, was sich gehört.

Doch alle diese kleinen Querelen werden aufgewogen durch das Wetter. Die Sonne hat den ganzen Tag geschienen, hat die Pfützen ausgetrocknet und ist jetzt den Sternen gewichen, die gemeinsam mit einem beleibten Mond herunterfunkeln. Dazu ist es fast windstill und für Herbst noch sehr warm. Im

Handumdrehen ist der Hof mit Autos voll gestellt, kreuz und quer, anstatt verünftig eingeparkt, genau so, wie sich das der Großvater gedacht hat. Sein Hund wird vorsorglich eingesperrt. Er kommt in das Kabuff neben dem Schlafzimmer. Der kleine Liebling ist außer sich. Warum darf er nicht wie sonst im Flur in seinem Körbchen schlafen? Was hat er Schlimmes angestellt? Er hat es sich weder auf dem zweihundert Jahre alten, gerade neu bezogenen Lehnstuhl bequem gemacht, noch ist er in die Speisekammer geschlichen oder hat sich das Steak vom Küchentisch geholt. Vielleicht ist die geschossene Ente schuld, die er nicht aus dem Wasser holen wollte. Aber das Wasser war wirklich sehr kalt. Ergeben, ganz Opfer, lässt er alles über sich ergehen, doch als ihm der Großvater verlockend einen seiner Lieblingskekse unter die Nase hält, dreht er den Kopf weg. Nicht mit ihm, das hat er nun wirklich nicht nötig.

Die Mädchenschar begrüßt sich mit kleinen Entzückensrufen: «Hallo, du auch hier, ist ja cool!» Die Freundin der Großeltern, die sich höflich beiseite drückt, stellt fest, dass sie sich in der Kleidung kaum unterscheiden. Sie tragen fast alle dasselbe, Jeans, Pullover, um den Hals einen dicken Schal gewürgt, kleine Perlohrringe und Pferdeschwanz. Ihr fällt ein, dass es in ihrer Jugendzeit ähnlich war. Da war es eine Zeitlang schick gewesen, den V-Ausschnitt der Pullover auf dem Rücken zu tragen.

Zwitschernden Schwalben ähnlich, aber mit Blei

an den Füßen, wuchten sie die Treppe hinauf und ergießen sich in die Zimmer, die sie im Handumdrehen in ein Chaos aus Kleidungsstücken, Kosmetika, Haarbürsten und Schuhen verwandeln. Überall riecht es nach leicht verschwitzten Mädchenkörpern, Parfüms und Nagellack. Immerhin, das Resultat des Umziehens kann sich sehen lassen. Der Großvater nimmt es mit Wohlwollen zur Kenntnis, zieht sich aber bald vor so viel quirliger Jugendlichkeit ins Schlafzimmer zurück. Dann öffnet er die Tür zum Kabuff, um mit einem gnädigen «Na, komm schon» dem Hund den Eintritt in ein sonst verbotenes Reich zu gewähren. Der Hund denkt nicht daran. Er blinzelt nur ein bisschen und rührt sich nicht. «Na, denn eben nicht, du dummes Tier.» Der Großvater ist wie immer schnell beleidigt, wenn der kleine Liebling seine eigene Meinung hat und ihm jetzt nicht voller Dankbarkeit die Hände leckt. Er knallt die Tür zu.

Die Großmutter, die inzwischen auch geflüchtet ist, zuckt zusammen. «Kann man denn in diesem Haus nicht einmal eine Tür leise zumachen?» Eine oft gestellte Frage, die grundsätzlich überhört wird.

«Ich geh jetzt in den Keller und hol uns was Anständiges zu trinken», sagt der Großvater entschlossen. «Was gibt es denn im Fernsehen?»

Die Großmutter greift nach dem Programmheft. «Natürlich mal wieder nichts.»

Aber inzwischen hat sich das Haus geleert, man kann den Gang ins Wohnzimmer wagen, ohne mit

19

einem Dutzend fremder Menschen zusammenzu-
prallen. Dort macht man es sich dann gemütlich.
Der Wein ist wirklich gut.

«Ich sollte noch ein paar Flaschen davon bestellen», sagt der Großvater und will die Freundin des
Hauses überreden, auch ein Gläschen davon zu
trinken. «Ein kleiner Schluck, das kann doch nicht
schaden.»

Auch diese Feststellung gehört dazu wie die Maus
in der Ecke, die unbekümmert hinter der Scheuer-
leiste vor sich hin nagt. Aber die Freundin dankt.
Eine zu langweilige Person.

Zuerst plaudert man ein wenig über das Alltagsge-
schehen, dass die gestern auf dem Markt gekauften
Kartoffeln nichts taugen und was man im Lokal-
blättchen, über dessen Niveau man die Nase rümpft,
wonach aber jeder als Erstes greift, so gelesen hat.
Die Interessen sind da sehr verschieden. Der Großvater möchte wissen, wer diesmal im Dorf Bürger-
meister wird, die Großmutter entsetzt sich darüber,
wer im letzten Monat alles gestorben ist, und nun
auch noch der Besitzer der kleinen Imbissbude.
«Vor ein paar Tagen konntest du ihn noch durchs
Dorf laufen sehen, und jetzt … Und das mit knapp
sechzig!»

«Mit sechzig ächzt sich's, mit siebzig gibt sich's,
und mit achtzig macht sich's», sagt die Freundin
tröstend. «Wusstet ihr, dass es jährlich ebenso viele
Tote durch Sodbrennen gibt wie durch Verkehrs-
unfälle?»

Nein, das wussten ihre Freunde nun wirklich nicht, und es ist auch schwer zu glauben. «Sodbrennen. Ich bitte dich.»

Der Großvater zieht die Uhr. Jetzt werden sie wohl drüben längst beim Tanzen sein. Und schon ist man wieder bei den Erinnerungen, wie das so nach dem Kriege war, als man auf dem von einem Trecker gezogenen Milchwagen, um die guten Nylons fürchtend, eingeklemmt zwischen Milchkannen, dem Fest entgegentuckerte. Zum wiederholten Male blättert man in den alten Alben, die noch von früher und aus der Anfangszeit des Krieges stammen. Die Freundin stellt fest: «Mein Gott, was waren wir dick.»

«Kein Wunder, bei dem vielen Pamps.»

Die Jungen, meist in Uniform, mit einem bestimmten Knick in den Offiziersmützen, der als schick galt, blicken aus ihren noch ungeformten Gesichtern mit gesammeltem Ernst dem Betrachter entgegen. Nur wenige von ihnen sind wieder einigermaßen heil nach Haus gekommen.

«Wisst ihr was? Wir gehen jetzt rüber und sehen uns den Zauber mal an.» Sie machen sich auf den Weg. Die Tür des Haupthauses ist natürlich nicht verschlossen, wie es sein sollte, und auf dem Hof ist Vorsicht geboten, um nicht über die Dackel zu fallen, die ratlos herumirren. In der Scheune ist wahrlich was los. Die Schlipse der Jungen hängen schon auf Halbmast, aber sie zeigen sich ausnahmsweise als fleißige Tänzer. Es ist so ein Gewoge, dass sie sich in die Küche der Schwiegertochter retten. Dort steht der tüchtige Sohn mit den zwei Berufen und macht Küchendienst. Gemeinsam mit einer weiteren Perle des Hofes, vor der die Kinder mehr Respekt als vor ihrer Mutter haben und ohne die die Wäscheberge nicht zu bewältigen wären, spült er unermüdlich Gläser. Aber die Musik ist doch ein wenig zu laut und die Masse Mensch zu lärmend, und so kehren die Alten wieder in die eigenen vier Wände zurück. Trotz unverschlossener Haustür beschließen sie, ins Bett zu gehen.

Am nächsten Tag ist wieder das schönste Wetter. Die Freundin der Großeltern macht einen Rundgang über den Hof. Es ist friedlich und still, die Glocken läuten den Sonntag ein. Sie zwängt sich durch die Autos hindurch, aus denen hin und wieder lautes Schnarchen dringt. Nur das Eichhörnchen ist zu sehen. Es sitzt auf einem Mercedes und wirkt völlig verzweifelt. Seit Tagen schon rennt es zwischen dem Walnussbaum und dem Ort, an dem es seine Vorräte aufzubewahren pflegt, hin und her. Denn Nüsse gibt es dieses Jahr in ungeahnten Mengen. Es müsste fast schon Schwielen an seinen kleinen Pfoten haben. Und jetzt diese vielen Ungeheuer! Wollen die etwa alle an seine Nüsse?

Das Katerfrühstück dehnt sich bis weit in den Mittag aus. Schließlich ist man erst um sechs schlafen gegangen. Doch dann leert sich der Hof, Ruhe tritt ein, sehr zur Erleichterung des Eichhörnchens, das eifrig wieder mit seinen Nüssen hin- und herflitzt. Großeltern, Freundin, Kinder und Enkelkinder finden sich zur Manöverkritik zusammen. Resultat: Alles in allem sehr gelungen, aber einiges gibt es doch zu beanstanden. Der Sohn, der, wie sich die Großeltern entsinnen, auch recht flott im Feiern war, findet, dass zu viel getrunken worden ist. Und überhaupt, gutes Benehmen sei wohl heute ein Fremdwort. So ein Lümmel habe den Kopf in die Küche gestreckt und gefragt, wo der Sekt bleibt. Ein anderer dagegen habe in die Puppenstube gekotzt. Sogar die sonst so tolerante Schwiegertochter wirkt leicht vergrätzt. Einige haben sich nicht einmal vorgestellt, sie schlichtweg übersehen, ja sich nicht einmal verabschiedet, ganz zu schweigen von dem mal wieder vergessenen Zauberwort. Das hatte sie sich doch ein bisschen anders vorgestellt. Auch mal tanzen hätte jemand mit ihr können. Das wäre wohl doch mit Anfang vierzig noch gestattet. Dieser Jugendwahn heutzutage, da konnte man doch wirklich nur den Kopf schütteln. Neulich will ein Ehepaar ihres Alters, das sich in einer Diskothek blicken ließ, gehört haben, wie jemand hinter ihnen sagte: «Nun seht euch das an! Jetzt kommen sie schon zum Sterben hierher.»

Die Großeltern hüllen sich in diskretes Schweigen. Kritik ihrerseits löst leicht Verstimmung aus, obwohl die Großmutter sich über den Zustand der Badezimmer geärgert hat, die so aussahen, als befände man sich auf dem Klo in einem Interregio. Die Freundin des Hauses spricht es ungerührt aus: «Manche denken wohl, hinter jedem Stuhl steht ein Diener», und fügt hinzu: «Aber dem hätte man so was nicht zumuten dürfen, der hätte gleich gekündigt.»

Über die nicht abgeschlossene Haustür wird erst gar nicht geredet. Es ist ja nichts passiert. Die Gastgeberin, das süße Enkelkind, ist betrübt und muss getröstet werden. «Wir meinen es doch nicht so.»

Der Gastgeber ist längst wieder im Internat. Fast eine Woche sind beide Schwestern und Mutter mit Aufräumen beschäftigt. Dafür gibt es sehr schnell jede Menge Briefe. Sie sind voller Lobeshymnen. Das Fest war außerirdisch, tierisch, unvergleichlich, toll, gut und total super. Die Freundin der Großeltern erinnert sich beim Lesen an ähnliche Briefe aus ihrer Jugend, wenn auch in andere Worte gekleidet wie «pfundig», «prima» und «bombig», was eigentlich, wie sie jetzt denkt, ein ziemlich makabrer Begriff war. Vergessen sind die kleinen Ärgernisse, nach so vielen reizenden Entschuldigungen für Kaputtgegangenes, für unangebrachten Lärm und Rauchen dort, wo es ausdrücklich untersagt worden war, und auch das peinliche Malheur in der Puppenstube. Milde breitet sich aus. Von dieser Generation ist viel Positives zu erwarten.

Die Großeltern beschließen, den schönen Herbsttag zum Anlass zu nehmen, ihren zweiten Sohn zu besuchen, der nicht allzuweit entfernt wohnt. Er hat zwei kleine Töchter. Sie lernen jetzt schon das Zauberwort. «Wie heißt das Zauberwort?»

«Danke.» Man übt schon fleißig.

Der Glückspilz

Ich bin in was reingeschlittert, da zittern mir noch jetzt die Knie, wenn ich nur daran denke. Aber ein Glückspilz wie ich kommt eben aus jedem Schlamassel wieder heil raus. Und Glück habe ich eigentlich ein Leben lang gehabt. Gute Eltern, genug zu essen, meistens jedenfalls, und ein richtiges Elternhaus, wenn's auch nur eine Kate war, mit einem Stück Garten drumrum, einem Holzschuppen und Ziegenstall. Mit acht Personen musste man da schon mächtig zusammenrücken. Eigenes Bett war nicht. Trotzdem, über meine Kindheit kann ich mich wirklich nicht beklagen, obwohl, wenn ich so an heute denke, war's manchmal schon happig. So viele Menschen in drei Zimmern und der Opa noch dazu. Da wurde nicht lange gefackelt, und wir Kinder haben schnell kapiert, wie der Hase läuft. Richtig verprügelt, wie das ja früher so war, hat uns aber keiner. Nur öfters mal eins mit der Gerte über die nackten Beine, und das tat auch ziemlich weh. Die Gerte mussten wir uns auch noch selbst schneiden. Trotzdem, meine Mutter war eine herzensgute Frau, hat sich ganz schön abrackern müssen für die Familie. Fünf Gören aufziehen, den Opa pflegen und jeden Tag noch beim Bauern arbeiten, das war kein Zuckerlecken. Meine Schwiegertöchter haben da doch den Himmel auf Erden, mit all den Maschinen in der Küche. Und wenn was kaputtgeht, gleich weg damit und was Neues gekauft. Überm Bett von den Eltern hing ein Spruch: Willst du dein Haus in Wohlstand sehn, lass unnütz nichts verloren gehn. Von so was will doch heute keiner mehr etwas hören.

Spielzeug gab's so gut wie nicht, mal eine Stoffpuppe für die Mädchen und ein Springseil für die Jungen. Aber wir kannten es nicht anders. Auch hieß es früher nicht: Kinder sind das höchste Glück, sondern: Kinder sind zum Helfen da. Und damit ging's schon früh los. Gänse hüten, Brennnesseln fürs Kükenfutter schneiden, Holz im Schuppen schichten, Bohnen pflücken, Unkraut zupfen, Kartoffeln stoppeln, Eicheln sammeln, Wasser schleppen und die Ziege zum Bock bringen.

Mein Vater war Scherenschleifer und nahm mich öfters mit, wenn er über Land zog. Ein eigenes Fahrrad hatte ich natürlich nicht, ich saß bei ihm auf der Stange. Der Bollerwagen mit dem Schleifstein wurde hinten an sein Rad gebunden, und ab ging's, schon in aller Herrgottsfrühe. Den Abend davor hatte mich meine Mutter geschrubbt, schlimmer als den Küchentisch.

«Nun lass man noch was an ihm dran», sagte mein Vater. Der saß oft mit seiner Pfeife dabei und kniff

26

mir ein Auge. Aber meine Mutter schimpfte: «Eingeweicht gehört er vorher. Nu kuck dir doch bloß mal diese Knie an!»

In jedem Dorf haben wir uns dann auf dem Dorfplatz aufgestellt. Ich hab die Klingel geschwungen und gerufen: «Der Scherenschleifer ist da!» Dann sind sie aus den Häusern gekommen mit ihren Messern und Scheren. Die meisten haben uns beim Schleifen zugesehen und uns den neuesten Dorfklatsch erzählt. Für mich fiel immer mal was ab, ein Apfel, ein Stück Topfkuchen oder eine Tüte Kirschen. Aber wenn es mal eine Tüte Bonbons war, passte Vater mächtig auf, dass auch welche für meine Geschwister übrig blieben. Abgeben musste man, das war die Regel Nummer eins zu Hause. Auf den Höfen bekamen wir manchmal auch einen Schlag Kartoffelsuppe und, wenn gerade geschlachtet worden war, ein Päckchen mit frischem Fleisch.

Am meisten hatten wir auf den Gütern zu tun, da lohnte sich die Sache. Und auf einem bekamen wir sogar eine richtige Mahlzeit in der Küche. Eine Kusine von meiner Mutter, Tante Luzie, war da nämlich Zimmermädchen. Vater grinste immer, wenn sie in ihrem schwarzen Kleid und der weißen Schürze angeschwänzelt kam und uns so von oben herab begrüßte: «Ah, die Verwandtschaft is auch mal wieder da.» Und Vater murmelte vor sich hin: «Gnädiges Fräulein von der Hagen, dürft ich's wagen, Sie zu fragen, welchen Kragen Sie getragen in der Hauptstadt Kopenhagen?» Den Spruch liebten wir. Während er mit den Scheren und Messern des Hauses zugange war, durfte ich ein bisschen im Schloss herumwandern. «Dass du mir nichts anfasst», warnte mich meine Tante jedes Mal. Die Köchin war viel netter. Und wenn Tant Luzie in der Küche wie eine Gouvernante an mir herumzupfte: «Junge, geh nicht so krumm, halt dich gerade», sagte die Köchin: «Luzie, halt deine Guschn, bring ihm lieber ein Glas Erdbeersaft.»

Natürlich hatten wir auch in der Kleinstadt unsere Kunden. Die nettesten waren Sanitätsrat Jacobsohn und seine Frau. Dort durfte ich sogar manchmal mit den Zinnsoldaten seines erwachsenen Sohnes spielen und gepanzerte Ritter gegen eine Burg aus Pappmaché reiten lassen. Was Warmes zu essen gab es da meistens auch und für mich jedes Mal einen Stundenlutscher. An manchen Tagen blieb es allerdings auch bei unseren Stullen, auf die Mutter, wie Vater sagte, das Schmalz grade man gehaucht hatte. Bei schönem Wetter hielten wir am liebsten an einem Feldrand Rast, über unseren Köpfen trillerten die Lerchen herum, und ich lernte so ganz nebenbei von meinem Vater, Tierstimmen nachzuahmen. Das konnte er nämlich wie kein Zweiter. Bald hatte ich ein ganzes Repertoire davon zusammen, quakte wie ein Frosch, zeterte wie eine Amsel, gab dumpfe Laute von mir wie eine Rohrdommel, rief wie ein Käuzchen und schreckte wie ein Reh, das von Menschen überrascht wird. Zwischendurch legte er sich ins Gras und schlief eine Runde, und ich beobach-

tete die Karnickel vor ihrem Bau, die rein- und raus-
flitzten, vor sich hin mümmelten oder Männchen
machten.

Natürlich gab ich mit meinen neu erworbenen
Kenntnissen in der Schule an. Beim Lehrer hatte ich
einen Stein im Brett. Er behandelte mich besser als
manchen anderen Jungen. Nur selten, dass er mir
eins mit dem Tatzenstock gab. «Na, mein Junge»,
sagte er manchmal nach den Sommerferien, «bist
wohl wieder ganz schön rumgekommen. Sollst ja sogar schon in Berlin gesehen worden sein. Hast womöglich sogar mit unserem Führer gesprochen.»

Die Klasse lachte, und ich genierte mich. Berlin,
das war für die meisten im Dorf fast so weit wie
Amerika. Bis Berlin fuhr nicht mal die Kleinbahn.
Von dort kamen meist die Sommerfrischler. Die
wollten sich in der frischen Luft erholen, aber mit
den Mücken hatten sie nichts im Sinn. Sie mar-
schierten juchzend durch den Wald und erzählten
uns Kindern Schauergeschichten von Hundefän-
gern, Zopfabschneidern und anderen Übeltätern.
Im Gasthaus hatten sie's dann mehr mit der Politik,
taten sich seit neuestem mit dem Führer wichtig und
schwärmten für ihn wie unser Lehrer. Der sprach
viel von ihm, und wenn wir ihm brav zuhörten, ließ
er uns gnädig eine halbe Stunde früher nach Haus
gehen. Manches, was er so sagte, blieb auch bei mir
haften und kam dann immer im falschen Moment
zum Vorschein.

«Die Juden sind unser Unglück», verkündete ich

Vater, als ich zufrieden, mit meinem Stundenlutscher im Mund, Dr. Jacobsohns Haus verließ.

Mein Vater blieb stehen und sah mich an. «Wer hat dir denn diese Flausen in den Kopf gesetzt?»

«Der Lehrer!», sagte ich ganz kleinlaut, weil ich merkte, dass mein Vater ärgerlich war.

«Ausgerechnet der. Der muss es ja wissen. Wo der Vater ein Zigeuner war.»

Ich staunte. «Ein Zigeuner?»

«Na ja. Jedenfalls hat er Geige gespielt. Und eins will ich dir mal sagen, mein Junge. Ob Jude oder sonstwas, bei mir ist der Kunde König, und wenn er noch auf den Bäumen sitzt. Unglück! Man glaubt es nicht. Ohne den Sanitätsrat wäre es eher deins gewesen. Ohne ihn wärst du nämlich auf dem Friedhof gelandet, als du die Diphtherie hattest. Und 'n Stundenlutscher gäbe es auch nicht. Was sind das nur für Zeiten!»

Ich fand sie hochinteressant. Jeden Tag was los. Fahnen rein, Fahnen raus, Fahnen voran und die Trommel gerührt. Und ich hatte mal wieder Glück, ich durfte sie schlagen. Stundenlang hab ich im Holzschuppen geübt, bis die Ziege verzweifelt meckerte, die Karnickel in Panik gerieten und die Nachbarn sich beschwerten.

Nach der Volksschule hatte ich wieder großes Glück. Ich wurde bei Sattlermeister Krause als Lehrling angenommen und von allen darum beneidet. Der war in der ganzen Gegend für seine Sättel berühmt, und auch die von der Reiter-SS kamen immer zu ihm.

«Kiek dir den Jungen an», sagte mein Vater zu meiner Mutter, wenn ich ab und zu nach Hause durfte. «Noch nich trocken hintern Ohren, aber die Nase hoch.»

Da war ich vierzehn. Bei Sattlermeister Krause lernte ein Lehrling nicht nur mit Leder umgehen, er musste auch der Meisterin tüchtig helfen. Da kannte Frau Krause nichts. Und die fensterlose, ungeheizte Kammer war auch nicht gerade der Kaiserhof. Der Lohn, den man als Lehrling bekam, war mehr als bescheiden. Lehrjahre waren eben keine Herrenjahre, so war das nun mal früher. Ob ich die Trommel schlug oder den Wimpel trug, das Sagen hatte der Meister.

Nach der Gesellenprüfung musste ich zum Arbeitsdienst und, kaum war ich damit fertig, zum Barras. Ich war noch gar nicht durch mit meiner Dienstzeit, da hatten wir ihn auch schon, den Krieg. Für die Liebe blieb da wenig Zeit. Ich hatte damals ein Auge auf eine gewisse Ingrid Riemann geworfen, die Tochter von unserem Gastwirt. Sie war sogar aufs Lyzeum gegangen. Ihren Eltern war ich natürlich nicht gut genug. Sie scheuchten mich von ihr weg wie die Fliegen vom Fleisch. «Ingrid hat zu tun, Ingrid muss im Garten helfen, Ingrid ist nicht da», so ging das jedes Mal, wenn ich auf Urlaub kam. Und damit sah es auch immer schlechter aus, denn nach Polen kam Frankreich, und da ist es dann passiert: Ich bekam das EK I als Erster vom Regiment.

Ehrlich gesagt, es war reiner Dusel. Sie hatten

mich als Melder eingesetzt, und dabei war ich in einem Wald plötzlich in ein ganzes Nest von Franzosen geraten. Während ich auf meinem Fahrrad dahinstrampelte, merkte ich plötzlich, dass es vor mir auf einer Lichtung geradezu von ihnen wimmelte. Sie lagen gemütlich in der Sonne und schwatzten. Verschreckt landete ich mit meinem Rad in einem Gestrüpp. Bei dem Geräusch sprangen alle wie ein Mann auf und griffen nach ihren Maschinenpistolen. Aber ich, der Sohn vom Scherenschleifer, war ja nicht von gestern und imitierte blitzschnell ein aufgeschrecktes Reh. Auf diesen Trick fielen sie prompt rein, ließen beruhigt die Waffen sinken und legten sich wieder hin.

Als ich zu meinem Regiment zurückkam, machte ich Meldung und wurde sofort zum Kommandeur gebracht. Der hörte sich meine Geschichte interessiert an und schlug mir anerkennend auf die Schulter. «Hast vielleicht vielen deiner Kameraden das Leben gerettet. Wir wären denen womöglich glatt ins Messer gelaufen.»

Und dann bekam ich das EK I, wurde zum Unteroffizier befördert und ein paar Tage nach Haus geschickt. Mit dieser Auszeichnung war ich nicht nur im Regiment der Erste, sondern auch im Ort, und das ganze Dorf lag mir sozusagen zu Füßen. Jeder wollte mir gratulieren und die Hand schütteln. Alle Türen standen mir offen, auch die von Ingrid. Sie musste nun nicht mehr mit den Hühnern ins Bett und durfte mit mir zum Tanzen gehen. In der Kneipe prosteten

sie mir alle zu, und die Männer fragten augenzwinkernd: «Na, wie sind se denn so, die Mademoiselles
in Frankreich?»

Später, als der Krieg kein Ende zu nehmen schien,
hatten die Orden nur noch wenig Bedeutung. Jeder
hatte irgendetwas auf seinem Waffenrock. Da musste
es schon das Ritterkreuz oder wenigstens das Deutsche Kreuz in Gold sein, wenn man überhaupt noch
auffallen wollte. Aber damals war es noch was Besonderes und ich ein richtiger Glückspilz. Ich wurde
überall bevorzugt, brauchte an der Kinokasse nicht
anzustehen und bekam so viel Freibier, wie ich wollte.
Das habe ich natürlich sehr genossen, vor allem, dass
Ingrid nun immer mit von der Partie war. Beim nächsten Urlaub verlobten wir uns, und dann, bevor es
nach Russland ging, heirateten wir noch schnell.

Russland, das war wirklich wie lebendig begraben.
Die reinste Hölle. Wenn ich nur an den Winter
denke! Man stolperte bei hohem Schnee und vierzig
Grad unter null eigentlich nur sinnlos durch die Gegend, und keiner wusste mehr so recht, was das
Ganze noch sollte. Da interessierte einen nichts
mehr außer schlafen, möglichst was Warmes in den
Magen kriegen und sich irgendwo in einem einigermaßen sicheren Unterschlupf verkriechen. Wenn
man sich überhaupt um jemanden sorgte, waren es
die Kumpels. Die waren der Ersatz für alles, was
man entbehrte, die Familie und die Heimat. Man
dachte nicht mehr von heut auf morgen, nur noch
von einer Stunde auf die andere.

33

Als es dann dem Ende zuging und man eigentlich nur noch die Wahl zwischen Tod und Gefangenschaft hatte, rettete mich mal wieder mein Glück vor dem Schlimmsten. Ein Steckschuss, und schon bekam ich gerade noch einen Platz in einem Lazarettzug Richtung Deutschland.

Denen zu Hause ging es inzwischen auch nicht besser als uns. Praktisch gab es nirgendwo noch ein Entrinnen. Zuerst die Bomben, dann die Russen. Als ich zu Hause ankam, war da die Hölle los. Es wimmelte von Evakuierten und Flüchtlingen, und man musste immer mehr zusammenrücken und teilen. Da gab es viel Gift und Galle zwischen Besitzenden und Habenichtsen. Kein Gedanke mehr an Volksgemeinschaft und Solidarität. Wenn's hart auf hart geht, ist sich jeder selbst der Nächste. Not kennt kein Gebot. Und dazu noch die Tiefflieger. Sie schossen auf alles, was sich bewegte, egal ob spielende Kinder, Kühe oder die Oma, die beim Kartoffelbuddeln war. Wer noch einigermaßen krauchen konnte, musste nun zum Volkssturm. Durchs Fenster konnte ich Ingrid auf der Dorfstraße sehen, wie sie, einen Hut auf dem Kopf, mit der Panzerfaust herumfuchtelte. Nur ich blieb von solchen Mätzchen verschont. Mein zerschossenes Bein entzündete sich, und ich lag mit hohem Fieber im Bett, und weit und breit kein Sanitätsrat Jacobsohn, sondern nur ein Schnösel von Sanitäter, der von nichts eine Ahnung hatte. Hab mich damals oft gefragt, was wohl aus dem Sanitätsrat und seiner Familie geworden ist.

Gegen den hatte doch niemand etwas gehabt, nicht mal der Lehrer, der immer sagte: «Die Juden sind unser Unglück», aber im gleichen Atemzug den Arzt lobte, weil der das kaputte Bein von seinem Sohn wieder so gut hingekriegt hatte. Von heut auf morgen soll die Familie verschwunden sein mit Sack und Pack, niemand wusste wohin.

Als dann der ganze Spuk vorbei war, gingen Ingrid und ich gleich in den Westen. Leicht war der Anfang dort nicht. Auf uns hatte keiner gewartet. Aber langsam bekrabbelten wir uns. Ich hatte mal wieder Glück und lief meinem ehemaligen Regimentskommandeur über den Weg. Der war gerade dabei, seine Firma wieder in Gang zu bringen. Und er konnte sich noch genau an mich erinnern und an den Tag, als er mir das EK I verliehen hatte. Er bot mir sofort eine Stellung an. «Denn Männer wie Sie», sagte er, «tapfer und lebenserfahren, kann man heute gut gebrauchen.»

Mit der Hand voll Kameraden, die vom Regiment übrig geblieben waren, haben wir uns dann regelmäßig getroffen. Zuerst haben wir natürlich von alten Zeiten geredet und unsere Wunden geleckt. Aber später haben wir eigentlich nur noch voreinander angegeben, wie weit wir es inzwischen gebracht hatten, beruflich wie finanziell. Als wir dann älter geworden waren, schlief das Ganze nach und nach ein. Jeder hatte sich irgendwie zurechtgefunden und brauchte die Kameraden nicht mehr als Krücke.

Auch mein EK I verlor allmählich seinen Glanz.

Aber vor ein paar Tagen ist es mir beim Aufräumen in die Hände gefallen, und ich dachte: Das wolltest du doch Hupsi schenken. Du hast es ihm fest versprochen und wieder mal vergessen. Hupsi ist mein jüngster Enkelsohn, man grade sieben Jahre. Aber Sammeln ist jetzt schon seine Leidenschaft. Mal sind es Schlüsselanhänger, mal winzige Plüschbären, mal irgendwelche merkwürdigen Geschöpfe aus Plastik, die sich Pokemon nennen. Aber neuerdings ist er ganz wild auf Orden, und als er vor ein paar Wochen das EK I bei mir entdeckte, wollte er es unbedingt haben. Hartnäckig ist er ja, das muss man ihm lassen. Dauernd war er hinter mir her, und so habe ich's ihm schließlich versprochen. Drei Orden hatte er schon, einen vom Karneval, einen von der Heilsarmee, der auf dem Flohmarkt gelandet war, und eine Rettungsmedaille, die er auf der Straße gefunden hat. Mein EK I sollte einen Ehrenplatz einnehmen. Ich finde ihn ja noch reichlich jung für so eine Sammlung, aber ich hab mich nun doch rumkriegen lassen, denn das wird ihn immer an seinen Opa erinnern, wenn ich mal nicht mehr da bin. Heute hab ich gedacht: Es ist ein so schöner Herbsttag, am besten, du machst dich gleich auf den Weg, sonst vergisst du's wieder. Mein Sohn wohnt auf der gegenüberliegenden Seite des Parks, und ein Fußmarsch tut immer gut. Ingrid war mal wieder nicht da. Ich frag mich manchmal wirklich, wo sie sich den ganzen Tag rumtreibt. Entweder ist sie beim Friseur, beim Arzt oder bei 'ner Freundin, und ich kann sehen, wie ich allein zurechtkomme. Man könnte doch gemütlich zusammensitzen, man muss ja nicht immer reden. Aber das hält sie nicht aus, sagt sie. Auch mit achtzig will man noch was vom Leben haben. Ruhe hat sie noch genug im Grab.

Ich hab mir also eine andere Jacke angezogen, mich wie immer laut gefragt: «Musst du dich noch rasieren?» und bin zu dem Schluss gekommen, nein. Dann bin ich losmarschiert mit dem EK I in der Tasche. Und unterwegs ist es dann passiert, dass ich so richtig in was Gefährliches reingeschlittert bin.

Als ich durch den Park gehe, sehe ich doch auf dem Rasen eine Horde von diesen verrückten Glatzköpfen, und die prügeln und treten auf jemanden ein. Anstatt so schnell wie möglich die Polizei zu alarmieren, gehe ich Idiot doch tatsächlich auf die Jungs los. Dabei habe ich in meinem Alter kaum noch Mumm in den Knochen und bin sowieso alles andere als ein Held. Aber als ich dann vor ihnen stehe und sie mich anglotzen, wird mir schon ganz schön mulmig.

«Jungs, lasst doch den Quatsch», bringe ich schließlich heraus. «Ihr bringt ihn ja noch um!»

Die Reaktion ist alles andere als freundlich. «Na, Opa», sagt der eine, wohl der Anführer. «Sollen wir dir helfen, wieder in deine Urne zurückzufinden?» Und dann fangen sie auch schon an, mich ein bisschen hin- und herzuschubsen. In dem Moment kommt mir die rettende Idee: das EK I. Ich ziehe es aus der Tasche und halte es dem Anführer unter die

37

Nase. «Wenn ihr ihn laufen lasst, kriegt ihr den Orden.»

Der Anführer betrachtet ihn abschätzig. «EK I gibt's jede Menge. Haste nich 'n Ritterkreuz?»

«Aber vom Führer eigenhändig verliehen», sage ich. Ich habe ins Schwarze getroffen.

«Vom Führer persönlich? Ist ja geil.» Sie mustern mich anerkennend, wenn auch etwas skeptisch. Und so lege ich nach:

«Ich war der Erste im Regiment und jünger als ihr.»

Sie flüstern miteinander, während ihr Opfer sich röchelnd auf dem Rasen krümmt. «Ist gebongt», sagt der Anführer schließlich. «Aber eins kann ich dir sagen, Opa. Machst 'n schlechten Tausch. Diese Ratte hier» – er stößt den vor sich hin Wimmernden mit der Schuhspitze in den Bauch – «hat schon wegen Drogen im Knast gesessen und versucht, mir das Motorrad zu klauen.» Sie marschieren davon.

Ich betrachte das Opfer. Mit ihm ist wirklich kein Staat zu machen, spinatgrüne Haare, die Hände tätowiert und so hohlwangig, als hätte er die Motten. Er rappelt sich mühsam auf, streckt mir zum Dank die Zunge raus und humpelt davon.

Ich bin ungeheuer erleichtert, noch einmal davongekommen zu sein. Das EK I hat mir mal wieder Glück gebracht und nicht nur mein Leben, sondern auch das von diesem Typen gerettet. Aber dann kommen mir doch Zweifel. Mein wertvollstes Erinnerungsstück für einen Halbkriminellen vergeudet?

Hätte es nicht wenigstens ein ausländischer Mitbürger sein können, einer von den Türken, denen jetzt in unserer Straße fast jeder zweite Laden gehört? Teuer sind sie ja, aber immer freundlich und der Laden picobello sauber. Oder ein farbiger Moderator vom Fernsehen oder ein Jude, so ein netter wie unser Dr. Jacobsohn, dann würde es vielleicht sogar in der Zeitung stehen.

Mit sehr zwiespältigen Gefühlen trotte ich nach Haus und fange mir gleich eine große Standpauke von Ingrid ein. «Musstest du unbedingt den Helden spielen? In deinem Alter? Sie hätten dir doch leicht alle Knochen brechen können!»

Und dann erzähle ich ihr, was mir so durch den Sinn geht. Sie schüttelt den Kopf über mich. «Was grübelst du nur wieder so herum. Es trifft doch eh im Leben den Falschen, im Guten wie im Bösen. Wer will das vorher wissen? Sei froh, dass du mit einem blauen Auge davongekommen bist.»

Und während sie so redet, kommt plötzlich wieder so vieles zurück, an was ich lange nicht mehr gedacht habe, sozusagen mein ganzes Leben, aber mehr die schönen Momente als die schrecklichen. Wie es war, als ich den Orden bekommen habe und mit Ingrid ausgehen durfte. Wie wir am Bootssteg im Kahn saßen und in dem Gartenlokal hinter uns spielte das Grammophon: «Für eine Nacht voller Seligkeit, da geb ich alles hin.» Wir saßen da, und Ingrid griente mich so niedlich an und sagte: «Na ...?» Der Kahn schaukelte sachte hin und her, und der Wind ließ

39

Hunderte von Kastanienblüten auf dem Wasser tanzen.

Inzwischen ist Ingrid in der Küche verschwunden. «Was ist los?», fragt sie, als sie wieder zurückkommt. «Was sitzt du da und starrst so vor dich hin?»

«Ich hab an den Jungen gedacht, unsern Hupsi. Der wird ja nun sehr enttäuscht sein. Ich hab ihm doch vor ein paar Wochen das Eiserne Kreuz versprochen.»

«Orden sammelt der doch schon lange nicht mehr!», ruft Ingrid.

Ich sehe sie verdutzt an. «Nicht? Was sammelt er denn?»

«Dinosaurier aus Fruchtzucker.»

«Na so was», sage ich abwesend, denn ich bin längst wieder in meine verloren gegangene Welt eingetaucht, habe das sirrende Geräusch des Schleifsteins im Ohr und höre mich rufen: «Der Scherenschleifer ist da! Der Scherenschleifer ist da!»

Der Zahn der Zeit

Julia gab dem jungen bebrillten Psychologen, der wie eine Loriot-Figur aussah und auch genauso humorlos und wichtigtuerisch redete, keine Chance. Sein affektiertes Stimmchen erreichte ihr Ohr nicht mehr. Sie hatte den Ton abgestellt. In letzter Zeit häuften sich Expertenrunden, die über das Alter diskutierten, und Julia war jedes Mal erstaunt, dass kaum der Kinderkarre entsprungene Wissenschaftler einem weismachen wollten, wie sich der Mensch in dieser Lebensphase fühlt. Dabei war es schon für eine Siebzigjährige nicht möglich, sich in die Situation einer Neunzigjährigen zu versetzen. Doch die Generationen hatten eine Gemeinsamkeit: Jeder graulte sich vor dem Alter. Natürlich gab es Ausnahmen, denen es damit nicht schnell genug gehen konnte. So ein Geschöpf war auch jenes kleine Mädchen gewesen, das ihr in einer Drogerie betrübt mitgeteilt hatte: «Meine Freundin ist schon sechs, aber ich bin erst fünf.»

«Na, da schwindelst du aber», hatte Julia mit der nötigen Ungläubigkeit in der Stimme geantwortet. «Du gehst doch bestimmt schon zur Schule.»

Die Kleine strahlte, als hätte sie ihr gerade einen Lippenstift geschenkt.

Aber diese Zeitspanne, in der man sich freute, erwachsen zu werden, war in der heutigen Zeit besonders kurz. Bereits der achtjährige Enkelsohn einer Freundin klagte über die Vergänglichkeit des Lebens und mischte sich unaufgefordert in das Gespräch der Kaffee trinkenden Großmütter, die sich gerade gegenseitig abfragten, was für sie wohl das Schlimmste wäre. Der Junge, den Mund voll gestopft mit Baisers und Schlagsahne, hatte seine Ansicht dazu geäußert und genuschelt: «Für mich ist das Schlimmste, dass ich sterben muss», was teils Gelächter, teils Kopfschütteln hervorrief. «Was hat da das Fernsehen wieder in diesem kleinen Kopf angerichtet!»

Julias Enkelsohn, der normalerweise nur mit roher Gewalt zu wecken war, hatte vor seinem zwanzigsten Geburtstag eine schlaflose Nacht verbracht. «Omi, nun bin ich ein Greis.»

«Ohne Abitur», hatte die Großmutter herzlos hinzugefügt und ihm, dem doch in letzter Zeit nun wirklich fleißig Büffelnden, wie die Schwiegertochter tadelnd bemerkte, gründlich den Geburtstag versaut.

Das Altwerden beschäftigte die Menschen anscheinend ebenso heftig wie die Liebe, und wie bei der Liebe konnte man sagen: Wo das Alter hinfällt … Denn das tat es ebenso wahllos. Bei manchen hielt es sich dezent zurück, so dass diese des Glaubens waren, es sei allein ihr Verdienst, die Krepel um sie herum seien selbst schuld an ihrem Zustand oder stellten sich zumindest fürchterlich an und jammerten damit geradezu das Alter herbei. Bei anderen zwickten die Jahre in versöhnlichen Abständen, so dass sich der verdutzte Patient zwischendurch wieder von dem Schreck erholen konnte. Der Rest humpelte, blinzelte, keuchte harthörig und zum Missmut seiner Umgebung nie das Hörgerät benutzend unverstanden dahin.

In den Medien waren mehr die anderen gefragt, die kraftstrotzenden, vitalen Alten, die ständig dem Zuschauer entgegenkrähten, dass sie sogar im Winter im Meer badeten und sich anschließend noch behaglich im Schnee wälzten. Sie sparten nicht mit guten Ratschlägen, die sich auf alle Gebiete bezogen einschließlich des Liebeslebens, das, wie sie augenzwinkernd kundtaten, bei ihnen unter dem Motto stand: Alte Sünder leben am längsten. Ihr Aussehen schien ihnen Recht zu geben, denn sie waren noch rund und rosig, wenn auch etwas schwabbelig, was ihnen aber besser stand als den Asketischen, Ausgemergelten, von der Sonne Geledertern, die mit einer Hand voll gekochtem Reis über Gebirge und durch Wüsten zogen. Das, was sie fertig brachten, hätte sich Julia nicht einmal mit zwanzig zugetraut. Da gab es eine Dame, die mit neunzig auf dem Amazonas herumpaddelte und ihren Geburtstag auf einer Exkursion am Nordpol verbrachte, wo sie mitten im Packeis, wie sie lächelnd berichtete, misstrauisch beäugt von zwei Eisbären, sehr nett gefeiert hätte. Eine Gleichaltrige fuhr noch per Anhalter quer durch die Welt. Fröhlich berichtete sie von Abenteuern, bei denen so etwas wie eine kleine Vergewaltigung zwar unangenehm, aber kaum nennenswert war, wobei, wie Julia missbilligend feststellte, dieser Zwischenfall durchaus vermeidbar gewesen wäre, wenn sich diese Dame auf dem Bildschirm an ihre eigene so warm empfohlene Lebensregel gehalten hätte: Haltet euch wach! Etwas, was Julia von Tag zu Tag schwerer fiel, vor allem in Gesellschaft, wenn sich das Gespräch um für sie so langweilige Dinge drehte wie etwa das Kochen, das neuerdings auch auf großes Interesse bei den Herren stieß. Sie nickten kennerisch, wenn jemand sagte, man solle für Risotto mit Lachs auf jeden Fall Rundkornreis nehmen. In solchen Augenblicken konnte es durchaus passieren, dass ein plötzlicher kleiner Schnarcher von Julia die Runde kichern ließ.

Aber auch das Fernsehen als Gesellschafter wirkte außerordentlich Schlaf fördernd, besonders jene Sendungen, die eigentlich dazu dienten, den Zuschauer in Angst und Schrecken zu versetzen. Das Geknatter von Maschinengewehren, das jaulende Geräusch eines abstürzenden Flugzeuges, das Quietschen der Reifen, wenn ein Auto dem Abgrund zujagte, das Wimmern drangsalierter Opfer ließen Julia prompt in ein Nickerchen verfallen, aus dem sie erst wieder erwachte, wenn der Film zu Ende war.

Leider gab es einen solchen Schlummertrunk im

Augenblick auf keinem Kanal, und so beschloss sie, diese Loriot-Kopie noch einmal zu Worte kommen zu lassen. Der junge Mensch war gerade dabei, die Perlen seines Wissens vor dem staunenden Publikum auszubreiten, und erzählte von einer französischen Mätresse, die es bis ins hohe Alter nicht nur mit Majestäten und anderen Persönlichkeiten getrieben hatte, sondern auch noch mühelos das hohe C singen konnte. Allerdings, das Vergnügen, ihren Neunzigsten im Packeis in der Gesellschaft von Eisbären zu verbringen, war ihr nicht vergönnt gewesen, da sie bereits mit fünfundsiebzig starb. Julia sah an sich herunter, überlegte, ob sie mit fünfundsiebzig noch als Mätresse geeignet gewesen wäre, und kam zu dem Schluss, eher nein. Sie gähnte herzhaft und ging ins Bett.

Vor ihr lag ein anstrengender Tag. Zuerst musste ihr ein Zahn gezogen werden, und danach war sie mit Kusine Dietlind zum Essen verabredet. Zu dem Zahn hatte sie ein ganz besonderes Verhältnis, weil er sich bereits seit ihrer Jugend gegen die Zange der Zahnärzte wehren musste. Jeder dieser Herren meckerte an ihm herum. Mal versperrte er angeblich den Weg, so dass ein anderer Zahn schief herauswuchs, mal wurde er mit seinem Nachbarn verwechselt, bis zur Wurzelspitze aufgebohrt und der sich bester Gesundheit erfreuende Nerv gezogen, was Julia ein paar Wochen später rasende, dem Zahnarzt völlig unerklärliche Schmerzen bereitete und erst durch einen Kollegen aufgeklärt werden konnte. Ein Stück Draht war in die Wurzel gelangt. Danach gab es einige ruhige Jahre für ihn, bis Julia eine Brücke bekommen musste und für diese Sanierung der Zahn wieder einmal im Wege stand. Aber Julia verteidigte ihn wacker, und der Zahnarzt fand sich, wenn auch murrend, damit ab. Der Zahn dankte es ihr viele Jahre, doch nun war sein Ende absehbar. Von Karies geschwächt und Parodontose gelockert, war er ein Wrack geworden, das, wie ein Röntgenbild ergab, nur noch mühsam ein wenig Halt beim Nachbarn suchte, mit dem es verbunden war.

Der neue Tag begann also sozusagen mit einer Beerdigung. Dann kam das Treffen mit Kusine Dietlind, zu der ihr Verhältnis von Kindheit an sehr gespalten war. Einerseits bewunderte sie die Kusine, andererseits reizte sie ihre dominante Art, ihr zur Schau getragenes Mir-kann-keiner-Gehabe. Aber gerade damit hatte sie, wie Julia zugeben musste, ihr gelegentlich aus der Patsche geholfen, in die man im Krieg schnell geraten konnte, etwa, wenn man das Wichtigste im Leben eines Deutschen vergessen hatte, die Kennkarte. Sie sah sich noch im Zug sitzen und verzweifelt danach suchen. Der Kontrolleur, ein ungemütlicher, subalterner Typ, ließ durchblicken, dass es wohl das Beste sei, sie beim nächsten Halt der Polizei zu übergeben. Doch ehe er seinen Vorsatz in die Tat umsetzen konnte, war Dietlind ihr beigesprungen. Das Kusinchen besaß ein von Julia beneidetes großes Talent, mit wenigen unauffälligen Gesten bei den Männern die richtigen Signale zu setzen. Und auch diesmal verfehlte sie ihr Ziel nicht. Während sie den Zeigefinger nachdenklich um ihre Lippen kreisen ließ, als säßen da noch Krümel, eine ihrer Schuhspitzen unmerklich über sein rechtes Hosenbein strich und danach ihre rechte Hand mehrfach durchs Haar fuhr, das, obwohl nur mit Kernseife gewaschen und mit Essig gespült, glänzte, als hätte sie es stundenlang gebürstet, gab sie eine rührende Geschichte von einer todkranken Tante von sich, zu der Julia und sie unterwegs waren. Der Kontrolleur kapitulierte wie erwartet. Mit rauen Worten – «Erzählen Sie diesen Quatsch Ihrer Großmutter!» –, aber mit dem gewissen Flimmern in den Augen, verließ er das Abteil. Und Julia hatte sich wieder einmal neidisch eingestanden, dass Dietlind alles erreichte, was sie wollte, und sich dabei nicht scheute, ihr unbekümmert die Freuden des Lebens vor der Nase wegzupflücken. Das hatte ihr Julia nie so recht verziehen, auch wenn es sich manchmal nur um Nichtigkeiten handelte, wie die Sache mit den Pralinen. Julia hatte sie in einem Kramladen entdeckt, zuteilungsfrei, wo man so eine Kostbarkeit nie vermutet hätte, während Dietlind gerade dabei war, mit geübtem Geschick dem Ladenbesitzer ein Dutzend Wäscheklammern abzuschwatzen. Dietlinds Hartnäckigkeit war er nicht gewachsen, und sie belohnte ihn bei jeder Klammer, die er, um seine Großzügigkeit zu unterstreichen, einzeln auf den Ladentisch legte, mit kleinen Entzückensschreien.

47

«Kuck mal, Dietlind, Pralinen!», rief Julia unbedacht, die ihren Augen nicht trauen wollte, was da zwischen Graupen, schwärzlichen Nudeln, Salz und Rohzucker lag. Und ehe sie sich versah, waren die Pralinen von Dietlind ergriffen, bezahlt und in deren Tasche verschwunden, als Geburtstagsgeschenk für die Mutter ihres Freundes, der lange Zeit ein Verehrer von Julia gewesen war, bis Dietlind ihn ihr abspenstig machte.

Sie hatte nie verstanden, warum ihre Mütter geradezu versessen darauf gewesen waren, dass sie mehr sein sollten als nur miteinander verwandt, nämlich die besten Freundinnen. Schon als Kinder waren sie ständig zusammengesperrt worden, im Kindergarten, im Kinderheim und in den Ferien. Obwohl sie sich zankten, dass die Fetzen flogen, gaben die Mütter die Hoffnung nicht auf, dass sie eines Tages unzertrennlich werden würden. Glücklicherweise sorgte schon der Krieg dafür, dass sie sich nur noch selten sahen. Und danach, musste Julia zugeben, war das Zusammentreffen eigentlich immer sehr nett. Es gab eine Menge lustiger Kindheits- und Jugenderinnerungen, an die man sich jetzt im Nachhinein lachend erinnerte, wenn auch für Julia mit einem leicht bitteren Beigeschmack. Beide waren inzwischen verheiratet, und Julia war stolz darauf, dass es anders als bei ihren Freundinnen in ihrer Ehe kaum Schwierigkeiten gab. Als Dietlinds Mann vor zehn Jahren unerwartet starb, lud sie die Kusine deshalb spontan ein, sich bei ihnen ein wenig von dem

48

Schock zu erholen. Und im Handumdrehen war Dietlind der Mittelpunkt im Haus, obwohl Julias Mann vor ihrem Besuch zu Julias Befriedigung noch gestöhnt hatte: «Muss das sein», weil er sich in seinem gemütlichen Rentnerleben gestört fühlte. Doch von gestört konnte nun keine Rede sein. Dietlind zuliebe verzichtete er sogar auf sein Nachmittagsschläfchen, auf das er sonst großen Wert legte, um sie auf ihren Spaziergängen zu begleiten. Julia, den Spruch «Alter schützt vor Torheit nicht» im Ohr, handelte schnell. Beim Mittagessen – Dietlind und ihr Mann unterhielten sich gerade sehr angeregt über Billy Wilder und seine Filme – stieß sie plötzlich einen kleinen entsetzten Schrei aus, um zu demonstrieren, dass sie etwas Wichtiges vergessen hatte. Der Ehemann zuckte zusammen, verschüttete den Wein, den er gerade sich und Dietlind nachschenkte, wobei der sonst in der Ehe so Aufmerksame Julias Glas völlig übersah, und fragte irritiert: «Was ist denn?»

«Mir fällt gerade ein», erklärte Julia, «dass ja übermorgen der Maler kommt und das Gastzimmer ausgeräumt werden muss.» Und zu Dietlind gewandt: «Würde es dir sehr viel ausmachen, ein paar Tage im Wohnzimmer zu schlafen? Ach, es ist wirklich zu ärgerlich.»

«Das ist es», bestätigte ihre Kusine und warf Julia einen halb anerkennenden, halb gekränkten Blick zu. «Vor allem für dich. Handwerker im Haus sind wirklich kein Vergnügen.»

«Was sein muss, muss sein», sagte Julia. «Aber länger als drei, vier Tage wird es nicht dauern. Und dann hast du wieder deine Gemütlichkeit. Ich hoffe, du fühlst dich nicht allzusehr gestört.»

Doch das tat Dietlind entschieden und reiste ab.

Dem Handwerker kam im letzten Augenblick, wie Julia ihrem Mann erklärte, etwas dazwischen, und das ganze Unternehmen musste verschoben werden. «Wir sollten uns endlich mal nach einem zuverlässigeren umsehen», sagte der Hausherr aufgebracht.

«Wie Recht du hast.» Julia sah zufrieden, wie er nun wieder ihr Glas sorgsam als erstes bedachte.

Die Sache mit dem Zahn wurde unerfreulicher, als sie gedacht hatte. Der Arme kämpfte verzweifelt um sein Leben und klammerte sich so fest, dass der Zahnarzt ärgerlich vor sich hin murmelte: «Hätte ich Sie bloß zum Kieferchirurgen geschickt.»

Als es endlich vollbracht war, blieben mehrere Splitter zurück, die einzeln herausgeholt werden mussten. «Auch das noch.» Der Zahnarzt sah Julia an, als wollte er sagen: «Na, hoffentlich machst du zum Ende deines Lebens nicht auch so ein Theater.»

Mit geschwollenem Gesicht schlich Julia nach Hause und legte sich hin. Doch nach zwei Stunden war sie wieder recht munter. Nur das Gesicht sah immer noch aus, als hätte sie Ziegenpeter.

Das Hotel, in dem sie sich mit Dietlind traf, war eins von der genormten Sorte und das Restaurant gemütlich wie der Warteraum einer Universitätsklinik. Aber die Küche dort wurde allgemein sehr gelobt. Dietlind erwartete sie bereits und begrüßte sie mit einem: «Na, mal wieder zu spät?»

Julia tippte an ihre Backe. «Zahnarzt.»

«Ach, du Arme», sagte ihre Kusine und fügte herzlos hinzu: «Na ja, wenn du nichts hast, fühlst du dich ja auch nicht wohl.»

«Du sagst es.» Julia musterte ihre Kusine verstohlen, während sie die Speisekarte studierte. Sie war wirklich ein Prachtexemplar von einer Achtzigjährigen, das Haar noch voll, das Gesicht fast faltenlos und kaum Altersflecke auf ihren Händen. Bei jeder dieser Feststellungen verstärkte sich ihr Neid wie der Jodgeschmack in ihrem Mund. Auch Dietlinds Appetit war beneidenswert.

Während Julia vorsichtig eine Spargelsuppe schlürfte, erinnerte sie sich mit Wehmut an jene Zeit, als auch ihr Magen ohne Schwierigkeit mit acht bis zehn Kartoffelklößen fertig wurde. Jetzt streikte er schon bei einem etwas zu üppig ausgefallenen Abendbrot. Wie meist führte Dietlind das Gespräch. Sie erzählte von einer Schiffsreise, die gerade hinter ihr lag, was sie da für hochinteressante Leute getroffen hatte und wo sie überall an Land gegangen waren. Plötzlich unterbrach sie ihre Schilderung, deutete auf den Eingang und sagte: «Ach, du grüne Neune. Kuck mal, da!»

Durch den Speiseraum schlich ein Hund. Aber was für einer! Methusalem hätte dagegen noch wie die Jugend selbst gewirkt. Er hatte die Größe eines

51

Boxers und das Aussehen eines Fakirs. Das eine Auge war von einer großen Warze halb verdeckt, und sein wahrscheinlich ehemals braunes Fell sah aus wie verdorrtes Steppengras. Er taumelte gegen jeden Stuhl, an dem er vorbeikam, und ließ sich schließlich mit einem tiefen Seufzer neben ein grünes Gewächs fallen.

«Gehört der zum Hotel?», fragte Julia den Kellner, der gerade den Nachtisch brachte. Der blickte angewidert auf die Jammergestalt.

«Ih, bewahre. Schrecklich, dieser alte Köter. Kommt hier immer einfach rein und sabbert den ganzen Teppich voll. Schmeißt man ihn raus, regen sich die Gäste auf, man hätte kein Herz für Tiere, und lässt man ihn drin, rümpfen sie die Nase. Wie man's macht, ist's falsch. Sonst noch einen Wunsch, die Damen?»

Julia schüttelte den Kopf und beobachtete ihre Kusine, der anzumerken war, dass ihr der Anblick dieses hinfälligen, alten Hundes zusetzte. «Alt werden ist wirklich das Letzte», sagte Dietlind und nahm hastig einen großen Schluck. Ihr schweres goldenes Armband klirrte gegen das Weinglas. Es klang wie ein Totenglöcklein.

«Das ist es ja nun wirklich.» Julia lächelte belustigt. Es kribbelte ihr in allen Fingern, der Kusine etwas Teuflisches zu sagen, heuchlerischen Trost in der Art wie: «Für deine achtzig Jahre siehst du noch sehr passabel aus, die paar Falten am Hals und die schrumpligen Ohrläppchen fallen da überhaupt nicht ins Gewicht.» Aber die Großmut siegte. Sie beugte sich über den Tisch und flüsterte ihr zu: «Hinter dir sitzt ein Herr. Er hat dich schon die ganze Zeit im Visier.»

In Dietlinds Gesicht kehrte das Leben zurück. Sie fuhr sich hastig übers Haar. «Wo?»

«Im Moment bezahlt er gerade die Rechnung.» Julia löffelte zufrieden ihr Weingelee. Jod hin, Jod her, es schmeckte wirklich vorzüglich.

Der Notnagel

Robert erwischte es bereits im Polenfeldzug, und zwar so schwer, dass er für den Rest des Krieges frontuntauglich blieb, wofür er anfänglich von seinen Kameraden bedauert, aber später eher beneidet wurde. Es dauerte Monate, bis man ihn wieder einigermaßen zusammengeflickt hatte.

Bei den Ärzten galt er als ein bewundernswert harter Bursche, der die vielen Operationen mit stoischem Gleichmut ertrug, eine Tugend, die er seinen älteren Brüdern verdankte. Sie hatten ihm rechtzeitig beigebracht, eine Menge körperlicher Unbilden klaglos hinzunehmen. Und er hatte früh gelernt, dass im Leben alles Jammern wenig nützte und höchstens die ungeduldige Frage nach sich zog: «Was is denn nun schon wieder, Robert?»

Er war nun mal nichts Besonderes. Er war einfach da, und damit konnte er ja eigentlich schon zufrieden sein. Selbstverständlich wäre nie jemand auf den Gedanken gekommen, sich für ihn besonders zu interessieren, und nie war es ihm vergönnt, im Mittelpunkt zu stehen. Wenn seine Gesellschaft erwünscht war, vor allem von seinen Brüdern, dann nur, um ihn herumzukommandieren, zu foppen oder durch die Gegend zu hetzen: «Robert, du Knallerbse, wo steckst du denn schon wieder?»

Auch in der etwas entfernteren Verwandtschaft blieb er als Person wenig haften, so dass er, wenn ein zerstreuter Blick ihn traf, ganz automatisch eine kleine Verbeugung machte und sagte: «Ich bin Robert.» Worauf der Erwachsene meist verständnislos reagierte und unsicher fragte: «Robert? Gehörst du zur Familie?»

Auch war er eher ein Stein des Anstoßes als gern gesehen, wo immer er sich aufhielt: «Mach doch Platz!» – «Was stehst du hier so rum?» – «Pass auf, du wirst gleich das Glas umwerfen.» – «Was willst du denn nun schon wieder? Du siehst doch, dass ich mich unterhalte.»

In der Schule erlaubte man ihm gnädig, niedere Dienste zu tun, die Tafel abzuwischen, Kreide zu holen, Ausgestopftes oder in Spiritus Eingelegtes wegzuräumen oder auf dem Schulhof Papier zu sammeln. Seine Zeugnisse waren durchaus zufrieden stellend, aber nicht weiter erwähnenswert, während seine Brüder in dieser oder jener Weise für Aufregung sorgten, entweder für freudige – «Der Junge hat eine Eins geschrieben, stell dir vor!» – oder für das Gegenteil, was aber sofort entschuldigt wurde – «Das Kind ist eben so sensibel. Die Schule strengt ihn zu sehr an!»

Gelegentlich versuchte auch Robert, witzig zu

55

sein wie seine Brüder, und gab auf die Frage: «Wie geht es dir?» die Antwort: «Man hungert sich so durch», was ihm keinesfalls den erwarteten Beifall brachte, sondern nur einen scharfen Verweis seines Vaters: «Robert, du bist nicht komisch.» Denn der tölpelhafte Robert war mit dieser Bemerkung mal wieder ins Fettnäpfchen getreten, sparte doch seine Mutter auf Teufel komm raus. Obwohl sie aus reichem Haus stammte, war bei ihr Schmalhans Küchenmeister, und sie hielt Butterbrote für Kinder trotz des Spruchs: «Salz und Brot macht Wangen rot, Brutterbröter machen sie noch viel röter» für äußerst ungesund. Daher wurde auch ihr die nicht mehr ganz neue Anekdote jener geizigen Hausfrau angedichtet, deren Jagdessen man höflich als frugal umschrieb: Bei einem dieser Diners gab es für jeden Jagdgast abgezählt, wenn auch auf viel Silber, einen Klops. Die Jagdgäste, die stundenlang über gefrorene Äcker und durch Schonungen gestolpert waren, maßen sich gegenseitig mit hungrigen Blicken, als ein einziger übrig blieb. In dem Augenblick brannte eine Sicherung durch. Das Licht ging aus, und ein wahnsinniger Schrei ertönte. Als das Licht wieder anging, steckten zwölf Gabeln in einem Handrücken.

Der Favorit war natürlich Roberts ältester Bruder, dem die Mädchen bereits hinterherschluchzten, als er kaum sechzehn war, die sich aber dann mit dem Zweitältesten zufrieden geben mussten. Auch der dritte Bruder konnte sich über seinen Erfolg bei der

Damenwelt nicht beklagen, wenn es auch nicht gerade die Sorte Mädchen war, der alle Jungen hinterherhechelten. Von Robert nahmen sie nur Notiz, wenn eine einen Laufburschen brauchte oder um ihr Herz auszuschütten: «Männer sind ja so gemein!» Dass sie ihn im gleichen Augenblick stehen ließ und mit strahlendem Gesicht auf einen der älteren Brüder zueilte, nahm er als selbstverständlich hin. Vergeblich hegte er die stille Hoffnung, der Jüngste würde irgendwann seinen Platz als Hackhuhn einnehmen. Aber der blieb nun mal der Kleine, und seine Streiche waren zu kindisch, um die großen Brüder einschreiten zu lassen – die Waschfrau im Keller einsperren, jüngere Kusinen ärgern oder ihre Lieblingspuppe verstecken, so dass sie klagend durch die Räume irrten: «Mein Püppi, mein Püppi!» –, da zogen sie höchstens die Augenbrauen hoch oder schnalzten missbilligend mit der Zunge. Er hingegen hätte für solche Taten ganz schön Senge bezogen. Aber mit dem Kleinen verfuhr man grundsätzlich milde und gab ihm höchstens einen freundschaftlichen Klaps. Robert jedoch bekam alle Augenblicke zu hören: «Nimm die Brille ab», was so viel hieß wie: «Jetzt kriegst du eine gescheuert.»

Dabei hätte Robert in einer anderen Familie oder als Einzelkind durchaus eine Chance gehabt, etwas Besonderes zu sein. Er war nicht nur ein gut gewachsener Junge mit freundlichen braunen Augen, einer durchaus wohlgeformten Nase und hübsch anliegenden Ohren, er war auch sehr musikalisch, spielte recht gut Klavier und besaß eine angenehme Stimme, die der Chorleiter als wunderbar kräftig bezeichnete, die aber in der Familie eher Missfallen erregte: «Mein Gott, Robert, was brüllst du wieder herum!» Die Klavierlehrerin versuchte, seine Mutter von seinem beachtlichen Talent zu überzeugen, lobte seinen Anschlag und seine perlenden Läufe sowie seine ausdrucksvolle Wiedergabe Bachscher Fugen. Roberts Mutter ging nicht weiter darauf ein und verabschiedete sich mit einem freundlichen: «Bachsche Fugen, wie nett.» Robert gegenüber fasste sie das Gespräch mit dem Hinweis zusammen: «Im Großen und Ganzen ist die Lehrerin einigermaßen mit dir zufrieden», denn sie ging mit Lob ebenfalls sparsam um und hielt es für ebenso schädlich wie reichliches Essen, womit sie sich im Widerspruch zu den meisten Müttern in der Familie befand, die ihre Kinder gar nicht genug preisen konnten. So war Roberts Kusine Adele nach Aussage der Eltern gerade auf dem Wege, schnurstracks eine der größten Ballerinen zu werden, die die Welt je erblickt hatte, und bei jedem Anlass hüpfte sie, gehorsam von Robert auf dem Klavier begleitet, dem verstohlen gähnenden Publikum etwas vor. Dummerweise gab es dann aber bald einen Karriereknick, an dem das arme Kind jedoch völlig unschuldig war. Es war ihr Busen, der in seiner Üppigkeit durchaus wohlwollend zur Kenntnis genommen wurde, nur vom Ballettmeister nicht. Auch bekam Robert Konkurrenz in Gestalt seiner Kusine Charlotte, die, wie man sich zuflüsterte, mehr auf die armen Tasten eindrosch, als sie mit zarter Hand zum Klingen zu bringen. Ihr Paradestück war der «Fröhliche Landmann», dessen Fröhlichkeit so lärmend war, dass der Hund winselnd bat, hinausgelassen zu werden. Mit fortschreitenden Jahren und den sehnsüchtig erwarteten ersten Rasurversuchen fanden seine Brüder Roberts musikalisches Talent plötzlich doch recht brauchbar, womit sie natürlich nicht Bachsche Fugen meinten, sondern alles, wonach sich tanzen ließ. Robert, glücklich darüber, endlich einmal von Nutzen zu sein, wandte sich von da an ganz der leichten Muse zu und begleitete sein Spiel mit seiner angenehmen Stimme, die nun nicht mehr der Klassik diente oder dem Volkslied, sondern mehr den gängigen Schlagern. Dabei sah er seinen Brüdern zu, wie sie sich, ihre Kusinen im Arm, im Wohnzimmer unter viel Gelächter im Kreise drehten, wobei Kusine Adeles Busen keineswegs als störend empfunden wurde.

Robert machte sein Abitur und verschwand ohne viel Aufsehen als Offiziersanwärter bei der Infanterie und nicht etwa bei den gesellschaftlich bevorzugten Truppenteilen wie Panzerjäger oder Luftwaffe. Doch mit dem Tage seiner Verwundung änderte sich das Desinteresse seiner Umgebung an ihm schlagartig. Die gesamte Verwandtschaft kam anmarschiert und ließ es sich nicht nehmen, Robert einen tapferen Burschen zu nennen. Selbst die schicken Freundinnen seiner Brüder tätschelten liebevoll seine Hand

59

und hauchten ihm einen Kuss auf die Stirn. Anfang des Krieges waren Gefallene und Verwundete noch überschaubar, und so wetteiferte man miteinander, um es den Soldaten im Lazarett so angenehm wie möglich zu machen. Der BDM kam anmarschiert, legte ihm einen schon leicht verwelkten Feldblumenstrauß auf die Bettdecke und schmetterte die «Blauen Dragoner» durchs Zimmer, bis die Schwester die Tür aufriss und tadelte: «Mädels, geht's nicht ein bisschen leiser?» Frauen der NSV brachten Selbstgebackenes, schüttelten sein Kopfkissen auf, strichen die Bettdecke glatt und kamen dann sehr schnell auf ihre eigenen tapferen Söhne zu sprechen. Robert nahm alles mit staunenden Augen und voller Dankbarkeit hin, verschwieg aber klugerweise, dass es nicht der Feind gewesen war, der ihm die vielen Blessuren zugefügt hatte, sondern die eigene Artillerie mit einem fehlgeleiteten Geschoss, und dass die vorzeitige Beförderung zum Leutnant eine kleine Entschädigung dafür war.

Als er endlich wieder einigermaßen zusammengeflickt war, brachte man ihn in seiner Heimatstadt auf einer Dienststelle der Wehrmacht unter, wo er nicht gerade in Arbeit versank. Im Laufe des Krieges fielen nacheinander seine älteren Brüder, und der jüngste wurde, gerade erst ein paar Wochen Soldat, in Russland vermisst. Robert war nun nicht mehr nur einfach da, sondern wurde für die Familie als gesellschaftliche Stütze unentbehrlich, für Hochzeiten und andere Feste, als Tischherr oder Brautführer, denn

Männer waren Mangelware geworden. Trotz seiner schweren Verwundung entpuppte er sich als ein exzellenter Tänzer und charmanter Unterhalter, dem Komplimente nur so von den Lippen flossen – «Gnädiges Fräulein tanzen wie eine Feder!» Wieder kam ihm sein musikalisches Talent zugute, und es wurde begeistert begrüßt, wenn er sich ans Klavier setzte und sang: «Haben Sie schon mal im Dunkeln geküsst?» oder: «Ich dacht', Sie wären frei, Fräulein, da ist doch nichts dabei, Fräulein.» Ja, um Robert riss man sich geradezu. Er war einfach phänomenal und seine letzte Damenrede entzückend. Er eilte von einem Fest zum anderen, entwarf Hochzeitszeitungen, zeigte sich hilfreich in der Beschaffung von Alkohol und anderen nur mit Beziehungen zu erwerbenden Dingen und war dazu ein einfühlsamer Tröster junger Kriegerwitwen, bei denen seine geliebte klassische Musik endlich wieder zur Geltung kam.

Über Roberts eigenes Leben machte sich kaum jemand Gedanken. Dass er hin und wieder für mehrere Wochen in einem Krankenhaus verschwand und deshalb für die Familie nicht greifbar war, wurde eher als eigenes Missgeschick denn als Unglück für Robert betrachtet. Selbst seine Amouren – hatte er überhaupt welche? – fanden nicht das sonst übliche Familieninteresse. Und wenn das Gespräch wirklich mal darauf kam, stellte man jedes Mal fest, von einer festen Freundin sei nichts bekannt, versäumte aber nicht hinzuzufügen, «stille Wasser sind tief», worüber man ein wenig lachte. Die schwere Verwundung war natürlich kein Pappenstiel für den armen Jungen, aber im Großen und Ganzen ging es ihm doch beneidenswert gut. Nach dieser Feststellung wandte man sich anderen, sehr viel ernsteren Themen zu, die vom Krieg handelten und über die man mit scheuen Seitenblicken nur flüsternd reden konnte.

Zunächst brachte auch der Frieden für Robert keine wesentliche Änderung. Es ging ihm den Umständen entsprechend weiterhin gut. Er hatte sich mit seiner Dienststelle noch rechtzeitig vor dem Einmarsch der Russen absetzen können und es inzwischen ohne große Anstrengung zum Hauptmann gebracht. Mit seiner Pension, die er nun in voller Höhe bekam, konnte er durchaus zufrieden sein, und er war weiterhin in der Verwandtschaft gefragt. Sobald man nach all dem Schrecken wieder ein wenig Fuß gefasst hatte, versuchte man, so gut es ging, hier und da dem Leben mit bescheidenen Feiern wieder ein wenig Glanz zu geben. Aber Männer blieben weiterhin knapp, waren gefallen oder in Kriegsgefangenschaft, und Robert war als Notnagel überall willkommen. Doch je mehr sich die Zeiten besserten, umso weniger brauchte man ihn. Nach und nach geriet er in Vergessenheit. Ab und an fragte mal jemand: «Was macht eigentlich Robert? Wie geht es ihm?», und bekam die desinteressierte Antwort: «Robert? Sehr gut. Er soll jetzt viel auf Reisen sein. Hat ja auch einen ordentlichen Batzen Lastenaus-

62

gleich bekommen und dann die Pension.» Nein, um Robert musste man sich nun wirklich keine Sorgen machen, wenn man ihn auch zugegebenermaßen schon lange nicht mehr gesehen hatte. Die neue Zeit war einfach zu aufregend: Eiserner Vorhang, Atomkraft: nein danke, Flower Power, Minirock und die ewigen Auseinandersetzungen mit den aufmüpfigen Kindern und ihren dummen Sprüchen – «Wer einmal mit derselben pennt, gehört schon zum Establishment» –, die dauernd an den Amerikanern herummeckerten, wo doch jeder froh war, nicht bei den Russen, sondern in der amerikanischen Zone gelandet zu sein. Auch die Familienanekdoten hatten allmählich Patina angesetzt, die Geschichte von der Weihnachtsgans, die unterwegs abhanden gekommen war, so dass den erwartungsvollen Empfänger ein leeres Paket erreichte, in dem sich nur ein Zettel mit der Botschaft befand: «Vom Feindflug nicht zurückgekehrt», oder die Geschichte mit den zwölf Gabeln. Robert mit seiner altmodischen Art – «Gnädiges Fräulein tanzen wie eine Feder!» – und seiner sanften, inzwischen etwas brüchig gewordenen Stimme, mit der er, vom Klavier begleitet, den «Armen Gigolo» zum Besten gab, war nicht mehr gefragt. Nur einmal klingelte mehrere Tage hintereinander bei ihm das Telefon. Kusine Adele, die gescheiterte Ballerina, hatte Mann und fünf Kinder im Stich gelassen und war mit einem Hippie durchgebrannt, und Robert sollte als Einziger von dieser Affäre gewusst haben. Der ahnungslose Robert, der

Jahre nichts von dieser interessanten Kusine gehört hatte, nicht einmal wusste, dass sie verheiratet war, gab sich geheimnisvoll diskret, weshalb man ihn einerseits lobte, andererseits aber fürchterlich langweilig fand.

Doch dann passierte etwas, was niemand mehr erwartet hatte: Er heiratete, und noch dazu eine dreißig Jahre jüngere Frau. Kaum hatte man seine Anzeige gelesen, bekam er die ersten Einladungen. Schließlich war es wichtig, diesem neuen Familienmitglied ein wenig auf den Zahn zu fühlen. Männer in Roberts Alter machten sich leicht zum Narren und bekamen gar nicht mit, dass eine es nur auf Versorgung abgesehen hatte. Doch dann fand man die junge Frau eigentlich recht nett und rührend um seine Gesundheit besorgt. Zu sehr, wie Robert fand, der sich deswegen bereits ein Jahr später wieder von ihr trennte, was wiederum ein Grund war, ihn zur Kenntnis zu nehmen und in größerem Rahmen einzuladen. Dummerweise war nur so viel aus Robert herauszubekommen, dass er nicht die Absicht habe, sein Leben mit einer Art Krankenschwester zu teilen. Dafür redete er umso mehr über seine Reisen und hielt den Gästen Dutzende von Fotos irgendwelcher Altertümer unter die Nase, für die sich niemand so recht begeistern konnte. Ruinen hatte man in diesem Kriege ja nun wirklich genug gesehen. Erst eine auf ihn angesetzte, sehr gewandte Kusine schaffte es, ein wenig mehr über seine Ehe aus ihm herauszuquetschen, was natürlich sofort die Runde machte: «Einfach überfordert, der gute Junge. Sie war eine von den Unersättlichen, ihr wisst schon, was ich meine. Beim Mittagessen, wenn er den Mund voller Tafelspitz hatte, ist sie aufgesprungen und wollte geküsst werden. Und seine geliebten Bachschen Fugen versetzten sie eher in Ekstase, anstatt beruhigend zu wirken. Dazu musste er am Tage literweise Wasser trinken, unter ihrer Anleitung turnen und dem Alkohol entsagen: ‹Liebling, denk an deine zerschossene Leber.›»

Doch sehr bald schlief das Interesse an dem guten Robert wieder ein und kehrte erst zurück, als Grammophon und Plattenspieler längst in den Ruhestand getreten waren, die Beatles zu Oldies wurden und man seine Generation Senioren nannte, für die man im Radio Evergreens spielte und denen man zum Geburtstag Biografien schenkte, die von ihrer Jugend und dem Krieg handelten. Auf einmal war Robert wieder gefragt. Auch wenn man jung und dynamisch blieb, wanderte man nun wieder gern die altvertrauten Pfade, wobei man den heiteren Strecken den Vorzug gab und sich ungern in Gegenden verirrte, wo Schreckliches auf einen wartete. Robert war dabei ein wirklich angenehmer Wegbegleiter, zumal auch jetzt wieder, wie im Krieg, die Männer von der Bildfläche verschwanden oder, wie es ein schon sehr verkalkter Onkel nannte, zur großen Armee abgerufen worden waren. Freundschaftlich schlug man ihm auf die Schulter: «Na, altes Haus, gibt es dich auch noch.» Man sprach von seinen

Brüdern und von seinen Eltern und kam, weil Takt in der Familie nicht sehr stark ausgeprägt war, dabei unweigerlich auf die seiner Mutter zugeschriebene Jagdgeschichte zu sprechen: «Weißt du noch? Zwölf Gabeln steckten in einem Handrücken!» Robert lachte herzlich. Man hatte ihm seinen Stammplatz wieder eingeräumt.

Das gute Kind

Der Schock seines Lebens traf Wilfried an einem
Spätnachmittag im Herbst auf dem Zebrastreifen. In
Sekundenschnelle hatte ein Kurierfahrer den eben
noch rüstigen Achtzigjährigen in ein hilfloses Men-
schenbündel verwandelt, das erst durch die bohren-
den Fragen nach seiner Krankenkasse wieder zu sich
kam. Glücklicherweise hatte Nichte Lottchen, das
gute Kind, dafür gesorgt, dass er die Scheckkarte
seiner Krankenkasse ständig bei sich trug, denn die
war inzwischen wichtiger als der Personalausweis.
Und so lallte er: «Jackett, Seitentasche.» Als die
Schwester befriedigt damit abzog, sah er sich verwirrt um. Eine völlig neue Welt tat sich vor ihm auf.
Offensichtlich war er im Krankenhaus und in einem
Fünfbettzimmer gelandet, in dem jedoch nicht etwa
angemessene Ruhe herrschte, sondern geschäftiges
Treiben. Der Fernseher an der Decke füllte den für
die Nacht abgedunkelten Raum durch seine ständig
wechselnden Bilder mit fahlen Blitzen, die Wilfried
an Mündungsfeuer der Artillerie erinnerten. Sein
Bettnachbar zur Rechten bearbeitete einen Laptop;

der zur Linken, der, wie Wilfried später erfuhr, vom Bett aus eine kurdische Demonstration geleitet hatte, zischte Befehle in sein Handy. Ihm gegenüber lag ein stöhnender Farbiger, der von seiner tränenüberströmten Freundin lautstark getröstet wurde, und aus dem fünften Bett ertönten stampfende Rhythmen aus einem Walkman. Wilfried gab schnell auf, diesen verwirrenden Eindrücken nachzugehen, und duselte, durch Beruhigungsmittel losgelöst von Zeit und Raum, weiter vor sich hin. Nur einmal musste er plötzlich lachen, als ihm durch den Kopf schoss, wie seine Schwester alles, was ihr widerfuhr, egal, was es war, mit der Redewendung: «Der Schock meines Lebens» quittierte. Da hätte sie mal heute dabei sein sollen!

Der erste Schock ihres Lebens war er selbst gewesen. Von mütterlichen Regungen für das Baby, wie sie von einer älteren Schwester erwartet wurden, war bei ihr keine Rede, obwohl die Eltern sich alle Mühe gaben, drohende Konkurrenzgefühle mit einem neuen Puppenwagen im Keim zu ersticken. Auch durfte sie ihm die Flasche geben und zusehen, wie er gebadet, gepudert und gewindelt wurde. Aber die heimliche Hoffnung der Eltern, ihre Zuneigung zu dem kleinen Bruder dadurch zu wecken, erfüllte sich nicht. Es endete damit, dass sie ihm die Flasche wegriss, den Nuckel entfernte und die Milch ruck, zuck selbst austrank. Auch erwies es sich als gefährlich, sie mit ihm allein zu lassen, denn sie wurde eines Tages dabei erwischt, als sie das Baby weit aus dem Fenster

68

hielt, um es ihren staunenden Freundinnen im Vorgarten zu zeigen, wenn auch diesmal in der eher lobenswerten Absicht, mit dem Brüderchen anzugeben. Die Familie aber wohnte im vierten Stock, und Wilfrieds Mutter erlitt bei dieser Gelegenheit ihrerseits den Schock ihres Lebens.

Der Schwester jedoch wurden im Verlaufe ihrer Jugend noch viele Schocks zuteil – von einer zu starken Dauerwelle versengte Haare, ein verloren gegangener Liebesbrief und ein durch Wilfrieds Schuld kaputtgegangener Knirps, in damaliger Zeit noch eine Kostbarkeit. Er hatte mit ihm im Park in einem Graben Arche Noah gespielt, und der aufgespannte Schirm war dabei samt den von seinem Bauernhof stammenden hölzernen Schafen, Kühen und Pferden im Modder versunken. Wie immer, ging sie zur Strafe nicht gerade zimperlich mit ihm um.

In seinem Krankenhausbett stöhnte Wilfried leise, ihm war, als spüre er ihre Püffe und Kniffe noch heute, so zerschlagen fühlte er sich. Doch das wirkliche Martyrium begann erst am nächsten Tag. Er wurde noch einmal von allen Seiten beklopft, betastet und auf einer schmalen Bahre in rasendem Tempo durch im Neonlicht gleißende Flure gefahren und in Fahrstühle geschoben, bis er schließlich in einem mit Apparaten gespickten Raum landete, wo er, auf eine eisige Platte gelegt und in verrenkter Haltung, fast in Todesstarre auszuharren hatte und den knappen Befehlen der Röntgenassistentin folgen musste: «Einatmen, ausatmen, nicht mehr atmen, weiteratmen!» Die Rippen wurden bepflastert, das rechte Knie gerichtet, ein Handgelenk gegipst.

Er war nun in ein kleineres Zimmer umquartiert worden. Aber auch hier ging es, wenn auch auf andere Weise, zu wie im Taubenschlag und genauso international. Indonesier, Afghanen, Türken, Polen gaben sich, im Dienste der Kranken, geschäftig die Klinke in die Hand, beäugten ihn stirnrunzelnd, sich gegenseitig zunickend, von allen Seiten, zogen ein Augenlid herunter, ordneten seine Bettdecke, schüttelten das Kopfkissen auf, schoben ihm ein Fieberthermometer in den Mund, reinigten das unbenutzte Waschbecken oder fuhren mit einem Schrubber unter seinem Bett entlang. Kräftige, zarte, dickfingerige Hände entnahmen ihm literweise Blut, maßen den Blutdruck und prüften die Verbände.

Allmählich kehrte seine Erinnerung zurück, und er fuhr vor Schreck zusammen. Was, um Gottes willen, war aus seinem Hund geworden? Er umklammerte den schlanken, cremefarbenen Arm der gerade an ihm hantierenden Schwester und rief: «Was ist mit Fiepchen?»

Die zierliche Koreanerin zwitscherte in einer Blättersprache beruhigend auf ihn ein. «Nix aufregen. Vogel bestimmt bei Nichte!»

«Nix Vogel! Hund!», rief Wilfried. Seine Stimme überschlug sich, so dass der sonst so schweigsame Bettnachbar erschreckt: «Mann!» ausrief.

«Oh, Hund!» Die junge Schwester lächelte begütigend. «Ich verstehen. Hund auch bei Nichte.» Ihre sanfte Stimme, ihre ruhigen Bewegungen, ihr freundliches Lächeln erwärmten sein Herz. Was für ein zauberhaftes Geschöpf! Wahrscheinlich hatte sie Recht, und Fiepchen war bei Lottchen, die sicher längst wusste, wo er war, denn er trug ihre Telefonnummer und Anschrift ständig bei sich.

Eigentlich machte er sich nichts aus dem Hund. Er war durch Zufall bei ihm hängen geblieben. Die Nachbarin hatte ihn für ein paar Stunden bei ihm abgegeben und war dann, wie er, einem Verkehrsunfall zum Opfer gefallen, allerdings einem tödlichen. Niemand von ihren Angehörigen legte auch nur den geringsten Wert auf das Tier, und zu seinem eigenen Erstaunen hatte er es nicht fertig gebracht, Fiepchen in ein Tierheim zu bringen, wo er bei seiner Hässlichkeit wahrscheinlich kein neues Zuhause gefunden hätte. Eine Schönheit war er wirklich nicht. Ziemlich klein geraten, sah er mit seinem in die Luft gereckten buschigen Schwanz, den spitzen Ohren und den hüpfenden Bewegungen halb wie ein Fuchs, halb wie ein Eichhörnchen aus. Trotz mangelnder Zuneigung sorgte Wilfried einigermaßen für ihn, wenn er auch als Futter die Reste von seinen Mahlzeiten für gut genug befand, so dass Fiepchen notgedrungen ab und an einen Diättag einlegen musste, wenn es Bohnen oder Spargel gab. Auch Bewegung bekam er nur, wenn es Wilfried selbst nach einem Spaziergang gelüstete, was nicht allzu häufig der Fall war. Glücklicherweise wurde dieses etwas kritische Problem durch das Nachbarskind gelöst, das Fiepchen unbedingt ausführen wollte, was er ihm gnädig erlaubte. Auch Streicheln und andere Zärtlichkeiten fand er für Fiepchen völlig unangebracht. Trotzdem begrüßte ihn der Hund jedes Mal, wenn er nach Hause kam, mit stürmischer Liebe. Er war ein unruhiges Tier, das ständig durch die Wohnung schnüffelte und im Schlaf aufgeregte, fiepende Töne von sich gab und deshalb oft zur Ordnung gerufen werden musste. Trotzdem hätte Wilfried ganz gern gewusst, ob der Hund bei dem Sturz ebenfalls zu Schaden gekommen war. Vage erinnerte er sich an ein lautes Jaulen, als er hilflos auf dem Zebrastreifen lag. Ärgerlich dachte er an Lottchen. Sie hätte sich nun wirklich längst mal blicken lassen können.

Wie auf ein Stichwort, betrat die von ihm Gescholtene im gleichen Moment das Krankenzimmer. Sie war das einzige Familienmitglied, das er noch besaß, und sie vergötterte ihn. Mit einem mürrischen «Wie schön, dass man dich auch mal sieht» begrüßte er sie.

Sie sah ihn verdutzt an. «Aber ich war doch schon zweimal hier. Das hast du wohl nicht so recht mitbekommen.»

Er betrachtete sie missmutig, während sie sich einen Stuhl heranschob. Auf den ersten Blick war sie der Abklatsch seiner Schwester, aber bei genauerem Hinsehen merkte man, dass sie ihrer hübschen Mutter nicht das Wasser reichen konnte. Lottchens Gesicht glich dem eines Wachsengels, der zu nah an

einer Kerze gestanden hatte. Alles, was einmal eben-
mäßig angelegt war, schien zerflossen zu sein. Auch
ihr Untergestell war zu breit und weich geraten, und
ihre kurzen Beine konnten sich nicht mit den
schlanken ihrer Mutter messen. Dazu hatte sie eine
Vorliebe für merkwürdige Kopfbedeckungen. Diesmal war es etwas Gehäkeltes in Braun, das wie ein
Kuhfladen auf ihrem Kopf lag. Aber sie war ein gutes
Kind, das mal wieder an alles gedacht hatte, sogar
daran, dass er nur Milchschokolade aß, wenn er auch
kurz darauf missbilligend feststellte, dass es die falsche Marke war. Er mäkelte deswegen gleich herum,
doch mit Vorsicht, denn er wusste, dass er ohne sie
ziemlich verloren war, besonders jetzt.

Während Lottchen von ihrer Arbeit erzählte – sie
war als Laborantin der Forschungsabteilung eines
großen Werkes unermüdlich hinter Mikroben und
Bakterien her –, grübelte er wieder einmal über
seine Schwester nach, die ihm ständig zu verstehen
gegeben hatte, was für ein kleiner Idiot er doch war,
und ihn heruntergeputzt hatte, wo sie nur konnte.
Trotzdem war er dauernd hinter ihr hergedackelt
und hatte sie bewundert. Nur ganz selten war er von
ihr in Schutz genommen worden. Einmal, in der
Sommerfrische, vor dem Gänserich, der zischend
vor ihm stand, so dass er sich keinen Schritt weiter
traute und zu heulen anfing. Da war sie angelaufen
gekommen und hatte dem Gänserich eins mit der
Gerte versetzt, ihren Bruder bei der Hand genommen, war mit ihm ins Haus gegangen und hatte

73

hinter dem Rücken der Mutter ein Stück Marmorkuchen für ihn zum Trost stibitzt. Ein andermal war die Situation schon sehr viel prekärer gewesen, als ihm auf dem Weg zum Kaufmann das Geld zum Einkaufen verloren gegangen war und er sich nicht nach Hause traute, denn seine Mutter fackelte nicht lange, und er musste sich auf ein paar Ohrfeigen gefasst machen. Unschlüssig trieb er sich auf der Straße herum, wo ihn seine Schwester fand und zur Rede stellte. Wortlos hörte sie sich sein Gestammel an, und diesmal setzte sie ihn wirklich in Erstaunen: Sie plünderte ihr Sparschwein für ihn. Aber das war wirklich eine große Ausnahme gewesen. Meist zankten sie sich herum, und er beklagte sich bei seiner Mutter über ihre Gemeinheiten. Doch er fand nicht das gewünschte Verständnis.

«Ihr seid einer wie der andere», sagte sie, verärgert darüber, dass der Vater ihr zum Geburtstag anstatt des ersehnten Kostüms einen Einwecktopf geschenkt hatte. «Egoisten von der schlimmsten Sorte. Wie oft habe ich dich gebeten, deine kranke Tante einmal im Krankenhaus zu besuchen. Aber nein.»

Er war richtig gekränkt gewesen. «Das ist doch nur was für Frauen, und Trudel geht ja auch nicht.»

«Eben», sagte die Mutter kurz. «Da siehst du, wie ähnlich ihr euch seid. Warte nur, bis es dich mal selber trifft. Dann wirst du anders denken.»

Aber so richtig erwischt hatte es ihn eigentlich bis zu diesem Herbsttag nie. Das Schicksal war recht gnädig mit ihm verfahren. Nicht einmal im Krieg hatte er besonders viel durchgemacht. Er hatte es auch in dieser Zeit angenehm gehabt, erst in Frankreich, später dann in Norwegen. Die englische Gefangenschaft war nur kurz gewesen, und auch der Anblick seines zerbombten Elternhauses hatte nicht den «Schock seines Lebens» ausgelöst. Die Familie war rechtzeitig evakuiert worden, und es wäre bei seiner durch Bombenangriffe völlig zerstörten Straße ein Wunder gewesen, wenn das Elternhaus als Einziges nichts abbekommen hätte. Seine Scheidung setzte ihm da schon etwas mehr zu, vor allem, weil seine Frau ihn einen kaltherzigen, egoistischen Menschen nannte und behauptete, dass er allein die Schuld an diesem Desaster trage. Sein Beruf – er war Prokurist in einer kleinen Firma – hatte ihn weder sehr interessiert noch besonders gelangweilt, so wie es auch sein Rentnerdasein nicht tat, in dem es kaum Höhen und Tiefen gab. Einmal im Monat ein Opernbesuch, wobei er dem Ballett den Vorzug gab, einmal in der Woche ins Kino, hin und wieder ins Museum und hier und da eine kleine Reise. Mehr spielte sich in seinem Leben nicht ab. Trotzdem war er nicht unzufrieden. Mit seiner Gesundheit hatte er keine Probleme, er schlief ausgezeichnet, aß mit Appetit, und das Einzige, was ihm auffiel, war, dass mit zunehmendem Alter die Zeit immer schneller zu vergehen schien. Kaum war man aufgestanden, musste man sich schon wieder zum Schlafengehen fertig machen. Der kleine Freundeskreis schmolz immer schneller zusammen, und es gab immer mehr

75

Witwen, die getröstet werden wollten, etwas, wofür er, wie er fand, wenig geeignet war. Die Schwierigkeiten anderer Leute interessierten ihn nicht. Er selbst wurde ja auch gut allein mit seinen eigenen fertig – bis zu diesem Unfall, der alles Bisherige außer Kraft setzte und ihn in eine völlig neue Lage gebracht hatte. Jetzt schien alles auf dem Kopf zu stehen. Schon allein der Tagesablauf: um fünf Uhr Wecken, um halb zwölf Mittagessen und um sechs Abendbrot. Von einer Sekunde auf die andere hatte man sein Zimmer mit völlig Fremden zu teilen, was er seit seiner Soldatenzeit nicht mehr getan hatte. Bei dem ständigen Beklopft-, Gedreht- und Gewendetwerden kam er sich vor wie ein defektes Auto auf dem Prüfstand, und wenn ein ganzes Ärzteteam schweigend auf ihn herunterstarrte, fielen ihm jedes Mal Lottchens Mikroben unter dem Mikroskop ein, von denen sie so gern und angeregt berichtete. Die sonst so schnell vergehende Zeit dehnte sich im Krankenhaus ins Endlose, und er konnte weiß Gott nicht sagen, dass sich die Besucher die Klinke in die Hand gaben. Gelegentlich ließ sich eine der Witwen blicken oder auch mal eine Nachbarin.

Seine Entlassung zögerte sich immer wieder hinaus. Das operierte Knie hatte sich entzündet, er bekam starke Schmerzen und Fieber, so dass er noch einmal operiert werden musste. Aber auch der übrige Körper war recht marode geworden. Es zwickte und zwackte an allen Enden. Die Tage schlichen dahin, und in dem Dreibettzimmer wechselten alle Augenblicke die Patienten, so dass man jedes Mal fürchten musste, irgendjemanden hineinzubekommen, der den Aufenthalt noch unerträglicher machte. Einmal war es ein junger Mann, den es vom Motorrad geschleudert hatte, der aber trotzdem bald so putzmunter war, dass seine jungen Besucher und er das Zimmer mit dröhnendem Lachen füllten. Auch begann es ihn mehr und mehr zu stören, dass man es anscheinend für passend hielt, Kranke grundsätzlich im Plural anzureden: «Wie fühlen wir uns denn heute?»

«Wie Sie sich fühlen, weiß ich nicht», hatte Wilfried darauf geantwortet und es mit der Schwester prompt verdorben. Aber die meisten Schwestern fand er sowieso unerträglich wichtigtuerisch und bestimmend. Die einzige Ausnahme war die kleine Koreanerin, die seinen Hund für einen Kanarienvogel gehalten hatte und längere Zeit in einem bayrischen Krankenhaus gewesen war. Ihr fröhliches «Grieß Gott, Meister!» entlockte ihm jedes Mal ein Lächeln. Er bat deshalb Lottchen, ihm eine Flasche Parfüm für sie mitzubringen, aber nicht das Übliche, sondern etwas Besonderes. Lottchen gab sich redlich Mühe, etwas Exquisites zu finden. Zumindest was die Verpackung betraf, sah es außerordentlich kostbar aus. Eine Brillantbrosche hätte keine elegantere Hülle finden können. Und die Freude, die die junge Schwester zeigte, tat ihm wohl. An ihren freien Tagen vermisste er sie sehr, aber der Schock seines Lebens traf ihn, als sie plötzlich wegblieb und er hören musste, dass sie gekündigt hatte.

Wilfried versank in Schwermut und empfand plötzlich, nach so vielen Jahren, Mitgefühl für seine Schwester, die Knall auf Fall von ihrem Freund verlassen worden war, als dieser hörte, dass sie ein Kind erwartete – der wohl wirklich größte Schock ihres Lebens. Aber viel gekümmert hatte sie sich um ihre Tochter nicht. Sie hatte sie mehr und mehr den Großeltern überlassen und war eines Tages verschwunden. Das gute Kind hatte später seine Großeltern rührend gepflegt und nach deren Tod ihre Liebe ganz auf den einzigen Onkel konzentriert, obwohl er sie ziemlich herablassend und gönnerhaft behandelte. Gelegentlich lud er sie zum Mittagessen ein und nahm sie mit ins Kino, wobei er hinterher stets das angenehme Gefühl hatte, ihr ein wirklich guter Onkel zu sein.

Da saß sie nun an seinem Bett und versuchte, ihn ein wenig aufzumuntern, indem sie über grauenvolle Bakterien berichtete, die imstande waren, die ganze Menschheit auszurotten. Aber alles, was außerhalb seines Krankenhausalltags lag, war für ihn nicht mehr von Interesse. Er beklagte sich lieber über das schlechte Essen, über die Kurpfuscher von Ärzten und unfreundlichen Schwestern, die nie Zeit für die Patienten aufbrachten. Lottchen hörte sich seine Klagen geduldig an, ließ ihn reden, nickte zustimmend und strickte dabei eine Scheußlichkeit nach der anderen. Er betrachtete sie schlecht gelaunt. Wie unattraktiv sie doch war! Und kein Freund weit und breit in Sicht. Sie konnte von Glück sagen, wenigstens noch einen alten Onkel als männlichen Ansprechpartner zu haben. Er versank in Schweigen und sehnte sich mehr und mehr nach seiner Wohnung und Fiepchen zurück, der ihm plötzlich als das Kostbarste erschien, was er je besessen hatte. Er nahm sich vor, den Hund mehr zu verwöhnen, ihn häufiger mal zu streicheln und ihn auf den Schoß zu nehmen. Sein überschaubares, wenig abwechslungsreiches früheres Leben erschien ihm jetzt wie ein Paradies, aus dem er verstoßen worden war. Das einzige gemeinsame Thema, das Lottchen und er hatten, war nun Fiepchen. Sie hatte inzwischen den Hund in ihr Herz geschlossen und berichtete ihm gern über seine eigenartigen und drolligen Angewohnheiten, etwa, seinen Quietschball wie ein Osterei für sie an den merkwürdigsten Stellen, einmal sogar unter ihrem Kopfkissen, zu verstecken, ihrem Suchen schwanzwedelnd zuzusehen und sich halbtot zu freuen, wenn sie ihn gefunden hatte.

Endlich, endlich war es so weit, er sollte entlassen werden. Als ihm der Arzt die Freudenbotschaft verkündete, weinte er fast vor Glück, obwohl er immer noch nur mühsam humpeln konnte. Lottchen, das gute Kind, holte ihn ab und brachte ihn in seine Wohnung, die mit Blumen geschmückt war und vor Sauberkeit glänzte. Fiepchen wartete bereits. Doch zu seiner großen Enttäuschung hatte der Hund nichts mehr mit ihm im Sinn. Die Einzige, die er stürmisch begrüßte, war Lottchen. Vergeblich versuchte Wilfried, ihn zu locken. Der Hund wich

79

seiner Hand aus, ja, er begann sogar, leise zu knurren. Und als Lottchen sich setzte, sprang er ihr auf den Schoß. Wilfried musterte sie finster. Kein Zweifel, sie hatte ihm die Liebe seines Hundes gestohlen. Und war nicht ein schadenfrohes Funkeln in ihren Augen, wie er es oft genug bei ihrer Mutter gesehen hatte? Doch Lottchen zeigte keinerlei Schadenfreude. Sie legte ihre Hand tröstend auf seinen Arm. «Du wirst sehen, er wird sich schnell wieder an dich gewöhnen. Es war eben eine lange Zeit.» Sie tat einen tiefen Seufzer. «Aber ich werde ihn schon sehr vermissen.»

«Du bist wirklich ein gutes Kind», sagte Wilfried gerührt, und es kam ihm diesmal von Herzen. Mit Bravour sprang er über seinen eigenen Schatten. «Ich schenk ihn dir.» Wobei sich Dankbarkeit und die kühle Überlegung, dass er sie wesentlich mehr als früher brauchte, mischten.

Sie umarmte ihn stürmisch, als hätte er ihr gerade eine Reise in die Karibik geschenkt. «Das willst du wirklich tun?»

Ihre Reaktion erleichterte ihm die Frage, die ihm schon seit einigen Tagen auf den Nägeln brannte. Er nahm ihre Hand. «Kannst du nicht vorübergehend zu mir ziehen, bis es mir wieder besser geht?»

Zu seiner Verwunderung wurde Lottchen etwas verlegen und fuhr sich nervös durchs Haar. «Da ist noch was, das ich dir sagen muss. Ich habe da jemanden kennen gelernt. Wir wollen zusammenziehen. Ich werde also nicht mehr ganz so viel Zeit für dich haben. Aber du musst dir keine Sorgen machen, ich habe alles organisiert und eine sehr gute Sozialstation gefunden. Von da kommt täglich jemand zu dir. Die Schwester ist wirklich nett. Die wird dir bestimmt gefallen. Und ich komme ja auch noch ab und zu.»

«Ab und zu?», wiederholte Wilfried mit Panik in der Stimme. «Das ist überhaupt das Schlimmste, was du mir antun kannst!»

Doch zum ersten Mal ging Lottchen nicht auf ihn ein. «Sie muss jeden Augenblick hier sein.»

Dass sie über seine Ängste so hinwegging, brachte ihn in eine sinnlose Wut. Er sagte ihr schreckliche Dinge, bei denen «törichte Person», «undankbar» und «herzlos» noch das Harmloseste war. Und um noch eins draufzusetzen, nannte er sie eine Egoistin und ein spätes Mädchen, das von Männern keine Ahnung habe und nur in sein Unheil rennen würde. «Wenn er dir die letzte Mark rausgelockt hat, kannst du wieder mit der Wärmflasche schlafen!», schrie er hasserfüllt.

Zuerst kuckte Lottchen nur erstaunt, dann erstarrte ihr Gesicht. «Bist du jetzt fertig?», fragte sie mit ungewohnt harter Stimme, als er völlig außer Atem schwieg. Sie zog ihren Mantel an und verließ wortlos die Wohnung. Zurück blieben ein völlig erschöpfter Onkel und Fiepchen, der leise winselnd, als ahne er Böses, unters Bett kroch. Erst jetzt wurde Wilfried die ganze schreckliche Tragweite seiner Unbedachtheit klar. Was würde er ohne Lottchen

81

anfangen, ohne das gute Kind, das immer für ihn da war? Auf das er sich verlassen konnte, immer lieb, nie ein böses Wort. Ihm war ganz elend. Das gute Kind, das gute Kind. Es drehte sich ihm im Kopf, und er musste sich hinlegen.

Er war wohl eingeduselt, denn er wurde von einem kurzen Klingeln geweckt. Sein Herz tat einen Sprung. Lottchen kam zurück! Sie hatte sich eines Besseren besonnen! Er schloss erleichtert die Augen.

«Grieß Gott, Meister», sagte ein Stimmchen. Und während die Koreanerin ihm das Abendbrot richtete, beklagte er sich bei ihr über Gott und die Welt, aber vor allem über das undankbare Lottchen.

Eins rauf mit Mappe

Karin hatte ihr Leben fest im Griff, und alles war für sie nur eine Frage der richtigen Planung und der Organisation. Trotz ihrer Jugend war sie, der Zeit entsprechend, schon ganz schön herumgekommen. Sie hatte bereits vor dem Abitur mehrere Wochen bei Gastfamilien in verschiedenen Ländern verbracht, an Workshops in Griechenland, Spanien und Polen teilgenommen, hatte verrotteten Kirchen mit viel Hingabe und unzureichendem Handwerkszeug zu neuem Glanz verholfen und in Peru auf einer Sozialstation verschmutzten Babys aus den Slums den Po abgewischt. Ihr soziales Engagement wurde deshalb auch im Freundes- und Bekanntenkreis sehr gelobt. Es machte sich allerdings nur in fremden Ländern bemerkbar. In Deutschland war davon nicht allzuviel zu spüren, und als sie eine ziemlich kranke Tante, die noch dazu mit öffentlichen Verkehrsmitteln schwer zu erreichen war, im Krankenhaus besuchen sollte, sagte sie klagend: «Immer ich» und maulte so lange herum, bis die Mutter genervt darauf verzichtete.

Wie es sich für eine Studentin gehört, hatte Karin auch eine Menge Erfahrungen mit Jobs gesammelt. Sie verkaufte in einem Kaufhaus mit großem Erfolg monströses Porzellan aus einem Restposten, das der Abteilungsleiter nicht einmal zu Schleuderpreisen an eine der Verkäuferinnen losgeworden wäre. Sie akquirierte in einer Werbefirma Kunden, bis sie stockheiser war, wobei ihr von Heirats- bis zu obszönen Anträgen alles geboten wurde, was sie mit Gleichmut hinnahm. Sie verteilte, in ein Rokokokostüm gezwängt, die Straße auf und ab tigernd und vor Kaufhäusern stehend, kleine Werbegeschenke. Als leicht geschürzte Kellnerin war sie auf einem Vergnügungsdampfer, dessen Publikum ausschließlich aus Frauen bestand, staunende Zeugin einer männlichen Striptease-Show, gezeigt von Studenten, die hinter den Kulissen hitzige Diskussionen über das Für und Wider der Ökosteuer führten und sich eine halbe Stunde später wieder vor einem johlenden Publikum als Stripper betätigten. Egal, was sie tat, alle Arbeitgeber waren mit ihr sehr zufrieden. Bis auf eine hysterische Mutter, deren plärrende Tochter im Kindergarten Karin in ihrer Eigenschaft als Weihnachtsmann ein wenig heftig mit der Rute berührt hatte.

Karin war fleißig, pünktlich und zuverlässig, ließ sich von niemandem die Butter vom Brot nehmen und fand sich blendend im Behördendschungel zurecht. Sie wusste immer, an wen man sich zu wenden hatte, wie man an die preiswertesten Fahrkarten, die billigsten Flüge und die erschwinglichsten Unterkünfte herankam, und war im Internet so flink wie Kartenspieler beim Mischen. Deshalb hieß es im Familien- und Freundeskreis, wenn jemand nicht weiterwusste: «Frag Karin, die kennt sich aus.»

«Immer ich», sagte Karin. «Bin ich vielleicht ein Auskunftsbüro?» Aber im Grunde war sie geschmeichelt. Freund Rudi dagegen ging ihre penetrante Tüchtigkeit manchmal erheblich auf die Nerven. «Hattest wohl mal wieder die Weisheit mit Löffeln gefressen», neckte er sie freundschaftlich, doch nicht ohne einen gewissen gereizten Unterton, wenn sie berichtete, dass etwas im Handumdrehen geklappt hatte.

Sie sah ihn mit unschuldigen Augen an. «Wieso denn? Ich dachte, du freust dich.»

Aber dann gab es unvermutet Schwierigkeiten, und zum ersten Mal in ihrem einundzwanzigjährigen Leben lief einiges schief. Sie bekam einfach keine guten Jobs. Der Markt war wie leer gefegt.

«Wirst eben alt», frotzelte Rudi. «Der Nachwuchs ist dir schon hart auf den Fersen.»

Was leider stimmte. Zwei Achtzehnjährige hatten ihr eine lukrative Tätigkeit vor der Nase weggeschnappt. So war sie gezwungen, etwas anzunehmen, was nicht gerade ihren Neigungen entsprach: Arbeit im Haushalt. Sie hatte ein Angebot, ein altes Ehepaar zu betreuen, dessen Haushälterin krank geworden war. Dafür ließ sich die Bezahlung sehen, wobei die Nichte des Ehepaares, die das Ganze arrangierte, allerdings beim Vorstellungsgespräch betonte, dass sie einen gründlichen Hausputz erwartete, denn damit habe es seit längerem im Argen gelegen.

Notgedrungen biss Karin in den sauren Apfel. Die Altersklasse der über Achtzigjährigen war nicht gerade ihre Kragenweite, und ihr Interesse hielt sich in Grenzen. Nicht, dass sie Vorurteile gegen alte Menschen gehabt hätte. Sie waren eben da, wie Hunde, Katzen und Wellensittiche, aber leider im Überfluss. Überall wimmelten sie herum, in den Geschäften, auf den Straßen und in den Verkehrsmitteln, oft recht seltsam für ihr Alter gekleidet, besonders im Sommer: die Opas in kurzen Hosen, aus denen zwei skelettartige Beine heraustakten, die Frauen mit großzügigen Ausschnitten und nackten, nicht gerade glatten, wabbeligen Ärmchen. Aber direkten Kontakt hatte sie kaum mit ihnen. Großeltern besaß sie schon lange nicht mehr, und so wurde die Kriegsgeneration lediglich durch eine schon recht verwelkte Großtante vertreten, die früher einmal als Oberin ein Altersheim geleitet hatte. Ja, wenn die Alten noch einem aussterbenden Indianerstamm oder den Eskimos angehört hätten! Sie seufzte ihre Unentschlossenheit zu Rudi hin: «Was soll ich denn bloß machen?»

«Na, annehmen», sagte der herzlos. «Randgruppen sind doch hochinteressant. Du machst das schon. Es ist alles nur eine Frage der Planung und der Organisation.»

Sie warf ihm einen finsteren Blick zu. «Auf die Schippe nehmen kann ich mich selber.»

Und dann, um seine Gemeinheit noch zu steigern, teilte er ihr lässig seinen neuen Job mit, irgendetwas beim Fernsehen, dritter Hilfsassistent beim ersten Assistenten des Regisseurs, was Karins Laune nicht sehr verbesserte. Aber zielstrebig wie sie war, gab sie sich einen Ruck, machte mit dem Herumleiden Schluss und sagte zu. Allerdings nicht, ohne vorher mit der Großtante darüber geredet zu haben. Die kannte sich schließlich aus. Die Tante gab nur allzugern weise Ratschläge, wenn auch in der üblichen umständlichen, weitschweifigen Art, und war gar nicht mehr zu bremsen mit Geschichten aus jenen Tagen, als sie noch das Sagen gehabt hatte. Das, was sie da zum Besten gab, kam Karin jedoch vorsintflutlich vor. Wurde man tatsächlich dazu gezwungen, einmal in der Woche zu baden und gemeinsam ein Nachtgebet zu sprechen? «Disziplin und Ordnung muss nun mal sein», belehrte sie die Tante, blickte versonnen auf Karins dicken Zopf, den sie, die Haare straff aus dem Gesicht gekämmt, meist trug, und dachte daran, was für ein Theater ihr Vater gemacht hatte, als sie in Karins Alter plötzlich mit Bubikopf erschien.

Ziemlich skeptisch ging Karin nach Hause. Unter der Fuchtel dieser Tante, die, wie sie aus eigener Erfahrung wusste, schon unangenehm werden konnte, wenn man sich nicht sofort für ein Geschenk bedankte oder ihren Geburtstag vergaß, hätte sie nicht gern gestanden. Sie machte noch einen zweiten Versuch, sich zu informieren, und begleitete eine Schulfreundin zu deren schon etwas verwirrter Großmutter, die in einem Pflegeheim untergebracht war. Dort saßen die Alten, aufgereiht wie Hühner auf der Stange, im Halbkreis in der Abendsonne vor dem Heim und genossen die frische Luft, bis eine kräftige Schwester erschien und in die Hände klatschte: «Alle mal herhören! Jetzt singen wir noch ein gemeinsames Lied, und dann geht's ab in die Heia!»

Rudi, der ihrem Bericht mit mäßigem Interesse lauschte, gähnte herzhaft und sagte: «Was meine Wenigkeit betrifft, ich begebe mich jetzt auch dorthin» und verschwand. Karin blieb, gekränkt auf ihrem Zopf herumkauend, zurück und fragte sich, wie schon öfter in der letzten Zeit, ob sie sich von diesem ungehobelten Klotz, diesem egoistischen Vollidioten nicht besser trennen sollte. Eine Frage, die in der gemeinsamen Heia schnell wieder in Vergessenheit geriet.

Ein paar Tage später machte sie sich auf den Weg zu ihrem neuen Job. Das Dorf war nicht schwer zu finden und das Häuschen der Bremers auch nicht. Das Ehepaar war zwar schon reichlich klapprig, wirkte aber im Ganzen ziemlich unbeschädigt, benahm sich weder, wie im Fernsehen so oft gezeigt wurde, puppenlustig noch schrill und war vernünftig gekleidet. Der Zustand der Zimmer war allerdings weniger erfreulich. Das sah nach sehr viel Arbeit aus. Der Staub lag fingerdick auf Tisch und Möbeln, und das Wohnzimmer war voll gestopft mit Bildern und Blumentöpfen, deren Pflanzen besser auf den Komposthaufen gehört hätten. Auch die Küche war kaum ein Schmuckstück.

Das Ehepaar beobachtete wohlwollend, wie Karin ihren Koffer aus dem Auto holte. «Hübsches Mädchen», flüsterte Frau Bremer ihrem Mann zu.

«Geht so», brummte Herr Bremer mit gebotener Vorsicht. Aber seine Augen verrieten Zustimmung. Karin war eine ansehnliche Person, von der Natur mit der Modefarbe Blond versehen und den dazugehörigen blauen Augen, die manchmal etwas düster blickten. Das lag weniger an Karins Gemütsverfassung als an ihrer Angewohnheit, die Stirn zu runzeln und auf einen Punkt zu starren, wenn sie konzentriert zuhörte, so dass sie den Ruf eines ziemlich herben Mädchens hatte. Nur Rudi wusste es besser.

«Nun essen wir erst mal einen Happen», sagte Frau Bremer. «Sie werden bestimmt nach der langen Fahrt Hunger haben.»

Das Abendbrot erwies sich nicht gerade als üppig, mit bereits angegrauter Leberwurst und leicht gewelltem Schnittkäse, aber durchaus ausreichend. Zum Glück war, was das Essen betraf, Karin von zu Haus nicht verwöhnt. Beide Eltern waren berufstätig, und die meisten Mahlzeiten wurden schnell zusammengerührt. Die Unterhaltung mit den Bremers schleppte sich ein wenig dahin, über verstopfte Autobahnen, das leider in diesem Sommer wieder miserable Wetter, den frühen Herbsteinbruch und andere belanglose Themen. Sobald sie abgedeckt und die Küche aufgeräumt hatten, verzog sich Karin in ihr Zimmer, das gemütlich und sogar mit einem Fernseher ausgestattet war. «Träumen Sie was Schönes», hatte Herr Bremer gesagt, als sie sich verabschiedete. «Was man die erste Nacht im fremden Haus träumt, geht in Erfüllung.»

Und Frau Bremer sagte: «Schlafen Sie sich ordentlich aus. Mein Mann und ich sind keine Frühaufsteher.»

Zufrieden kroch Karin ins Bett. Es hätte schlimmer sein können. Die Alten waren ja wirklich recht nett. Nur, dass es so viel zu putzen gab, war lästig, und sicher würde es stinklangweilig werden. Aber das musste man eben in Kauf nehmen.

Sie schlief fest und traumlos, länger als sie sich vorgenommen hatte. Als sie endlich aufwachte, war es bereits neun Uhr. Sie zog sich in Windeseile an und ging in die Küche, um das Frühstück zu bereiten. Frau Bremer hatte ihr am Abend vorher das Nötigste gezeigt, und es war nicht schwierig, sich zurechtzufinden. Der Frühstückstisch war schnell gedeckt, Eier und Kaffee gekocht, das Brot geschnitten, Aufschnitt, Butter und Marmelade hingestellt und ein Lichtlein angezündet. Da hörte sie auch schon das Ehepaar die Treppe herunterkommen. Unter leichtem Geplänkel betraten sie das Esszimmer. «Du hättest dein Hemd ruhig einen Tag länger anziehen können», sagte Frau Bremer.

«Und du hast wieder vergessen, die Briefe einzustecken», sagte Herr Bremer.

Frau Bremer lachte. «Mein Gott, man wird ja wohl mal was vergessen dürfen.»

«Mal ist gut», brummte Herr Bremer und setzte sich.

Frau Bremer ließ ihren Blick prüfend über den Tisch schweifen, sagte zu Karin: «Wie hübsch Sie alles gemacht haben» und stellte alles blitzschnell um. Herr Bremer goss etwas ungeschickt den Kaffee ein und betrachtete danach kopfschüttelnd einen Fleck auf dem Tischtuch mit einer Bemerkung, die Karin noch oft hören sollte: «Mein Gott, wie kommt denn der hierher?» Und dann frühstückten sie in großer Gemächlichkeit. Schließlich fand sich Karin doch bemüßigt, mit ihrer Arbeit zu beginnen, und sagte: «Ich mach jetzt schon mal das Wohnzimmer.»

«Ach, seien Sie doch nicht so ungemütlich», sagte Frau Bremer. «Das hat ja noch Zeit. Erst mal fahren wir beide zum Einkaufen.»

Aber irgendwann waren auch die Einkäufe erledigt, die Lottoscheine abgegeben und erstaunlich viele Briefe eingesteckt, und Karin konnte endlich mit der Hausarbeit anfangen. Allerdings wurde sie dabei dauernd unterbrochen, denn das Ehepaar hatte sich inzwischen ein Kreuzworträtsel vorgenommen und rief alle Augenblicke Karin zu Hilfe. Es hatte Zeiten gegeben, da hatte auch sie an dieser Art von Denksportaufgaben großen Gefallen gefunden. Aber das war lange her. Trotzdem kannte sie sich noch gut aus. Sie wusste auf Anhieb den Staat in Osteuropa, den Papstbotschafter und die süße Gar-

91

tenfrucht. Als sie mit dem Rätsel fertig waren, begann Herr Bremer, eine Patience zu legen, während seine Frau seufzend aufstand und sagte: «Na, dann will ich mal mit Karin im Wohnzimmer ein wenig ausmisten.»

«Tu das!», rief Herr Bremer und mischte die Karten.

Aber so recht voran kamen sie mit dem Aussortieren nicht. Frau Bremer konnte sich einfach nicht entschließen, etwas wegzuwerfen, und als sich schließlich doch ein kleiner Haufen gebildet hatte, der ausrangiert werden sollte, stammte das meiste von Herrn Bremer, der ganz außer sich geriet. Und so blieb am Ende der Aktion so ziemlich alles wieder, wo es war, einschließlich der Blumentöpfe.

Nun, fand das Ehepaar, hätten sie sich wirklich eine Belohnung verdient, und machte sich gemeinsam mit Karin über das Preisrätsel der Fernsehzeitung her. Es war ziemlich knifflig, und sie konnten es nicht zu Ende bringen, denn es war Zeit, das Mittagessen zuzubereiten. Mit dem tat sich Frau Bremer nicht schwer. Ein paar Reste wurden aufgewärmt, und als Nachtisch gab es etwas Obst.

Danach musste unbedingt das Preisrätsel zu Ende gebracht und das Lösungswort auf eine Postkarte geklebt werden. Dann zog sich das Ehepaar für ein halbes Stündchen zum Mittagsschlaf zurück, und Karin konnte sich endlich der Küche widmen, die es wirklich nötig hatte. Weit kam sie nicht damit. Sie war gerade dabei, den Kühlschrank auszuwischen, da verlangte es das Ehepaar nach seinem Tee, und als Karin ihn aufgegossen und ins Wohnzimmer gebracht hatte, sagte Herr Bremer, er wolle ihr Napoleons Grab zeigen. Karin kuckte so perplex, dass er lachen musste. «Ich meine die Patience», erklärte er.

«Aber die Küche!», rief Karin verwirrt. «Sie ist noch nicht fertig!»

«Ach, Unsinn», sagte Herr Bremer, «das hat Zeit.»

Und plötzlich war der Tag fast herum, der unbedingt mit Mensch-ärgere-dich-nicht beendet werden musste, für das Herr Bremer ständig wechselnde Spielregeln erfand, die dem Spiel eine ganz besonders spannende Note verliehen. Durch eine kleine Mogelei gewann Karin zweimal hintereinander, und Herr Bremer rief lobend: «Eins rauf mit Mappe!», ein Spruch, der, wie er erklärte, aus seiner Kindheit stammte, als es auf dem Dorf noch eine einklassige Schule gab, wo man bei der Versetzung nur die Bank wechseln musste. Danach ging er in den Keller und kam mit, wie er sagte, einer kleinen Erfrischung in Gestalt einer Flasche sehr guten Rotweins zurück.

Mit etwas schlechtem Gewissen ging Karin ins Bett und nahm sich fest vor, den versäumten Hausputz am Tag darauf nachzuholen. Doch allen guten Vorsätzen zum Trotz wachte sie nicht rechtzeitig auf, so dass der Morgen wieder gemeinsam am Frühstückstisch begann, an dem das Ehepaar diesmal sogar im Bademantel erschien. Das Frühstück selbst verlief nach der gleichen Zeremonie. Frau

93

Bremer ordnete das Gedeck neu, Herr Bremer goss den Kaffee ein, verzierte das Tischtuch prompt mit einem neuen Fleck und sagte: «Wie kommt denn der hierher?», und nach dem Frühstück musste unbedingt ein Preisrätsel gelöst werden, damit man den Einsendetermin nicht verpasste. Karin schüttelte insgeheim den Kopf. Mein Gott, diese Altchen. Das waren ja richtige Zocker. Mit Rätselraten und Mensch-ärgere-dich-nicht vertrieben sie sich die Zeit, anstatt sich mit den letzten Dingen des Lebens zu beschäftigen.

Doch ehe sie es sich versah, zappelte Karin selber in diesem Netz. Auch sie fing an, jedes Rätsel auszufüllen, das ihr in die Hände geriet, vom Rösselsprung bis zum Labyrinth, wurde süchtig nach Preisausschreiben und war sich nicht zu schade, den läppischen Gewinnverlockungen eines Verlages zu erliegen, der die Bremers mit verheißungsvollen Versprechungen schon monatelang an der Nase herumführte und schwülstige Briefe in schlechtem Deutsch schrieb. «Mit dieser goldenen Karte können Sie Millionär werden! Dieses Siegel mit dieser Goldnummer wurde für Sie persönlich ausgestellt! Denn Sie gehören zu dem auserwählten Kreis einiger Personen, die uns ganz besonders wichtig sind. Der Vorsitzende des Gratisverlosungskomitees.»

Natürlich wussten sie, dass von einem ausgewählten Personenkreis bei der Verlosung keine Rede sein konnte und dass sie nur eine Nadel im Heuhaufen waren. Aber sie versuchten es trotzdem. Und jedes

Mal hatten sie ein prickelndes Gefühl, wenn der Briefträger erschien. Gewonnen allerdings hatten sie bislang noch nie etwas.

Karin warf alle antrainierten Tugenden wie Zuverlässigkeit, Pünktlichkeit und Ordnungssinn über Bord und gab sich ohne jedes schlechte Gewissen mit großer Leidenschaft dem Spieltrieb hin, was die Bremers anscheinend mehr zu schätzen wussten als blank geputzte Fenster. Sie brachten ihr alles bei, was sie liebten: Halma, Zankpatience, Monopoli, Scrabble und Herr Bremer sogar die Grundregeln des Schachs, wobei Karin sich erstaunlich gelehrig zeigte. «Wirklich begabt», lobte er sie, wenn sie einen scharfsinnigen Zug machte. «Eins rauf mit Mappe.»

Zwischendurch ließen sie sich irgendetwas Edles aus Herrn Bremers gut bestücktem Weinkeller schmecken und hielten ein Schwätzchen. Herr Bremer erzählte von seinem ersten Rendezvous mit seiner Frau, das beinahe an seinem Fahrrad gescheitert war. Er hatte nämlich einen Platten, und das im Stockdunkeln. Und wenn nicht zufällig ein Kamerad auf seinem Krad vorbeigekommen wäre, säßen sie wahrscheinlich beide nicht hier. Frau Bremer nickte und deutete an, dass es da noch einen anderen, sehr respektablen Verehrer gegeben habe. Und Karin verteilte die Karten neu, sagte: «Ist ja geil» und berichtete, wo sie ihren Rudi kennen gelernt hatte, nämlich während einer superinteressanten Woche in einem Nationalpark irgendwo bei Santiago. Die hätten sie mit einer Gruppe von neun Leuten in einem ramponierten Holzhäuschen ohne Strom zugebracht, um die Waldwege in den Bergen zu verbessern. Und Rudi habe ihr gleich gefallen. Er sei einfach total nett gewesen.

Rudi, der anrief, wollte es zuerst nicht glauben. «Du», sagte er in seinem gelegentlich gespreizten, ironischen Ton, «die normalerweise am liebsten den ganzen Tag herumrast, verbringst also halbe Tage und Nächte in einem miefigen Wohnzimmer mit zwei alten Leuten und beschäftigst dich mit nichts anderem als mit Gesellschaftsspielen oder Preisrätseln? Du, die mich schon fertig macht, wenn ich mal ein bisschen relaxe! Und nun entpuppst du dich als Zockerin? Da tun sich ja Abgründe auf.»

«Auf Wiedersehn», sagte Karin knapp und legte den Hörer auf. Längst hatte sie ihre hehren Entschlüsse, mal richtig sauber zu machen, ad acta gelegt, und das Haus sah schlimmer aus als vor ihrer Ankunft. Und ebenso wie die Bremers schlampte auch sie den halben Vormittag im Bademantel herum.

Einen Tag vor ihrer Abreise hatten die Bremers eine Überraschung für sie. Sie wollten sie in ein Spielcasino, in das sie hin und wieder gingen, mitnehmen. Karin war Feuer und Flamme. Und sie hatte Glück. Sie gewann zweihundert Mark, das Ehepaar leider nichts. Es war so blank, dass es sie beim Abschied nicht einmal bezahlen konnte.

Rudi starrte Karin ungläubig an, als sie ihm diese

Geschichte erzählte. «Das hast du einfach so hingenommen? Hast ihnen nicht einmal mit einem Anwalt gedroht?»

Sie schüttelte den Kopf. Für einen Augenblick saß sie wieder in Bremers verqualmtem Wohnzimmer, Rotwein süffelnd, Karten verteilend, und hatte Herrn Bremers Stimme im Ohr: «Eins rauf mit Mappe.»

Wo keine Grenze wehrt

Wie meist, klingelte das Telefon im unpassendsten Moment. Sie hatte ihr morgendliches Ritual fast zu Ende gebracht, hatte ihren Körper nach allen Richtungen verdreht, Arme und Beine geschwenkt, Sehnen und Muskeln gedehnt, den Körper mit einer Bürste bearbeitet, erst warm, dann kalt geduscht, wobei sie Letzteres nur mit Schaudern und Wehlauten tat, und saß nun, in ihr Badetuch gehüllt, auf dem Klodeckel, um sich zum Schluss ihre armen, geschundenen Füße vorzunehmen. Sie versprach ihnen wie immer hoch und heilig, sie nicht mehr rücksichtslos in der Mode entsprechendes Schuhwerk zu zwängen, sondern von nun an nur noch Gesundheitsschuhe mit Einlagen zu tragen, um ihnen damit das Leben zu erleichtern. Sie knetete die armen, von der Last der Jahre platt gewalzten, mit unschönen Druckstellen Versehenen und zupfte sanft an den zerbeulten Zehen, was ihr die Füße mit wohliger Wärme lohnten. Sie beschloss, sie mit Nagellack zu verschönen, aber kaum war sie dabei, ihren Entschluss in die Tat umzusetzen und den Lack aufzutragen, kam ihr das Telefon in die Quere, und sie musste diese diffizile Arbeit unterbrechen. Vorsichtig humpelte sie ins Wohnzimmer, doch als sie den Hörer aufnahm, war die Verbindung schon wieder getrennt. Das konnte nur die ungeduldige Ulla sein. Kein anderer ließ das Telefon so kurz klingeln, und kein anderer kam auf die Idee, sie zwischen sieben und halb acht Uhr morgens anzurufen, ohne jedes Verständnis dafür, dass nicht nur die verlotterte Jugend, sondern auch ältere Menschen es sich gern bis zum Mittag im Bett gemütlich machten. Manchmal bekamen sie sich deswegen richtig in die Haare, und Wilma warf Ulla dann vor, sie leide an seniler Bettflucht.

Wilma hätte den Anruf am liebsten ignoriert. Aber bei Ulla war Vorsicht am Platz. Sie besaß eine äußerst lebhafte Phantasie und steckte voller Horrorgeschichten darüber, was einem alles zustoßen konnte, wenn man allein in der Wohnung war. Doch Ulla war auch ein Mensch der Tat, und so lag es durchaus im Bereich des Möglichen, dass sie ihr die Nachbarin oder, noch schlimmer, den Notdienst auf den Hals hetzte. Wusste sie doch genug Beispiele, die ihre Sorge rechtfertigten: Eine alte Dame war an einem Asthmaanfall erstickt, ein vom Kegeln fröhlich heimkehrender Ehemann fand seine Frau tot neben dem Telefon, ein anderer seine Mutter im Bettkasten des aufklappbaren Bettes, Gott sei Dank noch schwach atmend.

Ihr Lieblingsthema war Ruthie Weber, ebenfalls

eine Frau ihrer Generation, doch wesentlich behender, die noch flink im Gebirge herumkraxelte und Ski fuhr, aber, man sollte es kaum glauben, sich ausgerechnet in der Badewanne, trotz rutschfester Matte und Haltegriff, den rechten Oberschenkelhals gebrochen hatte und das fatalerweise am Wochenende, an dem das Mietshaus, in dem sie wohnte, halb leer war und niemand ihr Rufen und Klopfen hörte. Glücklicherweise besaß das Haus Fernheizung, so konnte sie ständig heißes Wasser nachlaufen lassen, um einer Unterkühlung vorzubeugen. Erst am Montagmorgen kam die Rettung in Gestalt der Damen von den Zeugen Jehovas, die sich schon in aller Frühe auf den Weg gemacht hatten, um die Menschen über den kurz bevorstehenden Weltuntergang zu informieren. An dieser Stelle fragte Ulla jedes Mal, nicht ganz unberechtigt: «Wilma, hörst du mir überhaupt zu?»

Und die Freundin, die tatsächlich an ganz was anderes dachte, denn sie kannte die Geschichte in- und auswendig, sagte beflissen: «Selbstverständlich! Was für ein Glück, dass sie noch rechtzeitig gekommen sind und die Feuerwehr alarmiert haben. Womöglich wäre Ruthie sonst völlig aufgeweicht!»

Das Tröstliche für Ruthies gleichaltrige Freundinnen war, dass sie, ausgestattet mit einem Knochengerüst, das, wie ihr Arzt ihr stets versicherte, gut von einer Dreißigjährigen stammen könnte und von so etwas wie Osteoporose weit entfernt war, sich trotzdem alle Augenblicke etwas brach: ein Fußgelenk, zwei Zehen, mehrere Rippen, ein Schulterblatt, das linke Wadenbein und jetzt auch noch den Oberschenkelhals, was bei den Freundinnen, die nicht über so gute Wirbel verfügten und sich damit sehr in Acht nehmen mussten, Kopfschütteln auslöste.

«Wahrscheinlich», sagte Ulla dann jedes Mal belehrend, «hat sie wie du die Angewohnheit, nie richtig hinzukucken, wohin sie tritt.»

Um Ullas Phantasien über Ohnmacht und Knochenbrüche oder Schlimmeres vorzubeugen, beeilte Wilma sich, ihre Freundin schleunigst zurückzurufen. Die Nummer war besetzt, ebenso beim zweiten Versuch. Wilma hätte wetten können, dass statt ihrer nun Ingrid an der Reihe war. Ingrid besaß etwas, womit Wilma nicht aufwarten konnte: drei Urenkel, während Ulla sich erst mit einem begnügen musste, einem ziemlich wütigen Jungen, das Auweia-Kind genannt, der am liebsten Mädchen verdrosch, wobei er hinterher voller Reue auf den Schoß seiner Mutter kroch, «Auweia!» schrie und den Daumen in den Mund steckte.

Gespräche über Urenkel dauerten noch länger als über jedes andere Familienmitglied. Sie konnte also erst mal ihre Nägel zu Ende lackieren und dann in aller Ruhe frühstücken, wenn es auch angebracht war, ihr zweites, schnurloses Telefon, ein Zugeständnis an den technischen Fortschritt, mit in die Küche zu nehmen. Sie sah sich suchend um. Wo war es denn nun schon wieder? Wilma hatte festgestellt, dass manche Gegenstände ein eigenes, schwer zu steuerndes Leben führten. Sie waren jedenfalls dauernd unterwegs und fanden sich an den unmöglichsten Stellen wieder. Das Portemonnaie zum Beispiel liebte es geradezu, sich im Gemüsefach aufzuhalten, die Brieftasche wiederum versteckte sich gern hinter den Sofakissen, und die Butterdose suchte sich ihre Gesellschaft im Schuhregal bei den nicht gerade mit Schuhcreme verwöhnten, zum Dienst bei Matschwetter degradierten Halbschuhen. Aber noch unerklärlicher war, was sich in der Dose befand. Nicht etwa Butter, wie es sich gehörte, sondern Heftklammern, Reißzwecken, Gummiringe oder Sicherheitsnadeln. Doch den Vogel bei dieser seltsamen Wanderlust schoss das schnurlose Telefon ab. Einmal fand sie es sogar in der Tiefkühltruhe, wo das Telefon es sich zwischen gefrorenen Putensteaks, Rosenkohl und Toastbrot behaglich machte. Wahrscheinlich hatte es ein wenig Abkühlung gesucht nach einem langen, hitzigen Gespräch mit einem Handwerker, der ihr fest zugesagt hatte, noch vor Ostern zu kommen, und bis zur nahenden Weihnachtszeit immer noch nicht erschienen war. Als sie nach dem Telefon griff, fing es auch noch an zu klingeln, worüber sie derartig erschrak, dass es ihr wieder aus den Händen glitt und bis auf den Boden der Kühltruhe abtauchte – eine bei den älteren Freundinnen immer wieder gern gehörte Geschichte. «Ja, ja, die gute Wilma war schon in ihrer Jugend ein rechter Schussel» – wobei die Bemerkung «Schussel» außerordentlich taktvoll war.

Das nachlassende Gedächtnis war zwischen Ulla und ihr ein beliebtes Gesprächsthema, und sie hatten beschlossen, ihre kleinen grauen Zellen wieder in Schwung zu bringen. Sie entschieden sich für Gedichte und begannen mit einem Vers, den Ulla auf einer Todesanzeige entdeckt hatte und den sie sehr poetisch fand: «Die Nacht ist weit, am Himmel fährt der Wagen auf, es muss, wo keine Grenze wehrt, ein gutes Reisen sein.»

«Hübsch, aber zu leicht», hatte Wilma gesagt, und jetzt plagten sie sich bereits seit einer Woche damit herum, und der Vers saß immer noch nicht. Jeden Morgen rief Ulla an, und sie fragten sich gegenseitig ab. Doch immer wieder brachten sie etwas durcheinander.

Wilma seufzte. Sie hatte inzwischen die Suche nach dem Telefon aufgegeben, Brot geschnitten, ein Ei gekocht und den Tee aufgegossen. Doch in dem Moment, als sie mit dem Frühstück beginnen wollte, klingelte das Telefon wieder. Sie ließ alles stehen und liegen und eilte ins Wohnzimmer, nahm den Hörer ab und sprach, ehe ihre Freundin überhaupt irgendetwas sagen konnte:

«Du warst besetzt.»

«Und du bist mal wieder nicht rangegangen», sagte Ulla. «Wer fängt an?»

«Immer der, der fragt.»

«Meinetwegen.» Und Ulla begann. «Die Nacht ist groß.»

«Kind, Kind!», rief Wilma mit gespieltem Entsetzen. «Sitzt denn das immer noch nicht? Die Nacht ist weit!»

«Wo ist da der Unterschied?», sagte Ulla. «Aber meinetwegen. Die Nacht ist weit, am Himmel fährt der Wagen auf. Nun du.»

«Es muss ein gutes Reisen sein, wenn keine Grenze wehrt.»

«Wilma, Wilma!», rief Ulla, hörbar beglückt darüber, dass es ihrer Freundin mit dem Text nicht besser ging. «Es muss, wo keine Grenze wehrt, ein gutes Reisen sein.»

Danach beschlossen sie, es mit der den Lesern einer Rundfunkzeitung zum Training für das Gedächtnis angepriesenen Rechenaufgabe zu versuchen. Hier sollte man, bei hundert beginnend, die Zahl sieben hintereinander abziehen. Zunächst ging das bei Wilma recht flott. Doch dann wurde sie konfus und brachte alles durcheinander, so dass sie vor Lachen kaum weiterrechnen konnten.

«Wie kommst du bloß auf sechsunddreißig?», rief Ulla.

«Sechs mal sechs ist sechsunddreißig, ist die Frau auch noch so fleißig und der Mann ist liederlich, geht die Wirtschaft hinter sich.»

«Umgekehrt, umgekehrt!», rief Ulla. «Ist der Mann auch noch so fleißig und die Frau ist liederlich, geht die Wirtschaft hinter sich. Was bist du wieder feministisch. Einen Moment mal. Bei mir klingelt's an der Wohnungstür. Ich bin gleich wieder zurück.»

Wilma wartete geduldig und dachte dabei an den Nachmittag, für den Ulla und sie sich vorgenommen hatten, eine alte Schulkameradin zu besuchen. Sie war dort gelandet, wovor sie beide sich am meisten graulten, in einem Pflegeheim für geistig Verwirrte. Ausgerechnet Irene mit ihrem früher fast lückenlosen Erinnerungsvermögen, von dem nur noch ein kleiner Rest übrig geblieben war, den Ulla und Wilma längst ad acta gelegt hatten: den Reichsarbeitsdienst, wo man im Gleichschritt sang: «Zwanzig Pfennig ist der Reinverdienst, ein jeder muss zum Arbeitsdienst.» Immerhin mussten beide zugeben, dass auch sie einiges von dieser Zeit profitiert hatten. Ulla war der Spruch «Wer Arbeit kennt und sich nicht drückt, der ist verrückt» in Fleisch und Blut übergegangen, was Ehemann und Kindern erstaunlich gut bekam. Jedenfalls konnte bei ihr von einem Familienkuli keine Rede sein. Wilma wiederum entwickelte sich während ihrer Dienstzeit zu einer wahren Meisterin im Kartoffelschälen, eine Fähigkeit, die ihr kurz nach dem Krieg sehr zugute kommen sollte, denn sie durfte daraufhin den Engländern in der Küche helfen. Doch bei der schwärmerisch veranlagten Irene wurde das Lagerleben anscheinend zur beruflichen Initialzündung. Ihr Ziel war es, Arbeitsdienstführerin zu werden. Den Anstoß dazu gab eine Beförderung. Sie wurde als einzige der Maiden feierlich zur außerplanmäßigen Kameradschaftsältesten ernannt. Nach diesem unerwarteten Karrieresprung stand der Entschluss für sie fest. Dummerweise erwischte sie während der Ausbildung eine schwere Nierenbeckenentzündung, die sich monatelang hinzog und so diesem Traum ein Ende machte. Aber einmal in Fahrt, Führer und Vaterland auf diese oder jene Weise zu dienen, fasste sie hinter dem Rücken ihrer Eltern den Entschluss, dem Führer ein Kind zu schenken. Zum Glück war der für die Untersuchung zuständige Amtsarzt erkrankt und sein längst pensionierter Vorgänger für ihn eingesprungen. Als sie ihm ihren Wunsch in schwärmerischen Worten vortrug, kratzte er sich nachdenklich das schüttere Haar am Hinterkopf, murmelte etwas wie «sehr lobenswert» und forderte sie dann auf, sich hinter dem Wandschirm auszuziehen. Er untersuchte sie, wie sie fand, recht oberflächlich und teilte dann der erwartungsvollen Irene mit, dass sie keine Kinder bekommen könne.

«Nie?», fragte sie ungläubig.

«Jetzt jedenfalls nicht», erklärte er bestimmt. «Später vielleicht.» Mehr könne er dazu nicht sagen, damit müsse sie sich nun mal zufrieden geben. Und ehe sie so recht zur Besinnung kam, war sie schon wieder draußen. Verdattert, aber wiederum auch erleichtert, schlich sie nach Hause. Ein halbes Jahr später allerdings musste sie feststellen, dass die Diagnose des alten Herrn entschieden falsch gewesen war. So falsch, dass die kriegsübliche Ferntrauung sich als nötig erwies. Doch Töchterchen Lotte sollte ihren Vater nicht mehr kennen lernen. Er fiel bereits vor ihrer Geburt, aber dafür bekam sie einen sehr netten Stiefvater, mit dem sie viel zufriedener war als mit ihrer Mutter, an der sie, zeitgemäß und für Töchter üblich, dauernd etwas auszusetzen hatte, besonders was ihre politische Vergangenheit betraf. Und sie runzelte jedes Mal die Stirn, wenn ihre Mutter mit diesem gewissen verzückten Gesicht auf BDM und Arbeitsdienst zu sprechen kam.

«Bist du noch da?» Die Stimme ihrer Freundin unterbrach den Ausflug in die Vergangenheit.

«Wo soll ich sonst sein?», sagte Wilma etwas mürrisch. «Ich wette, du hast schon wieder vergessen, dass wir heute Nachmittag zu Irene wollen.»

«Menschen, die ihr Telefon in die Tiefkühltruhe packen, sollten sich besser an die eigene Nase fassen», sagte Ulla lachend. «Also, wie abgemacht, um drei treffen wir uns an der Bushaltestelle. Doch jetzt will ich erst mal zum Friseur.»

Das Pflegeheim lag etwas außerhalb der Stadt in einem hübsch angelegten, gepflegten kleinen Park voller alter Bäume, was allerdings den Nachteil hatte, dass im Sommer die Zimmer sehr dunkel waren. Zusammen mit anderen Patienten saß Irene im Aufenthaltsraum. Der war eher zweckmäßig als gemütlich eingerichtet, wenn auch mit freundlichen, hellen Möbeln und einem Fernseher, vor dem mehrere Patienten saßen und anscheinend genug Honig aus den Bildern saugten, denn der Ton war abgestellt. Irene hatte gerade Besuch von ihrer Tochter, die sichtlich erfreut war, von Wilma und Ulla abgelöst zu werden. Sie tuschelte im Weggehen Wilma zu: «Ganz schlechter Tag heute. Mami ist dauernd am Singen.» Und wie zur Bestätigung schmetterte Irenchen: «Es zittern die morschen Knochen.»

Einige Patienten sprangen auf. «Ruhe, Ruhe!», riefen sie. Lotti flüchtete. Dafür kam eine junge Schwester ins Zimmer, ein vor Lebenslust sprühendes Geschöpf, das bei dem Gesang vergnügt den Kopf schüttelte. Wilma und Ulla warfen sich verlegene Blicke zu.

«Zweimal verschüttet», murmelte Wilma.

«Macht doch nichts», sagte die Schwester. «Heute hat sie's mal wieder mit den morschen Knochen», wobei sie etwas unbedacht hinzufügte: «Einfach irre. Aber ganz so abwegig ist es auch nicht. Die Armen hier brechen sich schnell was.» Sie ging auf eine adrett gekleidete, damenhaft wirkende Patientin zu, auf deren Schoß ein großer Plüschhund Platz gefunden hatte. Die Schwester streichelte das Stofftier. «Sie müssen aufpassen, dass er nicht zu dick wird.»

«Er heißt Lieselotte», sagte die Patientin mit würdiger Distance, «und ist eine Hündin.»

«Weiß ich doch», sagte die Schwester begütigend. Währenddessen hatte Irene das Lied gewechselt, und die Schwester stimmte kräftig mit ein: «Denn die Morgenfrühe, das ist unsere Zeit, wenn die Winde um die Berge wehen.» Sie hatte sich neben Irene gesetzt, Irenes Augen leuchteten, und sie griff nach der Hand der Schwester. «Und wie heißt unser Tagesspruch?», fragte sie mit gesammeltem Ernst.

Die Schwester stand auf und nahm Haltung an. «An die Arbeit froh heran.»

«Hiermit», sagte Irene in feierlichem Ton, «befördere ich Sie zur außerplanmäßigen Kameradschaftsältesten.»

«Sie scheint Sie sehr zu mögen», bemerkte Ulla.

Die Schwester lachte. «Na, das will ich doch hoffen. Das tun sie eigentlich alle. Sie haben ja auch nur uns. Viel Besuch bekommen die meisten nicht mehr. Die Angehörigen wohnen weit weg oder im Ausland. Es ist kein böser Wille. Unsere Sängerin hat's da noch gut. Sie schauen doch öfter mal rein, und ihre Tochter kommt regelmäßig. Viel reden tut sie ja nicht mehr. Aber wenn, dann immer über diesen Arbeitsdienst. Muss ja echt cool gewesen sein.» Sie wanderte von einem Patienten zum anderen, wechselte hier und dort ein paar Worte, streichelte sie und rückte die Stühle zurecht.

Sobald sie den Raum wieder verlassen hatte, fielen die Patienten in ihre Lethargie zurück. Auch Irene schwieg. Nur als Wilma und Ulla sich verabschiedeten, sagte sie: «Kennen wir uns?» – eine Frage, die die beiden Freundinnen in Verwirrung stürzte, weil sie nicht wussten, wie sie darauf reagieren sollten. Bedrückt machten sie sich auf den Heimweg. Die Herbstsonne ließ das Laub im Park flammen, und sie setzten sich seufzend auf eine Bank, um die Stille zu genießen. Was für Zukunftsaussichten, so vergesslich, wie sie beide jetzt schon waren.

«Wir müssen halt mehr üben», sagte Ulla ent-

109

schlossen. «Mit Balladen und so, das geht doch noch recht gut.» Und sie zitierte: «Heraus aus euren Schatten, rege Wipfel des alten, dicht belaubten Hains, wie in der Göttin stilles Heiligtum tret ich noch jetzt mit schauderndem Gefühle, und es gewöhnt sich nicht mein Geist hierher.»

«Kein Grund, um übermütig zu werden», sagte Wilma. «Aber erzähl mir mal, was es mit Odysseus auf sich hatte.»

«Gib her, den Speer, Penelope, und weine nicht zu sehr, denn wenn wir einst uns wiedersehn, dann weinst du noch viel mehr», zitierte Ulla stolz.

«Mein Gott, mein Gott!», rief Wilma. «Immer diese Albernheiten. Das kann's doch nicht an Bildung gewesen sein.»

Aber das meiste, was sie antippten, blieb im Dunkeln. Nicht einmal mehr das Geburtsdatum Friedrichs des Großen fiel ihnen ein.

«Erschütternd», stöhnte Wilma. «Da haben wir uns nun durch Museen und Galerien und Kirchen geschleppt, Sehenswürdigkeiten aller Arten bestaunt, und nun kriegen wir nicht mal mehr die Hauptstädte der einzelnen Länder zusammen.»

«Weißt du noch», sagte Ulla plötzlich, «wie es hier, wo wir jetzt sitzen, nach den Bombenangriffen ausgesehen hat? Kein Stein mehr auf dem andern, und wie der Feuersturm die Menschen in Sekunden zusammenschrumpfen ließ!» Und dann kam sie auf Irene zu sprechen und was die bei den Angriffen geleistet hatte, dabei war sie doch selbst zweimal verschüttet gewesen. Trotz zusammenstürzender Wände und mörderischer Hitze hatte sie es fertig gebracht, noch eine Mutter mit Baby aus einem Keller zu zerren und sie, in nasse Decken gehüllt, in Sicherheit zu bringen.

«Vielleicht», sagte Wilma, «ist sie in ihrer neuen Welt ganz glücklich. Sie hat sich halt im Gedächtnis ein Plätzchen aufbewahrt, wo sie mit sich und der Welt besonders im Reinen war. Was wissen wir schon. Und dann diese Schwester. So was Goldiges! Fern davon, über irgendjemanden den Stab zu brechen. Lacht auch noch über die morschen Knochen. Ich hab mich in Grund und Boden geschämt. Und findet den Arbeitsdienst cool. Wenn Lottchen das hören würde! Aber ich denke mal, die Schwester hat wirklich Recht. Wenn alles so harmlos gewesen wäre wie der Arbeitsdienst! Kannst du dich noch an Waltraud erinnern, die bei der politischen Schulung Kaiser Wilhelm für den Führer und Reichskanzler hielt, und die Lagerführerin hat sich halb tot gelacht und war nicht einmal schockiert? Was zerbrechen wir uns jetzt schon den Kopf, was einmal mit uns wird. Es wird sich alles finden.»

Und dann gingen sie in forschem Schritt der Bushaltestelle entgegen, zwei sichtlich nicht nur durch Salz und Brot genährte Witwen mit einem leichten Ansatz zu Dackelbeinen, die eine im roten, die andere im dunkelblauen Kostüm, die eine mit einer Art Südwester geschmückt, die andere die Krempe des Hutes tief in die Stirn gezogen, abgefüllt mit Erinnerungen, für deren Aufarbeitung nach heutigen Maßstäben kaum ein Psychotherapeut gereicht hätte, und bestiegen, laut summend: «Wenn wir streiten Seit an Seit und die alten Lieder singen», den Bus. Der Fahrer sah ihnen mit nachsichtiger Güte entgegen.

«Na, die Damen, wohl 'n schönen Nachmittag gehabt.»

Es wird alles gut

Wo war das verdammte Ding nur wieder? Ungeduldig durchwühlte Richard die Fächer in seinem Schrank nach einem wie ein Schachbrett gemusterten Pullover, bis er ihn schließlich zwischen den Socken entdeckte. Er fand ihn scheußlich, aber er war nun mal ein Geburtstagsgeschenk von Tochter Helga, bei der er zum Mittagessen erwartet wurde, und er hörte sie jetzt schon sagen: «Du hast ja meinen Pullover nicht an. Gefällt er dir nicht?»

Einen Augenblick lang überlegte er, ob er nicht ähnlich mit ihm verfahren sollte wie damals als Kind, als er den Pulli eines älteren Vetters unbedingt noch auftragen sollte, ein hässliches, grasgrünes Ding, in dem er sich wie ein Laubfrosch vorkam. Heimlich hatte er mit der Nagelschere kleine Löcher eingerissen, so dass seine Mutter sich gar nicht genug darüber aufregen konnte, dass ihre Schwägerin von Motten zerfressene Kleidungsstücke verschenkte. Er grinste vor sich hin, als er daran dachte, fand dann aber die Idee doch etwas kindisch.

Er sah auf die Uhr. In einer halben Stunde wollte

ihn sein Enkel abholen. Viel lieber wäre er zu Hause
geblieben, hätte bei dem schönen Wetter vielleicht
einen Spaziergang durch den Stadtpark gemacht,
anderen alten Herren beim Schach an dem Brett mit
den riesigen Figuren zugesehen oder sogar selbst
eine Partie gespielt. Zwar war Helga eine exzellente
Köchin, aber Sonntag für Sonntag diesen Familienzirkus mit all den belanglosen Gesprächen, das musste doch wirklich nicht sein. Helga jedoch kannte
kein Pardon, und er ärgerte sich über sich selbst,
dass er es nicht schaffte, sich aus ihrem festen Griff
zu lösen. Vielleicht hinderte ihn das leichte Schuld-
gefühl, das er immer noch verspürte, obwohl doch
alles schon Jahrzehnte her war.

Helga musste so acht Jahre alt gewesen sein, als er
sich in seinem ersten richtigen Urlaub in den fünfziger Jahren, den er mit Frau und Tochter in Italien
verbrachte, Hals über Kopf in eine Ferienbekannt-
schaft verliebte, und zwar so heftig, dass er nach der
Reise zu ihr zog. Dummerweise lebte sie in derselben Stadt, und eines Tages begegneten er und seine
Freundin ausgerechnet an der Haltestelle vor seiner
Wohnung seiner Frau und Helga, die gerade in den
Bus stiegen, ihn aber erst entdeckten, als er zwei Stationen später den Bus fluchtartig verließ. Helgas
«Papa! Papa!» dröhnte ihm noch lange im Ohr. Was
wohl in dem Kind vorgegangen sein mochte, als der
angeblich verreiste Vater so unerwartet auftauchte?
Der Gedanke an Helga war mit ein Grund für ihn
gewesen, so bildete er sich zumindest später ein,

wieder in die Familie zurückzukehren. Seine Frau Edith hatte die ganze Eskapade mit ziemlicher Gelassenheit ertragen. Sie war überhaupt eine vernünftige Person und hielt sich an die drei Lebensregeln ihrer Großmutter: Spinat nicht aufwärmen, Blutflecke nur mit kaltem Wasser entfernen und erst gar nicht den Versuch machen, einen Mann zu verstehen.

Als er seine Leinenjacke anziehen wollte, entdeckte er am Ärmel einen Fleck. Er wollte schon den Blazer nehmen, aber da hörte er wieder Helga fragen, wo denn das gute Stück sei, das sie ihm zu Weihnachten geschenkt habe. Ärgerlich rubbelte er auf dem Fleck herum. Was war Helga doch für eine gute Puppenmutter gewesen. Alle ihre Puppen waren stets wie aus dem Ei gepellt. Aber zu lachen hatten sie nichts. Sie mussten parieren. Artig saßen sie um einen kleinen Tisch versammelt und lauschten ihren Vorträgen über anständiges Benehmen. Niemals die Zunge herausstrecken, nicht mit nacktem Zeigefinger auf angezogene Leute zeigen und auf keinen Fall dazwischenquatschen, wenn Erwachsene sich unterhielten. Nach seiner Rückkehr hatte ihr strenger Puppenmutterblick besonders Puppenjunge Richard im Auge, ein bayrisches Modell mit Lederhosen und Tirolerhut. Er wurde häufiger als alle anderen zur Strafe in die Ecke gestellt oder bekam nicht zu essen, weil er angeblich weggelaufen war. Edith amüsierte sich königlich darüber, Vater Richard fand es weniger komisch.

Helga war ein niedliches, dralles kleines Mädchen gewesen, vor Energie platzend und wild entschlossen, alles durchzusetzen, was sie sich vorgenommen hatte. Und dabei stand an erster Stelle, auf den Papa aufzupassen. Mitten in der Nacht kontrollierte sie das elterliche Schlafzimmer, ob auch beide Elternteile anwesend waren, bis Edith ein Machtwort sprach. Und häufig kreuzte sie auf dem Heimweg von der Schule in Richards Firma auf, was die Kollegen mit dummen Bemerkungen quittierten.

Die einzige Puppe, die sie mit Nachsicht behandelte, war ein kulleräugiges schwarzhaariges Ding mit Schmollmund, Klappaugen und dem jammerigen Ruf: «Mama!», das sogar dazu ausersehen war, sie später durch ihr Erwachsenenleben zu begleiten. Auch das kleine Tunzekissen war jetzt noch bei ihr im Bett zu finden, und wahrscheinlich nuckelte sie noch daran, wenn ihr Mann mal nicht hinkuckte. Die Puppe war inzwischen aus dem Schlafzimmer verbannt. Sie saß im Wohnzimmer auf einem Regal, zwischen den Bildern von Edith und Richard, und er ging jede Wette ein, dass Helga trotz ihrer fünfzig Jahre und der drei inzwischen erwachsenen Kinder noch heimlich Zwiegespräche mit ihr führte.

Glücklicherweise schienen seinen Schwiegersohn diese kleinen Macken nicht zu stören. Vielleicht nahm er sie auch gar nicht so recht wahr. Er selbst sprach nie über seine Familie, und Richard war sich nicht ganz sicher, ob er überhaupt eine hatte. Er war sozusagen aus dem Nichts gekommen, und Edith hatte vergeblich versucht, bei Helga etwas über ihn in Erfahrung zu bringen.

«Er wird ja wohl nicht wie Moses im Binsenkörbchen am Gartenzaun entlanggeschwommen sein», hatte sie schließlich ärgerlich bemerkt.

Helga zuckte gleichmütig die Achseln. «Und wenn schon. Es interessiert mich nicht. Thomas hat jetzt eine Familie: uns.»

Edith und er hatten sich schließlich damit zufrieden gegeben. Thomas machte einen angenehmen Eindruck. Er sah sympathisch aus, war ungeheuer fleißig und verdiente gut. Was wollte man mehr, zumal Helga sich mit der Partnersuche etwas schwer getan hatte. Aus dem drallen Kind war eine pummelige, aber attraktive junge Frau geworden, deren Hilfsbereitschaft und Frische durchaus anziehend wirkten. Nur ihre fest umrissene Lebensplanung – Heirat, Haus, Hund, drei Kinder –, noch dazu den Verehrern häufig und mit Nachdruck vorgetragen, erschreckte diese mehr, als sie zu begeistern. So war Helga mit schöner Regelmäßigkeit wieder allein, allerdings immer noch mit Quartier im Elternhaus, was nicht unbedingt nach Richards Geschmack war.

Thomas erwies sich als die berühmte Ausnahme von der Regel. Er war anscheinend völlig damit beschäftigt, an seiner Karriere zu basteln, und so kam ihm Helgas penetrante Häuslichkeit vielleicht eher entgegen. Außerdem hörte er, wie Richard vermutete, nie richtig zu, wenn sie redete. Jedenfalls wirkte er am Hochzeitstag etwas verdattert, und Richard hörte, wie er in sein Glas murmelte: «Ging ja verdammt schnell.»

Helga dagegen strahlte, weil alles nach Wunsch lief. Allerdings gab es für sie einen kleinen Wermutstropfen: Ihre Eltern weigerten sich strikt, mit ihr unter einem Dach zu wohnen, obwohl Thomas das merkwürdigerweise auch ganz gern gesehen hätte, vielleicht in der Hoffnung, Helgas ständiges Geglucke ein wenig von sich abzulenken.

Während Richard sich die Haare bürstete, tat er einen tiefen Seufzer. Ein schwieriges Kind, so rührend es auch um ihn besorgt war. Immerhin hatte er es ihr zu verdanken, dass er noch nicht in ein Seniorenheim musste. Welchem allein stehenden Mann über achtzig wurde noch so viel Fürsorge von seiner Tochter zuteil! Er musste sich wirklich glücklich schätzen. Täglich rief sie an, kaufte für ihn ein, kümmerte sich um seine Wäsche und ließ es sich nicht nehmen, bei ihm zu übernachten, wenn ihn eine Grippe erwischte. Aber sie tat eben doch oft des Guten zu viel, besonders seitdem ihre Mutter nicht mehr lebte. Edith hatte vor drei Jahren einen sanften, schnellen Tod gehabt, und dafür war er trotz aller Trauer dem Schicksal dankbar. Bis auf diese eine kleine unerfreuliche Episode war er ihr treu geblieben, oder so gut wie.

Er sah auf die Uhr. Der Junge hätte längst da sein müssen, wahrscheinlich hatte er mal wieder nicht aus dem Bett gefunden. Und da ging auch schon das Telefon. Es war, wie zu erwarten, Helga, und alles war genau so, wie er es sich gedacht hatte.

«Ist doch egal», sagte er. «Dann nehme ich mir eben ein Taxi.»

Aber das kam ja überhaupt nicht in Frage. «Das wäre ja noch schöner! Außerdem würde es Karlchen sich nie nehmen lassen, dich abzuholen und wieder zurückzubringen.»

Richard lachte. «Er weiß schon warum. Ich meine, es lohnt sich ja auch für ihn.»

Karlchen, der Neunzehnjährige, war das Kind, das immer irgendetwas hatte: Ärger mit den Lehrern, Schwierigkeiten mit den Schularbeiten, mit der Pünktlichkeit, mit der Ordnung. Andererseits gab es nach der Aussage seiner Mutter manches, was er nicht hatte: keine Ahnung vom Ernst des Lebens, keinen Schimmer von Verantwortung, keinen blassen Dunst von gutem Benehmen, kein Verständnis für seine Mutter, die den ganzen Tag damit beschäftigt war, hinter ihm herzuräumen, und doch nie müde wurde, zu betonen, was er im Grunde für ein herzensgutes, sensibles Kerlchen war, das sich viel Gedanken um seine Mitmenschen machte.

So redeten sie noch ein Weilchen über dieses Wunderkind, bis Helga plötzlich rief: «Da bist du ja! Dein Großvater wartet schon auf dich. Tschüs, Papa, bis gleich!»

Lustlos begann Richard, sein Bett zu machen und ein wenig aufzuräumen. Warum hatte er nie den Mumm, sich gegen Helgas übertriebene Fürsorge zu wehren? Das hatte er kaum fertig gebracht, als sie noch ein Kind gewesen war. Nur einmal wehrte er

119

sich wirklich energisch, als sie ihn bei einer Erkältung nicht nur zwang, einen grauenhaften Tee zu trinken, sondern auch noch darauf bestand, bei ihm Fieber zu messen. Rektal natürlich! Bald würde sie auch noch die Marke seiner Zahnpasta bestimmen. Dabei kam er noch ausgezeichnet allein zurecht. Er stromerte gern überall herum, fuhr mit einer Tageskarte durch die Stadt und besuchte Gegenden, die ihm nach so vielen Jahren noch völlig fremd waren. Manche Straßenzüge waren so schauderhaft, dass er seinem Schicksal dankte, nicht durch irgendwelche Zufälle dort gelandet zu sein. Der Verkehr brauste an den Backsteinbauten der von den Bomben verschonten Mietskasernen aus den zwanziger Jahren vorbei, zwischen denen mit Unkraut und Gerümpel bedeckte Grundstücke lagen, während auf der gegenüberliegenden Seite ein schmales Hochhaus emporschoss mit Ausblick auf die verrotteten Hallen einer stillgelegten Fabrik. Zwei, drei Stationen weiter drang ihm der Duft frisch gemähten Rasens in die Nase, und ehemalige Patrizierhäuser versteckten sich hinter dichten Hecken und viel Grün.

Auch die U-Bahn schätzte er. Die Graffitis an Zügen und Hauswänden störten ihn nicht, er fand sie aber auf die Dauer langweilig. Da waren ja die Kritzeleien aus seiner Jugend, als einem nur gewöhnliche Kreide zur Verfügung stand, einfallsreicher gewesen. Hier glich ein Muster dem anderen. Warum nicht mal ein Abbild aus der Tierwelt, ein Löwe oder eine Giraffe? Trotz der schnittigen Züge und der gekachelten Wände roch es auf den Stationen immer noch wie in seiner Jugendzeit nach Staub und kaltem Ruß, und der Zugwind, mit dem sich die Bahn ankündigte, roch metallen. Manchmal dachte er dann an jene Zeit, wo man noch dicht gedrängt Stunden auf dem Bahnsteig stand und auf den Zug wartete. Merkwürdigerweise verblasste die Kriegs- und Nachkriegszeit immer mehr. Sein Gedächtnis schien sie allmählich einzementiert und die Schreckensbilder aussortiert zu haben. Ganz selten tauchten nur noch Reste davon auf, wenn im Fernsehen alte Wochenschauen gezeigt wurden oder Zeitzeugen darüber berichteten. Obwohl er den Tod in seinen grauenvollsten Formen miterlebt hatte und von ihm fast täglich zum Rapport bestellt worden war, um dann noch einmal gnädig entlassen zu werden, war er jetzt außerstande, sich seinen eigenen vorzustellen. Und je unweigerlicher er sich ihm näherte, um so weniger beschäftigte er sich damit.

Am U-Bahn-Fahren liebte er das von Station zu Station wechselnde Publikum. Mal waren es Kleingärtner mit Strohhüten und Gartenutensilien, zu zweit oder zu dritt, die Erfahrungen über die Vernichtung irgendwelcher Schneckenarten austauschten, Frauen mit weißen, zu strammen Löckchen gedrehten Haaren und Blumen in großen Tragetaschen, einzeln oder in Grüppchen, auf dem Weg zum Friedhof, dann wieder Afrikaner aus einem wohl in der Nähe gelegenen Asylantenheim mit Stimmen wie die Posaunen von Jericho, Geschäftsleute, die sich, ohne nach rechts und links zu blicken, auf den nächsten freien Platz fallen ließen und sich sofort ihrem Notebook widmeten, und lärmende, sich mit Brachialgewalt in die Waggons drängende Schulklassen mit den dazugehörigen Lehrern, die durch nichts und niemand mehr zu erschüttern waren.

Richard wusch sein Frühstücksgeschirr ab und hoffte, dass sein Enkel ihn nicht allzu lange warten ließ. Er hätte mit seinem Tag weiß Gott was Besseres anfangen können, als hier herumzusitzen. Na, wenigstens würde es etwas Gutes zu essen geben.

Tatsächlich hielt sich die Verspätung in Grenzen, der Familienzirkus konnte beginnen, mit Küsschen hier und Küsschen da und langweiligem Smalltalk – «Ist das Wetter nicht herrlich?» – und dem zwischen den Erwachsenen herumwuselnden Urenkel, jede seiner Bewegungen von großmütterlichen Ermahnungen begleitet – «Vorsicht, gleich kippt die Vase um!» – «Lass den Hund in Ruh!» – «Leg das Messer weg!»

Während die Familienmitglieder schwatzend zusammenstanden, suchte Richard sich einen bequemen Stuhl und hörte zu. Seine beiden Enkeltöchter waren wirklich hübsch anzusehen, wenn auch nach seinem Geschmack etwas abenteuerlich gekleidet, in fransige Shorts mit etwas sehr ausgeschnittenem, plustrigem Schwarzem darüber und Schuhen, auf denen sie wie auf Stelzen gingen, beide tüchtig im Beruf und im Umgang mit Computern so vertraut wie er in seiner Jugend mit der Sense. Er lächelte freundlich, verstand aber wie immer kein Wort von ihrer Fachsimpelei. Eine von ihnen, die mit dem Urenkel, war mit einem ziemlich drögen Ingenieur verheiratet, der sich jedes Mal nach dem Mittagessen zufrieden die Hände rieb und meinte: «Leute, das war's mal wieder.» Die Unverheiratete hatte einen Lebensgefährten, in Helgas Augen immer noch etwas leicht Anstößiges, der sich aber nur selten blicken ließ. Dann gab es da natürlich noch Karlchen, von seinen Schwestern Klein-Schlappi genannt, und, als Schlusslicht der Runde, den Schwiegersohn, über den jeder hinwegredete, der aber dafür von seiner Frau ständig aufgefordert wurde, irgendetwas zu tun – «Wir haben kein Wasser mehr, kannst du welches aus dem Keller holen?» – «Es sieht plötzlich sehr nach Regen aus, holst du bitte mal die Kissen rein?» – «Gehst du bitte mit dem Hund nachher noch ein paar Schritte?» Er tat alles freundlich, was ihm aufgetragen wurde, während Richard ärgerlich bei sich dachte: Verdammt noch mal, er ist immerhin der Hausherr, das haben sie anscheinend vergessen.

Dieser schweigsame, etwas farblos wirkende Mann passte nicht recht in das puppige, voll gestopfte Reihenhaus mit der lärmenden Familie, aber vielleicht war das alles ja für ihn ein angenehmer Kontrast zu seiner vernetzten Berufswelt, in der er zehn, elf Stunden täglich zubrachte. Jedenfalls schien er nichts zu vermissen, und es störte ihn auch nicht, dass Helga ständig das Wort «mein» benutzte: meine Kinder, mein Hund, mein Garten. Über seine Arbeit verlor er ebenso wenige Worte wie über seine rätselhafte Familie. Richard hegte eine mit Mitleid vermischte Sympathie für ihn. Mit seiner Tochter verheiratet zu sein war kein Pappenstiel. Doch Thomas nahm ihre ständige Bevormundung mit Gleichmut hin. Kleine Plänkeleien blieben natürlich nicht aus, aber an wirklich große Kräche konnte sich Richard kaum erinnern. Einmal allerdings hatte der Familiensegen schief gehangen, als ganz am Anfang ihrer Ehe Helga unbedingt durchdrücken wollte, ihn hin und wieder, wenn es gerade passte, auf einer seiner vielen Dienstreisen zu begleiten. Weil er dazu nicht bereit war, flossen reichlich Tränen. Doch zu Richards heimlicher Befriedigung blieb Thomas hart. Aber auch da war er nicht laut geworden. Richard kannte ihn nur schweigsam und abwesend beim Essen sitzend. Hin und wieder zog er seinen Taschenrechner hervor, auf dem er herumtippte.

Doch diesmal fielen Richard kleine Veränderungen an ihm auf: eine Spur von Gereiztheit bei Helgas endlosen Tiraden über nichts und wieder nichts, ein nervöses Zucken, wenn der Hund sich zu kratzen begann, und ein ziemlich schroffes Nein zu Helgas wortreich dargelegtem Plan, einen kleinen Teich im Garten anzulegen. Auf dem Nachhauseweg klopfte er vorsichtig bei seinem Enkelsohn auf den Busch. «Dein Vater wirkt recht abgespannt.»

«Ehrlich?» Der Junge, ganz mit dem Gedanken an den Schein beschäftigt, den ihm sein Großvater jedes Mal beim Abschied zusteckte und der hoffentlich für seine Handyschulden reichte, kuckte verblüfft. «Für sein Alter ist er doch noch gut drauf.»

«Er ist gerade fünfzig!», rief Richard irritiert.

«Sag ich doch. Dafür ist er noch ganz okay.»

Die milden Herbsttage zogen Richard immer wieder in den nahe gelegenen Park, der an ein Binnengewässer grenzte. Zuerst sah er den spielenden Hunden zu, von denen es anscheinend mehr als Kinder in der Stadt gab, denn sie tobten zu Dutzenden über die Wiese, während der Nachwuchs der Bundesbürger, der auf wackligen Beinen die Kieswege entlangtaperte, eher einer Minderheit anzugehören schien. Vielleicht waren inzwischen die Gesetze geändert worden und Hunde besaßen mehr Steuervorteile. Gern beobachtete er die Kinder, wie sie aufgeregt auf dem Bootssteg hin- und hertrippelten und sich gefährlich weit zu schnatternden Enten und Gänsen hinunterbeugten, während die Mütter, das Handy wie festgeklebt am Ohr, den Blick ins Leere statt auf den gefährdeten Nachwuchs gerichtet, einer unhörbaren Stimme lauschten und sie nur gelegentlich mit einem «Sag bloß!» – «Nein!» – «Wie entsetzlich!» – unterbrachen. Richard überlegte, ob er so einen kleinen, ins Wasser geplumpsten Liebling herausfischen würde oder nicht, und kam zu dem Schluss, eher nein, denn die Wassertemperatur war nicht gerade verlockend, und schließlich hatte jeder seinen eigenen Schutzengel. Aber den Rettungsring, den würde er ihm zuwerfen. Auch den größeren Jungen, die mit einer Anglerausrüstung ausgestattet waren, mit der man einen Hai hätte fangen können, sah er interessiert zu. Sie fuchtelten außerordentlich leichtsinnig mit ihren Angeln herum, so dass sie fast ein Baby im Kinderwagen am Haken gehabt hätten, und warfen sie außerdem in gefährlicher Nähe der herumschwimmenden Enten aus. Es waren spannende Momente. Würden die Enten tauchen und den Köder verschlingen? Aber die hatten längst ihre Erfahrungen gesammelt und waren gegen solche Verlockungen gefeit. Meist verlor der Anglernachwuchs sehr schnell die Lust an diesen Unternehmen, packte verdrossen seine kostbare Ausrüstung zusammen, wobei häufig die Hälfte auf der Bank zurückblieb, und trottete, sich zankend, davon. Richard hütete sich wohlweislich, mit Jungen dieses Alters ins Gespräch zu kommen. Alte Männer und kleine Jungen, da musste man höllisch aufpassen in der heutigen Zeit, auch wenn sie noch so klein waren. Einmal war so ein Winzling völlig überraschend auf ihn zugelaufen und ihm auf den Schoß geklettert. Die Mutter kam sofort herbeigeschossen und riss das Kind von ihm weg, als hätte es sich auf einen Sprengsatz gesetzt. Es strampelte wütend und rief: «Der Onkel riecht viel besser als du!»

«Halt bloß deine Klappe», sagte die Mutter und maß Richard mit einem feindseligen Blick.

Wenn er von seinen Ausflügen zurückkam, wurde er meist herzlich von diesem oder jenem Nachbarn begrüßt. «Ich sag immer zu meiner Frau, wenn man Sie so sieht, ist das Alter doch eigentlich gar nicht eine so schlimme Sache.»

Richard lächelte jedes Mal dankbar. Ein angenehmes Gefühl, noch so jugendlich auf andere zu wirken.

Leise vor sich hin pfeifend, betrat er diesmal gut gelaunt seine Wohnung, ein soignierter, sehr passabel aussehender Zweiundachtzigjähriger, überall wohlgelitten, mit noch dichtem weißem Haar, leicht gebräunt, mit sich und der Welt nicht unzufrieden, wenn natürlich auch schon mit einigen kleinen Mängeln behaftet wie einer gewissen Schwerhörigkeit, einem Anflug von Arthrose und leider, leider einer allzusehr besorgten Tochter, wobei er sich eingestehen musste, dass Letzteres am lästigsten war. Doch bei diesem Gedanken plagte ihn sofort ein schlechtes Gewissen. War Tochterliebe nicht etwas, was alle Väter sich wünschten? Außerdem diente sie ihm als Schutzschild gegen allzu fürsorgliche Nachbarinnen, meist allein stehende Damen, deren Hilfsbereitschaft zuweilen von einem Sichaufdrängen nicht zu unterscheiden war. Ein Schwätzchen vor der Wohnungstür war durchaus angenehm. Auch mit weiblicher Bewunderung ließ es sich gut leben. Aber bitte keinen Fuß über seine Schwelle. Bei der Vorstellung, eine von ihnen würde sich gemütlich bei ihm niederlassen, mit dem Kuchenteller in der einen und der

127

Kaffeekanne in der anderen Hand, sitzen und reden und reden und sitzen, grauste ihm. Da war Helga immer eine passende Ausrede. Sie hielt für alles her, was es abzuwimmeln gab: das großzügige Angebot, seinen Wohnungsschlüssel zu übernehmen, um den Ableser der Wasserwerke, wenn er nicht da war, hereinzulassen, oder größere Einkäufe für ihn zu erledigen.

«Was für ein Glückspilz Sie sind, mit so einer Tochter», hieß es dann säuerlich, begleitet von einem Blick, der sagte: Gegen Töchter ist kein Kraut gewachsen. Dagegen war er milden, an der Wohnungstür überreichten Gaben nicht abgeneigt. Und so freute er sich auf eine von den zurückhaltenderen Damen mit den taktvollen Worten: «Können Sie sich nicht dieses Restes erbarmen? Es wäre doch ein Jammer, ihn wegzuschütten» abgegebene Tomatensuppe mit Fleischklößchen, die er sich zum Mittagessen warm machen wollte.

Ein Anruf von Helga zerstörte sein beschauliches Tun. Das, was sie ihm zu sagen hatte, verdarb ihm gründlich den Appetit. Thomas war Knall auf Fall entlassen worden.

«Wie schrecklich für den armen Jungen!», rief Richard. «Das muss ja ein Schock für ihn gewesen sein!»

Zu seiner Verblüffung reagierte Helga völlig ungerührt. «Der arme Junge, wie du ihn nennst, wird schon was Neues finden. Er darf den Kopf eben nicht in den Sand stecken. Anstrengen muss er sich halt.»

Die Art, wie sie es sagte, missfiel ihm. Es klang sehr herzlos.

«Ich denke, das hat er bis jetzt doch bewiesen», sagte er missbilligend, «bei dem Lebensstandard, den ihr euch leistet.»

«Jeder auf seinem Platz», sagte Helga. «Wir haben alle unsere Pflichten. Mach dir keine Gedanken.»

Aber das tat er natürlich. Wahrscheinlich meinte es Helga gar nicht so. Sie war ja leider immer etwas «bumm-bumm», wie seine Frau das genannt hatte.

Um sich abzulenken, fuhr er am Nachmittag in die Innenstadt und sah auf den freien Plätzen dem «fahrenden Volk» zu, das sich auf die verschiedenste Weise präsentierte. Abgesehen von den Musikanten, die von Vivaldi bis zur böhmischen Polka ein sehr gemischtes Programm boten, ergötzte er sich auch an den artistischen Darbietungen. Der Maschinenmann war einer seiner Lieblinge. Von Kopf bis Fuß silbrig glänzend, imitierte er bei einer stampfenden Musik mit ruckartigen Bewegungen einen Roboter. Nicht weit davon entfernt stand ein lebendes Denkmal, ein Mann, mit Wams und Barett bekleidet wie Walther von der Vogelweide, regungslos auf einem Podest. Passanten begafften ihn und hofften, irgendein Ereignis, ein Niesreiz, eine Fliege oder gar eine Wespe, würde ihm seine steinerne Ruhe rauben. Zu Richards Bedauern war das in seiner Gegenwart noch nie passiert.

Er hatte seine gute Laune wiedergefunden und

129

nahm sich vor, über dieses Familienproblem nicht weiter nachzudenken. Die beiden waren erwachsen und mussten selbst sehen, wie sie mit den Schwierigkeiten des Lebens fertig wurden. Doch ein leises Unbehagen blieb.

Der wirkliche Schlag kam ein paar Tage später: Thomas hatte seine Familie verlassen und Helga deutlich zu verstehen gegeben, dass er weder für Geld noch gute Worte zu ihr zurückkehren würde. Er ging und ward im wahrsten Sinne des Wortes nicht mehr gesehen. Der Mann aus dem Nichts war dorthin zurückgekehrt, und niemand wusste, wo er geblieben war.

Die erste Zeit danach fürchtete Richard ernstlich um Helgas Verstand. So aufgelöst hatte er sie noch nie erlebt, obwohl auch die Trauer um die Mutter schon an der Grenze des Fassbaren gewesen war. Zuerst hörte er sich ihr Lamento noch geduldig an und versuchte, sie zu trösten. «Vielleicht war es ja nur eine Kurzschlusshandlung, und er kommt wieder zur Besinnung. Lass ihm doch ein bisschen Zeit.»

«Ich bin nicht Mama!», rief sie. «Soll er doch bleiben, wo der Pfeffer wächst!»

«Wie du meinst, Kind», sagte Richard, der sich angegriffen fühlte. «Dann ist es ja gut.»

Aber das war es natürlich noch lange nicht. Bei jedem Telefongespräch und den sonntäglichen Mittagessen gab es nur ein Thema. Bis die Töchter es nicht mehr aushielten. Sogar Klein-Schlappi zog aus und in eine WG. Zurück blieb eine völlig aus den Fugen geratene Helga, die auch für Richard den Sonntagmittag zum Alptraum machte. Sie redete ohne Punkt und Komma, und er sah voller Schaudern, wie sie dabei die Puppe in den Arm nahm und an ihr herumzupfte. Leider hatten bei diesem Unglück auch ihre Kochkünste entschieden Schaden genommen. Von exzellent konnte keine Rede mehr sein. Meist gab es nur irgendeine langweilige Suppe oder Würstchen mit Kartoffelsalat. Schließlich ließ auch er sie in ihrem Jammertal sitzen und folgte der Einladung eines befreundeten Ehepaares nach Bayern. Helga wollte ihn unbedingt mit dem Auto hinfahren. Aber er schaffte gerade noch, ihr das auszureden. Zuerst fürchtete er, sie würde ständig bei seinen Gastgebern anrufen, doch das tat sie glücklicherweise nicht.

Richard blieb länger als geplant, und als er wieder zurückgekehrt war, konnte er zu seiner großen Erleichterung feststellen, dass es Helga sehr viel besser ging. Sie hatte anscheinend den Schock überwunden. So nahm er, und das nicht einmal ungern, seinen sonntäglichen Mittagsbesuch wieder auf, und tatsächlich, Helga wirkte gelöst, ja, fast heiter. Zwar hatte sie von Thomas nichts mehr gehört, aber die finanziellen Dinge wurden korrekt über einen Anwalt geregelt. Und es sah so aus, als ob es in diesem Punkt weniger Schwierigkeiten gab als befürchtet. Um so mehr überraschte ihn ihre Mitteilung, dass sie, sehr zum Unwillen ihrer Kinder, das Haus verkauft hatte und in Kürze umziehen werde. «Es wird alles gut», sagte sie und streichelte seine Hand. «Du wirst sehen. Wir fangen jetzt ein völlig neues Leben an.»

Das Wort «wir» machte ihn stutzig. «Wohin ziehst du denn?», fragte er beunruhigt.

«Ganz in deine Nähe. Fünf Minuten zu Fuß. Eine wunderbare Wohnung. Ist das nicht herrlich? Schon nächste Woche ziehe ich um. Sei bitte so nett und heb mir solange die Puppe auf. Sonst geht sie bei dem Durcheinander kaputt.» Sie legte sie ihm auf den Schoß. «Mama», sagte die Puppe.

Völlig benommen fuhr er mit einem Taxi nach Haus. Mit hängenden Schultern schlurfte er den Hausflur entlang und dachte mit greisenhafter Rührung an seine Edith. Was für eine wundervolle Frau war sie doch gewesen! Immer fröhlich, dabei hatte sie doch so viel durchgemacht. Der Vater gefallen, die Mutter auf der Flucht umgekommen. Ach, sie fehlte ihm wirklich sehr.

Seine Nachbarn, die gerade ihre Wohnung verließen, sahen sich an. «Jetzt wird er alt», murmelte der Mann. «Und wir auch.»

«Unsinn», sagte seine Frau, die sich gerade neue Zähne hatte einsetzen lassen. «Du bist immer so negativ.»

Am nächsten Tag fand Richard eine Nachricht von seinem Schwiegersohn im Briefkasten. «Lieber Schwiegerpapa, ich habe hier ein wundervolles Plätzchen gefunden. Du wärst begeistert. Sonne pur. Hättest du nicht Lust, deinen Lebensabend bei mir

zu verbringen?» Als Absender gab es nur ein Post-
fach in Italien. Richard faltete den Brief sorgfältig
zusammen und sah nachdenklich vor sich hin. Sein
Gedächtnis schob das Geröll der Jahre beiseite, und
in seiner Erinnerung blitzte etwas Weites, Blaues auf
und davor eine zierliche Badenixe im Bikini. Er
machte vergnügt einen kleinen Hopser und pfiff
einen Schlager aus den fünfziger Jahren: «Wenn bei
Capri die rote Sonne im Meer versinkt ...»

Die Klagemauer

Unwillkürlich stieß Margot einen kleinen Schrei aus und schloss erschrocken die Augen, als sie sah, wie sie in vierfacher Ausführung nackt auf sich zuschritt, ein Anblick, der ihr auch die kleinste Illusion, trotz ihrer fünfundachtzig Jahre noch einigermaßen passabel auszusehen, endgültig raubte. Anscheinend hatte sich der Architekt mit diesem Spiegelkabinett von Badezimmer so verausgabt, dass es gerade noch für eine Dusche und ein zwar reichlich mit Ornamenten verziertes, aber nur spucknapfgroßes Waschbecken gereicht hatte, so dass einem, wenn man sich die Hände waschen wollte, das Wasser entgegenspritzte. Auch das Zimmer in diesem Hotel war nicht gerade ein Ort trauter Gemütlichkeit, jedenfalls nicht für einen alten Menschen. Die futuristischen Stühle wirkten kipplig, und das Bett war spartanisch nur mit einer Decke ausgestattet. Immerhin entschädigte der Blick über den Fluss und die Stadt, in der sie viele Jahre verbracht hatte, ehe die Bomben alles in Schutt und Asche legten. Sie war das letzte Mal hier gewesen, als sie kurz vor Kriegsende, den Rucksack auf dem Rücken, das Weite gesucht hatte und an dem riesigen Bombentrichter, an dessen Stelle jetzt das Hotel stand, vorbeihastete. Mehr als eine halbe Ewigkeit war das nun schon her.

Sie beschloss, sich ein wenig hinzulegen, um für die Geburtstagsfeier, die ihr Neffe Hans in seinem Haus für sie ausgerichtet hatte, frisch zu sein. Sie stellte den Fernseher an, aber aus einem unerklärlichen Grund bekam sie nur zwei Programme auf den Bildschirm. Auf dem einen wälzte sich ein Paar mit dem üblichen Stöhnen auf einem Bett, auf dem anderen flatterte die Biene Maja über eine Wiese. Sie schaltete den Fernseher wieder aus und ließ ihre Gedanken wandern. Sie war immer noch ganz überrascht, dass es ihrem Neffen gelungen war, sie aus ihrem Bau zu locken. Natürlich war sie sehr gerührt gewesen, als ihr die Einladung zum Fünfundachtzigsten, den sie eigentlich nicht weiter feiern wollte, ins Haus geflattert kam, als Motto mit dem Wilhelm-Busch-Vers «Schön ist es auch anderswo, und hier bin ich sowieso» und witzigen Aufklebern versehen. Dabei lag ein Briefchen von Hans mit einer Liste der anderen Gäste. Tagelang dipperte sie herum, ob sie absagen oder zusagen sollte. In den letzten Jahren hatte sie «ihre Leute», wie sie ihre Familie nannte, nur selten gesehen. Ihre Geschwister waren gestorben, und die Zahl an Neffen und Nichten war eher bescheiden. Aber ehrlich gesagt hatte sie unter dem mangelnden Kontakt nicht gelitten. Vor zehn Jahren sah das noch anders aus. Da hatte ab und zu jemand hereingeschaut, um bei ihr auf der Besuchsritze zu schlafen und das Hotel zu sparen. Man ließ sich von ihr verwöhnen, erzählte den neuesten Familienklatsch und brachte so ein bisschen frischen Wind in ihr Leben. Doch in letzter Zeit hatte wohl nicht nur sie das Gefühl, dass so ein Besuch für alle Beteiligten etwas mühsam geworden war. Das kleine Gästezimmer war mit Ausrangiertem voll gestopft, von dem sie sich nicht trennen mochte, so dass im Schrank kein Platz mehr für die Kleidung von Gästen war, dem Heizkörper war keinerlei Wärme mehr zu entlocken, weil das Ventil sich nicht mehr bewegen ließ, und der Riesenkaktus, auf dem kleine Spinnen anscheinend das Netzweben übten, verhinderte das Öffnen des Fensters. Auch benutzte die gute Tante den Teebeutel beim Frühstück etwas zu häufig und hielt das Klopapier knapp, so dass man sich mit Tempotaschentüchern behelfen musste. Aber Margot, eingesponnen in den gemütlichen Kokon ihrer Gewohnheiten und ihrer täglichen Rituale, nahm das Ausbleiben ihrer Leute kaum wahr. Dazu war sie schon zu lange allein. Sie war nie verheiratet gewesen, sondern hatte nur einen «Bekannten» gehabt, wie man den Lebensgefährten vor dreißig Jahren noch nannte. Als er vor fünfzehn Jahren starb, fanden das ihre Leute zwar sehr bedauerlich, aber mit dem Verlust eines Ehemannes natürlich keineswegs zu vergleichen. Der Bekannte hatte lediglich existiert, damit hatte man sich abgefunden. Doch richtig wahrgenommen wurde er nicht. Nur gelegentlich tuschelte man sich zu, dass es da noch eine Ehefrau in der DDR gab.

So etwas wie Langeweile war für Margot ein Fremdwort. Wenn sie sonst nichts vorhatte, spielte sie gern Mikado mit einer Fünfundneunzigjährigen, die ihr das Gefühl gab, doch eigentlich noch sehr jung zu sein. Was das Gedächtnis betraf, konnte die Nachbarin es allerdings allemal mit ihr aufnehmen. So wusste sie noch, dass Ehefrauen nach dem Krieg, bevor sie eine Berufsausbildung anfingen, dazu die Einwilligung des Ehemanns benötigten. Hin und wieder passierte es allerdings, dass die alte Dame über Alpträume klagte und daraus schloss, dass nun das Leben wirklich zu Ende ging.

«Nicht doch», sagte Margot und rollte geschickt ein Mikadostäbchen beiseite. «Vielleicht haben Sie etwas Schweres zum Abendbrot gegessen.» Das gab die Nachbarin unumwunden zu. Spickaal mochte sie einfach zu gern.

Eine weitere Lebensgewohnheit war der wöchentliche Blumenstrauß, den sie sich in dem kleinen Blumenladen an der Ecke holte. Früher, als es in ihrer Nähe eine große Bank gegeben hatte, war dort viel Betrieb gewesen. Aber jetzt war die Filiale geschlossen worden und damit der Kundenkreis zusammengeschrumpft. Doch die Besitzerin, eine resche Siebzigjährige, ließ sich den Mut nicht nehmen. «Hauptsache», sagte sie, «man hat ein Dach überm Kopf, warme Füße und was zu essen.» Dass sich der Laden überhaupt noch hielt, verdankte sie unter anderem ihrem Talent als Trösterin. Natürlich konnte kein Kunde, der ihr das Herz ausgeschüttet oder einen Rat eingeholt hatte, ohne eine Gegenleistung den Laden verlassen, und so verabschiedete er sich von ihr je nach Länge des Trostgesprächs mit einem kleinen oder großen Blumenstrauß. Margot holte sich gern Zuspruch bei der Blumenfrau, obwohl sie manchmal fand, dass der Preis dafür doch recht hoch war.

Auch diesmal benutzte sie die Blumenfrau als Ratgeberin, schließlich musste die überraschende Einladung von allen Seiten beleuchtet werden. Die Blumenfrau fand die Idee von Margots Leuten geradezu nachahmenswert. Anstatt die Jubilarin zu Hause zu bedrängen, nahm man ihr all die Unbequemlichkeiten einer Feier ab und bescherte ihr einige entspannte Tage in einem guten Hotel. Ja, sogar an die Unbequemlichkeit der Reise war gedacht worden, und man hatte eine Nichte beauftragt, sie auf der Zugfahrt zu begleiten, damit so etwas wie Reisefieber gar nicht erst aufkommen konnte. Selbstverständlich, sagte die Blumenfrau und drückte einem noch unschlüssigen Herrn eine große, teure Azalee in die Hand, selbstverständlich müsse Margot diese Einladung annehmen. Gerade im Alter seien neue Eindrücke enorm wichtig. Einfach mal raus!

Mit einem für ihre Verhältnisse wirklich üppigen Blumenstrauß marschierte Margot getröstet nach Haus, fest entschlossen, diesen Rat zu befolgen, ärgerte sich aber gleichzeitig ein wenig, dass die

Blumen nicht so frisch waren, wie man es bei einem so großzügigen Kauf hätte erwarten können.

Sie traf rechtzeitig ihre Vorbereitungen, brachte ihr «praktisches Kostüm» zur Reinigung, bat die nette Nachbarin dreimal hintereinander, in diesen Tagen nach ihren Pflanzen zu sehen, ging zum Friseur, der ihr einen Haarschnitt aufschwatzte, in dem sie aussah, als hätte sie ihr Leben als große Tragödin auf der Bühne verbracht, und wurde zwei, drei Tage vor der großen Reise von unruhigen Träumen geplagt.

Margot seufzte, als sie daran dachte. Ihr Blick fiel auf das praktische Kostüm, das sie achtlos auf einen Stuhl geworfen hatte, anstatt es aufzuhängen. Aber das Praktische daran war ja gerade, dass es nie knautschte und sie damit für jede Gelegenheit passend gekleidet war. Sie stand auf und öffnete die Schranktür, um einen Bügel herauszuholen. Dabei fiel ihr Blick auf die Preistafel, und sie stieß erneut einen erschrockenen Schrei aus. Neffe Hans musste verrückt sein! In was für Unkosten hatte sich der Junge gestürzt. Allein schon die Fahrt erster Klasse im Intercity. Wirklich sehr großzügig, der gute Junge. Übrigens der Einzige in der Familie, der eine steile Karriere gemacht hatte und Direktor einer großen Bank geworden war.

Den anderen Familienmitgliedern schien es weniger gut zu gehen, vor allem Nichte Mechthild, die sie abgeholt und sie umgluckt hatte, als käme sie direkt von der Intensivstation: «Hast du auch deine

Tabletten nicht vergessen?» – «Ist das Ventil von der Waschmaschine zugedreht?» – «Ist das Portemonnaie in der Handtasche?» – Margot war etwas ungeduldig geworden. «Ja natürlich, Kind.» Sicher, hin und wieder vergaß sie etwas. Neulich wäre sie fast mit Hausschuhen und in der Strumpfhose zur Bushaltestelle gegangen. Aber glücklicherweise hatte sie es noch vor der Haustür gemerkt und war rechtzeitig wieder umgekehrt. Sonst hatte sie ihre fünf Sinne nun wirklich noch beisammen. Ihre Ungeduld verflog denn auch sehr schnell. Wie beruhigend, jemanden neben sich zu haben, der für einen alles organisierte. Die Fahrt im ICE erwies sich als äußerst angenehm. Keine Verspätung, keine ständig schrillenden Handys im Großraumwagen und ein fürsorglicher Schaffner, der ihnen sogar zwei liegen gelassene Illustrierte zur Zerstreuung brachte.

«Liest du etwa so was?», fragte Mechthild, die gerade anfangen wollte, der Tante von ihrem interessanten Leben zu erzählen.

«Nein», sagte Margot eingeschüchtert und legte mit einem sehnsüchtigen Blick auf den Titel: «Prinzessin Di's Double packt aus» die Zeitschrift beiseite. «Ich bin ganz Ohr.»

Und Mechthild legte los. Erst hatte der Lebensgefährte sie Knall auf Fall verlassen und war zu seiner Frau zurückgekehrt. Margot erinnerte sich dunkel, dass dieser wundervolle Mensch mit seinen wie abgeknabbert wirkenden Ohren schon immer ein rechter Wurzelzwerg gewesen war, und sie dachte, ihre

140

Nichte sollte sich glücklich schätzen, ihn los zu sein. Schon allein der Kult, den er mit seinen Pfeifen trieb, das Stopfen, Anzünden und das Rauchen, und die Art, wie er sie gedankenvoll hielt, hatte etwas Aufreizendes. Aber sie verkniff sich jede Bemerkung über diese Tragödie, der noch eine zweite folgte. Mechthild war gekündigt worden, und das, obwohl sie noch nie gefehlt hatte. Einfach so, wisch und weg, von heut auf morgen. Den Betriebsrat, den könne man doch vergessen, ganz zu schweigen von den Gewerkschaften. All diese Schönredner in ihren Armani-Anzügen mit der Drittfrau am Arm und zweitem Wohnsitz in der Schweiz, wo sie ihrer Leidenschaft, dem Golf, frönten. Dabei habe man die Firma erst vor einem Jahr völlig umgekrempelt. Alles neu, Schnickschnack hier und Schnickschnack da, nichts konnte teuer genug sein. Und jetzt spare man an den Angestellten.

Während Margot in ihrem behaglichen Sessel die Landschaft an sich vorbeiziehen ließ, war sie emsig, wenn auch oft vergeblich, bemüht, alles akustisch mitzubekommen. Kurz entschlossen nickte sie zustimmend, auch wenn sie etwas nur zur Hälfte verstand. Genau so hatte sie es vor ein paar Wochen im Kaufhaus bei der Verkäuferin getan, als sie endlich auf sie stieß, nachdem sie eine Ewigkeit in der riesigen Wäscheabteilung zwischen Ständern, an denen überdimensionale Büstenhalter hingen oder mit flotten Sprüchen versehene Herrenunterhosen, herumgeirrt war. Ein teilnehmender Satz von ihr, und das Geschöpf blühte förmlich auf, und während sie das Gewünschte heraussuchte, zischte sie ihre ganze Wut in Margots rechtes Ohr, mit dem es nicht mehr zum Besten stand, so dass sie nur Bruchstücke wie «unerhört», «Ausbeutung», «Straße gehen» verstehen konnte sowie die Drohung, aus der Gewerkschaft auszutreten. Dankbar für eine mitfühlende Seele, zauberte die Verkäuferin aus einer entfernten Ecke etwas besonders Preiswertes von hervorragender Qualität ans Licht und zog beim Kassieren noch zwanzig Prozent wegen für Margot nicht sichtbarer Mängel ab. Während sie daran dachte, fielen ihr gleichzeitig der kleine Milchladen in ihrer Ecke vor dreißig Jahren ein mit einer äußerst pampigen jungen Bedienung, deren Minirock kürzer als ihr Schlüpfer war, über die Margot sich bei dem Inhaber beschwerte, und dann die Antwort des Chefs: «Kunden, meine Dame, Kunden gibt's reichlich, aber Verkäuferinnen nicht.» Ach ja, ach ja, die alten Zeiten.

Inzwischen hatte sie sich wieder aufs Bett gelegt und musste eingeschlafen sein, denn als sie, vom Klingeln des Telefons geweckt, hochfuhr, wusste sie im ersten Augenblick gar nicht, wo sie war. Es war Neffe Hans, der Erfolgreiche. Er wollte sich erkundigen, wie es ihr denn so gehe, und teilte ihr mit, dass er sie gegen 18 Uhr abholen und zu seiner kleinen Hütte bringen würde. Mit einem «Wir freuen uns alle schon so auf dich» verabschiedete er sich.

Margot wurde es warm ums Herz. Der gute Junge, ehemals ein Meister im Nasebohren. Bis auf diese

Angewohnheit, die seinen Vater zur Verzweiflung brachte, war Hänschen ein lustiges Kerlchen gewesen, immer vergnügt und guter Dinge. Um so unverständlicher, dass ihn Angelika nach dreißig Jahren Ehe verlassen hatte. Ein unerfreuliches Kapitel, dem Margot sich nicht länger widmen wollte. Sie erhob sich und machte sich für den Abend zurecht, wobei sie das Badezimmer vorsichtshalber im Unterrock betrat.

Neffe Hans' bescheidene Hütte entpuppte sich als stattliche Villa mit einem parkähnlichen Garten, in dem sich sogar ein kleiner, schilfumrandeter Weiher befand, auf dem eine einsame Ente melancholisch ihre Kreise zog. Die Familie wartete bereits in dem geräumigen Wohnzimmer auf sie und erhob sich lachend von den wuchtigen Möbeln, die wirkten, als wären sie für Riesen angefertigt. Es war nur ein Häuflein klein, das sie mit Küsschen hier und Küsschen da begrüßte. Außer dem neuen Mitglied des kollektiven Freizeitparks, wie Nichte Mechthild ihr Arbeitslosendasein spöttisch nannte, gab es da noch eine Großnichte mit einem etwa zweijährigen Jungen, die sie das letzte Mal bei deren Konfirmation gesehen hatte, ein ihr völlig aus dem Gedächtnis gefallenes Ehepaar, aber ebenfalls mit ihr verwandt, und die ein paar Jahre jüngere Kusine Wilhelma, wie immer hochelegant angezogen. Während ein Mädchen im schwarzen Kleid und weißer Schürze den Sherry servierte, ließ sie ihren Blick durch den Raum schweifen. Die Bilder an den Wänden mit ihren holzschnittartigen Figuren waren nicht gerade nach ihrem Geschmack, aber sie waren sicher ebenso kostbar wie all das, was sonst so im Raum herumstand oder in gläsernen Vitrinen lag. Neffe Hans eilte als Gastgeber geschäftig hin und her. Margot fand, er sah immer noch gut aus, wenn auch ziemlich zerfaltet. Dass ihn Angelika verlassen hatte, musste ein großer Schock für ihn gewesen sein.

Das Esszimmer mit seinem spiegelnden Parkett, dem antiken Geschirrschrank, den geschnitzten Stühlen und den großen Fenstern konnte es durchaus mit dem Wohnzimmer aufnehmen. Hänschen hatte sich wirklich Mühe gegeben. Der Tisch war festlich gedeckt, und eine Kochfrau mit zwei Hilfskräften sorgte für gutes Essen und aufmerksame Bedienung. Der Hausherr hielt eine launige Ansprache auf die Jubilarin, bei der er nicht vergaß, ihre Großzügigkeit zu erwähnen, denn sie war die Tante gewesen, die ihm als Jungen einmal eine ganze Schachtel Negerküsse mitgebracht hatte. Das sei ihm bis heute im Gedächtnis haften geblieben. Er habe sie in sein Baumhaus geschleppt und hintereinander in sich hineingestopft. Die Folgen wolle er lieber nicht schildern. Alles lachte, und Nichte Mechthild schloss sich seinem Lob an und sagte, ihr habe Tante Margot, sie müsse so etwa zwölf gewesen sein, ein Betty-Barclay-Kleid geschenkt, der Traum eines jeden Mädchens in ihrer Klasse. Dunkelblau und, das müsse sie sagen, ziemlich ausgeschnitten.

144

Nach dem Essen zog man sich wieder in das prächtige Wohnzimmer zurück, sammelte sich um den knisternden Kamin und sprach gerührt von alten Zeiten. Dazwischen wuselte das pummelige Kind der Großnichte, das vergnügt von einem zum anderen wackelte und dauernd: «Mama, Papa, Mama, Papa!» rief. Mechthild neigte sich zu Margot. «Der arme Junge. Er kriegt ja noch gar nicht mit, dass sein Papa nicht mehr da ist. Andreas war vor Christina schon mal verheiratet, und plötzlich hat er wohl gefunden, aller guten Dinge sind drei. Jetzt liegen die Anwälte im Clinch wegen des Unterhalts.»

Margot warf ihrer Großnichte einen mitleidigen Blick zu. Die arme Kleine sah wirklich recht mitgenommen aus. «Mama, Papa», sagte das Kind und legte seine mit Schokolade verschmierten Händchen auf Margots praktisches Kostüm.

Die Unterhaltung war lebhaft, aber auch mit vielen Klagen vermischt, über neue Gesetze, die sich nachteilig auf die Geschäfte auswirkten, und nicht zuletzt über die Gesundheit, die sehr zu wünschen übrig ließ, so dass Margot schließlich das Gefühl bekam, ihre Leute seien alle vom Pech verfolgt.

Margot wollte sich zum Hotel ein Taxi nehmen, aber das duldete Neffe Hans nicht. Er brachte sie persönlich zurück. Der Weg war nicht weit, doch er reichte für Hans aus, um ihr sein Herz auszuschütten. Es war ihm immer noch unerklärlich, warum Angelika ihn verlassen hatte. Ein anderer Mann steckte jedenfalls nicht dahinter, und gerade das machte es, wie Margot fand, besonders kränkend. Es war leichter zu verstehen, dass sich jemand plötzlich leidenschaftlich umverliebte, als dass man verlassen wurde, weil einem der Partner so bis zum Halse stand, dass er es nicht mehr aushielt.

«Und stell dir vor», sagte Hans, «sie wollte nichts von den Sachen aus dem Haus haben! ‹Den Plunder kannst du behalten›, hat sie gesagt. Dabei ist sie es doch gewesen, die das Haus eingerichtet hat.»

Nachdem all das «Dann hab ich gesagt» und «Dann hat sie gesagt» abgespult war, hielt er an. Das Hotel war erreicht. Sie war so konfus von dem vielen Gerede, dass sie die Chipkarte mehrmals verkehrt herum in die Tür steckte und es eine Weile dauerte, bis sie begriff, weshalb die Tür nicht aufging.

Während sie versuchte, das Kopfkissen so zu knautschen, dass es ihr Nacken behaglich hatte, kam ihr in den Sinn, dass ganz offensichtlich die Maxime ihrer Blumenfrau, «Hauptsache ein Dach überm Kopf, warme Füße und genug zu essen», für diese Generation nicht mehr galt, denn auch ihre arbeitslose Nichte musste erst einmal unbedingt vierzehn Tage nach Mallorca, um sich von ihren Schicksalsschlägen zu erholen. Aber was kümmerten sie die Jungen. Sie waren nun mal, wie sie waren. Sie freute sich auf jeden Fall sehr auf morgen und ihren Besuch bei Kusine Wilhelma, mit der sie nur wenig hatte sprechen können. Man konnte so schön mit ihr quatschen und war sich immer so herrlich über alles einig. Wilhelma hatte stets verstanden, die Sahne abzuschöpfen, und sich gleich nach dem Krieg einen Mann geangelt, bei dem sie keinen Moment das Geld zusammenkratzen musste. Sie besaß ein glückliches Naturell und war durch nichts unterzukriegen, weder durch Bomben noch durch das unerfreuliche, aber vorübergehende Lagerleben als Flüchtling, nicht durch die provisorische Unterkunft in einem Schweinestall und schon gar nicht durch die Männer. Nach dem Tode ihres Mannes war sie in ein luxuriöses Seniorenheim gezogen, wo es ihr aber anscheinend nicht gefallen hatte. Jedenfalls lebte sie zwei Jahre später wieder in einer Eigentumswohnung, die in einer Villengegend am Stadtrand lag.

Das für den Besuch nötige Taxi hatte Hans bereits bestellt, und der Taxifahrer, einer von der gesprächigen Sorte, war nach kurzem Umweg über Rinderwahnsinn, Antibiotika im Bienenhonig und Salmonellen im Geflügelsalat bei seiner Frau angelangt, die einfach nicht einsehen wollte, dass es doch zu Hause auch sehr gemütlich ist, vor allen Dingen, wenn man wie er den ganzen Tag herumkutschen muss. «Weiber», sagte der Taxifahrer und schlug mit der geballten Faust auf das Steuer.

Sein Problem ließ Margot ziemlich kalt. Sie starrte stattdessen auf den Tachometer, der bereits einen stolzen Preis anzeigte. Der arme Hans, der musste das nun alles bezahlen.

Zunächst schien es, als sei die Vorfreude auf die lebenslustige Kusine berechtigt gewesen. Sie lachten und schwatzten von früher, bis Margot harmlos fragte: «Warum bist du denn aus dem Heim wieder ausgezogen?»

Wilhelmas Gesicht umdüsterte sich. «Na ja», sagte Margot besänftigend. «Es ist eben nicht alles Gold, was glänzt. Bei vielen Heimen soll es ja an ordentlichem Personal fehlen.»

Doch das war nicht der Grund. Im Gegenteil, das Seniorenstift wurde tadellos geführt. Wilhelma hatte sich mit einem älteren Herrn liiert, der sich nicht nur als rasanter Autofahrer entpuppte, so dass sie auf der Autobahn alle Augenblicke entsetzt die Augen schloss, sondern auch als jemand, der nach allen Seiten offen ist, was bedeutete, dass er sich gern von anderen weiblichen Senioren verwöhnen ließ, so dass es viel Hin und Her gab. Aber Wilhelma gehörte nicht zu denen, die sich auf der Nase herumtanzen lassen. Nach dem Motto «Was nützet mir ein schöner Garten, wenn andre drin spazieren gehn» war sie kurz entschlossen wieder ausgezogen, und, das war das Kränkende daran, es hatte ihm anscheinend überhaupt nichts ausgemacht. Obwohl diese Affäre bereits drei Jahre zurücklag, war sie merkwürdigerweise immer noch nicht darüber hinweg. Nach zwei Stunden «Da habe ich gesagt» und «Da hat er gesagt» warf Margot das Handtuch. «Ich glaube, es wird für mich Zeit», sagte sie matt.

Wilhelma sah sie schuldbewusst an. «Tut mir Leid, ich rede und rede.»

Als sie den Taxifahrer vor dem Hotel nach dem

Preis fragte, winkte er ab. Wilhelma hatte ihn bereits bezahlt.

Die Rückfahrt fand nicht im Intercity statt, wie sie gehofft hatte. Die Großnichte bot sich an, sie mit dem Auto nach Haus zu fahren, da sie sowieso in diese Richtung musste und Onkel Hans ihr das Benzin bezahlte. Und wieder blieb Margot nichts anderes übrig, als die Seelentrösterin zu spielen, denn auch die allein erziehende Mutter verspürte ein heftiges Bedürfnis, über ihren ehemaligen Partner herzufallen. Und während Margot wieder eher unfreiwillig Szenen einer Ehe mit vielen «Da habe ich gesagt» und «Da hat er gesagt» über sich ergehen ließ, plapperte der kleine Junge fröhlich «Mama, Papa» vor sich hin. Auch die Großnichte liebte ein schnelles Tempo und fuhr so dicht auf, dass Margot, wie ihre Kusine Wilhelma bei ihrem Verehrer, alle Augenblicke erschreckt die Augen schloss. Dafür schleppte ihr die Großnichte fürsorglich den kleinen Koffer in ihre Wohnung und fragte, ehe sie sich verabschiedete, ob sie ihr vielleicht noch eine Kleinigkeit einkaufen sollte.

Ganz glücklich darüber, wohlbehalten wieder zu Hause angekommen zu sein, schusselte Margot in ihren vier Wänden herum, die sich, wie immer, wenn sie ein paar Tage weg gewesen war, ein wenig abweisend zeigten, so, als wollten sie Margot bestrafen. Der Griff des Kippfensters ließ sich plötzlich nur mit Kraft bewegen, die Schranktür klemmte, und der auf Vorrat gegossene Blumentopf hatte einen hässlichen gelben Fleck auf dem Tisch hinterlassen. Aber schnell kam wieder die alte Gemütlichkeit auf. Sie hängte das praktische, mit Schokolade verzierte Kostüm in den Schrank zurück, füllte die Waschmaschine und stellte das Radio an.

Am Tag darauf stattete sie der Blumenfrau einen Besuch ab. Zu ihrer Verwunderung erwies sich diese diesmal nicht als gute Zuhörerin. Sie wirkte zerstreut und warf achtlos beim Binden eines Straußes mehrere durchaus noch passable Blüten in den Abfall. Wie Margot nach vorsichtigem Fragen herausbekam, hatte ihre Tochter sich von ihrem Mann getrennt.

«Einfach in die Bohnen gestellt, die dumme Göre. Müsste doch nun wirklich allmählich wissen, wo's langgeht, wenn man zwei Kinder hat. Was ist bloß los mit den jungen Frauen? Eine Moral ist das! Wo hätte es so was früher gegeben? Höchste Zeit, dass ihr mal jemand die Leviten liest.» Sie zupfte an einer Blume herum, als seien es die Ohren ihres missratenen Kindes. Margot lachte. Was die Moral betraf, gab es wohl in keiner Generation große Unterschiede. Und auch bei der Blumenfrau war einiges im Busch gewesen. Die Blumenfrau kuckte säuerlich.

«Müssen ja lustige Tage für Sie gewesen sein. So aufgemöbelt kenne ich Sie sonst gar nicht.» Und schon wieder mit der Tochter hadernd: «Dauernd quäken sie einem mit ihrem Mist die Ohren voll. Nie können sie mal was alleine für sich abmachen. Da waren wir doch anders.»

Margot ließ ihre Augen über die Blumen schweifen, die, wie sie fand, von Mal zu Mal teurer wurden, und sagte, ganz gegen ihre Überzeugung: «Weiß Gott, das waren wir.»

«Setzen Sie sich doch einen Moment», sagte die Besitzerin wohlwollend. «Oder haben Sie es eilig?»

Der Blumenstrauß, den Margot nach Hause brachte, war so üppig ausgefallen, dass er für drei Vasen reichte. Sie betrachtete sich prüfend das Arrangement. Nelken gehörten eigentlich nicht gerade zu ihren Lieblingsblumen, aber einem geschenkten Gaul …

Das grüne T-Shirt

Jedes Mal, wenn Omi im Anmarsch ist, gibt es bei Mami Geseufze. «Ausgerechnet in dieser Woche, wo ich in Dickis Wohnung nach dem Rechten sehen wollte. Wahrscheinlich keimen die Kartoffeln mal wieder fast durch die Decke, und der Wasserhahn ist nicht richtig zugedreht!»

Dicki ist von Beruf Saftschubserin, also Stewardess, und meine große Schwester und zugegebenermaßen nur selten in ihren vier Wänden anzutreffen.

«Was machst du wieder für ein Gewese?», sagt Papi, einen von Omis Lieblingsausdrücken benutzend. «Unser Haus besitzt eben für jedermann eine starke Anziehungskraft.»

Mami reagiert entrüstet. «Meine Mutter ist nicht jedermann und ist jederzeit willkommen.»

Papi schüttelt resigniert den Kopf. «Mein Gott, hab ich das Gegenteil behauptet?»

«Nein, aber gedacht.» Und schon liegen sie sich in den Haaren.

Nur ich bin richtig happy. Mit Omi kommt endlich mal wieder Geld für mich in die Kasse. Sie hat nämlich ziemlich schnell gecheckt, dass ich die einzige anständige Matratze besitze, auf der ein alter Mensch schmerzfrei liegen kann. Als sie eines Tages mit dem Wunsch herausrückte, in meinem Zimmer zu schlafen, blickte Mami äußerst skeptisch, denn ich lasse nun mal ungern mit mir handeln. Was mir zusteht, steht mir zu, und dazu gehört an erster Stelle mein Zimmer.

Aber Omi war ganz zuversichtlich. «Lass mich man machen», hat sie nur gesagt. «Ich regle das schon mit dem Jungen.»

Und das hat sie dann auch in sehr zufrieden stellender Weise getan. Zuerst war mir ja ihr Angebot ein bisschen peinlich. Wer möchte schon als Raffzahn gelten. Aber zehn Mark pro Tag sind zehn Mark. Mein Handy ist das reinste Groschengrab. Jeder muss schließlich sehen, wo er bleibt, wenn er im Leben zurechtkommen will. Deshalb bin ich dann auch sehr schnell auf ihren Vorschlag eingegangen. Omi hat gleich das Dollarzeichen in meinen Augen erkannt, mich angegrinst und gesagt: «Also, wir sind uns vollkommen einig. Du kannst ja mit dem Geld deinen Nachhilfeunterricht bezahlen.» Das war natürlich wieder echt gemein, aber dann hat sie gelacht, mir die Hand getätschelt und gesagt: «Kleiner Scherz. Aber unsere Abmachung bleibt lieber unter uns.» Mami konnte es gar nicht glauben, dass ich so bereitwillig ins Gästezimmer umzog, und Omi hat noch eins draufgesetzt und gesagt: «Du hast einen sehr vernünftigen Sohn. Man muss ihn nur richtig nehmen.»

Sofort fühlte sich Mami angegriffen. «Du hast gut reden. Du hast ihn ja nicht immer um dich.» Andererseits war sie stolz auf mich, dass ich so ein gutes Herz für Omi habe und an ihre Gesundheit denke. «Ja, ja, die Schale ist rau, aber der Kern ...»

Wie sagt Jens doch immer? «Mütter sind blind, die fressen Rost und Grind.» Seine bestimmt nicht. Die hat einen echten Knall. Stundenlang hängt sie im Fitness-Studio rum und sorgt sich mehr um ihre Muskeln als um Jens und seinen Vater. Oder sie befindet sich auf dem Meditationstrip und quatscht einen voll über irgendwas von der goldenen Blüte, was immer das sein mag.

Dass ich nun bald wieder bei Kasse bin, weil Omi kommt, muss ich ihm natürlich gleich mitteilen. Ich rufe ihn an. Er reagiert ganz neidisch. «Du hast vielleicht ein Glück. So eine Oma möcht ich auch mal haben.» Er hat nämlich seine dauernd an den Hacken. Mindestens einmal am Tag überfällt sie ihn mit einem Anruf, meist zur unmöglichsten Zeit, und jault ihm die Ohren voll, wie einsam sie ist, ach ja, ach ja, sie ist für jeden nur eine Last, am liebsten wäre sie tot. Bis sie ihn so weit hat, dass er sich auf sein Fahrrad schwingt und sie besucht. Aber kaum sitzt er bei ihr und erstickt fast an ihrem staubtrockenen Kuchen, da geht auch schon das Telefon, und ihre Kaffeeschwestern rufen an. Gleich ist er abgemeldet und muss sich stundenlang Omas Part in dem Klageduett über Krankheiten anhören. Aber da kann ich ihn trösten, denn darin ist auch Omi Meisterin. Anschaulich schildert sie uns jedes Mal, wen im Freundeskreis es wieder erwischt hat, grüner Star, Parkinson, Schlaganfall, Alzheimer, die ganze Palette. Bei ihren Horrorgeschichten überkommt selbst mich das Gefühl, die besten Jahre meines Lebens hinter mir zu haben. Mami besieht sich verstohlen ihre Hände, ob dort schon die ersten Gichtknoten zu sehen sind, und Papi fällt ein, dass er neuerdings oft so merkwürdige Stiche zwischen den Schulterblättern hat. Wahrscheinlich liegt der Herzinfarkt schon auf der Lauer. Das geht so lange, bis Mami wieder ihren flackrigen Blick bekommt und sagt: «Nun hör schon auf, Mutter. Können wir nicht mal von was Erfreulicherem reden als von Bandscheibenvorfall, bröselnden Kniescheiben, Diabetes und Krebs?»

Doch für Jens bleibt diese Wesensverwandtschaft zwischen den beiden Großmüttern nur ein schwacher Trost. Meine hat ja wenigstens noch die Spendierhosen an und redet nicht dauernd wie seine davon, was er einmal erben wird und dass alle hinter ihrem Geld her sind. Aber jetzt, wo sie noch lebt, mal ein paar Mark mit warmer Hand? Kein Gedanke! Höchstens mal 'ne Rolle Drops.

Es stimmt, von Geld redet Omi weniger. Stattdessen gern von den letzten Dingen des Lebens. Dafür sind zwei Koffer zuständig, der eine für jetzt, der andere für danach. Der Koffer für jetzt enthält alles Wichtige, was der Mensch so braucht, wenn er plötzlich ins Krankenhaus muss, Puschen, Morgenmantel und Patiententestament, außerdem die Arztberichte und eine Liste der Medikamente, die sie täglich in sich reinwirft. Im zweiten Koffer befinden sich ihr Testament und andere wichtige Dokumente, die, wie Mami meint, besser bei einem Notar aufgehoben wären. Aber das möchte Omi auf keinen Fall, wo dauernd was zu ändern ist. Man kann sich ja schließlich mal in Menschen irren. Die genaueste Anweisung, wo und in welcher Form die Beerdigung stattfinden soll, steht auch drin. Ihre Beerdigung ist ihr sehr wichtig, was der Pastor sagen soll, damit er nicht nur Blabla redet, und natürlich, wie die Anzeige auszusehen hat, nicht zu pompös, schlicht, aber doch ins Auge fallend. Die Choräle stehen auch fest und die Blumen, die auf den Sarg sollen. Den Grabstein hat sie sogar aufgezeichnet, Inschrift und alles. Man muss sich nun mal rechtzeitig um solche Dinge kümmern.

Meine Beschreibung von Omis beiden Koffern findet Jens nur halbwegs komisch. «Ist doch ganz vernünftig, die Alte.» Und so wechsle ich das Thema und erzähle ihm, wie sehr sich meine Oma über seine Sprüche aus dem Internet amüsiert. Und schon zitiere ich: «Der Bauer, der ist missgestimmt, weil kleine Schweine Ferkel sind, doch nicht die Frau die Sau alleine, auch die Verwandten alles Schweine.» Da wird er ganz munter und will mir unbedingt noch von einem Kettenbrief erzählen, den er jetzt im Internet entdeckt hat. Leider kommt Mami ins Zimmer und sagt: «Immer mit den Schuhen auf der Bettdecke! Und überhaupt, wie das hier wieder aussieht! In diesem Saustall soll nun Omi schlafen.»

«Was für ein Gewese», sage ich. «Omi ist das vollkommen egal.»

Mamis Blick bleibt auf dem Poster haften, dem mit dem Klo, aus dem zwei Hände ragen. «Ist ja grauenhaft.»

«Omi findet es außergewöhnlich.»

«Außergewöhnlich ist höchstens deine Unordnung.»

Jetzt erscheint auch noch Papi im Zimmer und mischt sich ein. «Deine Mutter hat Recht. Hier sieht's ja wirklich chaotisch aus. Wann wirst du endlich erwachsen? In deinem Alter war dein Großvater längst in der Lehre.»

«Ach nee», sage ich. «Ich denke, da war er schon Leutnant.»

Darüber müssen wir so lachen, dass wir fast das Telefon im Wohnzimmer überhören. Es ist Omi. Sie fährt jetzt los.

«Da bleibt mir noch 'ne Menge Zeit.»

Mami sieht das anders. «Du fängst jetzt sofort mit Aufräumen an, gleich, auf der Stelle!»

«Mein Gott, was bist du wieder autoritär», sage ich.

«Und vergiss nicht den Staubsauger! Wie das bei dir aussieht, kann man ja schon Gras auf dem Teppich säen. Ein Leben lang muss man hinter euch herräumen!»

«Papi», sage ich, «warum musstest du ausgerechnet diese Frau zu meiner Mutter machen?»

Er macht den Grinsemann. Aber ehe er eine Antwort geben kann, kommt Mami ihm zuvor. «Er hat gedacht, ich würde ihm ein Leben lang zu Füßen liegen und nie und nimmer auf die Idee kommen, von ihm zu verlangen, seine Schuhe selbst zu putzen, den Frühstückstisch abzuräumen oder den Mülleimer runterzubringen.»

Endlich verlassen sie mein Zimmer. Nun lasse ich meinen Blick über das wohl geordnete Chaos gleiten. Hauptsache ist doch, ich finde mich zurecht. Zum Beispiel die Schuhe auf dem Schreibtisch sind außerordentlich praktisch. So verschwende ich keine Zeit damit, unters Bett zu kucken oder im Schrank herumzuwühlen. Während ich Apfelsinen- und Apfelschalen und zerknautschtes Schokoladenpapier vom Teppich klaube, leuchtet mir unter dem Nachttisch etwas Grünliches entgegen. Ich ziehe es raus. Es ist eins von Omis total danebengeratenen Geschenken, ein T-Shirt, das längst in die Kleidersammlung gehört. Grottenhässlich. Ich musste anstandshalber auch noch damit in die Schule gehen. Prompt kam die mitleidige Frage von der Hawaii-hemden-Fraktion, welcher Scherzkeks mir denn dieses Geschenk angetan habe. Doch als die Frotzelei auf dem Schulhof weiterging, haben sich meine Kumpels gleich neben mich gestellt und drohend gefragt: «Is' was?» Sie konnten es sich hinterher aber doch nicht verkneifen, mir den Rat zu geben, dass ich dieses bescheuerte Ding lieber als Feudel benutzen sollte. Sobald Omi abgereist ist, kommt es weg. So ein armes, halb nacktes Negerkind in Afrika wird sich bestimmt rasend darüber freuen.

Aber bis auf diese kleinen Fehlgriffe ist Omi total in Ordnung. Für ihre achtzig Jahre ist sie noch super drauf. Allein ihr Talent, uns alle in Trab zu halten! Alle Augenblicke geht es: «Kannst du mal eben, nimmst du mal eben, fasst du mal eben mit an, hast du mal eben Zeit für mich?» Bis es Mami zu viel wird und sie sagt: «Wenn ich die Zeit für mal eben in einer Woche zusammenzähle, könnte man damit glatt nach New York und wieder zurück fliegen.» Plötzlich dreht sich der Wind und bläst Omi mit Sturmstärke ins Gesicht. Dann kriegt Mami ihre erzieherische Stimme – nicht umsonst hat sie ein paar Jahre als Lehrerin gearbeitet –, eine Stimme, bei der ich und Papi das Weite suchen. «Bitte, Mutter, gieß die Blumenkästen nicht! Die ganze Terrasse schwimmt ja. Bitte nimm nicht wieder diese gute Vase. Du hast sie schon beim letzten Mal fallen lassen.»

Omi versucht, sich zu wehren. «Wieso steht sie dann noch im Schrank, wenn sie kaputt ist?»

«Weil sie auf dein Bett gekippt ist. Alles war klitschnass. So gut dein Karamellpudding schmeckt, nimm bitte nicht diesen Topf dafür. Die Milch setzt zu sehr an. Das habe ich dir doch schon so oft erklärt. Nimm bitte nicht dieses Kissen für den Liegestuhl. Aus dem Seidenbezug geht dein Lippenstift nie mehr raus.» Sie drischt so lange auf Omi ein, bis die ganz verschreckt ist und «Es tut mir Leid» murmelt.

Papi und ich sehen uns an. Wir sind uns einig, es ist besser, das Kampffeld zu räumen. Als wir eine halbe Stunde später die Lage wieder vorsichtig peilen, hat sich der Pulverdampf verzogen. Mutter und Tochter sitzen einträchtig auf dem Sofa zusammen und kichern, über alte Fotos gebeugt.

Ja, mit Omi kommt Leben in die Bude. Und kochen tut sie wirklich prima, gibt Papi gern zu. Auch dass sie ihn so umtanzt, gefällt ihm und besonders der Satz: «Ehre, wem Ehre gebührt. Dem Ernährer gehört nun mal das beste Stück Fleisch und der bequemste Stuhl.»

Eine Einstellung, die Mami wieder in Rage bringt. «Was machst du nur für ein Gewese? Ich arbeite schließlich auch noch zwei Tage in der Woche.»

Was Papi bei Omis Besuch vor allem fürchtet, ist der Ärger mit dem Gartennachbarn, weil Omi es jedes Mal irgendwie schafft, beim Einbiegen seinen halben Gartenzaun mitzunehmen. Sie ist eine recht rasante Fahrerin, zu rasant, wie Papi findet, der aber auch nicht gerade der Erfinder der Langsamkeit ist.

In der ersten halben Stunde ist natürlich immer alles Friede, Freude, Eierkuchen. Mami und Papi wirken allerdings meist etwas nervös. «Erzähl doch mal, erzähl doch mal.» Thema Nummer eins ist meine große Schwester, die Saftschubse. Ich bin erst später dran, wenn ich das Zimmer verlassen habe. «Hat sie immer noch diesen ziemlich schrecklichen

Freund?», fragt Omi interessiert. Und dann geht es
so sachte los. Erst mal nimmt sie Mami ins Visier.
«Du siehst so verändert aus. Trägst du das Haar anders?»

Mami fährt sich nervös durch ihr Frischgeföntes.
«Gefällt dir der Schnitt nicht?»

Omi macht ihr taktvolles Gesicht. «Doch, doch.
Vielleicht ein bisschen kurz.»

Das finden Papi und ich zwar auch, aber was
Mamis Haare betrifft, ist sie eigen. Da hält man besser die Klappe. Dann kommt die Wohnung dran.
«Diese Tür da quietscht ja fürchterlich. Hat sie das
schon immer getan? Der neue Sessel ist ja wirklich
sehr bequem, aber das Todesurteil für jede Strumpfhose. Was ist denn mit den Gardinen im Wohnzimmer passiert? Sind die in der Reinigung eingegangen?»

Genervt macht Mami ihr den Vorschlag, ob es ihr
nicht gut täte, sich ein bisschen hinzulegen. «Bitte
kein Gewese um mein Alter», sagt Omi. «Ich bin
topfit.»

Während ich Omis und Mamis Gespräch schon
direkt im Ohr habe, wühle ich mich durch mein
Zimmer, hänge Hunderte von Klamotten auf, stopfe
den Schrank so voll, dass er sich kaum noch schließen lässt, hole mindestens fünfundneunzig ziemlich
vergammelt aussehende Teller unter meinem Bett
hervor und haue mit einer alten Unterhose überall
den dicken Staub weg. Zufrieden blicke ich mich
um. Ordentlicher geht's nun wirklich nicht. Omi

161

wird staunen. Nur meine verspiegelte Zimmertür erregt jedes Mal wieder ihren Unwillen. Sie ist der Meinung, selbst eine Schönheitskönigin sieht darin aus wie ein welkes Blatt. Einerseits akzeptiert sie ja, dass sie achtzig ist. Aber deshalb muss einem ja nicht unbedingt eine Hundertjährige entgegenblicken. Das mit den Spiegeln sieht Mami übrigens genau so. Sie nimmt nur den Flurspiegel, weil sie meint, in dem sieht man wenigstens noch einigermaßen passabel aus. Ich finde meinen Spiegel klasse. Vor ein paar Jahren, als ich noch ein wilder, durch die Prärie streifender Indianer war und meine Familie mit lautem Kriegsgeschrei und meinem Tomahawk aus Pappmaché an den unmöglichsten Orten heimsuchte und zu Tode erschreckte, habe ich vor dem Spiegel oft wilde Kriegstänze eingeübt und mit einer selbst erfundenen Melodie Papis alte Spontisprüche gesungen. «Amis raus aus USA, Winnetou ist wieder da!» Jetzt hat mir Jens erklärt, dass Powerpoints enorm wichtig sind, und ich sitze nun auf der Suche danach häufig vor dem Spiegel und versuche, meinem Gesicht den passenden Ausdruck zu geben, mit dem ich meine Umwelt beeindrucken kann, allerdings bis jetzt mit wenig Erfolg.

«Was glotzt du eigentlich so eigenartig?», hat mich die Saftschubse neulich gefragt. Während Mami auf eine verhauene Klassenarbeit tippte, hatte ich mir eingebildet, Robert de Niros melancholischen Ausdruck, bevor er jemanden platt macht, voll getroffen zu haben.

Inzwischen ist schon wieder das Telefon gegangen. Omi hat den Führerschein vergessen und ist noch mal umgekehrt. Jetzt zickt im Wohnzimmer Mami mit Papi rum. Ihre Stimme ist nicht zu überhören. Wahrscheinlich will er noch mal weg, ein wichtiger Termin. Den hat er immer, wenn wir Besuch bekommen. Vor allem Mamis Freundinnen, alte Tanten und Schwiegermütter sind nicht so sein Bier. Resigniert gibt er nach. «Aber zum Friseur darf ich doch wenigstens noch?», bettelt er kleinlaut.

Omi hat ja einiges an uns auszusetzen. Aber das verblasst vor der wichtigsten Forderung: Der Schwiegersohn hat anwesend zu sein. Das gehört sich einfach so. Es ist ihr völlig unverständlich, warum das nicht möglich ist. Auch ich habe an Ort und Stelle zu sein. Allerdings ist ihr schleierhaft, warum ich meine Baseballmütze nicht absetze und sie mit dem Schirm nach hinten trage.

«Mir auch», sagt Mami. «Aber da kannst du nichts machen. Das ist eben cool. Nur nicht aus der Reihe tanzen.»

«Was heißt hier aus der Reihe tanzen?», frage ich maulig. «Jeder trägt sie so.»

«Wie ist es nur möglich?» Omi schüttelt den Kopf.

«Mutter, das verstehst du nicht», sagt Mami spöttisch. «Das ist in. Alle tun es.»

«Wenn ich das schon höre», sagt Omi. «Alle, jeder. Mein Enkelsohn ist nicht jeder.» Und zu mir gewandt: «Hast du das nötig? Du bist ein einmaliges, unverwechselbares Individuum auf dieser Erde.»

«Und wenn schon.» Ich gehe beleidigt zur Tür.

«Mach bloß nicht wieder die Musik so laut!», ruft Papi mir nach. «Das ewige Bumm-Bumm! Nicht zum Aushalten!»

Ehe ich ihn darauf aufmerksam machen kann, dass ich leider, leider mal wieder mein Zimmer an unseren Gast abgetreten habe und sich dort die Stereoanlage befindet, kommt mir Omi zu Hilfe. «Also, ich weiß nicht, was ihr wollt. Mir gefällt die Musik.»

Erstaunt setze ich mich wieder.

«Mich erinnert das an früher. Als ich nicht viel älter war als du, waren Paraden meine Leidenschaft. Diese Marschmusik, wunderbar. So elektrisierend. Und dann zum Schluss der große Zapfenstreich: ‹Ich bete an die Macht der Liebe›, da ging doch jedem das Herz auf.»

«Du», sage ich, «das einmalige, unverwechselbare Individuum auf dieser Erde, warst also auch wie jeder?»

Omi lacht vergnügt. «So ist es wahrscheinlich.»

Papi bekommt runde Augen. «Ich habe also eine Schwiegermutter, die fürs Militär schwärmt. Wer hätte das für möglich gehalten. Darauf wäre ich nie gekommen.»

«Sei nicht albern. Hat sich was mit Militär und mit großem Zapfenstreich. Alles nur aus Liebe», sagt Mami.

«Was hat denn das eine mit dem anderen zu tun?», will Papi wissen.

«Sehr viel», sagt Omi. «Er war Fahnenjunker-Unteroffizier und für mich die Männlichkeit schlechthin. Irgendwie sahen die Jungs ja früher besser aus. Die Uniform stand ihnen blendend.»

Papi kann es nicht glauben. «Es war Krieg. Hat dich denn das überhaupt nicht beeindruckt?»

«Sie war siebzehn», sagt Mami. «Gerade man nur ein paar Jährchen jünger als du und deine Adelheid.»

«Was denn für eine Adelheid?» Papi blickt sie völlig verständnislos an. «Keine Ahnung, von wem du sprichst.»

«Ich schon», sagt Mami. «Das war doch diese Rothaarige, die dich zum Sozialismus bekehrt hat. In einer Reihe mit den Kommilitonen, Arm in Arm mit ihr, bist du die Straßen entlanggestampft und hast ‹Ho Chi-Minh› gebrüllt und dich mit der Polizei herumgeprügelt.»

«Ich war eben politisch sehr interessiert, im Gegensatz zu dir, und habe mir ernsthafte Gedanken über die verkrustete Gesellschaft gemacht.»

«Ich nicht», sagt Omi treuherzig. «Mir war die Politik schnurz. Ich war einfach nur verliebt. Und die Liebe kümmert sich nun mal nicht um das Weltgeschehen, wenn sie einen überfällt. Und was den Krieg betrifft, ging es mir wahrscheinlich ein bisschen wie dir mit deinen Aktien. Du sagst doch immer, man soll sich nicht verrückt machen lassen und Vertrauen in die Wirtschaft haben. Und hinterher müssen wir uns dein Gejammer anhören. Zum Anfang habe ich den Krieg gar nicht richtig wahrgenommen. Als junger Mensch ist man eben fast ausschließlich mit sich selbst beschäftigt.» Sie seufzt tief: «Ja, ja, die Liebe», und wendet sich dann zu mir. «Du kannst sicher auch schon ein Wörtchen mitreden.»

«Kann er», sagt Mami und fängt gleich an, von Angelika zu erzählen. «Er hatte eine so reizende Freundin, hat sie ein paar Mal mitgebracht. Sie hat uns wirklich sehr gefallen.»

«Und was ist jetzt mit ihr?», fragt Omi.

Mir reicht es endgültig. «Ist das vielleicht hier ein Verhör oder was?», sage ich ziemlich pampig und verlasse das Zimmer. Angelika war wirklich nett, aber noch 'ne Mutter, das hält kein Mensch aus. Dauernd hat mir diese Kuschelmaus mit den Power-locken gesagt, was ich tun soll, Schularbeiten ma-chen, pünktlich sein, bei den Partys nicht so viel trinken, mir mal wieder die Haare schneiden lassen, echt nervig. So ist es mit den Girls, flachst man mit ihnen ein bisschen rum, verbringt einen lustigen Abend in der Disko, dann stehen sie einem am nächs-ten Tag schon entweder auf der Matte oder rufen ununterbrochen an. Jens ist derselben Meinung und die anderen Kumpels auch.

Ich sehe auf die Uhr. Omi müsste jeden Augen-blick da sein. Während ich mein Bettzeug ins Gast-zimmer bringe, geht wieder das Telefon. Omi ist im Stau stecken geblieben. Mami macht sich Sorgen, ihre Stimme klang so matt. «Wenn man über achtzig ist, sollte man besser nicht mehr Auto fahren.» Ich greife zum Handy. Vielleicht kann ich inzwischen noch mal kurz bei Jens reinkucken. Er kann mir von seinem neu entdeckten Kettenbrief erzählen. Der letzte war echt geil mit seiner Drohung: «Wenn du diesen Brief nicht in den nächsten fünf Minuten an sechstausend Leute weiterschickst, wirst du von einer einbeinigen Leichtmatrosin vergewaltigt und von einem Hochhaus in ein breites Güllefass gestoßen.» Doch Jens meldet sich nicht. Wahrscheinlich hockt er wieder bei seiner Großmutter. Das letzte Mal hatte sie sich mit Hilfe eines Buches selbst hypnotisiert, und er musste ihr ein Glas Wasser ins Gesicht schütten, damit sie wieder ansprechbar war. Behauptet er jedenfalls.

Eine halbe Stunde später trifft dann Omi endlich ein. Aber was da aus dem Wagen kriecht, hat wenig Ähnlichkeit mit ihr. Omi ist im Allgemeinen noch sehr behende, mit einer merkwürdigen Vorliebe für große Schlapphüte in allen Farben. Sie geben ihr etwas von einem hüpfenden Pilz, klein und rund, wie sie ist. Aber im Augenblick wirkt der Pilz, als wäre er einem Rasenmäher zu nahe gekommen. Sie schleicht förmlich durch den Garten. Dafür ist der Zaun des Nachbarn heil geblieben. Mami ist ganz besorgt. «Am besten, du legst dich gleich mal hin.» Diesmal verbittet sie sich nicht das Gewese mit ihrem Alter, sondern tut es tatsächlich. Ein wenig später rennt Mami bereits mit Pfefferminztee und Wärmflasche durch die Gegend.

In der Nacht ist plötzlich der Teufel los, Türenschlagen, Gerenne. Mami ruft den Notarzt. Der entscheidet sich fürs Krankenhaus. Wer weiß, was bei so einem alten Menschen dahinter steckt. Omi weigert sich energisch. Krankenhaus bedeutet für sie Endstation. Da könnte sie dem Arzt Dinge erzählen ... Der packt ungerührt wieder seine Tasche. Schließlich ist sie still und lässt alles über sich ergehen. Der Krankenwagen ist im Nu zur Stelle. Sie wird hineingeschoben. Mami setzt sich zu ihr, und dann geht es auch schon los. Papi und ich sehen ihnen nach.

«Es ist doch nichts Ernstes?», frage ich.

Papi zuckt die Achseln. «Schwer zu sagen.» Und als er mein erschrockenes Gesicht sieht, sagt er beruhigend: «Du weißt ja, deine Großmutter ist hart im Nehmen. Denk doch mal, wie sie hier die ganze Treppe runtergerollt ist. Nichts gebrochen, nicht mal die kleinste Verstauchung.»

Getröstet verziehe ich mich in mein Bett. Morgen schreiben wir eine wichtige Arbeit, aber gleich nach Schulschluss werde ich zu Omi fahren. Und das tue ich dann auch.

Die Sonne sticht, ich trete ordentlich in die Pedale. Auf dem riesigen Krankenhausgelände verlaufe ich mich prompt. Wen ich auch frage, keiner ist in der Lage, mir genau zu sagen, wo ich die Station finde, auf der Omi liegt. «Also, erst geradeaus, dann links, dann wieder rechts, dann noch mal links, dann wieder rechts.» Ich bin ganz verwirrt, das soll ein Mensch begreifen.

Endlich habe ich die Station gefunden und frage eine Schwester nach Omis Zimmernummer.

«Bist du sicher, dass sie bei uns liegt?», sagt sie und betrachtet stirnrunzelnd die Ampulle in ihrer Hand.

«Klar», sagt ihre Kollegin, die an uns vorbeihastet. «Sie muss dort hinten irgendwo liegen, 215, glaube ich. Das ist da ganz am Ende.» Und weg ist sie.

Ich laufe den Flur entlang, klopfe leise an und öffne die Tür. Die Vorhänge sind zugezogen, es herrscht Dämmerlicht. Nur ein Bett ist belegt. Ehe ich Omi richtig wahrnehmen kann, packt mich eine schwarze Hand und zieht mich unsanft aus dem Zimmer, ein Neger im weißen Kittel, anscheinend ein Arzt. Und diesen Menschen wollte ich mein T-Shirt schicken.

«Was machst du denn hier?», fragt er unwirsch.

«Meine Oma liegt dort drin», sage ich. «Ich bin ihr Enkelsohn.»

Er wird plötzlich ganz freundlich. «Komm mal mit, mein Junge.»

Wir gehen zu einer Sitzecke im Flur und lassen uns unter einer ziemlich kümmerlichen Palme nieder. Dann erfahre ich, dass meine Großmutter vor einer halben Stunde gestorben ist. Ein sanfter Tod. Meine Eltern habe man schon benachrichtigt.

«Willst du sie noch mal sehen?», fragt er teilnehmend.

Und was tue ich? Ich renne weg, den Flur entlang,

die Treppe runter, zu meinem Rad. Während ich in einem Affentempo nach Haus radle, rede ich die ganze Zeit mit mir selbst. Warum bin ich wie ein Baby abgehauen? Nicht mal einen Abschied habe ich meiner armen Omi gegönnt. Die Sonne blendet so, dass ich die Baseballmütze richtig drehe. Während mir die Tränen übers Gesicht laufen, schwöre ich mir, dass ich sie Omi zu Ehren nur noch so tragen werde, damit ich nicht alle und jeder bin. Und auch das grüne T-Shirt werde ich wieder anziehen. Denn ich bin und bleibe ein unverwechselbares Individuum. Ich werde Mami trösten und gemeinsam mit ihr ins Krankenhaus fahren, um von Omi Abschied zu nehmen. Das verspreche ich mir feierlich. Ich werde auch nie wieder ein Raffzahn sein.

Doch die Ausführung dieses löblichen Vorhabens scheint mir noch mal erspart zu bleiben. Als ich zu Hause ankomme, sitzt Omi quietschvergnügt im Wohnzimmer. Ich starre sie entgeistert an.

«Was ist mit dir, Junge?», fragt Mami. «Was kuckst du so komisch?»

«Ich dachte, ich dachte», stammle ich. «Ich dachte, Omi ist tot.»

Und dann erzähle ich, was ich gerade erlebt habe.

«Das falsche Zimmer», sagt Omi. «Ich war in 217.»

Erleichtert lasse ich mich auf einen Stuhl fallen.

«Wieder diese Mütze auf dem Kopf», tadelt Mami.

«Immerhin richtig rum», meint Omi.

Nachdem ich mich vom Schreck erholt habe, rufe ich natürlich sofort Jens an, um ihm alles zu berichten. Doch der Arme ist im totalen Stress. Seine Großmutter muss in Therapie. Die Polizei hat ihr den Führerschein weggenommen. Und ohne Auto ist das Leben nichts mehr wert, sagt sie.

Am nächsten Tag wache ich mit heißem Kopf auf. Eine Sommergrippe. Fast eine Woche muss ich im Bett liegen. Als ich wieder in die Schule kann, bleibe ich trotz allem meinem Vorsatz treu. Ich ziehe das grüne T-Shirt an und stolziere mit korrekt aufgesetzter Baseballmütze über den Schulhof. Leider ist die Wirkung null, und ich erfahre, Baseballmützen mit dem Schirm nach hinten sind mega-out wie ein toter Iltis mit Pommes oder mit einer englischen Taxe nach Paris fahren. Dafür kommt die Hawaii-hemden-Fraktion angeschlendert und bewundert mein T-Shirt. «Was hast'n da. Ist ja echt stark.» Jens kommt auf mich zugestürzt. Er muss mir unbedingt was erzählen. Seine Oma hat ihm tausend Mark geschenkt. «Stell dir vor, tausend Mark, einfach so!» Er findet keine Worte. Ich auch nicht. Tausend Mark! Auf dem Nachhauseweg komme ich ins Grübeln. Man kann machen, was man will, ein einmaliges, unverwechselbares Individuum zu werden, ist doch verdammt schwer. Aber eins ist sicher: Ich werde mein Versprechen, kein Raffzahn zu sein, halten. Tausend Mark, man fasst es nicht.

Zu Hause herrscht das totale Chaos. Omi muss überstürzt abreisen. Eine Freundin auf der Durchreise hat sich unerwartet bei ihr angesagt. Omi ist wie angefasst. «Seit zwanzig Jahren haben wir uns nicht gesehen, stell dir vor! Wo sind meine Schuhe? Kind, kannst du mal eben mit anfassen?»

Mami jagt mit Tüten durch die Gegend. Papi fährt Omis Auto schon mal auf die Straße, denn in ihrer Verfassung ist Nachbars Gartenzaun stark gefährdet. Omi saust dann auch nach einem hastigen Abschied mit einem solchen Affenzahn los, dass der Hund von gegenüber einen Tobsuchtsanfall bekommt. Und wir lassen uns völlig geschafft auf die nächsten Sitzgelegenheiten fallen. Wie ich da so sitze und vor mich hin starre, geht mir plötzlich auf, dass Omi in der Eile vergessen hat, mir mein Geld zu geben.

Ich glaube, ich bin doch lieber jeder und ein Raffzahn.

Das Ende vom Lied

Röschen war ein schwärmerischer Mensch und nahm alles, was ihr jeweiliger Abgott von sich gab, mit großem Enthusiasmus auf. Natürlich war die Enttäuschung groß, wenn sie feststellen musste, dass sie ihre Gefühle an einen Unwürdigen verschwendet hatte. Zunächst aber befolgte sie die Lehren ihres auserwählten Idols mit missionarischem Eifer, nicht immer zum Beifall ihrer Umgebung.

Ihr erster Schwarm war das Schulfräulein, eine freundliche, farblose Person mittleren Alters, die sich als Volksschullehrerin besondere Verdienste um die Schönschrift gemacht hatte. Unermüdlich übten die Erstklässler unter ihrer Anleitung: Rauf, runter, rauf und ein Pünktchen drauf. Vor allem aber hielt sie viel von Sauberkeit und Bewegung in frischer Luft. Deshalb jagte sie ihre Klasse in den Pausen bei Wind und Wetter über den Schulhof. Röschen, dieser menschliche Schwamm, befolgte gewissenhaft die ihr von der Lehrerin eingebläuten Regeln. Sie schrubbte sich alle Augenblicke die Hände, aber leider nicht nur ihre, sondern unerbittlich auch die ihrer Geschwister, und es gab deshalb viel Gezeter. Die Goldfische gerieten in Panik, sobald sich ihr Gesicht im trüben Wasser des Aquariums spiegelte. Sie fürchteten mit Recht, wieder ausquartiert zu werden, damit sich Röschen über ihr Zuhause hermachen konnte, während sie eine Ewigkeit in einer nur unzulänglich mit Wasser gefüllten Schüssel nach Luft schnappend abzuwarten hatten, bis sie in ihr Heim zurückkehren durften. Sogar der asthmatische Dackel, der sonst Kinder gern mochte, fühlte sich in Röschens Gegenwart äußerst unbehaglich und kroch, sobald er ihrer ansichtig wurde, unters Sofa. Denn Röschen hatte die Hundeleine in der Hand und bestimmte das Tempo.

Doch dann musste Röschen eines Tages feststellen, dass die Lehrerin selbst es nicht so sehr mit der Reinlichkeit hielt, Trauerränder an den Fingernägeln hatte und tagelang eine Bluse trug, die nach dem Waschzuber verlangte. Ein paar Jahre konnten Dackel, Goldfische und Geschwister aufatmen. Dann aber trat der junge Pastor in ihr Leben, bei dem sie Konfirmandenstunden bekam. Ihr aufmunternder Ruf am Sonntag Vormittag: «Beeilt euch, wir müssen los!» löste nicht gerade rasende Begeisterung aus.

«Wohin denn nu schon wieder?», fragte einer der Brüder mürrisch.

«Na, in die Kirche natürlich, du kleiner Idiot.» Röschen strich ihm nachsichtig und gütig übers Haar. Denn dank des jungen Pastors hatte es keiner so mit der Nächstenliebe wie Röschen. Eifrig lernte sie die Zehn Gebote. «Du sollst nicht begehren deines Nächsten Weib, Knecht, Magd, Vieh oder alles, was sein ist.» Sie sah ihren Vater mit einem Lehrerinnenblick an. «Papa, was ist das?»

«Lass mich bloß in Ruhe», brummte der Vater, der gerade jeden günstigen Augenblick nutzte, um die Frau seines Nachbarn zu hofieren.

Nur die Mutter lobte Röschens Strebsamkeit und warf ihrem Mann einen spöttischen Blick zu. «Es täte uns allen mal wieder ganz gut, an die Zehn Gebote zu denken.»

Der Pastor nutzte ihre glühende Verehrung weidlich aus. Er übertrug ihr lästige Botengänge, schickte sie mit frommen Traktätchen zu Siechen und Greisen und ließ sie den Altar schmücken. Dabei gehörte sie nicht gerade zu seinen Lieblingen. Ihr Übereifer reizte ihn eher, und er musste sich sehr zusammennehmen, um sie nicht gelegentlich anzufahren. Und dann, ausgerechnet während der Konfirmandenprüfung, konnte er sich eine spitze Bemerkung nicht verkneifen. Die erste von ihm aufgerufene Konfirmandin war Gerda, die sich bereits mit abgebrannten Streichhölzern die Augenbrauen nachzog und längst nicht mehr wie Röschen ein Leibchen trug. Wie man munkelte, hatte sie sogar schon einen Freund. Sie wurde nach dem Ersten Gebot gefragt, und die Antwort ließ auch nicht lange auf sich warten. «Ich bin dein Heinz, dein Gott, du sollst nicht andere Götter haben neben mir.»

Gerda sprach mit lauter, deutlicher Stimme. Durch die Gemeinde ging eine leichte Bewegung wie durch ein Roggenfeld bei einer plötzlichen Brise. Doch der junge Pastor verzog keine Miene und ging souverän über diesen Lapsus hinweg. Er wandte sich nun der Musterschülerin zu.

«Sag mir einen der Sprüche Salomons.»

Auch bei Röschen kam die Antwort blitzschnell. «Denn wo viel Weisheit ist, da ist viel Grämens, und wer viel lernt ...» Sie blieb stecken.

Der Pastor, der sich gern vor unangenehmen Dingen drückte und bei dem Versuch, sich wieder einmal herauszureden, gerade von seiner Frau angepfiffen worden war: «Deine Rede sei ja, ja, nein, nein», machte seiner ziemlich schlechten Laune darüber ausgerechnet vor dem Altar Luft und zischte, nur für Röschen verständlich: «Na, das brauchst du ja wenigstens nicht zu befürchten.» Dann wandte er sich der nächsten Konfirmandin zu.

Röschen wurde dunkelrot. Sie war fassungslos. Als sie später auch noch erfuhr, dass der Vertreter Gottes sich gern von den Gemeindemitgliedern mit leckeren Naturalien wie Enten und Gänsen verwöhnen ließ und deshalb bei den Feiern von Konfirmanden mit besonders freigiebigen Eltern, zu denen auch Gerdas gehörten, recht lange blieb, während die für Röschen eingeplante Zeit knapp für eine Tasse Kaffee reichte, fiel ihre stürmische Begeisterung für Kirche und Pastor in sich zusammen wie ein Hefeteig, den man im Durchzug hatte stehen lassen. Es gab schließlich auch noch andere lohnende Dinge, etwa besagten Heinz. Sie vergaß alle ihre guten Vorsätze und spannte ihn der faulen Gerda aus, die sich aber nicht weiter darüber aufregte, denn erstens war sie zu träge dazu, und zweitens gab es seit neuestem diesen netten Jagdpächter, dem sie im Auftrag der Mutter immer die Milch brachte. Er schenkte ihr jedes Mal eine Mark, fragte besorgt: «Ist dir auch nicht kalt? Du bist so dünn angezogen» und prüfte ihre nackten Beine, ob sie auch warm genug waren.

Doch Heinz war nur eine schnell vorübergehende Episode. Anders sah es schon mit dem Nationalsozialismus aus und dessen Lichtgestalt, dem Führer, ihrem neu entdeckten Idol. Auch hier konnte die Familie dem hingerissenen Röschen zunächst nicht so recht folgen.

«Wie kommst du denn auf den? Der ist ja nicht mal ein Deutscher», sagte der Vater, und Röschen erkannte, dass sie wohl noch eine Weile die Werbetrommel rühren musste. Anscheinend hatte sie Erfolg, denn nach und nach schwanden die Vorbehalte. Wenn sogar der olle Hindenburg mit ihm einverstanden war, dann musste ja an dem Mann was dran sein. So, wie es gewesen war, ging es ja nun wirklich nicht weiter.

Im Bund Deutscher Mädel avancierte Röschen schnell zur Führerin, wobei sich auch hier ihre Beliebtheit wegen ihres Tatendrangs zunächst in Grenzen hielt. Die ihr anvertrauten Mädchen fanden, man könne es auch übertreiben. Wer wollte schon immer nur auf Zack sein. Konnte man nicht einfach mal gemütlich in der Sonne liegen und Schlager wie «Meine Oma hat 'n Bandwurm, der gibt Pfötchen» vor sich hin summen? Schließlich wurde man zu Hause schon genug herumgejagt und jetzt hier auch noch. Dauernd musste man sich nützlich machen, für alte Leute einkaufen, Kräuter sammeln oder unter dem Motto «Unser Dorf soll schöner werden» die Dorfstraße mit einem unzulänglichen Besen stundenlang kehren. Röschen begriff schließlich, dass man hin und wieder auch die Zügel locker lassen musste. So ging sie mit ihren Mädeln häufig mal gemeinsam ins Kino oder in den Zirkus. In den Familien, wo das Geld knapp war, sorgte sie dafür, dass die Uniformen aus der Parteikasse gezahlt wurden. Und plötzlich fanden ihre Mädel es schick, endlich mal was Eigenes zu besitzen und nicht die alten Sachen von Geschwistern und Verwandten auftragen zu müssen. Auch trauten sich die Lehrer nicht mehr, einen so wie früher herumzukommandieren. Der Dienst für den Führer hatte immer Vorrang, da konnte die Großtante noch so meckern, dass man nicht zu ihrem Geburtstag erschienen war. Die Parole «Jugend soll durch Jugend geführt werden» fand große Zustimmung, obwohl der Dienst auch seine Schattenseiten hatte. Ewig diese langweilige politische Schulung und das endlose Spalierstehen für irgendein hohes Tier! Doch Röschen belohnte sie dafür mit etwas wirklich Phänomenalem: Sie nahm ihre Mädel mit zu einer Großkundgebung in der Reichshauptstadt. Da war vielleicht was los! Stunden hatte man, eingekeilt zwischen Tausenden von Volksgenossen, vor der Reichskanzlei gestanden und unermüdlich gerufen: «Nach Hause, nach Hause, nach Hause gehn wir nicht, bis dass der Führer spricht!» Was er denn schließlich mit abgehackten, bellenden Sätzen tat.

Der Schneidermeister, bei dem Röschen nun seit einem Jahr in die Lehre ging, zeigte sich recht zufrieden mit seinem anstelligen Lehrling. Sie fehlte zwar häufiger als andere, weil irgendeine Schulung rief, aber dafür brachte sie auch gute Aufträge rein. Die Partei nahm Röschens glühenden Eifer wohlwollend zur Kenntnis, die Parteigenossen bestellten jetzt ihre Uniformen ausschließlich bei ihm, und auch das Anfertigen von Hakenkreuzfahnen, die mehr und mehr gefragt waren, erwies sich als ein gutes Geschäft.

Keine Frage, es ging überall aufwärts. Arbeit gab es nun wieder in Hülle und Fülle, und Röschens Eltern überlegten sich, ob sie nicht mit staatlicher Unterstützung aus ihrer primitiven Kate in eines der neu erbauten Siedlungshäuschen umziehen sollten, wo es sogar ein Badezimmer mit fließendem Wasser gab. Nur Röschens jüngste Geschwister waren noch sehr rückständig. Bei Röschens Vorträgen über ihr herrliches Vaterland, den Führer und die Partei schliefen sie ein und verlangten weiterhin nach den Sagen von dem grimmigen Rübezahl oder dem bösen Wolf. Doch ihre Schwester, durch viele Schulungsabende pädagogisch gedrillt, ließ sich etwas einfallen, um ihr Interesse zu wecken. Sozusagen mit einem Fingerschnipp schuf sie die Erlebnisse der Mäusefamilie Nagerich, bei denen es ähnlich wie im deutschen Volk zuging. Mit Mäusen kannte sich jedermann in ihrer Familie aus und ganz besonders mit deutschen. Sie gehörten in die Stuben wie Holzwürmer, Mücken, Fliegen und Küchenschaben. Die Nagerichs wohnten in der Lehmwand, die das karge Wohnzimmer von der Kammer trennte, in der die Kinder schliefen. Und natürlich hatten sie einen Zugang zu dem kleinen Vorratskeller.

Röschens deutsche Mäuse hatten ebenso wie ihre deutschen Wirte eine Menge Schweres hinter sich. Sie hatten einen Krieg verloren und mussten dafür ihren Feinden immer noch Kriegsentschädigungen zahlen in Form von Käsebröckchen, Speckstückchen, Fettklümpchen und anderen wertvollen Nahrungsmitteln, während sie selbst mit knurrenden Mägen steinharten Tapetenkleister von den Wänden kratzten, aus dem Frau Nagerich eine Mehlsuppe zauberte. Nachts schliefen sie im Keller, dicht gedrängt, in einem piksigen ehemaligen Spatzennest und zitterten im Winter frierend vor sich hin. Die Lehmwand war ihnen von den Kindern verleidet worden, die dauernd dagegenklopften. Das geschah zwar in freundlicher Absicht, aber die deutschen Mäuse wussten das nicht und erschraken furchtbar. Die Nagerichs waren ordentliche, fleißige Leute.

Die Eltern duldeten nicht, dass die Kinder beim Essen schmatzten, schlürften oder sich mit ihren Pfoten auf dem Kopf herumkratzten. Auch war es ihnen streng verboten, allein durch die Gegend zu streifen wegen der großen Katze, die ihnen nach dem Leben trachtete. Natürlich gab es auch Gefahren für die kleinen Mäuse, Fallen zum Beispiel und den Sahnetopf mit seinem herrlichen Geruch. Frau Nagerich vergaß nie, das Geschwisterchen zu erwähnen, das beim Herumklettern auf dem Topf in die Sahne gefallen und ertrunken war.

So lebten die Nagerichs arm, aber rechtschaffen vor sich hin. Die Kinder überstanden Masern, Keuchhusten und Ziegenpeter und hofften auf bessere Zeiten. Ebenso wie die Menschen hofften sie nicht umsonst. Auch ihnen schickte die Vorsehung eine Lichtgestalt, einen Mäuseführer. Röschen tat sich ein bisschen schwer, einen passenden Namen für ihn zu finden. Adolf konnte sie ihn unmöglich nennen, denn mit dem Führer war es wie mit dem Zweiten Gebot: Du sollst den Namen deines Herrn, deines Gottes nicht unnützlich führen. Aber gegen «Dolfi», fand sie, war nichts einzuwenden. Sehr schnell genoss er bei den Mäusen ungeheure Beliebtheit, und er rief: «Gebt mir vier Jahre Zeit!», was allerdings, wie Röschen sich hinterher selbst eingestehen musste, für eine Maus verdammt lange war. Von nun an waren auch die deutschen Mäuse zuversichtlich. Ihr Dolfi würde es schon richten.

Mit jeder Geschichte wuchs das Interesse der Geschwister an dem Ergehen der Nagerichs, die sich neben den alltäglichen Dingen wie Futtersuche, Vorräte sammeln und Kinder in die Welt setzen mehr und mehr damit beschäftigten, was ihnen der große Dolfi vorkaute. Vor jeder Mahlzeit pressten sie die Pfoten zusammen und sprachen das neue Tischgebet: «Pfötchen falten, Köpfchen senken, und an unseren Führer denken.» Und jedes Mäusekind gab sich Mühe, so zu werden, wie sich ihr Dolfi eine deutsche Maus wünschte: zäh wie Leder, hart wie Kruppstahl und flink wie Windhunde – sehr zum Ärger der Katze, die nicht nur sehr viel länger brauchte, um eine von ihnen zu fangen, sondern auch noch ewig auf ihr herumkauen musste. Natürlich ging es mit den Nagerichs ebenso rasant aufwärts wie mit den deutschen Volksgenossen. Sie drängten sich nun nicht mehr in dem engen Spatzennest zusammen, sondern machten es sich in einer von Röschens Vater ausrangierten, durch ein Schweißband angenehm parfümierten Schiebermütze so richtig behaglich.

Trotz ihrer großen Fantasie gingen Röschen allmählich die Einfälle aus, zumal ihre kleinen Zuhörer großen Wert darauf legten, dass bei Wiederholungen nichts weggelassen oder vergessen wurde. Daher begann sie, die Geschichten aufzuschreiben; dabei kam ihr die vom Fräulein beigebrachte Schönschrift sehr zugute.

Plötzlich gab es in dem interessanten Leben der Nagerichs einen Stillstand. Röschen hatte sich verliebt und ihr Herz an einen Tischlergesellen verloren, einen biederen Jungen, der trotz seiner Parteizugehörigkeit weniger von der Politik als von seinem Handwerk sprach und dass der Meister ihn nun wirklich mal was anderes machen lassen könnte als immer nur Särge tischlern.

«Was denn zum Beispiel?», wollte Röschen wissen.

Er zog sie an sich und begann, sie leicht im Nacken zu kraulen. «Zum Beispiel ein Ehebett für dich und mich.»

Ein Heiratsantrag! Röschen begriff auf der Stelle. Bei aller Liebe zum Führer, eine kirchliche Trauung musste es unbedingt sein, ganz in Weiß. Am Tag vor der Hochzeit stand sie in der elterlichen Küche und bügelte noch einmal das selbst geschneiderte Brautkleid mit einem Spirituseisen. Während sie sorgfältig Falte um Falte plättete, erzählte sie dem kleinsten Nachbarskind großherzig noch einmal eine Mäusegeschichte. Und was bot sich besser an, als die älteste Tochter der Nagerichs ebenfalls heiraten zu lassen. Die Hochzeitskutsche war die ehemalige Kautabaksdose von Röschens Opa und wurde von acht Kakerlaken gezogen.

Ihr faszinierter Zuhörer zog mit einem Plopp den Daumen aus dem Mund. «Kakerlaken», echote er mit wonnigem Schaudern.

Unter Glockengeläute führte der frisch getraute Ehemann Herrn Nagerichs Tochter in einem Brautkleid aus weißem Krepppapier nach der Trauung aus der Kirche. Röschen schwieg einen Augenblick und ließ das Bügeleisen gefährlich lange auf dem Kleid.

«He!», rief der Nachbarsjunge besorgt.

Sie sah ihn an, und ihre Augen schwammen in Tränen. «Mein glücklichster Tag», flüsterte sie.

Es sollte einer von den wenigen bleiben, denn die Vorsehung ging damit bei ihrer Generation äußerst sparsam um. Ein wie in jener Zeit durchaus übliches, kräftiges und gesundes Siebenmonatsbaby steigerte das Glück. Die Frauenschaftsführerin schenkte ihr ein Buch mit dem Titel: «Wie leiten wir das deutsche Kind?», in das sie sich, sooft sie Zeit hatte, vertiefte. Staunend las sie Sätze wie: «Aber wie jede Blume der Natur mit Selbstverständlichkeit das Recht genießt, die Wesenszüge ihrer Art zu entfalten, und der Gärtner sich nur müht, sie zur Höchstleistung ihrer Eigenart zu bringen, so muss dieses Naturrecht auch dem deutschen Kind gewährt sein, das in seiner rassischen Erbanlage und Eigenart so ganz anders ist als Kinder anderer Völker. Aus einer Esche oder Erle lässt sich eben keine Palme ziehen, aus einem Schneeglöckchen keine Knoblauchzwiebel.»

Leider blieb Röschen immer weniger Zeit, sich ganz dem deutschen Kind zu widmen. Der Krieg brach aus und wirbelte ihr Leben gründlich durcheinander. Ihre anfängliche Begeisterung wich mehr und mehr einem stoischen Sichfügen, aber noch war ihr Vertrauen – «Der Führer wird's schon richten» – ungebrochen. Sie freute sich an ihrem zweiten Kind, einem kleinen Mädchen, und runzelte bei jeder Kritik über hoch gestellte Persönlichkeiten nur ungläubig die Stirn. Doch nach zwei Jahren musste sogar sie einsehen, dass nichts mehr zum Besten stand und die Klage «Wenn das der Führer wüsste» kaum hilfreich war. Zwei ihrer Brüder waren gefallen und ihr Mann vermisst. Doch erst, als es kurz vor Kriegsende auch ihren Vater erwischte, ging ihr endlich ein Licht auf, was ihnen da eingebrockt worden war.

Der Krieg hatte sich bereits in ihrem Vaterland eingenistet, als ihr Vater plötzlich verhaftet wurde. Er hatte, als er erfuhr, dass am Stadtrand Panzergräben ausgehoben werden sollten, gerufen: «Das ist ja nun wirklich das Ende vom Lied!» und war sofort denunziert worden. Der Ausruf hätte auch fast auf seine Person zugetroffen, denn als er mehrere Wochen später wieder nach Hause kam, kannte ihn die Familie kaum wieder, so erbarmungswürdig sah er aus.

Längst war es Röschen nicht mehr gestattet, nur eine deutsche Mutter zu sein. Sie musste in einem Rüstungsbetrieb arbeiten, gleichermaßen zermürbt von der monotonen Tätigkeit und dem Krach, während die deutsche Großmutter sich um die Enkelkinder kümmerte. Um weiterhin über das aufregende Leben der Nagerichs zu berichten, blieb schon längst keine Zeit mehr. Sie waren höchstwahrscheinlich inzwischen ebenfalls von ihrem Dolfi im Stich gelassen worden, piepsten vor sich hin: «Es geht alles vorüber, es geht alles vorbei, erst geht der Führer, dann die Partei», und rannten kopflos durch die Gegend.

Doch irgendwann endet auch der größte Schrecken, und als alles vorüber war und Röschen und ihre Familie wieder einigermaßen Fuß gefasst hatten, kamen auch die Nagerichs wieder zu ihrem Recht, wenn auch mehr bei den jüngeren Neffen und Nichten als den eigenen Kindern, die es sich aber doch nicht nehmen ließen, hin und wieder gönnerhaft zuzuhören. Dafür entdeckte Röschen, die Schwärmerin, etwas ganz Neues für ihr Herz. Diesmal ging ihre Begeisterung in die entgegengesetzte Richtung. Sie wurde eine überzeugte Pazifistin und marschierte für Frieden und Völkerverständigung, wobei sie dasselbe rauschhafte Glücksgefühl verspürte wie in ihrer Jugend bei Kundgebungen und Aufmärschen. Sie bildete mit ihren Gesinnungsfreunden auf den Straßen Menschenketten, fror in späteren Jahren bei den Sitzblockaden vor amerikanischen Waffendepots tapfer vor sich hin und stellte bei den Ostermärschen betrübt fest, dass sie inzwischen in ein Alter gekommen war, wo sich die Arthrose bemerkbar machte.

Inzwischen waren auch die ersten Enkelkinder so weit, dass sie an den Nagerichs Gefallen fanden, die, wie es sich gehörte, jetzt auch den Müll trennten, davon Abstand nahmen, kostbares Holz zu benagen, und sorgsam kleine Fliegen daran hinderten, sich ein Spinnennetz als Landeplatz zu wählen. Gern zitierte Röschen dann die Ansprache eines berühmten Indianers, die er vor dem Weißen Haus gehalten hatte: «Jeder Teil dieser Erde ist meinem Volk heilig, jede glitzernde Tannennadel, jeder sandige Strand, jeder Nebel in den dunklen Wäldern, jede Lichtung, jedes summende Insekt», worauf bei den Enkelkindern ein allgemeines Gähnen anfing und sie riefen: «Bitte nicht wieder diese summenden Insekten!» Dafür wollten sie lieber wissen, wie man es fertig gebracht hatte, drei Millionen Büffel in einem Jahr abzumurksen. Röschens Stirn runzelte sich, und sie hätte die lieben Kleinen gern ein wenig durchgeschüttelt. Aber schließlich erkannte man einen Friedensfreund daran, dass er sich durch Geduld und Toleranz auszeichnete und nicht gleich losbrüllte, zumal, wenn eins der Enkelkinder ein Mischling war.

Doch irgendwann war das Ende des Liedes für sie auch bei der Friedensbewegung erreicht. Röschen lehnte die aggressiven Sprüche der jungen Leute ab und fand sie einfach vulgär. Einige von ihnen hüpften ja sogar nackt durch Parks und Wiesen. Außerdem ging es ihr auch diesmal mit einem von ihr sehr verehrten Pastor wie damals als Konfirmandin. Hingebungsvoll unterstützte sie ihn dort, wo die Gemeindearbeit für ihn eine rechte Last war, nämlich am Bett halb tauber Kranker, beim Verteilen von Traktätchen oder an den Ständen der kirchlichen Basare. Dann kam die schreckliche Ernüchterung. Er sollte, wie man munkelte, was mit einer Konfirmandin angefangen haben. Ihr Verständnis für den irrenden Bruder blieb in diesem Fall sehr begrenzt.

Glücklicherweise stand ein Ersatz bereit. Ihre Tochter und Schwiegertöchter hatten ihr etwas ganz

Neues nahe gebracht: Selbstverwirklichung. Dass sie diese in die Tat umsetzte, nahm man allerdings etwas missbilligend zur Kenntnis. In dem Alter? Schließlich gab es doch noch so viele andere Aufgaben für Großmütter innerhalb der Familie. Abende, an denen sie das Kreativitätstraining, die Frauengruppe und ihre Volkshochschulkurse in Töpfern und Glasmalerei von ihren Pflichten als Babysitter abhielten, waren schlimm genug. Aber ihre vielen Reisen brachten das Konzept der eigenen Selbstverwirklichung völlig durcheinander.

Die Nagerichs waren inzwischen sozusagen eingemottet worden. Die Tochter hatte die Geschichten abschreiben lassen, und nun standen sie hübsch eingebunden bei ihr im Bücherschrank, wo sie gelegentlich dieses oder jenes Familienmitglied hervorholte, um lächelnd der Vergangenheit zu gedenken.

Obwohl das erlebnishungrige Röschen, wie viele andere Pensionäre auch, immer auf Trab war und ihr kaum Zeit zum Nachdenken blieb, meldeten sich zunehmend die Erinnerungen an jene Jahre, in denen sie ebenso glücklich wie verzweifelt gewesen war. Auslöser war eine Gruppe sangesfreudiger Senioren, die sich zur Pflege des deutschen Volksliedes zusammengefunden hatten. Röschen schloss sich ihnen begeistert an, wenn der Chorleiter sie auch gelegentlich ermahnen musste, ihre jubelnde Stimme ein wenig zu dämpfen. So summte sie auch jetzt das gerade Eingeübte wieder vergnügt in ihrer Wohnung vor sich hin: «Mädel ruck, ruck, ruck an meine grüne

Seite, i hab di gar so lieb, i mag di leide», ein Lied, das sie auch mit ihren Jungmädeln eingeübt hatte, bis Hermann in ihr Leben trat und das Lied für sie Wirklichkeit wurde. Eine Zeitlang kam sie deshalb ihren Führerinnenpflichten nur sehr unvollkommen nach und trug statt Rock und Kletterweste lieber etwas Dünnes, Flatteriges, nachdem Hermann sie gefragt hatte, ob sie mit dieser Affenjacke auf die Welt gekommen sei.

Während sie die Wohnung aufräumte, träumte sie sich wieder in die Küche ihrer Eltern zurück und sah sich als Braut vor dem Plättbrett stehen, das Spirituseisen in der Hand, sorgsam ihr Brautkleid bügelnd und dem Nachbarssohn die Hochzeit der Mäusetochter Nagerich ausmalend. Der glücklichste Tag ihres Lebens! Ihre Augen wurden feucht. Doch als sie nach dem Taschentuch griff, um sich die Nase zu putzen, klingelte das Telefon. Es war ihre Tochter, die sich mal wieder Gedanken um Hermann machte, den Nachkömmling und das Nesthäkchen, das einzige wirkliche Sorgenkind, der, wie allgemein behauptet wurde, ihr, der Großmutter, wie aus dem Gesicht geschnitten war. Früher hatte er wegen seines Namens viel herumgemault – warum hieß er nicht wie seine Klassenkameraden Denis oder Pascal? Aber seit einiger Zeit war er direkt stolz darauf. Ein richtiger schöner deutscher Name! Er war ein leicht beeinflussbarer Junge, der seine Eltern mit seinen Eskapaden gehörig ins Schwitzen brachte und schon einiges auf dem Kerbholz hatte, einen

Fast-Schulverweis, flüchtigen Kontakt mit Drogen, die Benutzung eines Autos ohne Führerschein und andere für ein Mutterherz belastende Dinge. Eine Zeitlang hatte er einer Motorradgang angehört, mit der er, wie die Nachbarn munkelten, nachts waghalsige Rennen auf der Autobahn veranstaltet haben soll. Außerdem hatte er seit neuestem eine Tätowierung auf dem rechten Oberarm, eine Friedenstaube, die leider eher einem Adler glich. Doch in letzter Zeit war bei ihm eine Wandlung eingetreten. Er schien vernünftiger zu werden, jedenfalls hatte er ein festes Berufsziel, er wollte Tischler werden wie sein Großvater. Aber anscheinend war seine Mutter seinetwegen wieder einmal beunruhigt, wenn sie auch nicht recht mit der Sprache heraus wollte.

«Nun sag schon!», rief Röschen. «Was hat er denn nun schon wieder angestellt?»

«Nichts angestellt», sagte die Tochter mit jenem Röschen nur zu bekannten leicht beleidigten Unterton, wie man bei diesem Goldjungen überhaupt auf so einen Gedanken kommen konnte. «Nur, er begeistert sich für etwas, was ich doch für sehr gefährlich halte. Und Tischler will er nun auch nicht mehr werden. Aber ich denke, wir reden morgen ausführlich darüber. Du wolltest ja kommen. Ich muss jetzt weg.»

Und ehe Röschen nachbohren konnte, hatte sie bereits den Hörer aufgelegt.

Ziemlich besorgt machte sich Röschen am nächsten Tag auf den Weg. Das Wetter war schwül, und der Bus hatte Verspätung, so dass ihr die Sonne unangenehm auf den Kopf brannte. Als sie bei ihrer Tochter eintraf, fand sie nur Hermann vor.

«Hallo, Oma», sagte er und gab ihr einen Kuss. «Affenhitze heute, was? Mama ist noch einkaufen. Sie muss aber jeden Moment zurück sein.»

Sie gingen beide ins Wohnzimmer, wo zu ihrem Staunen auf dem Tisch das Buch mit den Nagerichs lag.

«Liest du die etwa?», fragte sie ebenso verwundert wie geschmeichelt.

Hermann lachte. «Ab und zu kuck ich mal rein. Richtig klasse, was du dir da ausgedacht hast.» Er warf sich aufs Sofa und blätterte darin herum. «Und weißt du, was ich besonders cool finde?»

Röschen dachte nach. «Wahrscheinlich die Friedensbewegung», sagte sie.

«Aber Oma.» Er schüttelte nachsichtig den Kopf. «Lass mich doch mit diesen Grasfressern zufrieden. Nein, diesen Dolfi, den Führer. Der ist super. Wie der seine Leute auf Trab bringt! Grottenstark, der Mann. So was bräuchten wir auch für unseren Verein. Ohne Zucht und Disziplin geht es nun mal nicht. Hier steht es deutlich: ‹Wenn einer von uns müde wird, der andre für ihn wacht.›» Er sah auf die Uhr. «Oma, ich muss los. Höchste Zeit, mich in meine Kluft zu werfen.»

In Röschens Kopf begann es zu wirbeln. Zucht, Dienst, Kluft? Nicht schon wieder! Man konnte im Leben machen, was man wollte, immer kriegte man den Wind von vorn. Die Bilder wechselten schneller, als man im Fernsehen die Programme durchzappen kann. Skinheads, Fahnen, Sieg-Heil-Rufe. Sie sah sich wieder vor der Reichskanzlei stehen und hörte sich rufen: «Lieber Führer, sei so nett, zeige dich am Fensterbrett!» Und jetzt der Junge! Der Anfang vom Lied. Ihr wurde schwindlig.

«Hermann!», rief sie.

Der Enkelsohn sah sie besorgt an. «Wie siehst du denn aus? Ganz blass! Am besten, du legst dich ein bisschen hin.» Und er half ihr aufs Sofa. «Oma, du machst uns doch nicht schlapp?»

«Nein, nein», sagte Röschen matt. «Aber was ist das für ein Verein? Und was für eine Kluft? Junge, mach uns keinen Kummer!» Sie ließ den Kopf auf das Sofakissen sinken und schloss die Augen.

«Aber Oma, was hast du denn? Ich bin bei der Feuerwehr, da ist was los, sage ich dir, da steppt der Papst im Kettenhemd!»

Löwe im Haus

Hereinspaziert, hereinspaziert! Ich bin ein altes Haus und hab Besucher gern. In jungen Jahren wurden sie mir allerdings oft zu viel, besonders im Sommer, wenn sie sich die Klinke in die Hand gaben. Dieses ewige Rein und Raus, dieses Gerenne treppauf, treppab. Und das Kindergetobe, wenn sie «Hänschen, piepe mal» spielten. Eins von ihnen wäre dabei fast in einer Truhe erstickt, ein Winzling, kaum des Laufens mächtig, aber von dem Gedanken beherrscht, Dabeisein ist alles. Rein zufällig wurde er vom Hausherrn entdeckt, der sein schwaches Klopfen hörte und mit dem erstaunten Ausruf: «Was für 'ne Mottenkugel bist du denn?» den zwischen Fußsäcken und Pelzdecken halb Erstickten hervorzog. Lang, lang ist's her.

Gehen Sie ruhig durch meine Räume und betrachten Sie alles ganz genau. Es lohnt sich. Sie werden etwas Ähnliches wie diese Einrichtung so schnell nicht wieder finden. Sozusagen Sperrmüll pur. Ein wirklich interessantes Sammelsurium aller Moden und Stilrichtungen. Bei mir gibt es Klotziges, Zierliches, Kantiges, Spinnenbeiniges, mit Ornamenten Verziertes und Schlichtes, ebenso gekonnt zusammengestellt und die Zimmer belebend wie ein bunter Blumenstrauß. Grübeln Sie nicht darüber nach, warum es so merkwürdig riecht. Die praktischen Ölöfen haben leider ein etwas penetrantes Aroma. Öffnen Sie die Fenster mit gebotener Vorsicht, die Scheiben sitzen locker. Doch Rahmen und Glas sind dafür so alt wie ich, mehr als hundert Jahre. Das Eingeritzte stammt noch von ungezogenen Kindern aus meiner Jugendzeit. Seien Sie vorsichtig mit der Treppe, die nach oben führt. Ihre ungleichen Stufen haben schon viele zu Fall gebracht. Nur ein Junge namens Berti hatte Glück, weil er auf eine vor ihm gestolperte wohlbeleibte Tante fiel und so außer einer Ohrfeige keinen weiteren Schaden davontrug.

Genießen Sie den Ausblick, den Ihnen die Mansardenzimmer bieten. Sehen Sie in den weiten Himmel, wo vielleicht gerade eine dunkle Wetterwand aufzieht und das Blau plötzlich bleiern wird, hören Sie, wie die Wasservögel auf dem See herumzetern, die Lerchen trillern und die Kiebitze über der Wiese kobolzen, atmen Sie die würzige Luft, erfüllt von dem Duft von Schilf, Sträuchern und blühendem Gras. Vielleicht werden Sie jetzt ganz plötzlich den Wunsch verspüren, sich hier für immer niederzulassen, wobei Sie allerdings vergessen, dass es lange Wintermonate gibt, in denen die Wolken fast bis aufs Dach hängen, die Regentonnen überfließen und man nur angetan mit dicken Socken und festem

Schuhwerk einigermaßen trockenen Fußes über den Hof kommt.

Erschrecken Sie bei Ihrem Rundgang nicht, wenn plötzlich, wie aus der Erde gewachsen, ein merkwürdig aussehendes Geschöpf vor Ihnen steht, mittelgroß, schlank, mit üppigem Haarschopf, abenteuerlich gekleidet, mit Farbe bekleckert, in einer Hand einen Pinsel, in der anderen eine Zigarette, ausgestattet mit einer riesigen Taucherbrille, so dass Sie vielleicht einen verwirrten Augenblick lang der Meinung sind, der Nöck sei aus dem See gestiegen, der der Sage nach dort sein Quartier hat. Doch diese Gestalt ist kein Fabelwesen. Sie kommt weder aus einem See noch von einem fremden Stern. Sie kommt aus Bayern und ist meine Altenpflegerin. Sie hat sich mit großer Energie meiner bemächtigt und ist meinen über Jahrzehnte erworbenen Gebrechen tatkräftig zu Leibe gerückt. Sie sorgt sozusagen für mein Outfit. Sie verputzt und malt, hobelt und nagelt, sägt und schleift, wobei die Geräusche, die sie dabei verursacht, mir durch Mark und Bein gehen. Nachts zieht sie sich diskret in den Keller zurück, um mich in meinen Träumen nicht zu stören. Sie erscheint stets in Begleitung eines kleinen weißen, zahnlosen Hundes, der es liebt, allein spazieren zu gehen. Wenn man ihn denn ließe. Sobald er am Dorfausgang auf die Kinder aus dem Ferienlager trifft, fangen sie ihn ein, klemmen ihn sich unter den Arm und bringen ihn in der irrtümlichen Annahme, er habe sich verlaufen, wieder nach Haus, wo er nach kurzer Verschnaufpause zu einem neuen Versuch startet.

Es kann auch passieren, dass, während Sie Haus und Hof besichtigen, eine alte Frau auftaucht, die emsig hin- und herwetzt, Büsche beschneidet, Äste auf einen Haufen trägt, Rasen mäht oder Blumen pflanzt. Die alte Frau ist mir sehr vertraut. Ich kenne sie noch als Kind mit spillerigen Zöpfen und zerkratzten Mückenstichen an den Beinen, wie sie Entengrütze aus den Gräben holte, mit ihrem Vater Bäume anzeichnete oder für ihren Liebling, ein ungeschlachtes schwarzes Ross, Hafer aus der Futterkiste klaute. Aus jener Zeit stammt auch das Bild von zwei pflügenden Bauern in der Küche und der stockige Spiegel im Flur, vor dem sie sich damals die Zöpfe flocht.

Vor Abschluss Ihrer Besichtigung möchte ich Sie auf das Badezimmer hinweisen, in dem zwei Plüschäffchen, eingeschlossen im Doppelfenster, verzweifelt ihre Nase an die Scheibe drücken. Rechnen Sie dort nicht mit Klopapier. Ein unbekanntes Tier scheint eine Vorliebe dafür zu haben. Meine Pflegerin ist ihm auf der Spur, hat es aber noch nicht entdecken können.

Nach Ihrem Rundgang ruhen Sie sich ein wenig aus, setzen Sie sich auf die Terrasse und hören Sie mir zu, was ich Ihnen zu erzählen habe. Denn das tue ich ebenso gern wie alte Menschen.

Ich bin in jener Zeit entstanden, als man noch «Heil dir im Siegerkranz» sang oder «Der Kaiser ist

196

ein lieber Mann, er wohnet in Berlin, und wär es nicht so weit von hier, so ging ich heut noch hin» und den Sieg über die Franzosen in der Schlacht von Sedan feierte. Man trug auf dem Land Pantinen und nur an den Feiertagen Schuhe, Frostbeulen gehörten zum Winter, die meisten im Dorf besaßen nur eine Ziege und die gesamte Familie aß aus einem Topf. Als ich das Licht der Welt erblickte, näherte man sich mir bewundernd, sozusagen nur auf Zehenspitzen, denn ich war das prächtigste Haus im Dorf.

Meine ersten Bewohner waren ein Ehepaar, das in beschaulicher Ruhe nach dem Motto «Eile mit Weile» vor sich hin lebte, ordentliche, ruhige Leute mit einem Faible für Königshäuser, Sammeltassen, Zierdecken und Gehörne an den Wänden und dem gestickten Spruch über dem Kanapee in der guten Stube: «Wer fleißig ist in seinem Stand, den segnet Gott mit milder Hand.» Sie gingen mit den Hühnern ins Bett und standen nach dem Motto «Morgenstund hat Gold im Mund» wieder auf, um ihren Pflichten gewissenhaft nachzugehen, die Frau in Haus und Garten, mit Strickstrumpf und Stopfgarn an den Feierabenden, der Mann in seinem Revier, das ihm als Förster unterstand. Die Kinder knicksten ehrfürchtig vor ihm, manche noch den Geschmack des gewilderten Hasens im Mund, und Beeren- und Pilzesucher ließen schuldbewusst den Kopf sinken, wenn er sie ohne Sammelschein erwischte.

Nach ihnen zog der junge Erbe des Waldes mit

seiner Familie bei mir ein. Er wütete von früh bis spät, mit Beil und Handsäge bewaffnet, zwischen den Bäumen herum. Die Frau kam mit Möbeln, die für ein ganzes Dorf gereicht hätten. Was davon nicht gebraucht wurde, kam in die Scheune und musste sich von Hühnern, Enten und Gänsen bestaunen lassen. Mit diesem jungen Ehepaar kam Leben in die Bude und jede Menge Personal. Es war immer etwas los. Doch die junge Hausfrau hatte viel an mir auszusetzen. «In diesem Haus zieht's wirklich durch alle Ritzen, in diesem Haus friert man sich halb zu Tode, in diesem Haus knarrt jede Diele und jede Tür, in diesem Haus gibt's nicht mal ein Badezimmer!» Reisen war ihr höchstes Glück.

Anders der Mann. Er trennte sich nur schwer von mir, und jedes Mal, wenn er von einer Geschäftsreise zurückkam, sagte er: «Was bin ich froh, endlich wieder zu Haus zu sein.» Ebenso die Kinder, die es in den Internaten vor Heimweh kaum aushielten.

Es war die Zeit, wo es bei mir von Menschen nur so wimmelte. Die gute Stube des Försters wurde nun Salon genannt. Es gab ein Entree und ein Esszimmer, und aus einer Schüssel aß diese Familie auch nicht. Die älteren Gäste schwärmten von der himmlischen Ruhe. Die Jüngeren unter ihnen flüsterten sich hinter vorgehaltener Hand zu: «Wie halten die das hier bloß aus in diesem Kaff?» Dabei wurde doch jetzt, ganz anders als früher, die Nacht oft zum Tage gemacht, und die Petroleumlampen brannten bis Mitternacht, so dass die Holzwürmer sich in ihrem

198

Arbeitsrhythmus gestört fühlen und mich die langen Gespräche an lauen Sommerabenden auf der Terrasse vom Schlafen abhielten. Bei den Männern drehte es sich um Notstandsgesetze, Inflation, Holzpreise und Waldbrandgefahr, während die Frauen Themen bevorzugten, die die Verwandtschaft betrafen. Am liebsten sprach man von unglücklichen Romanzen. Wer wann wo mit wem gesehen worden und wo etwas, wie sie es nannten, im Busch war, welche Ehemänner vom Pfad der Tugend abwichen oder Pleite gegangen waren. Dazu spielte das Grammophon: «Was kann der Sigismund dafür, dass er so schön ist» oder «Armer Gigolo, schöner Gigolo». Dazwischen wuselte ein bärenhafter Hund, ein liebes Tier, aber ein Tolpatsch und Türenzerkratzer erster Güte.

Wenn es mal wieder Bindfäden regnete, so dass selbst der passionierteste Jäger keine Lust verspürte, auf die Pirsch zu gehen, und Spaziergänge im Mondschein im wahrsten Sinn des Wortes ins Wasser fielen, verbrachte man die Abende gern mit Gesellschaftsspielen, Hammer und Glocke, Rommé, Mensch-ärgere-dich-nicht oder Bridge. Gelegentlich schlug einer der häufigsten Besuche, die Tante mit dem schiefen Hals, deren geheimnisvolle Zwiesprache mit den Pflanzen tatsächlich jede im Blumentopf dahinkümmernde wieder zum Blühen brachte, vor, ob man sich nicht wieder zur Abwechslung mal mit den Geistern unterhalten wollte. Man stimmte begeistert zu und begann mit dem Glas-

und Tischrücken, das jedoch meist mit großem Gelächter endete.

Und was taten inzwischen die unschuldigen Kinder in ihren Betten? Sie flüsterten sich Dinge zu, von denen die ahnungslosen Eltern nichts wussten. Wie sie die kostbaren Rennpferde in der Koppel über die Hindernisse gejagt hatten, wie sie vom Fischer dabei erwischt worden waren, als sie seine Reusen leerten, und dass Werner, die dumme Nuss, auf der Suche nach Krähennestern vom Baum gestürzt war und sich nun fürchterlich mit angeblichen Kopfschmerzen anstellte, so dass seine überängstliche Mutter schon eine Hirnhautentzündung befürchtete, wie Herrmann sich im Schutze der Dunkelheit an das Zelt der Sommerfrischler am See herangepirscht hatte, aber über das, was er da gesehen hat, einfach unmöglich sprechen konnte.

Natürlich gab es in diesen Jahren auch die familienüblichen Missgeschicke: Kinderkrankheiten jeder Art, ein Brand in der Küche durch überhitztes Fett, ein Kugelblitz, der plötzlich im Esszimmer die Gäste umschwebte, und durchgehende Pferde, die den Wagen umkippen ließen.

Die Jahre vergingen so schnell wie die Sommer. Das Grammophon wurde durch einen Volksempfänger ersetzt, der allerdings oft stumm blieb, weil man vergessen hatte, den Akku rechtzeitig aufzuladen. Und die Gespräche an den Sommerabenden auf der Terrasse wurden nur noch mit gesenkter Stimme geführt. Ich spürte es in allen Balken: das Unheil, das schneller heraufzog als ein Gewitter über dem See. Der Zweite Weltkrieg begann. Bald hatte auch ich meine Verteidigung fürs Vaterland zu leisten. Meine Fenster wurden verdunkelt, um feindlichen Flugzeugen nicht den Weg in die Reichshauptstadt zu weisen. Die Gäste blieben aus, das Reisen war zu mühselig geworden. Einige von ihnen vermisste ich besonders, wie jenen gut aussehenden Herzensbrecher, für den sich sogar die Hausfrau die Haare ondulieren ließ, wenn er auf seinem Motorrad angebraust kam und Gänse und Hühner erschreckte. Sobald er seine Hand auf meine Klinke legte, fühlte auch ich ein sanftes Kribbeln.

In das Geräusch der Dreschmaschine und der Kreissäge mischte sich nun ein tiefes, unheimliches Brummen, und in den Nächten leuchtete der Horizont, als wäre die Sonne im Begriff aufzugehen. Nun ging es wieder bei mir zu wie in einem Taubenschlag. Erst kamen die Evakuierten aus den Städten, dann die Flüchtlinge. In mir rumorte es wie die Wackersteine im Bauch des bösen Wolfes, der es auf die sieben Geißlein abgesehen hatte. Der Krieg näherte sich mit großen Schritten. Meine Familie geriet in Hektik, packte Kisten und Koffer, die sie nachts nach draußen schleppte. Zum Schluss ließ man mich allein zurück. Ein unheimlich mahlendes Geräusch ließ meine Wände vor Angst schwitzen und erschütterte meine Grundmauern. Sogar die Mäuse rannten ängstlich piepsend durch die Zimmer. Doch die Panzer zogen ab, und danach wurde es still, totenstill. Bis plötzlich wieder lärmendes Getobe ausbrach. Soldaten durchschnüffelten das Haus, durchwühlten Schränke und Zimmer und hausten wie die Wildschweine im Hafer. Ich geriet von dem heillosen Durcheinander, das sie anrichteten, in Wut. Als einer von ihnen sich draußen gegen meine Wand lehnte, kippte ich ihm das Wasser aus meiner Dachrinne ins Genick. Da riss er sein Maschinengewehr hoch und schoss mir den halben Schornstein weg, so dass der übel riechende Rauch aus der Küche, wo sie etwas Scheußliches brutzelten, mir in der Kehle stecken blieb. Doch eines Tages waren sie auf einmal wieder verschwunden. Die Nachtigall sang, als sei nichts geschehen, der Flieder duftete, und der Storch war immer noch auf der Suche nach einem geeigneten Nest.

Ich wünschte mir nichts sehnlicher, als dass meine Familie zurückkehrte, um Ordnung zu schaffen und meinen Seelenfrieden wieder herzustellen, die Hühner zu verjagen, die mit neugierigem Gegluckse im Haus herumliefen, und vor allem diese grässliche Katze, im Augenblick meine einzige Bewohnerin. Sie spielte sich wirklich mächtig auf, machte sich im Bett der Eheleute breit, wetzte ihre Krallen überall und räkelte sich in den aufgeschlitzten Kissen, wo sie etwas Ekelerregendes verzehrte. Einmal schaffte ich es, ihr mit der nur noch lose in den Angeln hängenden Haustür den Schwanz einzuklemmen, so dass sie empörte Schreie ausstieß und, nachdem sie sich freigestrampelt hatte, mit gesträubtem Fell wie ein Irrwisch durch die Zimmer tobte.

Fremde schnüffelten in den Zimmern herum und holten sich, was sie gebrauchen konnten. Eines Nachts erschien ein junger Mann. Er setzte sich auf die Treppe und brach in Tränen aus. Er schluchzte so laut, dass es selbst mir durch Keller und Dachboden ging. Sein großer Kummer erinnerte mich an die Mutter eines Jungen namens Willi, die vor vielen Jahren verzweifelt schluchzend zu meiner Familie gelaufen kam, als ihr Sohn von einem Baum erschlagen worden war. Schließlich verstummte der junge Mann und starrte lange vor sich hin. Dann holte er eine Pistole aus seinem Rucksack, setzte sie langsam an seine Schläfe und drückte ab. Zwei Tage lag er dort auf der Treppe, bis er entdeckt wurde.

An Gesellschaft blieben mir jetzt nur noch die Fledermäuse und das Käuzchen auf der Pappel im Garten, das aber mit seinem Pessimismus meine Stimmung auch nicht gerade verbesserte. So klapperten meine Fensterläden vor Erleichterung, als sich endlich wieder jemand blicken ließ und einzog, ein junges Ehepaar mit kleinen Kindern. Natürlich ging es jetzt nicht mehr so herrschaftlich zu wie früher. Aber es waren fleißige Leute, und sie plagten sich weidlich, das Feld zu bestellen und Hof und Garten in Ordnung zu halten. Die Nacht wurde nicht mehr zum Tage gemacht, und die Holzwürmer hatten ihre Ruhe. In den Gesprächen ging es um Plan und Soll und wie und wo man sich etwas organisieren könne. Doch es gab wieder richtige Kindersommer mit Besuchen der Verwandtschaft, Obstsäften und Badevergnügen, mit Sonnenbrand und Kaulquappen im Glas, mit Abzählreimen und Hüttenbauen. Aber die Kinder wurden, wie es mir vorkam, im Handumdrehen erwachsen. Sie gründeten eigene Familien und zogen fort. Zurück blieben die Alten. Es wurde wieder ruhig im Haus. Gelegentlich tauchte jetzt zu meiner Freude jemand von der alten Familie auf, übernachtete in dem einzigen Kinderzimmer und brachte Märchenhaftes mit: Bohnenkaffee, Schokolade, gute Seife, ja sogar Apfelsinen. Die hatte es in dieser Familie noch nie gegeben. Die Frau starb, und der Mann blieb allein zurück. Er hatte sich in ein Zimmer neben der Küche zurückgezogen, stand nachts oft auf, um sich einen Tee zu kochen und hielt Selbstgespräche. Als er schließlich in ein Altersheim zog, blieb ich wieder allein zurück.

Eine schreckliche Zeit der Ungewissheit begann. Wer wollte schon so ein heruntergekommenes Haus wie mich haben, mit undichtem Dach, herunterhängenden Tapeten, Verwahrlosung, wohin man kuckte, mit zerquollenen Fensterläden, die Stufen zum Eingang zerbröckelt, der Efeu erfroren, Scheune und Ställe leer und nur in den Ecken mit Gerümpel gefüllt! Statt Hühnern und Schafen gab es diese verdammte Katze, die jetzt im Hühnerstall mit ihren Jungen lebte. Der Garten verunkrautete, das Gras zwischen den Steinen wucherte, kein Leben mehr in den Zimmern. Nicht einmal die Mäuse zeigten sich interessiert. Sogar Fliegen gab es nur noch in totem Zustand auf den Fensterbrettern. Dazu kamen zwei lange, regenreiche Winter, die die Feuchtigkeit an den Wänden noch höher klettern ließen. Ein trauriges Dasein für ein anständiges Haus. Ich dachte jetzt öfter an den jungen Mann, der sich das Leben genommen hatte. Aber wie sollte ich mich umbringen? Ich war schließlich solide gebaut und dadurch zäher als die zäheste Katze.

Im Frühjahr kam dann endlich die Rettung. Es erschien die alte Frau mit Schwester und Kindern im Schlepptau. Sie tat, als hätte sie eine Goldmine entdeckt. Doch weder die Kinder noch die Schwester konnten ihre große Begeisterung teilen. Die Schwester war mir auch noch gut im Gedächtnis, ein quengeliges Mamakind, dem man es nie recht machen konnte. Nun nölte sie in bekannter Weise herum, in was für einem bedauernswerten Zustand ich sei, was das alles kosten werde und wer hier eigentlich später wohnen solle. Auch die Kinder der alten Frau konnten sich für den Gedanken, endlich ein eigenes Haus zu besitzen, nicht recht erwärmen. Und wenn schon eins, nicht gerade in dieser Gegend, wo sich Fuchs und Hase gute Nacht sagten, Heimat hin, Heimat her, auch wenn die Mutter noch so sehr davon schwärmte. Die Zimmer waren viel zu klein, zu verwinkelt, zu niedrig. Wenn man durch eine Tür ging, musste man ja den Kopf einziehen! Und nicht der kleinste Komfort. Dass es so was überhaupt noch gab, hatten sie nicht für möglich gehalten. Dieses winzige Dorf und die Straße in einem Zustand – eine Todesfalle für jedes Auto. Als sie mich verließen, redeten sie immer noch beschwörend auf die Mutter ein, und ich wusste, das war mein Ende. Resigniert ließ ich ein paar Dachziegel fallen. Es war nur noch eine Frage der Zeit, dass man kurzen Prozess mit mir machen und die Abreißbirne auf mich loslassen würde.

Ich sollte mich irren. Das Gegenteil war der Fall. Es gab einen Neuanfang. Handwerker wuselten durch die Räume, es wimmelte von jungen Leuten, die mir mit ihren Radios die Ohren voll jaulten, aber überall dort halfen, wo Not am Mann war, und die Drecksarbeit leisteten. Das Resultat konnte sich sehen lassen. Es gab jetzt sogar zwei Badezimmer und eine Wasserleitung.

Und dann war die Bahn frei für das Geschöpf mit der Taucherbrille. Es rückte mir energisch auf die Pelle. In Gesellschaft ihres kleinen weißen Hundes machte sie sich über die Zimmer her. Tagaus, tagein pusselte sie an mir herum. Sie füllte das Haus mit Möbeln, nähte Gardinen, ließ einen ihrer Fingernägel so lang wachsen, bis sie ihn als Schraubenzieher benutzen konnte, und keifte mit den anderen herum, wenn sie zu sorglos mit mir umgingen. Ich blühte auf. Nur ihr vieles Rauchen ging mir ein wenig auf den Putz.

Ich könnte jetzt also sehr zufrieden sein, wenn nicht die langen Wintermonate wären, in denen sie mich allein lassen, so dass ich vor lauter Trübsinn zu schimmeln anfange. Aber in letzter Zeit gibt es wieder Hoffnung. Meine Altenpflegerin lässt sich jetzt häufiger blicken. Ich bilde mir ein, dieses nöckartige Wesen hat mich mehr und mehr in ihr Herz geschlossen. Sie kommt, egal, wie das Wetter ist, und das Röhren des uralten Autos höre ich, ebenso wie früher das Schnauben der Pferde, lange bevor sie in den Hof einbiegt. Sie hält sich am liebsten in meinen vier Wänden auf. Selbst bei schönem Wetter verlässt sie mich so gut wie nie. Wahrscheinlich besitzt sie als Einzige die Gabe, die vergangenen Stimmen zu hören, die sich in den Wänden eingenistet haben und mir ihre Geschichten erzählen. Das ist ihr Unterhaltung genug. Neben ihr auf dem Sofa liegt der kleine weiße Hund. Seine mageren Pfoten zucken leise im Schlaf. Er ist schon recht gebrechlich. Sacht lasse ich etwas Putz in sein Fell rieseln und flüstere ihm zu: «Bleibt hier. Jeder Hund ist Löwe in seinem Haus.»